SARAH
HARDY

Der erste
Frühling
danach

SARAH HARDY

Der erste Frühling danach

Roman

HEYNE ‹

Die Originalausgabe THE WALLED GARDEN
erschien erstmals 2023 bei Manilla Press, London.

Der Verlag behält sich die Verwertung der urheberrechtlich
geschützten Inhalte dieses Werkes für Zwecke des Text-
und Data-Minings nach § 44 b UrhG ausdrücklich vor.
Jegliche unbefugte Nutzung ist hiermit ausgeschlossen.

Das Motto ist ein Textauszug aus:
James Joyce, Ulysses, S. 37 und S. 44, übersetzt von Georg Goyert,
Penguin Random House, München 2014.

Penguin Random House Verlagsgruppe FSC® N001967

Deutsche Erstausgabe 03/2024
Copyright © 2023 by Sarah Hardy
Copyright © 2024 der deutschsprachigen Ausgabe
by Wilhelm Heyne Verlag, München,
in der Penguin Random House Verlagsgruppe GmbH,
Neumarkter Str. 28, 81673 München
Redaktion: Angelika Lieke
Printed in Germany
Umschlaggestaltung: t.mutzenbach design
unter Verwendung von Shutterstock.com (Jasen Wright)
Satz: satz-bau Leingärtner, Nabburg
Druck und Bindung: GGP Media GmbH, Pößneck
ISBN: 978-3-453-27467-9

www.heyne.de

Geheimnisse, still, steinig, sitzen in den dunkeln
Palästen unserer beiden Herzen:
Geheimnisse, müde ihrer Tyrannei ...
Die Geschichte ... ist ein Alp, aus dem ich erwachen will.

Ulysses
James Joyce

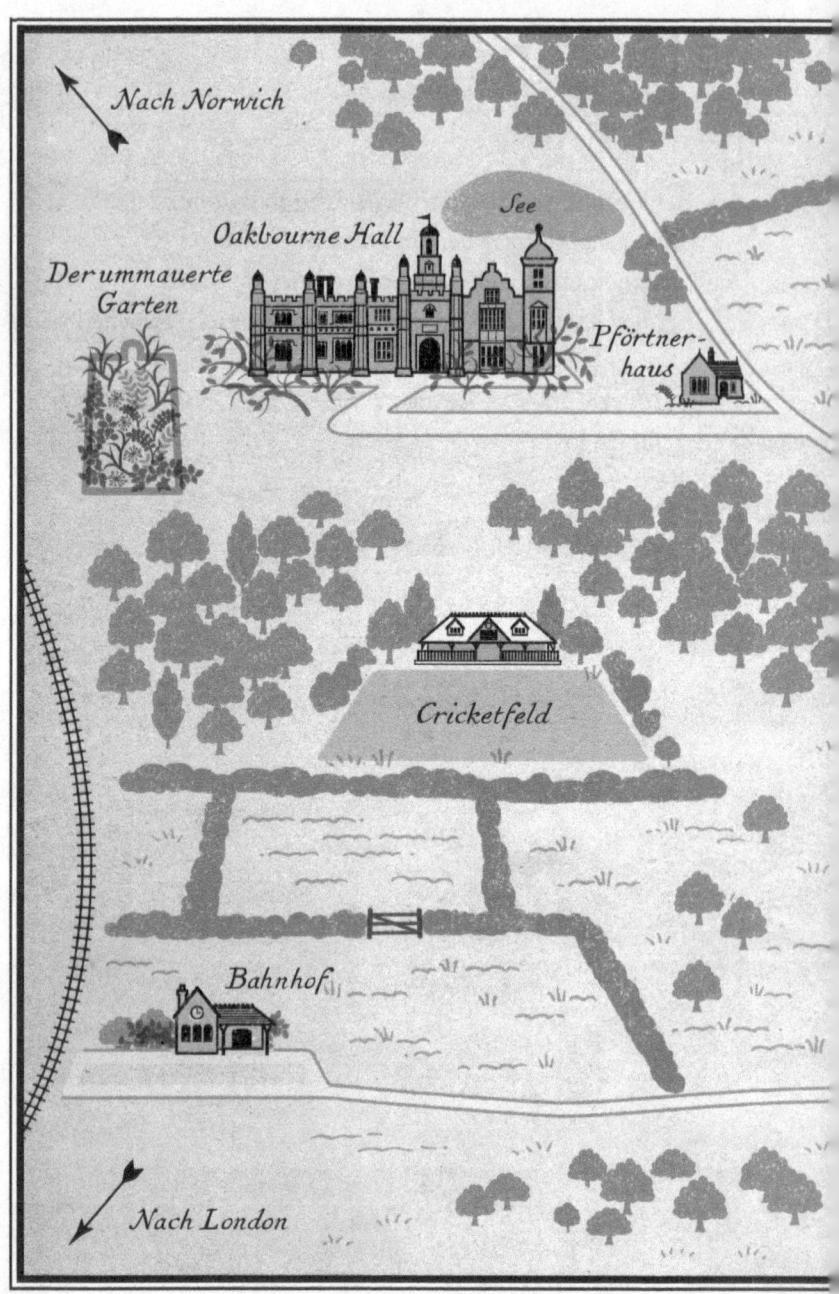

Nach Norwich

See

Oakbourne Hall

Der ummauerte
Garten

Pförtner-
haus

Cricketfeld

Bahnhof

Nach London

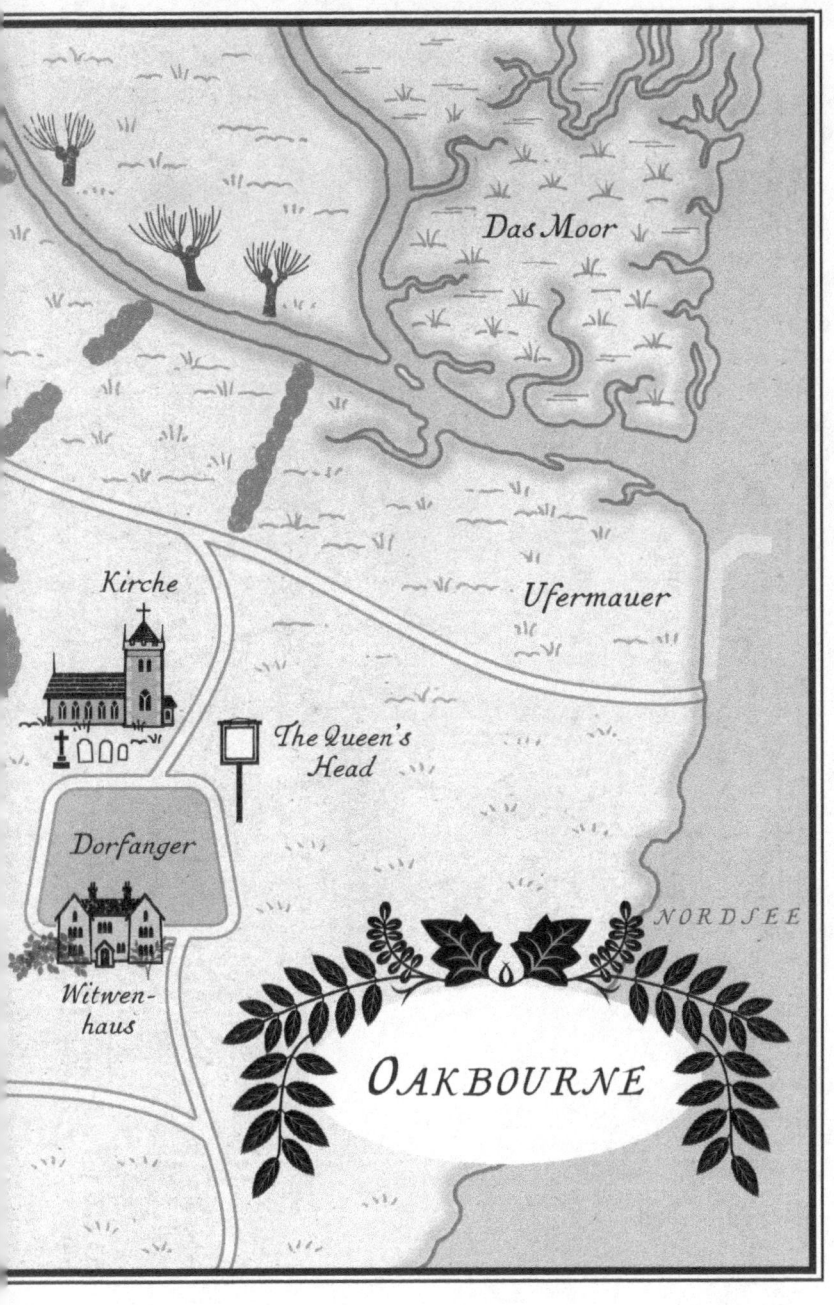

Das Moor

Kirche

Ufermauer

The Queen's
Head

Dorfanger

NORDSEE

Witwen-
haus

OAKBOURNE

PROLOG

Manche Geheimnisse sind einfach zu schrecklich, um sie zu offenbaren. Und im Jahr 1946 ist Großbritannien ein Land, in dem die meisten Menschen schweigen. Was ihr im Krieg erlebt habt, was ihr gebilligt habt, wovor ihr euch noch immer fürchtet, bleibt ungesagt. Während dieser bitteren Jahre des Konflikts und der Trennung habt ihr euch mit Rührseligkeit optimistisch gestimmt und »*We'll meet again*« gesungen. Wir werden uns wiedersehen. Und wir haben uns wiedergesehen, denkt Alice Rayne, und gemerkt, dass wir uns nichts zu sagen haben.

Der Wind, der von der Nordsee herüberweht, schlägt ihr ins Gesicht. Sie streicht sich das Haar aus den Augen und blickt zurück über das Moor. Purpurrote Bögen durchschneiden den sich verdunkelnden Himmel, schillernd und leuchtend. Dann sinkt die Sonne unter den flachen Horizont.

Sie dreht sich um und nähert sich den Wellen, die in der nasskalten Dämmerung glitzern. Gerade an jenem Nachmittag ist die Armee damit fertig geworden, die Minen zu räumen, die rostigen Stacheldrahtrollen wegzuschaffen und die Warnschilder mit der Aufschrift GEFAHR abzubauen. Niemand wird hier noch irgendetwas bemerken, denkt sie. Niemand wird mehr daran denken. Es ist so lange her, dass sie die Nähe des Meeres gespürt, das Salz auf ihren Lippen geschmeckt hat. Bevor sie selbst anfangen kann zu zweifeln, zieht sie ihren alten Tweedmantel, ihr Wollkleid und alles andere aus und rennt nackt auf die eiskalten grauen Fluten zu.

Der Schock entlockt ihr einen Schrei und beinahe verliert sie den Mut. Nach Luft schnappend, zwingt sie sich bis zur Hüfte hinein und lässt sich dann mit geschlossenen Augen nach vorne fallen und unter Wasser sinken.

Sie ist die Kälte gewohnt. Doch als die Temperatur ihres Körpers sinkt, stellt er das Kämpfen ein. Der Schmerz lässt nach, die Atemzüge werden ruhiger. Das Einzige, was sie tun muss, ist, mit den Wellen zu verschmelzen, Eis in Eis. Sie ist nicht länger gefroren, sondern unbezwingbar. Sie kann ewig dort drinbleiben. Sie kann weiterschwimmen, immer weiter. Weg von allem.

Die Wolken brechen auf und ein fahles Mondlicht breitet sich vor ihr aus. Es ist, als legte sich die schimmernde Schleppe eines Hochzeitskleides über das Meer. Und in ihrem Kopf blitzt das Gespenst einer Braut ohne Bräutigam auf.

1

Lieber Gott, mach, dass mich niemand sieht, dachte Alice, als sie mit tauben Beinen über die Kiesel stapfte. Sie schnappte sich ihre Kleidung, versuchte sich damit halbwegs abzutrocknen und stolperte dann zu dem eingedeichten Weg hinüber, der zu der Abkürzung durch das Moor und über die Felder mit den Winterrüben führte.

In den Hecken klammerten sich die ersten Blüten an die kahlen, stacheligen Zweige. Obwohl sie sich verzweifelt nach Wärme sehnte, war sie versucht, kurz zu verweilen. Alles, bloß nicht nach Hause gehen.

Aber sie war schon seit mehr als drei Stunden fort. Sie konnte es nicht länger hinauszögern, also bog sie in den Weg zurück nach Oakbourne Hall ein. »Ich mache nur einen kurzen Spaziergang«, hatte sie zu ihrem Mann gesagt, als sie aufgebrochen war. »Kommst du mit?« Er antwortete nicht. Das hatte sie auch nicht erwartet.

Sie verlangsamte ihren Schritt und schaute auf. Sie konnte die Gänse hören, bevor sie sie sah. Dann füllten Hunderte und Aberhunderte von stahlgrauen Vögeln den Himmel, zogen in V-Formation Richtung Norden – das deutlichste Zeichen dafür, dass der Winter vorbei war. Für einen kurzen Augenblick hob sich ihre Stimmung: Es würde nach sieben Jahren der erste Frühling in Friedenszeiten sein.

Die ganze Woche über hatte sie schon zauberhafte Hinweise wahrgenommen: goldene Winterlinge rund um die verlassenen Nissenhütten, Narzissen, die durch das ungemähte Gras stießen, ein Zaunkönig, der sein Nest in dem Efeu rund um ihr Schlafzimmerfenster gebaut hatte. Sie verfügte über ein riesiges Schlafzimmer, rief sie sich mahnend in Erinnerung, während Millionen anderer Menschen nichts hatten. Bei der Zeitungslektüre kam es ihr so vor, als sei die gesamte Landmasse Europas noch immer in Bewegung, Kilometer um Kilometer erschöpfter Männer und Frauen, die ihre Sprösslinge im Arm trugen, Kinderwagen und voll beladene Karren vor sich herschoben, auf der Flucht vor Schrecken, die man sich nicht ausmalen konnte.

Sie jedoch genoss das Privileg, in einem Gebäude zu wohnen, das in der Gegend als das Big House bekannt war. Es spielte keine Rolle, dass das Kriegsministerium es für ein Bataillon kanadischer Soldaten beschlagnahmt hatte und das Gebäude stark mitgenommen war. »Manche Leute haben einfach immer Glück«, hatte sie die Frau des Metzgers in der Kirche sagen hören, als Stephen, Alice' Mann, aus dem Krieg zurückkam, und zwar »in einem Stück«. Er war als Allerletzter aus dem Dorf zurückgekehrt. Woher er kam, wollte er nicht sagen. Geschweige denn, was er getan hatte. Aber er war am Leben.

Und du bist auch am Leben, dachte Alice und hielt den Rücken gerade, während sie an den Stümpfen jahrhundertealter Kastanienbäume vorbeiging, die zu Beginn des Krieges gefällt worden waren, um ... was? Waffen herzustellen? Särge zu zimmern? Aber solche Überlegungen waren sinnlos.

Jetzt konnte man neue Bäume pflanzen. Die Welt war befriedet.

Wir haben gewonnen.

Wir haben tatsächlich gewonnen.

Doch ein kalter Schauer, noch unbarmherziger als das Meer, durchfuhr sie. Ganz so, als hätte es keinen Sieg gegeben. All die Schlager über »Liebe und Lachen und ewigen Frieden« waren so entrückt, so wenig greifbar wie das Ende eines Regenbogens.

Wenn sie an den Siegestag vor fast einem Jahr zurückdachte, daran, wie das ganze Land ausgelassen auf den Straßen getanzt hatte, kam es ihr vor, als wären sie in Käfige eingesperrte Kreaturen, denen man einen Tag der Freiheit gegönnt hatte und die in dem Augenblick, in dem sich ihre Euphorie erschöpft hatte, sofort wieder in die alles verzehrende Tristesse zurückfielen.

Aber jetzt war es Zeit für die Wiedergeburt.

Auf den Feldern um sie herum forderten die Lämmer ungestüm die Milch ihrer Mütter ein, spitze Weizenhalme bohrten sich durch die harte Erde und über ihr kämpften die Krähen brutal um ihr Revier. Sie zwang sich, um den Betonunterstand herumzugehen, der von üppigen Rhododendren überwuchert wurde.

Ihre Frostbeulen brannten jetzt. Sie würde bald dreißig werden und schon jetzt waren ihre Füße hässliche, krumme Dinger, ihre Hände noch schlimmer. In der geröteten, rauen Haut traten die Adern hervor, und ihr Verlobungsring – ein diamantbesetztes Schmuckstück, das sich seit zwei Jahrhunderten in Stephens Familie befand – drehte sich locker um ihren Finger.

Wieder hielt sie inne. Allzu oft wurde sie sich eines gewissen Unbehagens bewusst. Doch sie dachte nicht an den Schrecken, den sie gerade bekämpft hatten, sondern an eine neue Gefahr, die sie noch nicht recht erkennen konnte. Vielleicht hatte sie auch zu viel Angst davor, genauer darüber nachzudenken.

Sie steckte die Hände in die Taschen und hielt den Kopf gesenkt, als der blaue Rover des Dorfarztes vor dem Haus vorfuhr, in dem Mrs. Martin ihr drittes Kind erwartete. Ein Siegesbaby, dachte Alice. Es wurden noch zwei weitere im Ort erwartet.

Alice hörte, wie der Arzt stöhnte und fluchte, als er sich mühsam aus dem Auto quälte. Er hatte sein Bein verloren, nachdem er in Dünkirchen in Gefangenschaft geraten war. Ein Anflug von Selbstvorwürfen – jammere nicht über deine Frostbeulen – trieb sie weiter zum Pförtnerhaus, von wo aus sie auf Oakbourne Hall, erbaut auf dem einzigen geschützten Fleckchen weit und breit, blickte.

In der Abenddämmerung zeichneten sich die feinen Umrisse des ursprünglichen Tudor-Anwesens und seiner jakobinischen, georgianischen und viktorianischen Anbauten über dem See ab: der Uhrenturm, die riesigen Erker, die Marmorsäulenreihen, der Westflügel mit seinen Mauerzinnen, der Ostflügel mit seiner Kuppel. Einige Augenblicke lang konnte sie sich beinahe einreden, es hätte keinen Krieg gegeben. Die zunehmende Dunkelheit verdeckte die leeren Ölfässer, die im Gebüsch entsorgt worden waren, die aufgerissenen und durchnässten Sandsäcke, die sich über die Terrassen verteilten, das zerbrochene Glas.

Im Arbeitszimmer ihres Mannes ging ein Licht an.

In all den Nächten der erzwungenen Verdunkelung und der schrecklichen Angst hatte sie sich danach gesehnt, nach Hause zu ihrem Mann zu kommen, der wohlbehalten an seinem Schreibtisch saß und auf sie wartete. Doch sie zögerte noch eine Weile, stand zitternd neben der bröckelnden Portalsäule, einem Opfer der Armeelastwagen, die fünf Jahre lang ständig durch das beschlagnahmte Anwesen gerollt waren.

Auch im Pförtnerhaus brannte Licht. Sie konnte in die Küche hineinsehen, wo Mrs. Harris an der Spüle stand, mit ihrem Mann an ihrer Seite, der ihr beim Abtrocknen half. Ihr einziger Sohn war nach drei Jahren auf den Nordmeergeleitzügen endlich zurückgekehrt. Aber er fühlte sich sehr schlecht, das hatte Alice' Haushälterin ihr verraten. »Er sitzt nur vor dem Feuer und klagt, dass ihm nicht warm wird.«

Drei Jahre, dachte Alice. Drei Jahre voller Verzweiflung und Sorgen, die seine Eltern um ihn ausgestanden hatten, drei Jahre, in denen sie ihren zum Mann heranwachsenden Jungen vermisst, in denen sie sich nach ihm verzehrt hatten, und nun ... Sie hielt mitten im Gedanken inne.

Am selben Morgen hatte sie in der *Times* Bilder von Dutzenden aufgefundener Kinder gesehen, Waisen mit glasigen und hungrigen Augen in einem Kloster in Frankreich, und in dem Moment, in dem sie daran dachte, wie es sich wohl anfühlen musste, seinen Ehemann oder sein Kind oder sein Zuhause zu verlieren, wurde sie von einem intensiven, beinahe unerträglichen Gefühl des Elends gepackt. Ich muss nach Hause zu meinem Mann, mahnte sie sich selbst. Ich muss mich beeilen.

Dann beobachtete sie durch das Fenster, wie Mrs. Harris die Hand vor die Augen hob, als wollte sie eine Träne wegwischen. Und beim Anblick dieses Kummers verharrte Alice. Sie konnte sehen, wie Mr. Harris das Geschirrtuch ablegte und die Hände seiner Frau aus dem Waschbecken nahm. Nacheinander trocknete er sie ganz langsam ab. Alice stand vollkommen still und verfolgte fasziniert, wie er den gesenkten Kopf seiner Frau anhob und seine Lippen auf ihre drückte.

Abrupt wich Alice zurück. Sie wollte nicht über die Zärtlichkeit dieser Geste nachdenken. Ein Zweig knackte unter ihrem Fuß. Ein Reh bellte. Im Gebüsch rührte sich etwas. Ein Sturm zog auf. Heute Nacht würden noch mehr Ziegel vom Dach fliegen.

»Denk an meine Worte«, hatte ihr Vater bei ihrer Hochzeit gesagt. »An der Küste von Suffolk wirst du erfrieren. Dort ist nichts mehr zwischen dir und dem Ural.«

Sie drehte sich um, um den Wind in sich aufzunehmen, füllte ihre Lunge mit der kilometerlangen Weite jenseits der Felder und Deiche, die sich über die stürmische graue See erstreckte, über riesige Seen und Wälder, bis nach Sibirien, und dann ertönte unten am Haus ein Schrei, wie das Schluchzen eines verzweifelten Kindes.

Dieser Schrei war der eines Hasen und sie wusste genau, welches Drama sich dort unten abspielte. In der vorigen Nacht, als sie nicht schlafen konnte, hatte sie drei Fuchswelpen beobachtet, die mit ihrer Mutter über den Rasen tobten. Alle mussten fressen und sich von einem anderen Lebewesen ernähren. Sie verdrängte die Vorstellung von einem jungen Häschen – leichte Beute – in den Fängen einer Füchsin. So war eben die Natur, redete sie sich ein, schön und grausam. Dann sah sie zu ihrem Erstaunen, wie sich das Fenster des Arbeitszimmers ihres Mannes öffnete und Stephen über die Fensterbank kletterte, hinuntersprang und über den Kies sprintete.

Seit seiner Rückkehr hatte er sich von Stunde zu Stunde gequält und kaum die Kraft zum Sprechen aufgebracht, geschweige denn dazu, aus dem Fenster zu springen. Jetzt stürmte er in die ungepflegten Blumenbeete, durchsuchte wuchernde Disteln und Brennnesseln. Plötzlich blieb er stehen, bückte sich, richtete sich dann ruckartig wieder auf und rammte, ohne zu zögern, seinen Fuß in den Boden, um dem Tier, wie sie vermutete, einen schnellen Gnadenstoß zu versetzen.

Er musste, so wurde ihr jetzt klar, den Schrei des Hasen gehört und ihn entsetzlich verletzt vorgefunden haben. Wenn sie auf Kaninchen stieß, die sich die blinden, eitrigen Augen rieben, während die Lähmung der Myxomatose einsetzte, musste sie sich auch zusammenreißen und handeln, um den keuchenden Bündeln einen langsamen und schmerzhaften Tod zu ersparen.

Aber Stephen hörte nicht auf.

Immer wieder, immer fester stampfte er mit dem Fuß auf den Boden. Sie wollte hinüberschreien, dass die arme Kreatur doch tot sein musste, aber sie zog sich nur noch weiter in den Schatten zurück, als er mit dem Bein weit ausholte und sie mitansehen musste, wie ein Hase fast zwei Meter hoch flog – die prächtigen Hinterbeine, das lange Rückgrat ausgestreckt, dem Himmel entgegenstrebend ... Mitten in der Luft zerbrach der Hase in zwei Teile, sein Kopf und sein enthaupteter Körper fielen ins Gebüsch hinunter.

Sie hielt sich die Hand vor den Mund, um ihren Atem zu beruhigen. Bis zu diesem Augenblick hatte sie noch nie erlebt, zu welchem Ausmaß von Gewalt ihr Mann fähig war. Jedes Mal, wenn sie ihm Fragen zum Krieg stellte, brachte er sie mit einem kalten Blick zum Schweigen oder stürmte davon, als drohte sie, die Büchse der Pandora zu öffnen, als könnte er ihre dummen Fragen nicht ertragen. Wen er also getötet hatte – oder wie –, das wusste sie nicht.

Niemand überlebte den Krieg unversehrt. Nicht einmal die gute, sanfte Seele, die sie geheiratet hatte. Sie wollte ihn in den Arm nehmen, ihm versprechen, dass sie alles wiedergutmachen würde, dass ihre Liebe jene Dämonen besänftigen würde, die der Krieg entfesselt hatte. Doch dann siegte die Angst über ihr Mitgefühl. Was, wenn er sich gegen sie wandte?

Niemand konnte leugnen, welche Kraft seinem Körper innewohnte, dass er im Handumdrehen töten konnte. Er war stärker als sie. Schneller. Geübt. Und sie stellte sich das Gewicht seines Stiefels vor, ihre abknickende Luftröhre, ihr brechendes Genick.

2

Alice stand am Wasserhahn im leeren Stallgebäude und wusch sich die Hände mit eiskaltem Wasser. Seit dem vergangenen Abend hatte sie Stephen gemieden. Sie hatte sich direkt in ihr Zimmer zurückgezogen und das Licht bis vier Uhr morgens brennen lassen, weil sie es nicht ertrug, in der Dunkelheit die irrsinnigen Handlungen des Mannes, den sie liebte, wieder und wieder vor sich zu sehen. Doch im unbarmherzigen Schein der Glühbirne bewertete sie die Dinge langsam anders. Der Hase, so überlegte sie, war nicht sofort gestorben. Weil sie sich fast fünfzig Meter entfernt befunden hatte und weil es Abend gewesen war, hatte sie es nicht klar erkennen können. Natürlich *wirkte* Stephen bösartig. Welcher Mensch, der bei klarem Verstand ist, würde nicht verrückt werden, wenn er gezwungen wäre, ein so schönes und junges Tier zu töten?

Mit Karbolseife bearbeitete sie die Kratzer auf ihrer Handfläche, die sie sich beim Zurückbiegen der Dornensträucher zugezogen hatte. Das hatte der Krieg ihr angetan: Er hatte sie darauf konditioniert, stets das Schlimmste zu befürchten, und dieses unaufhörliche Gefühl der Furcht hielt sich hartnäckig. Sogar jetzt konnte der Anblick des wunderschönen Vollmonds den Schrecken der Luftwaffe, die den Himmel in Besitz nahm, wieder aufleben lassen.

Sie trocknete sich die Hände an ihrem Rock ab, dann blickte sie auf, als die ersten Fledermäuse unter dem Dachvorsprung hervorkamen, und sah ein Flugzeug, das nach Südwesten mit Kurs auf London über sie hinwegflog. Nichts, worüber man sich noch Sorgen machen müsste.

Stephen war nicht der Feind.

Doch wer er tatsächlich war, das wusste sie nicht mehr genau. Er weigerte sich, etwas zu erzählen, darum konnte sie bloß raten, welche Erinnerungen er in sich verbarg. Sie hatte versucht, ihn mit Worten zu erreichen, mit Schweigen ... und mit ihrem Körper. Er wollte nichts davon. Seit jenem Abend, an dem er nach Hause zurückgekehrt war, schlief er allein in einem Zimmer oben auf dem Dachboden. Die Botschaft hätte deutlicher nicht sein können.

Sie kratzte den Schlamm von ihren Schuhen. Nach dem Sturm der vergangenen Nacht war der Boden nass und ihre Schuhe hatten Löcher. Sie besaß weder Geld noch einen Bezugsschein für neue Schuhe. Zu schade. Der Regen hatte dem Garten gutgetan.

Und mir auch, dachte sie und atmete die Luft ein, die rein und süß roch und ihr den gesunden Menschenverstand zurückgab, den sie in der vorigen Nacht hatte fahren lassen.

Sie hatte bereits sechs Jahre ihrer Ehe an Hitler verloren. Sie wollte nicht noch weitere durch ihre eigene morbide Fantasie verlieren, und so eilte sie ins Haus und traf Stephen an seinem Schreibtisch an, einen Notizblock vor sich, einen Stift in der Hand. Normalerweise saß er nur kraftlos vor dem Feuer. Bitte, lieber Gott, flehte sie, lass ihn wieder schreiben!

Als sie sich kennenlernten und sie herausfand, dass er Gedichte schrieb, erstarrte ihr zwanzigjähriges Ich in Ehrfurcht: Stephen Rayne, der brillante junge Diplomat, der Staatsdiener mit Künstlerseele.

Er schrieb auf Französisch – dank seiner in Paris geborenen Mutter war er zweisprachig aufgewachsen. Alice' Französischkenntnisse hielten sich in Grenzen, aber sie reichten aus, um die Rezensionen verstehen zu können. Sein erster Gedichtband, der kurz nach ihrer Hochzeit erschien, wurde als »an Wordsworth erinnernd, wunderschön, kühn, großherzig ...« beschrieben.

Vor Jahren hatten sie zusammen im Bett gelegen und Baudelaire und Rimbaud gelesen. Er verbesserte ihre Aussprache, korrigierte ihre Mundhaltung mit den Fingern und sagte: »Halte die Lippen so«, und seine warme Berührung fühlte sich an wie Sonnenlicht, das sie durchflutete. Wenn jetzt der Krieg kommt, hatte sie gedacht, und in der nächsten Sekunde Bomben auf mich herabfallen, ist mir das egal, denn ich durfte dies hier erleben.

»Was ist los?«, fragte er, ohne aufzuschauen.

Sie versuchte, die Aufregung aus ihrer Stimme zu verdrängen, und sagte: »Bist du gerade dabei ...?«

»Was zu tun?«, unterbrach er sie, zerknüllte ein Blatt Papier und warf es ins Feuer.

»Zu schreiben?«

»Wohl kaum.« Er zerknüllte ein weiteres Blatt. Sie beobachtete, wie die Flammen es ergriffen. Dann folgte eine dritte Kugel.

»Halt«, sagte sie, fing das vierte Geschoss ab und strich es wieder glatt. »Ich möchte es lesen ...«

»Lass das!«, schrie er. »Ich habe gesagt, du sollst ...!« Augenblicklich ließ sie das Blatt fallen, als er aufsprang und sich den Schürhaken schnappte. Aber er schleuderte bloß das Papier ins Feuer und drehte sich dann zu ihr um. Die Verzweiflung stand ihm ins Gesicht geschrieben. Sie spürte, wie der Schmerz auch in ihr aufflammte. Dieser verzweifelte Mann stellte keine Gefahr für sie dar. Nur für sich selbst.

»Es ist schön, dich dabei zu sehen, wie du ...«

»Ja?«

Wie du etwas tust, dachte sie. Alles ist besser, als stundenlang dazusitzen, ganz so, als wäre nichts mehr wichtig.

»Wirf es noch nicht weg«, sagte sie. »Vielleicht ist es besser, als du denkst. Und du bist so gut.«

»Du hast keine Ahnung, ob es gut ist oder nicht.« Er warf die übrigen Blätter ins Feuer.

»Wenn dir früher ein großer Wurf gelungen ist«, sagte sie vorsichtig, »hat es dir ...« Er grinste höhnisch, aber sie fuhr fort. »Dann hat es dir Freude bereitet.«

Genau wie ich, dachte sie. Sie hatte etwas wirklich Gutes in ihm freigesetzt – Ideen, Selbstvertrauen, Worte. Zumindest hatte er ihr das so gesagt.

»Hat dir dein Spaziergang *Freude* bereitet, meine liebe Alice?«

Sie hatte gelernt, seine schreckliche, verschrobene Ironie zu ignorieren. Auch das würde vorbeigehen. »Ich habe im Garten gearbeitet«, sagte sie. »Aber es war schön draußen.«

Er starrte in die auflodernde Flamme. Das plötzlich stärker werdende Licht betonte das Netz aus Falten und Vertiefungen um seine Augen herum. Von seiner Erscheinung her schien er ihr weit mehr als die sieben Jahre vorauszuhaben, die sie tatsächlich trennten, aber das beruhte nicht nur auf den Spuren der Alterung in seinem Gesicht. Es war die Resignation, die in jeder seiner Bewegungen, in jedem seiner Gesichtsausdrücke, in seiner Stimme lag.

»Ich wollte dich vorhin nicht anschreien«, murmelte er. »Es tut mir leid.«

Hektisch nahm sie seine Entschuldigung an, ihr war beinahe schwindelig vor Erleichterung. »Ist schon in Ordnung.«

»Hast du jemanden getroffen bei deinem Spaziergang?«, fragte er.

Sie hatte ihm gerade erzählt, dass sie im Garten gearbeitet hatte. Aber sie war es gewohnt, dass er ihr nicht zuhörte.

»Nein«, erwiderte sie bloß. Wenn sie spazieren ging, vermied sie absichtlich jede Begegnung, denn sie konnte es nicht ausstehen, sich der Frage stellen zu müssen: »Wie geht es Sir Stephen?« Oder dem neugierigen Tonfall, mit dem die Leute feststellten: »Wir haben ihn schon so lange nicht mehr gesehen ...?«

»Aber«, fuhr sie fort in dem Versuch, sein Interesse zu erregen, »gestern habe ich das Auto von Dr. Downes vor dem Haus der Martins gesehen. Der Geburtstermin ihres Babys steht kurz bevor.«

Anstatt eine Antwort zu geben, zündete er sich eine Zigarette an.

Sie erzählte weiter: »Es lag ein Hauch von Frühling in der Luft. Du weißt schon, Schlehen, ein paar Narzissen, die Schneeglöckchen schon auf dem Rückzug ...« Sie sah ihre kitschigen Bilder umherhüpfen wie müde Zirkusclowns, die sich bemühten, seine Aufmerksamkeit zu wecken. »Vielleicht begleitest du mich morgen ja?«

»Wie bitte?«

»Wir könnten doch zusammen spazieren gehen.«

»Nein ... Morgen? Kommt da nicht dieser neue Gemeindepfarrer?«

»Ja, aber du brauchst dich nicht zu zeigen.« Sie wollte absolut nicht, dass jemand glaubte, dieser bissige, zynische Mann sei der echte Stephen. »Ich werde schon eine Ausrede für dich finden. Ich werde ihm sagen, dass du eine schlimme Erkältung hast und nicht willst, dass er sich ansteckt.« Der neue Gemeindepfarrer war herzkrank, was sein Vorgänger wirklich allen mitgeteilt hatte.

»Danke.« Er schenkte ihr ein aufrichtiges Lächeln, nicht sein übliches schiefes Grinsen. Bevor er sich in seinen Sessel fallen ließ, legte er ihr zu ihrer Überraschung eine Hand auf die Schulter – eine Geste, die an Zuneigung erinnerte.

Vorsichtig setzte sie sich auf den Hocker neben seinen Füßen, so nah zu ihm, dass sie die Hand nach ihm ausstrecken konnte. Früher, so dachte sie, hast du zugelassen, dass ich deine Hand nahm und an mein Gesicht führte, deine Wärme an meiner Wange spürte. Dann umschloss ich langsam einen nach dem anderen deiner Finger mit meinen Lippen. Ich verschlang diese starke Mischung aus Kraft und Zärtlichkeit, und du hast es geliebt.

»In den nassen Schuhen erkältest du dich noch«, sagte er.

Sie rührte sich nicht. Auch ihre Strümpfe waren durchnässt. Sie hätte wohl gut daran getan, sie ebenfalls abzustreifen.

Das letzte Mal, dass sie sich vor ihm ausgezogen hatte – sie konnte sich genau daran erinnern –, war am 18. November 1943 gewesen. Sie hatte von einem unbekannten Absender ein Telegramm erhalten, in dem stand, dass er sich in einem Hotel in Hastings aufhielt. Fast achtundvierzig Stunden konnten sie zusammen verbringen, bevor er wieder aufbrechen musste – nach Frankreich, wie sie vermutete, um dort geheime Aufträge auszuführen. Doch sie hielt sich an die Regeln und fragte ihn nie danach.

Aus irgendeinem Grund – wie gewohnt wollte er es nicht erklären – hatte er ein Tuch aus goldener Guipure-Spitze mitgebracht. Einmal waren sie an der Strandpromenade spazieren gegangen und es hatte wie aus dem Nichts angefangen zu schütten, sodass sie völlig durchnässt wurden. Darum eilten sie zurück und sie ließ sich ein dampfendes Bad ein. Als sie wieder erschien, zeigte er ihr das Tuch und schlang es um ihren heißen, glühenden Körper, und sie tanzte für ihn, drehte sich in dem abgewohnten, schäbigen Zimmer um die eigene Achse, nackt bis auf die goldene Spitze, bis er sie begierig in seine Arme schloss und ihr immer wieder sagte, wie sehr er sie liebe.

Sie war sich bewusst, dass er sie betrachtete. Wenn er nicht auf seinen Dachboden verschwand, saß er an den meisten Abenden einfach mit geschlossenen Augen da und sah alle möglichen Gespenster. Sie musterte sein Gesicht, konnte aber außer Erschöpfung nichts darin lesen.

Langsam rollte sie ihre Strümpfe herunter. Die Zehen zum Feuer gerichtet, bewegte sie aufreizend die Füße; einmal hatte er gesagt, sie besäße Knöchel, die er sich gerne in seinem Nacken verschränkt vorstellte. Immer noch beobachtete er sie. Sie glitt vom Hocker auf den Boden, lehnte sich zurück, streckte ihm ihr nacktes Bein entgegen und setzte dasselbe Lächeln auf, das sie ihm oft geschenkt hatte, wenn sie zusammen in einem überfüllten Raum gewesen waren, auf einer Party oder bei einem Abendessen.

Dann schob sie ihren Rock weiter nach oben und legte ihren Fuß auf seinem Oberschenkel ab.

»Du armes Ding«, seufzte er. »Du hast ja Frostbeulen.« Und er stand auf und verließ das Zimmer.

Sie kam sich lächerlich vor, derartig auf dem Boden ausgestreckt. Aber er hatte sie tatsächlich berührt – er hatte seine Hand auf ihre Schulter gelegt. Das war das erste Mal. Er war noch nicht einmal ein halbes Jahr wieder zu Hause, denn er war erst im Oktober 1945 zurückgekehrt.

Im Oktober?

Wieder einmal drängten sich ihr viele Fragen auf. Der Krieg in Europa war offiziell im Mai zu Ende gegangen, was um Himmels willen hatte er danach gemacht? Sie hatte nichts von ihm gehört und erfuhr erst, dass er noch lebte, als sie ein Telegramm erhielt, in dem stand, dass er mit dem nächsten Zug nach Hause käme. Und wieder gewann ihre Fantasie die Oberhand über ihren Verstand und sie sprang auf, um sich davon zu befreien. Sie vertiefte sich in ein altes botanisches Tagebuch ihres Vaters. Pollenproduktion bei Fingerhüten, die Mikrobiologie saurer Böden, Auswirkungen der Temperatur auf die Lebensfähigkeit von Baumwollsamen. In den Rätseln und Feinheiten der Natur konnte sie diese Welt vergessen, in der der Frieden so teuer erkauft worden war, in der Männer und Frauen immer noch so grausam sein konnten, sogar in ihrem eigenen Zuhause.

Sie machte sich auf den Weg durch den feuchten Flur, um sich die gewohnten drei Wärmflaschen zu bereiten. Du wirst nicht die Einzige sein, sagte sie zu sich selbst, als sie unter der Decke in ihrem kalten Bett lag und las. Männer und Frauen waren einander fremd geworden, überall auf der Welt.

Und auch überall im Dorf. Mrs. Green, ihre Haushälterin, hatte bemerkt, dass Mrs. Downes, die Frau des Arztes, wohl eine Heilige sein müsse, um das rasende Temperament ihres Mannes zu ertragen, der nach fünf Jahren in einem deutschen Kriegsgefangenenlager nach Hause zurückgekehrt war.

In der Küche stellte sie fest, dass vier leere Teekisten geliefert worden waren. Sie waren für den Transport einer Sammlung venezianischen Glases bestimmt, die die Familie Rayne über Generationen hinweg aufgebaut hatte. Der Empfänger war ein millionenschwerer Stahlfabrikant in Chicago. Am Ende der Woche würde ein Lieferwagen das Glas nach Liverpool bringen, wo es auf die *Queen Mary* verladen werden sollte. Erst am Vormittag hatten die Männer die Arbeit im Entree beendet und die jakobinische Eichenvertäfelung entfernt, die ebenfalls über den Atlantik geschickt werden sollte, zusammen mit den Marmorkaminen aus zwei Schlafzimmern – die besten waren bereits an einen Wall-Street-Banker verkauft worden – und dem Buntglasfenster mit den Schwertlilien, das wundersamerweise unversehrt geblieben war, als ein Lastwagen voller kanadischer Soldaten, die von einer Tanzveranstaltung zurückkehrten, im Rückwärtsgang gegen eine Wand gedonnert war und das Fenster nur um Zentimeter verfehlt hatte.

Alice spürte, wie die Enttäuschung sie überwältigte. Es war nicht so sehr der Verlust der herrlichen Gläser. Inzwischen verkaufte sie emotionslos das Porzellan, die Gemälde, die besseren Möbelstücke, alles, was Geld einbringen konnte. Nein, es war eher ein Unbehagen, das jenem von Stephen immer ähnlicher wurde, wie sie befürchtete.

Seit fast einem Jahr, seit dem Abzug der kanadischen Armee, schaffte sie Ordnung in den staubigen Räumen und versuchte, sie wieder bewohnbar zu machen. Für sie und für Stephen. Für die Kinder, von denen sie einst gesprochen hatten. Aber wann immer sie Stephen gegenüber den Zustand des Hauses erwähnte, murmelte er bloß: »Das alles ist mir völlig egal – und dir sollte es auch egal sein.«

Also hatte sie das Heft in die Hand genommen und tat ihr Bestes, Oakbourne Hall in die zweite Hälfte des zwanzigsten Jahrhunderts zu überführen, die, wie sie immer wieder zu hören bekamen, so viel besser sein würde als die erste.

Sie war versucht, das Packen bis zum nächsten Morgen aufzuschieben. Die elektrischen Leitungen in diesem Teil des Hauses waren total verrottet, deswegen müsste sie im Dunkeln arbeiten.

Aber irgendetwas siegte schließlich doch über ihre Müdigkeit und brachte sie dazu, die Kisten zum Schrank in der Spülküche zu schleppen. Dort zündete sie ein halbes Dutzend Kerzen an. Wunderschöne geriffelte Kelche, Whiskygläser, Brandyschwenker, alle in herrlich leuchtenden Farben, glitzerten vor ihr wie Juwelen, die jetzt für die Party anderer Leute bestimmt waren.

3

Ein heftiger Luftzug pfiff unter der Tür des Salons in Oakbourne Hall hindurch, als Stephen dem Reverend Mr. George Ivens einen Sessel anbot.

»Danke, dass Sie den Elementen getrotzt haben, um uns zu besuchen«, sagte Stephen.

»Keine Ursache, Sir Stephen«, murmelte der hochgewachsene junge Gemeindepfarrer und bückte sich ein wenig, ganz so, als würde er dadurch weniger Platz im Raum beanspruchen.

Stephen schürte das Feuer. »Ein Vorteil dieses Windes ist, dass wir jetzt, wo die Bäume fallen, viel Holz zum Verbrennen haben.«

Der Gemeindepfarrer lachte nervös auf. »Es war wirklich ein harter Winter.«

Alice lächelte ihren Mann an. Er hatte sie am Morgen in Schrecken versetzt, als er erklärte, er habe es sich anders überlegt und wolle den neuen Gemeindepfarrer nun doch kennenlernen. Aber jetzt war er wieder sein altes, freundliches Selbst, der perfekte Gastgeber diesem etwas verlegenen Gast gegenüber.

Alice reichte Stephen seinen Tee und ließ ihre Hand auf seiner verweilen, während er über die bittere Kälte sprach. Sie hatte geglaubt, er hätte die Fähigkeit verloren, über das Wetter zu reden. Seit er wieder zu Hause war, hatten sie nicht ein einziges Mal so etwas wie ein Gespräch in Gesellschaft geführt. Nicht, dass sie viele Einladungen erhalten hätten. Sein engster Freund Robert, durch den sie sich kennengelernt hatten, war in Arnheim gefallen. Die wenigen Nachbarn, die Stephen seit seiner Kindheit gekannt hatte, waren in alle Himmelsrichtungen verstreut: Einer stand kurz davor, nach Australien auszuwandern, ein anderer hatte sein riesiges Anwesen veräußert, um eine Farm in Devon zu kaufen.

»Es tut mir leid, dass ich Ihnen dieses Zimmer zumuten muss. Es ist bloß noch eine leere Hülle«, sagte Stephen.

»Aber nein«, erwiderte der Pfarrer und streckte seine langen Beine in dem alten Sessel aus. »Es ist wirklich schön.«

»Das war es einmal. Jetzt hat die Feuchtigkeit ihm zugesetzt. Sehen Sie nur«, sagte Stephen, als einige Schuppen blassblauer Farbe von der Decke herabsegelten. Dann deutete er auf die dunklen Flecken an den Wänden, an denen früher die Familienporträts gehangen hatten. »Ich würde allerdings nicht behaupten, dass ich einige der Vorfahren, die auf uns herabschauten, sonderlich vermisse.«

»Ein Herrenklub in Washington hat sie gekauft«, erklärte Alice. »Männer in scharlachroten Uniformen, alle sehr militärisch. Zwei Generäle, die in Waterloo gekämpft haben – gegeneinander. Stephens Mutter war Französin, wissen Sie. Deine Urgroßonkel, nicht wahr, Stephen?« Er nickte. »Und ein anderer, der mit dem Herzog von Marlborough in Blenheim war und in ... äh ...«

»Malplaquet«, ergänzte Stephen.

Bei ihrem allerersten Besuch in Oakbourne Hall hatte Stephen seinen Arm um ihre Taille gelegt und gesagt: »Du wirst mich niemals dort oben bei diesem Haufen finden. *Niemals.*«

Es war 1936 und er war gerade im Außenministerium angenommen worden. Er hatte nicht vor, der Familientradition zu folgen. Sein älterer Bruder hingegen absolvierte die Militärakademie in Sandhurst und trat dann in die Grenadiergarde ein, so wie sein Vater und sein Großvater und unzählige Urgroßväter vor ihm. Stephen ging lieber nach Cambridge. Mein brillanter Ehemann, hatte sie gedacht, der mit seinem glänzenden Abschluss in modernen Sprachen darauf vertraute, dass Diplomatie der Weg zur Erhaltung des Friedens sei.

»Sie taugten nur als Brennholz«, fuhr Stephen fort. »Apropos, ich weiß nicht genau, wie Sie bei Mrs. Turner untergebracht sind, aber bitte kümmern Sie sich darum, dass es Ihnen dort nicht an Holz mangelt.«

Alice traute ihren Ohren nicht. Er war so freundlich. Vielleicht brauchte es lediglich etwas Geduld, damit ihr Mann zu ihr zurückfand. Er plauderte nun über die Hütten, die die Kanadier in der östlichen Ecke des Parks zurückgelassen hatten, und darüber, wie einer der Bauern sie übernommen hatte und auf eine neue Art und Weise für den Kartoffelanbau nutzte. »Aber der Anbau von Pflanzen ist Alice' Fachgebiet, nicht meins«, setzte er noch hinzu.

»Mein Vater war Botaniker«, erklärte sie. »Rosen waren seine Spezialität. Als all die neuen Wohnsiedlungen gebaut wurden, konzentrierte er sich darauf, Sorten zu züchten, die für kleine Gärten geeignet sind.«

Zum ersten Mal wirkte das Lächeln des Pfarrers mehr als nur höflich: »Rosen erschaffen! Was für eine wunderbare Sache!«

»Ja, aber viele Ergebnisse seiner Arbeit sind verloren gegangen. Wissen Sie, er lebte in Kent, und genau wie bei uns hat die Armee den Ort in Beschlag genommen. Als die Invasion bevorstand, hatte die Rettung der Rosen keine Priorität. Alle Gärten und Gewächshäuser wurden zerstört ... Aber schauen Sie her«, sagte sie fröhlich und reichte dem Gemeindepfarrer einen Teller. »Dies ist eine Art Apfelkuchen. Wir haben Bienen, deshalb haben wir Honig. Wir haben Glück.«

»Verdammtes Glück«, sagte Stephen halblaut.

Sie sah ihn unsicher an. Was meinte er damit?

Aber der Pfarrer redete weiter. »Könnten Sie die Rosen denn nicht hier kultivieren?«

»Hier ist es zu windig.«

»Ich meinte: Wissen Sie, wie man eine neue Rose züchtet?«

Sie lächelte. »Ja, das weiß ich.« Vor dem Krieg hatten sie und ihr Vater vereinbart, dass sie das Geschäft übernehmen würde, wenn er irgendwann nicht mehr die Kraft dafür hätte.

»Tatsächlich dürfen wir uns geschmeichelt fühlen, dass meine Frau uns mit ihrer Gesellschaft beehrt«, sagte Stephen. »Sie hat auf ihren geliebten Gartenrundgang und ihren Spaziergang verzichtet, um mit uns gemeinsam Tee zu trinken.«

Sie bemerkte den Ausdruck von Überraschung auf dem Gesicht des Pfarrers. Er hatte den abrupten Wechsel der Tonart offensichtlich wahrgenommen. »Es tut mir schrecklich leid«, sagte er und manövrierte sich auf dem wackeligen Sessel nach vorne. »Ich hätte zu einem günstigeren Zeitpunkt vorbeikommen sollen.«

»Aber Stephen scherzt doch nur! Nicht wahr?«

»Wenn es Medaillen fürs Spazierengehen gäbe, würde meine Frau sicher eine bekommen«, sagte Stephen.

Alice' Lächeln wurde breiter, ganz so, als könnte sie mit der Wärme ihres Ausdrucks die plötzliche Kälte vertreiben. »Mr. Ivens, haben Sie schon viele Leute im Dorf kennengelernt?«

»Ich komme gerade von Mrs. Downes. Allerdings war ihr Mann nicht zu Hause, da er weggerufen wurde – noch ein Baby.«

»Wie wunderbar! Sie wissen vielleicht, dass Mrs. Downes Krankenschwester ist und den alten Hausarzt während des Krieges vertreten hat. Alle liebten sie wegen ihrer lustigen Art. Selbst die Kranken brachte sie zum Lachen.«

»Reverend?«, sagte Stephen. »Gehen Sie gerne spazieren?«

Dies war keine unschuldige Frage. Mitglieder des Klerus wurden nicht eingezogen und laut Mrs. Green galt der junge Pfarrer im Dorf bereits als ein riesiger Glückspilz. Aber ein gesunder Mann war er eindeutig nicht. Als er bei ihnen eintraf, nachdem er den Kilometer vom Dorf mit dem Fahrrad zurückgelegt hatte, wirkte er bleich und erschöpft.

Alice sagte eilig: »Sie sind wahrscheinlich zu beschäftigt, um zu Fuß zu gehen.« Insgeheim bezweifelte sie das jedoch. Alle unter dreißig bemühten sich, so schnell wie möglich vom Land in die Stadt umzuziehen.

»Ich bin gerade erst angekommen«, antwortete der Pfarrer. »Aber was ich bis jetzt gesehen habe, ist sehr schön. Die wilde Landschaft, die Blumen.«

»Blumen«, wiederholte Alice. »Meine Schwester sagt, dass letzten Sommer rund um die Bombenabwurfstellen in London große Blumenfelder entstanden sind. In St. Giles soll es inzwischen ganze Wälder aus Farnen, Fingerhut, Brombeeren und Teufelskraut geben.«

»Ach ... Blumen«, sagte Stephen in dem affektierten Tonfall, den sie hasste. »Alice ist eine echte Expertin auf ihrem Gebiet.«

»Das ist Stephen auch!«, sagte sie entschieden. »Seine Gedichte erinnern laut der Kritiker an Wordsworth, und ...«

»Wordsworth«, unterbrach Stephen sie, »hätte viel mehr bewirken können, wenn er uns gelehrt hätte, wie wir uns mit dem menschlichen Bösen auseinandersetzen sollen. Nicht mit den Schönheiten der Natur.«

Sie zwang sich zu einem Lachen. »Sie sollten hören, wie Stephen die Schneeglöckchen hier im Wald beschreibt. Wir hatten uns gerade erst kennengelernt und er erzählte mir, dass es Tausende und Abertausende gibt, die in der Dunkelheit schimmern ...«

»Alice! Das ist schon ziemlich lange her.«

Sie fuhr fort, versuchte, weniger scharf zu klingen. »Das Wunder an den Schneeglöckchen ist, dass sie so zerbrechlich aussehen und doch voller Kraft durch die harte Erde stoßen. Sie verführen uns mit ihrer Schönheit und schenken uns Hoffnung.« Sie holte tief Luft. »Aber Mr. Ivens, Sie werden feststellen, dass Oakbourne eine andere Welt ist im Vergleich zu einer Gemeinde im East End. Die Probleme hier ...«

Wie sollte sie den Satz beenden? Wir sind nicht bombardiert worden. Wir waren nicht gezwungen, unsere Kinder zu evakuieren.

Aber ich sehne mich nach dem Mann, den ich geheiratet habe.

Sie flüchtete sich in eine Plattitüde. »Wenigstens können wir jetzt, da wir in Frieden leben, Pläne für die Zukunft schmieden.«

»In Frieden?«, spottete Stephen. »Sagen Sie es ihr, Reverend. Die Fähigkeit der Menschen, ihren Mitmenschen Leid zuzufügen, ist unbegrenzt.«

»Ich bitte dich, Stephen! Rede doch nicht so finster daher.«

»Alice, hast du auch nur die geringste Ahnung, was in Frankreich gerade passiert? Warum kannst du die Zeitung nicht gründlich lesen, anstatt sie nur zu überfliegen und dich in deine Naturbücher zu vertiefen?«

Früher hast du dir so gerne angehört, dachte sie, wie Schneeglöckchen die Köpfe hängen lassen, um ihre Pollen vor Regen und Graupel zu schützen. Oder dass sie wie Schneehäufchen aussehen, weil ihnen ein grüner Blütenkelch fehlt.

Stephen redete weiter. »Früher hatten wir eine bestimmte Art übler Typen an der Spitze. Jetzt haben wir die andere Sorte. Kommunisten, die Kollaborateure aufhängen. Die Gaullisten sind genauso schlimm. Genauso hasserfüllt wie diese Bastarde vor ihnen. Mein Gott! Sogar während des Krieges konnte niemand verhindern, dass die Franzosen ihre Waffen gegeneinander richteten. Und jetzt haben wir ein weiteres verfluchtes Schlachthaus. Wir alle haben uns dort wie Barbaren aufgeführt. Nicht nur die Nazis.« Grimmig sah er sowohl Alice als auch den Pfarrer an. »Spanier, Katalanen, Franken, Westgoten. Wurdest du denn in keiner deiner Schulen in Geschichte unterrichtet?«

Sie zwang sich zu einem weiteren Lachen: »Ich habe die Schule gehasst, wie du weißt.«

»Wenn die Leute nicht so verdammt unwissend wären, würden sie es kapieren. Meine Frau ist Expertin darin, wo Eisenhut wächst, wo man junge Wiesel beim Spielen beobachten kann, wo man die ersten Waldanemonen findet. Aber sie glaubt nicht, dass hier – ausgerechnet hier, in ihren eigenen Gärten und Feldern, die sie so sehr genießt, dass sie vollkommen verzückt von der Farbe des Mondes und der Helligkeit der Sterne nach Hause kommt und nur noch davon schwärmt –, dass genau hier der Ort ist, an dem die Römer plünderten und vergewaltigten, an dem die Wikingerhorden ankamen und mit unvorstellbarer Grausamkeit wüteten. Wobei die heutzutage eigentlich nur allzu vorstellbar sind. Selbst in diesem Haus, unten in der Spülküche, haben wir unser eigenes Geheimversteck, ein Priesterloch – eine weitere Erinnerung daran, dass die Menschen es lieben, sich gegenseitig zu quälen und zu zerstören. Es ist überall dasselbe, so war es immer und so wird es immer sein. Die Geschichte wiederholt sich einfach, weil die Menschen immer Gründe finden, einander zu hassen.«

Das war also der Grund, warum er sich bereit erklärt hatte, zum Tee zu erscheinen. Damit er dem Gemeindepfarrer einen Vortrag über das Böse halten konnte. Am liebsten hätte sie sich entschuldigt, hätte erklärt, dass er nicht immer so gewesen war. Früher hat er das Schöne in der Welt gesehen. In mir.

»Warten Sie nur ab«, fuhr Stephen fort. »Schon bald werden wir die Russen wieder hassen und *sie* umbringen wollen. Oder wir lassen alles über uns ergehen und ignorieren alle möglichen Schrecknisse, weil wir zu lethargisch sind, um uns darüber klar zu werden, wofür wir einstehen wollen. Reverend? Stimmen Sie mir zu?«

Der Gemeindepfarrer stellte Tasse und Untertasse ab. »Ich ... ich weiß nicht, was die nächsten Jahre bringen werden. Ich hoffe inständig, dass Sie sich irren.«

»Natürlich *hoffen* Sie das.«

Alice funkelte ihren Mann wütend an. Demütige mich, so viel du willst, dachte sie, aber nicht unseren Gast, der neu im Dorf und neu in der Gemeinschaft ist.

Sie wechselte das Thema, um ihn abzulenken: »Stephen hat früher ganz anders über meine Vorliebe für das Landleben gesprochen. Einmal, während des Krieges, war er fast sechs Monate lang fort und kam mit einem wunderschönen Gedicht zurück. Es handelte davon, wie sehr ich es liebe, bei jedem Wetter draußen zu sein. Dass ich mit dem Wind zu ihm kam, über Hunderte von Kilometern, egal ob es ein wilder Sturm war, der die Blätter von den Bäumen fegte, oder eine laue Brise ...«

»Halt den Mund, Alice. Das war bloß romantischer Quatsch.«

»Aber nein!«, rief der Pfarrer. »Wie wundervoll, dass Sie mit so viel Liebe über Ihre Frau schreiben können.«

»Ja, es war wundervoll,« sagte Alice. »Es ist wundervoll.«

Doch Stephen hörte ihr nicht zu. Er holte einen kleinen Gedichtband mit seinen eigenen Werken aus dem Regal. Bitte nicht, dachte Alice. Die Chancen, dass der Pfarrer gut Französisch konnte, waren gleich null. »Hier«, sagte Stephen. »Das ist gut geeignet, um ein Feuer in Gang zu bringen.«

Zögerlich blätterte der Pfarrer in dem Buch herum. »Vielen Dank, aber mein Französisch ist leider miserabel.«

»Meins auch!«, rief sie, verzweifelt bemüht, ihm jede Verlegenheit zu ersparen.

Aber der Pfarrer wirkte nicht verlegen. Vielmehr entdeckte sie Mitleid in seinem Gesicht, als er sich Stephen zuwandte und sagte: »Ich mache mir tatsächlich Sorgen, dass es zu einem weiteren Krieg kommen könnte. Wie leicht ist es, einander zu hassen und den Sinn dafür zu verlieren, wofür wir hier sind. Und wenn, wenn ...«

Einen schaurigen Moment lang schien er sprachlos zu sein. In der Stille vernahm Alice etwas: hoffentlich nur eine große Maus, die sich unter den Dielenbrettern bewegte, hoffentlich nur Echos aus dem Schornstein – dort oben mussten Dohlen nisten.

Endlich fand der Pfarrer die Sprache wieder: »Als ich an der theologischen Hochschule war, hatten wir ein Seminar. Wir waren zu zwölft, und uns wurde gesagt, dass wir den Raum nicht verlassen dürften, bevor nicht jeder von uns zugegeben hätte, dass wir in der Lage wären zu töten. Und das haben wir schließlich getan – nicht nur, weil wir zum Abendessen wollten. Sondern weil ich fürchte, dass Sie leider recht haben.«

»Und was machen wir jetzt?«, fragte Stephen, lehnte sich in seinem Stuhl zurück und legte die Fingerspitzen aneinander, was Alice an einen arroganten Professor erinnerte, der seinen Studenten abkanzelt.

»Ich bete.«

»Wofür genau?«

»Dafür, dass ich mich ändern kann.«

»Tatsächlich? Und Sie glauben, das könnte helfen?«

Lieber Gott, dachte Alice. Bitte mach, dass er aufhört.

Der Gemeindepfarrer sagte leise: »Ich glaube, wir alle haben diese Kraft in uns, und wenn wir mit etwas in Berührung kommen, das diese Kraft entfesselt, dann kann es passieren, dass diese schreckliche Macht befreit wird, und am Ende sind wir absolut fähig, zu töten und zu foltern. Jeder von uns. Manche kommen durchs Leben, ohne jemals auf diese Weise geprüft zu werden.

Ich bete dafür, dass ich das Richtige tun werde, wenn ich jemals auf diese Probe gestellt werden sollte.«

»Also«, fuhr Stephen fort, »wenn die Bombe fällt ...«

»*Falls* die Bombe fällt«, unterbrach Alice ihn. »Stephen ist davon überzeugt, dass wir einem Atomkrieg entgegengehen. Dass das, was in Japan passiert ist, wieder geschehen wird.«

»Ich hatte recht, was den letzten Krieg betrifft«, sagte Stephen. »Aber niemand hat mir geglaubt.«

Damit war Alice besiegt.

Er hatte tatsächlich recht gehabt. Anfang 1937 war er verzweifelt gewesen. Warum konnten seine Kollegen im Außenministerium nicht erkennen, was sie bedrohte? Dass das Böse Europa peinigte und die Beschwichtigungspolitik Hitler bloß in die Hände spielte? Nachts lag er wach und vertraute ihr seine Sorgen an, bis in die frühen Morgenstunden. Und sie nahm sein Gesicht in ihre Hände, streichelte ihn und tröstete ihn. Sich selbst sagte sie, dass nichts ihrer Liebe etwas anhaben konnte, was immer auch geschehen würde.

Sie beobachtete, wie ihr Mann den Gemeindepfarrer auf eine Weise anstarrte, als könnte die Kraft seines Blicks die Worte aus ihm herauspressen. War es das, was er im Krieg getan hatte? Hatte er die Menschen zum Reden gebracht?

Ihre Grübelei wurde unterbrochen, als ihr Gebet schließlich doch erhört wurde. Mrs. Green kam herein, um mitzuteilen, dass Stephen am Telefon verlangt wurde. Alle standen auf und Alice begleitete den Pfarrer, der noch immer erschüttert über den Verlauf des Besuchs wirkte, zur Haustür.

»Erlauben Sie mir, Sie nach Hause zu fahren«, bot sie an, in dem Versuch, alles wiedergutzumachen.

»Nein danke. Bitte machen Sie sich keine Sorgen um mich.«

Sie sah ihm nach, als er davonradelte. Er hatte mit einer solchen Entschlossenheit gesprochen, dass sie einen kurzen Augenblick lang den Eindruck hatte, *er* sei derjenige, der sich Sorgen um *sie* machte.

4

Im ehemaligen Witwenhaus mit Blick auf den Dorfanger von Oakbourne hörte Jane Downes, die Frau des Arztes, wie ihr Mann die Haustür aufschloss.

»Ist das Abendessen noch nicht fertig?«, fragte Jonathan und humpelte in die Küche.

Es war so offensichtlich, dass das Abendessen noch nicht fertig war, dass Jane versucht war, das Bügeleisen nach ihm zu werfen. Doch während sie es über eines seiner Hemden führte, lächelte sie. »Noch nicht, Liebling.«

»Um Himmels willen!«, klagte Jonathan, als Juliet, ihr jüngstes Kind, »Good King Wenceslas« auf dem Klavier herunterhämmerte. »Bald ist Ostern. Sie müsste das Lied doch inzwischen gelernt haben.«

»Ich spreche mal mit ihr«, erwiderte Jane. Ob sie wohl darum herumkam, auch noch ihr Wollkleid zu bügeln?

Jonathan warf ein paar Kohlen auf das ersterbende Feuer. »Es ist ja eiskalt hier drin!« Er versuchte, die Glut wieder zu entfachen, doch es gelang ihm nur, eine Rußwolke zu erzeugen, bevor ihm der Schürhaken auf den Boden fiel.

»Ich hebe ihn auf«, sagte sie, während er sich mühsam danach bückte.

»Mach bloß keinen Wirbel. Also wirklich, Jane, mit der Asche von gestern kann man kein anständiges Feuer machen. Du musst erst den Rost ausräumen.«

Vor dem Krieg – sie musste aufhören, in solchen Kategorien zu denken. Aber vor dem Krieg waren die Roste immer sauber. Vor dem Krieg waren in der Küche zwei Dienstmädchen in adretten schwarzen Kleidern beschäftigt gewesen. Sie erledigten den Abwasch, deckten den Tisch, bezogen die Betten, fegten den Boden, bereiteten das Abendessen zu. Der Geruch von angesengter Wolle holte sie in die Gegenwart zurück.

Sie blickte auf ihr ruiniertes Kleid hinunter. Dies war ihr Elternhaus. Sie war hier aufgewachsen und im Herbst 1940 wieder zurückgekommen, weil ihr eigenes Haus in Battersea, in dem sie und Jonathan fast fünfzehn Jahre lang ein glückliches Eheleben geführt und ihre Kinder aufgezogen hatten, in den frühen Morgenstunden des 2. November bombardiert worden war – um genau drei Minuten nach ein Uhr. In den Trümmern hatte sie ihre alte Reiseuhr gefunden, für immer stehen geblieben.

»Juliet!«, schrie Jonathan, als ihre Tochter erneut das Pedal betätigte. »Bitte! Schenk uns etwas Stille!«

Aber die Dienstmädchen waren längst fortgegangen, arbeiteten mit ihren Freundinnen in Fabriken und bauten Bomben. Auf keinen Fall würden sie zu ihr zurückkehren, selbst wenn sie es sich hätte leisten können.

»Mum!« Christopher, ihr mittleres Kind, legte seine Französisch-Hausaufgaben auf das Bügelbrett. »Kannst du mich abfragen?«

»Natürlich, aber ...« Das Abendessen war noch immer nicht in Sicht, in der Spüle stapelte sich das schmutzige Geschirr, die Hühner mussten in den Stall gesperrt werden und der Hund brauchte noch Auslauf. »Sei doch so gut und bitte Dad darum. Sein Französisch ist besser als meins. Jonathan«, sagte sie zu ihrem Mann, der den Kopf in der Zeitung vergraben hatte. »Jonathan!«

»Hmm«, murmelte er und stöhnte so laut auf, als er seine Beinprothese in Bewegung setzte, dass Jane vermutete, es wäre noch im Nachbardorf zu hören.

»Würdest du Christopher mit seinem Französisch helfen?«

»Nein, nicht nötig«, wehrte Christopher ab. »Ich will nicht ...«

»Was willst du nicht?«, fragte sein Vater mit gerunzelter Stirn.

Ich will nicht, dass du mir hilfst, dachte Jane. Ich will dich nicht hier haben, will nicht, dass du zu Hause bist.

»Liebling«, sagte Jane an ihren Sohn gewandt. »Was möchtest du?«

Christopher starrte sie an.

»Christopher!«, bellte Jonathan. »Deine Mutter redet mit dir!«

Bitte nicht, flehte Jane im Stillen, bitte brüll ihn nicht an wie auf dem Kasernenhof.

»Neulich war es die unvollendete Zukunft«, sagte sie. »Geht es jetzt wieder darum?«

Christopher verdrehte die Augen. »Warum sollte ich die wiederholen?«

»Sprich nicht in diesem sarkastischen Ton mit deiner Mutter!«

»Gehen wir doch ins Wohnzimmer, wo es ruhiger ist«, schlug sie vor. »Jonathan, ich mache dir einen Tee, damit dir warm wird. Warte«, sagte sie zu Christopher und ging zu dem Schrank, in dem sie eine Tüte Zitronenbrausebonbons versteckt hatte. »Du darfst eins haben.«

Christophers Achselzucken bedeutete: Ich weiß, dass du versuchst, mich zu bestechen. Er war fast sechzehn, größer als sie und doch so schlank. Er wirkte wie eine gespannte Feder. So viel Potenzial für Vergnügen und Schmerz, dachte sie und widerstand der Versuchung, ihn zu umarmen, während er versuchte, ihr klebriges Angebot abzulehnen und sie dafür zu bestrafen, dass sie ihn zu seinem Vater abschieben wollte.

Schließlich nahm er das Bonbon.

»Bedank dich bei deiner Mutter«, forderte Jonathan.

»Das hat er doch«, log sie und wollte die blasse, sommersprossige Wange ihres Sohnes berühren.

»Wir lassen dich jetzt in Ruhe«, murmelte Christopher und schlug die Tür hinter sich zu.

Ihr ältestes Kind, die achtzehnjährige Eleanor, kam mit ihrem Biologie-Lehrbuch in die Küche. »Was riecht hier denn so furchtbar?«, fragte sie. »Hast du wieder etwas verbrannt?« Jane deutete auf ihr Wollkleid. »Oh, gut. Es ist ruiniert. Du siehst nämlich ziemlich schäbig darin aus. Wo ist Dad?«

Jane nickte in Richtung Wohnzimmer und ihre Tochter steckte den Kopf durch die Tür.

»Dad, kannst du mir bitte helfen?«

»In fünf Minuten«, rief er.

Eleanor würde in diesem Sommer den höheren Schulabschluss machen und hoffte, einen Studienplatz für Medizin zu bekommen. Zu Jonathans Freude wollte sie in seine Fußstapfen treten. Sie hatte die Rückkehr ihres ihr fremd gewordenen Vaters, den sie seit fünf Jahren nicht mehr gesehen hatte, glücklicherweise gut verkraftet.

»Wobei brauchst du Hilfe?«, fragte Jane und räumte das Bügelbrett weg.

»Es geht um Enzyme.«

Vor Eleanors Geburt hatte Jane als Oberschwester in einem Londoner Lehrkrankenhaus gearbeitet. Und in Oakbourne musste sie während des Krieges oft für den Hausarzt Dr. Hughes einspringen, der eigentlich aus dem Ruhestand zurückgekommen war, um sich um die Bewohner des abgelegenen ländlichen Orts zu kümmern, meistens jedoch selbst krank gewesen war.

»Ich kann dir bestimmt helfen«, sagte sie.

»Danke, aber ich frage lieber Dad. Was gibt es zum Abendessen?«

»Rührei.«

»Schon wieder?«

Der Rest des Landes musste sich mit Eipulver begnügen, aber dank eines Patienten, der Jonathan in Naturalien bezahlte, schlemmten sie sich durch die duftenden, saftigen Eierberge.

»Schau mich nicht so an, Mum. Du weißt doch, dass ich Eier immer gehasst habe. Außerdem haben wir nur neun«, sagte Eleanor, die in der Speisekammer nachgesehen hatte.

Jane log wieder: »Ich habe keinen Hunger.« Vor dem Krieg waren in dieser Küche Leckereien wie Hühnerpastete, Zitronenpudding, Roastbeef und Schokoladenmousse zubereitet worden ... Ihr Magen zog sich zusammen. »Liebling«, sagte sie, »hast du Zeit, Rusty kurz auszuführen?«

»Mum! Ich habe morgen eine Prüfung!«

Ihre ältere Tochter musste immer die Klassenbeste sein, immer alles richtig machen. Und das gelang ihr auch. Aber es fiel ihr nicht leicht.

Jonathan steckte den Kopf durch die Tür. »Womit kann ich dir helfen, Eleanor?«

»Ich kapiere das mit den Enzymen nicht.«

»Was ist mit Christophers Französischaufgaben?«, fragte Jane.

»Er sagt, er braucht mich nicht«, erwiderte er und setzte sich zu Eleanor an den Küchentisch. Jane reichte ihm eine Tasse Tee und versuchte zu übersehen, wie stark seine Hände zitterten. Als er zurückgekommen war, hatte er nur leicht gezittert; sie hatte gehofft, dass es zu Hause nachlassen würde, wo er Essen und Pflege bekam und einen körperlich relativ anspruchslosen Beruf ausübte. Vor dem Krieg war er Facharzt für Thoraxchirurgie gewesen und hatte eine glänzende Karriere vor sich gehabt. Aber das Zittern wurde eher schlimmer als besser.

»Was gibt es zu essen?«, wollte er wissen.

»Rührei.«

»Schon wieder.«

»*Schon wieder.*« Energisch schlug sie die Eier auf und hörte zu, wie ihr Mann über Substratmoleküle und kompetitive Hemmung sprach, bemerkte, dass Eleanors Gesicht immer besorgter aussah. Mach langsam, wollte sie sagen. Sie hat das noch nicht begriffen. Sie ist nicht so schlau oder so schnell wie du. Das sind nur wenige.

»Was ist nur los mit mir?«, klagte Eleanor, den Tränen nahe. »Ich verstehe es einfach nicht.«

Ohne nachzudenken, sagte Jane: »Es ist doch bloß eine Schulprüfung.«

Eleanor drehte sich zu ihr um: »Um Himmels willen, Mum! Es sind nur noch zweiundsechzig Tage bis zur ersten Abschlussprüfung.«

Dann kam Juliet in die Küche gestürmt und warf sich in Janes Arme. »Oh, bitte sag mir, dass es wieder Rührei gibt!«

Juliet war ihr Wonnekind. Vollkommen glücklich damit, eine mittelmäßige Schülerin zu sein. Vollkommen glücklich damit, ihren Vater um sich zu haben – einen Mann, an den sie sich kaum erinnern konnte. Überglücklich über das Rührei. Jane hielt ihren zufriedenen kleinen Körper fest und ließ ihn erst wieder los, als das Telefon auf dem Flur klingelte.

Mit einem gewaltigen Getöse stand Jonathan auf, um ans Telefon zu gehen.

»Das war Mr. Martin«, erklärte er, als er zurückkam. »Das Baby kommt schneller, als wir dachten.«

»Grüß sie von mir«, sagte Jane. Sie war sich sicher, dass Mrs. Martin es lieber gehabt hätte, dass sie, Jane, anstatt ihres Mannes zu ihr kam: eine Frau, die sie kannte und die bereits ihre ersten beiden Kinder zur Welt gebracht hatte. Doch als sie ihren Mann dabei beobachtete, wie er den Inhalt seiner Tasche überprüfte, wusste sie, dass er seine Sache gut machen würde. In seinem weißen Kittel legte er jene Geduld und Zärtlichkeit an den Tag, die ihm zu Hause fehlte.

Jane ging zur Haustür und gab ihm einen zarten Kuss auf die Wange.

Sie sah zu, wie er wegfuhr, und dachte: Während des Krieges war *ich* diejenige, die zur Arbeit ging.

5

Als *George Ivens* von seinem Besuch in Oakbourne Hall wieder nach Hause kam, zog er seine schlammigen Stiefel aus und stellte sie sorgfältig auf die Zeitung, die Mrs. Turner immer neben der Haustür auslegte. Die Begegnung mit den Raynes hatte ihn erschöpft, und er wünschte sich, er könnte einen Moment ruhig dasitzen, eine Schallplatte auf den Teller des Grammofons legen, das ihm seine Gemeindemitglieder bei seinem Abschied aus Whitechapel geschenkt hatten, Mozart hören und über diesen seltsamen Besuch nachdenken.

Doch Mrs. Turner rief: »Ihr Abendessen ist fertig.« Tatsächlich roch es nach Räucherhering.

Er behielt seinen Mantel an und tappte über den auf Hochglanz polierten Boden ins makellose Esszimmer. Dann setzte er sich an den für ihn gedeckten Platz, direkt gegenüber dem Kaminsims, auf dem ein Foto von Mrs. Turners einzigem Sohn stand. Er trug eine Uniform der Royal Air Force und lächelte selbstbewusst; kurz darauf wurde der Lancaster-Bomber, in dessen Heck er sich befand, abgeschossen.

Die große Standuhr, die den Raum winzig wirken ließ, schlug zur vollen Stunde. Es war erst fünf Uhr und er wollte noch nicht essen. Aber Mrs. Turner bereitete sein Abendessen in letzter Zeit immer früher vor. Er erwartete beinahe, dass sie ihm sein Mittag- und Abendessen künftig gleich zum Frühstück servierte, damit sie den Tag hinter sich bringen konnte.

Er verkroch sich in seinen dünnen Mantel und dachte über seinen Besuch nach. Er hatte noch nie Leute wie die Raynes kennengelernt – Adelstitel, Landbesitz und reich dazu. Stephen Rayne, *Sir* Stephen, verbesserte er sich, war ein Ritter – ein Titel mit jahrhundertelanger Tradition.

In London hatte er sozialistische Freunde und Kollegen, die das genaue Gegenteil der Raynes verkörperten. »Bitte lass dich nicht in das alte Feudalsystem hineinziehen«, hatten sie gesagt, als er ihnen erzählt hatte, dass er aufs Land ziehen würde, und er hatte gelacht und ihnen versichert, dass das bestimmt nicht geschehen würde.

Ganz im Gegenteil.

Er hatte gewusst, dass der Umzug aus dem East End nach Oakbourne seine eigenen Vorurteile auf die Probe stellen würde. Sie hatten sich bereits in seiner Kindheit herausgebildet, als er mit ansah, wie Kinder ohne Schuhe und ohne Frühstück zur Schule gingen und ihre Eltern im gnadenlosen Kampf gegen die Armut kein Bein auf den Boden bekamen. Als er zum Big House hinaufgegangen war, hatte er sich gefragt, wie man es moralisch rechtfertigen konnte, in einem Gebäude mit zwei Türmen und – so hieß es – 365 Fenstern zu leben. Immer wieder musste er sich ins Gedächtnis rufen, dass alle Menschen, ob sie nun in einem Mietshaus oder einer Villa aufgewachsen waren, Teil des mystischen Leibes Christi waren.

Während er nun an dem schwachen Tee nippte – serviert in der einzigen Tasse, die, wie er bemerkt hatte, keinen Sprung aufwies – und in einem Stuhl hin und her rutschte, dessen kaputte Sprungfeder sich in seinen Oberschenkel bohrte, musste er sich selbst allerdings eingestehen, dass er sich eigentlich nicht so sehr über die Ungerechtigkeit empört hatte, sondern vielmehr über den entsetzlichen Zustand des Ortes erschrocken war. Einmal hatte er beim Reden den Faden verloren, weil er überzeugt gewesen war, eine Ratte zu sehen, die ihn aus dem kahlen Kopf eines alten Tigerfells heraus anschaute.

Er hatte miterlebt, wie die Häuser der Menschen im Blitzkrieg zerstört worden waren, aber der Niedergang war in Oakbourne Hall genauso spürbar. Vielleicht sogar noch deutlicher, denn die Elendsviertel existierten jetzt ja nicht mehr, und das war gut so. Aber das alte Herrenhaus besaß noch immer gewisse Reste von Schönheit. Er hatte einen alten Sängerbalkon entdeckt, ein Buntglasfenster, auf dem Schwalben zwischen Schilfrohr zu sehen waren, und auch eine prächtige Treppe. Die Vernachlässigung und der Verfall dessen, was einmal so schön gewesen war, stimmten ihn traurig, und zu seiner Überraschung taten ihm die Raynes sogar leid.

Er warf einen Blick auf die überwucherte Hecke, die dem Zimmer noch mehr von dem ohnehin schon spärlichen Licht raubte, und wandte sich dann wieder der Fensterbank zu. Darauf befand sich eine Auswahl von Werken, die verschiedene Phasen des kurzen Lebens von Mrs. Turners Sohn verkörperten: ein Aschenbecher aus Ton mit der Aufschrift »Mummy«, wobei das »y« in eine Ecke gequetscht war; etwas, das Ivens für eine Katze hielt, und dann eine ausgezeichnete Schnitzerei, die einen Reiher darstellte. Mrs. Turner hielt die Stücke stets penibel frei von Staub.

»Oh, wie schön«, sagte er mit erzwungenem Optimismus, als sie mit dem grätigen Fisch und einer mit Margarine bestrichenen Scheibe Brot hereinkam.

»Das habe ich doch gerne gemacht.«

»Soll ich die Hecke nicht doch ein wenig zurückschneiden?«, fragte er zum zweiten Mal in jener Woche.

»Nein danke«, antwortete sie und zog die Vorhänge zu.

»Das macht mir keine Mühe.«

»Sie haben doch schon genug zu tun.«

Zu tun? Was konnte er schon tun, um den Raynes zu helfen, dieser hübschen, traurigen Frau in einem Kleid, das unförmig von ihren mageren Schultern hing, und ihrem Mann voller Bitterkeit und Verzweiflung? In ihrem riesigen, lieblosen Salon hatte er sich gefragt, welche Qualen sich hinter ihrem gekünstelten Lächeln und seinen grausamen Zügen verbargen. Der Versuch, diesen Menschen den Frieden Gottes zu bringen, war so vergeblich wie das Unterfangen, den Regen aufhalten zu wollen.

»Die Männer werden nach dem Krieg verrückt«, hatte ein Seelsorger, der in den Schützengräben gedient hatte, einmal zu ihm gesagt. Das gilt für uns alle, dachte er und beobachtete Mrs. Turner dabei, wie sie einen Rußfleck vom Kamin wischte, der sich in den fünfzehn Minuten seit der letzten Reinigung abgelagert haben musste.

»Das sieht köstlich aus«, sagte er und versuchte, sich bei der Aussicht auf den fettigen Klumpen, der vor ihm lag, nicht zu ekeln. »Ach, Mrs. Turner, als ich oben im Big House war, sagte Sir Stephen, dass wir gerne etwas Holz haben dürften.«

»Ich glaube, wir haben genug, danke.«

Aber es ist hier doch wie in Sibirien!, wollte er am liebsten herausschreien. Die Fenster sind vereist und nachts liege ich zitternd wach. Sie müssen die Kälte doch auch spüren? Nun, vielleicht auch nicht. Er befürchtete, die hagere Seele vor ihm, die ihr Haar zurückgekämmt in einem Netz trug, hatte sich antrainiert, gar nichts mehr zu spüren.

»Vielleicht könnte ich ja in meinem Zimmer ein Feuer machen?«, schlug er vor.

Sie zögerte, aber es war ihr deutlich anzusehen, dass sie absolut nichts von dieser Idee hielt.

»Sie werden keine zusätzliche Arbeit haben«, versicherte er ihr. »Ich schaffe das Holz herbei. Ich bezahle den Schornsteinfeger.

Ich räume den Rost aus. Und ich könnte auch für Sie ein Feuer im Wohnzimmer bereiten.«

»Aber nein, dort sitze ich nie!«

Das könnten Sie aber, dachte er, wenn es dort warm wäre. Doch er kämpfte einen aussichtslosen Kampf. In dem ganzen Monat, seit er hier war, hatte sie nicht ein einziges Mal einen Besucher empfangen. Er hatte mitbekommen, wie sie Leute an der Tür abgewiesen hatte. Nur ein Mal war sie von ihrem ewig gleichen Alltagstrott und ihrer rigiden Putzroutine abgewichen, nämlich, als er plötzlich in ihrer Gegenwart gehustet und sie ihm heißes Wasser mit Honig zubereitet hatte.

»Aber wenn Sie ein Feuer brauchen, dann können Sie das selbstverständlich tun«, sagte sie.

Das Gefühl der Niederlage, das sie ausstrahlte, war ansteckend. Warum sich die Mühe machen?, dachte er. Ich komme schon zurecht.

Doch als der Wind durch den Schornstein heulte, erwiderte er: »Danke. Ich werde mich darum kümmern.«

Dann wandte er seine Energie dem Räucherhering zu. Als er einen Bissen schluckte, blieb er ihm im Hals stecken.

»Mrs. Turner, bitte verzeihen Sie mir. Ich hasse es, Essen zu verschwenden, aber ich schaffe die Portion wirklich nicht. Ich hätte es Ihnen vorher sagen sollen.«

»Fühlen Sie sich schlecht? Dann tun Ihnen solche Speisen natürlich nicht gut.« Sie nahm ihm den Teller aus der Hand. »Aber was kann ich Ihnen stattdessen machen?«

Sie schenkte ihm ein besorgtes Lächeln. Eigentlich sollte er derjenige sein, der ihr zu Hilfe kam, der dieser kriegsmüden Gemeinde unter die Arme griff, aber das Einzige, was Mrs. Turner etwas Leben einhauchte, war seine Bedürftigkeit.

»Ich brauche wirklich nichts«, sagte er und verfluchte seinen kränkelnden Körper.

Mit fünfzehn Jahren hatte er sich ein rheumatisches Fieber zugezogen, das sein Herz dauerhaft geschwächt hatte – und seitdem versuchte er, seine Gebrechen zu ignorieren. Er ermüdete leichter als andere Männer. Er konnte nicht so hart arbeiten. Es war nicht seine Schuld, aber er schämte sich trotzdem dafür. Natürlich bemerkte er, wie die Leute ihn ansahen. Gerade an jenem Nachmittag hatte Stephen Rayne eine spitze Bemerkung gemacht. Aber damit konnte er umgehen.

Noch schlimmer war nur das Mitleid. Er wollte der Starke sein und sich um andere kümmern. Aber er hatte Mitleid in Alice Raynes Augen entdeckt, als er, nach Luft ringend, vor ihrer Tür stand.

»Möchten Sie wirklich keinen Tee?«, fragte Mrs. Turner.

»Ach ja, vielleicht doch, bitte.«

Als sie in die Küche verschwand, fühlte er sich völlig überflüssig. Alles, was er tun konnte, war Tee trinken.

Der Heiland, an den er – meistens – glaubte, und die Heiligen, die er studiert hatte, hatten in einer ebenso brutalen Welt gelebt wie dieser. Doch obwohl sie gefoltert und gekreuzigt worden waren – genau wie Männer und Frauen im vergangenen Krieg und, wie Stephen Rayne befürchtete, auch in Zukunft –, war das Leben in ihnen nicht ausgelöscht worden. Das lag nicht nur an ihrer Gewissheit, dass sie in der nächsten Welt wieder auferstehen würden; nein, sie hatten sich auch in dieser Welt einen lebendigen Geist bewahrt.

Als Mrs. Turner mit dem Tee zurückkam, wünschte er sich, er könnte sagen: Wir alle wissen, wie viel Böses es um uns herum gibt, aber wenn wir unsere Sinne ausschalten, so wie Sie es getan haben, Mrs. Turner, dann hat das Böse gewonnen – und Ihr Sohn ist umsonst gestorben.

Aber er umfasste bloß Mrs. Turners kalte Finger und sagte: »Danke. Den Tee kann ich jetzt gut gebrauchen.«

6

Der Efeu hatte die Bleiglasfenster des ehemaligen Kinderzimmers von Oakbourne Hall durchbrochen und der Regen prasselte herein.

»Ich glaube, wir sollten es erst einmal mit Brettern verkleiden«, sagte Alice. »Es hat keinen Sinn, neues Glas zuschneiden zu lassen.«

»Das stimmt«, sagte Mrs. Green. Beide vermieden es, das Offensichtliche auszusprechen: Die Fenster hatten so morsche Rahmen, dass eigentlich jeder einzelne hätte ausgetauscht werden müssen. »Ich kümmere mich darum, dass der Efeu ganz unten abgeschnitten wird.«

»Das habe ich schon erledigt«, sagte Alice. Sie hatte sich eine Säge genommen und war den dicken, faserigen Stängeln zu Leibe gerückt, um zu verhindern, dass sich der Efeu weiter in das Mauerwerk hineinfraß, die Dachrinnen verstopfte und das Haus in Mitleidenschaft zog.

Mrs. Green seufzte: »Das war einmal ein so schönes Kinderzimmer.«

Jetzt, dachte Alice, fühlt es sich sogar noch maroder an als der Rest des Hauses. Das Zimmer war leer bis auf ein kaputtes Schaukelpferd. Sollten sie den Regen einfach weiterhin eindringen lassen und in Kauf nehmen, dass der Teppich, die Dielen und der Putz an der Decke verrotteten? Limesdale Hall, ein noch größerer Kasten dreißig Kilometer entfernt, war letztes Jahr »versehentlich« in Brand geraten und dem Erdboden gleichgemacht worden. Ein anderer Herrensitz an der Grenze zu Cambridgeshire war gerade in fünfzig Anteilen verkauft worden, aufgeteilt in die Bauernhöfe, die kleineren Parzellen, den Pub, den Cricketplatz, die Waldstücke.

Vielleicht war die Zeit für Oakbourne Hall gekommen, den gleichen Weg zu gehen.

»Ein perfekter Ort für Kinder«, fuhr Mrs. Green fort. Alice bemerkte, wie sie einen Blick auf ihren flachen Bauch warf.

Sie zuckte zusammen. Sie wusste, dass im Dorf über sie getratscht wurde. Die Frage, wann – oder ob – sie und Stephen Kinder bekommen würden, lieferte reichlich Gesprächsstoff: *Nach zehn Jahren Ehe ist es doch wohl an der Zeit, vor allem, weil sie ja nicht jünger wird und er schon eine Weile wieder zurück ist, aber sie ist so rank und schlank wie eh und je, geht nur spazieren und arbeitet im Garten. Was er braucht, ist ...*

Doch wie viele Einzelheiten wussten die Leute? Bei Mrs. Green konnte man sich auf Diskretion verlassen, nicht aber bei den wenigen Teilzeit-Hausmädchen, die bereit waren, auf Dauer für sie zu arbeiten. Sie errötete bei dem Gedanken an Spione unter der Treppe, die ihre Schlafgewohnheiten erörterten, und wandte sich an Mrs. Green. »Ich werde mich später um das Fenster kümmern.« Dann verließ sie das Kinderzimmer.

Es war ja nicht allein die Tatsache, dass sie und ihr Mann getrennte Zimmer hatten, sondern auch, dass Stephen es vorzog, so weit wie möglich von ihr entfernt zu schlafen. Von ihrem riesigen Zimmer mit Blick auf den Park bis zu seinem brauchte man fast fünf Minuten: den Hauptkorridor mit den bröckelnden Gesimsen entlang, über den Treppenabsatz der großen gotischen Treppe und an weiteren Schlafzimmern vorbei zu den Flügeltüren – voller Löcher, da sie von den Soldaten als Dartscheibe benutzt worden waren –, die sich zu einer der Hintertreppen öffneten, dann zwei Etagen hinauf in das oberste Stockwerk, das einst die Quartiere der Dienstboten beherbergt hatte. Seit einiger

Zeit war das gesamte Stockwerk verlassen, mit Ausnahme des einen kleinen, stets abgeschlossenen Zimmers, in dem Stephen seit seiner Rückkehr schlief.

»Ich fürchte«, sagte Mrs. Green, als sie einen rückwärtigen Korridor hinuntergingen, »über diesem Fenster hat sich noch mehr Hausschwamm eingenistet.«

Alice betrachtete das verrottende Holz. Was sollte sie dazu sagen? Sie hatten kein Geld für irgendwelche Reparaturen. Als sie mit dem Finger über das ungeputzte Glas fuhr, sah sie eine Gruppe Schwäne, die im Wind dahinflogen, und wünschte, sie könnte draußen bei ihnen sein. Aber sie hatte sich für diesen Vormittag vorgenommen, Ordnung in einem weiteren unbenutzten Schlafzimmer zu machen.

Alice hatte inzwischen den Eindruck, dass in Stephens Familie seit Generationen nichts mehr weggeworfen worden war. Das Haus war vollgestopft mit sentimentalem Schnickschnack, Locken von Babys, gepressten Blumen zwischen alten Briefen und unendlich vielen Tagebüchern. Mit Mühe zog sie die unterste Schublade einer Mahagoni-Kommode auf und holte einen Stapel rot gebundener Bücher heraus – Berichte über abgeschossene Fasane, von 1901 bis 1914. Sie warf sie in den Korb zu den Dingen, die verbrannt werden sollten, und entdeckte dann ein Foto eines jungen Mannes, der Stephen verblüffend ähnlich sah, schlank und blond, lachend. Auf der Rückseite war in einer gestochenen Handschrift vermerkt: *Sir James, Mai 1914.* Stephens Vater.

Alice betrachtete das glatte, ungewohnt fröhliche Gesicht. In seinem weißen Anzug stand er auf den Stufen des Cricketpavillons von Oakbourne Hall, in glückseliger Ahnungslosigkeit der Dinge, die das Leben noch bringen würde. Bei den wenigen Gelegenheiten, bei denen Alice ihn getroffen hatte, hatte sie ihn als kalt und herablassend empfunden. Stephen hatte niemals liebevoll von seinem Vater gesprochen und beschrieb ihn als einen

Mann, der seiner Frau, seinen Kindern und seinen Bediensteten ständig Befehle zubrüllte.

»Bitte sorge dafür, dass ich nicht so ende wie er«, hatte Stephen gesagt, als er das erste Mal fortging. Das war im September 1939 gewesen. Und ich arroganter Dummkopf habe geglaubt, wir wären so gesegnet und so besonders, dass wir alles überstehen könnten, was der Krieg uns auferlegte, dachte sie.

»Das muss weg«, sagte Mrs. Green und zeigte ihr ein scharlachrotes von Motten zerfressenes Affenjäckchen. »Und das auch.« Sie hielt einen Kaschmirschal mit Paisleymuster hoch, der mit grünem Schimmel überzogen war. »Aber die hier ist noch ziemlich gut erhalten.« Mrs. Green zog eine Damasttischdecke hervor.

Alice strich über die schwere Seide. In einer Ecke prangten die Initialen D und R: Deborah Rayne, Stephens Urgroßmutter, die bei riesigen viktorianischen Banketten am Ende eines Tisches mit vierzig Plätzen gethront hatte. Inzwischen hatte die Tischdecke Risse und braune Ringe, wo die kanadischen Soldaten ihre Becher mit kochend heißem Kaffee abgestellt hatten.

Wer konnte heutzutage noch eine Dinnerparty veranstalten, bei der man ein derart überdimensionales Tischtuch brauchte? Und wer sollte es waschen? Es in eine solch perfekte Form bügeln? Früher hatte ein ganzes Bataillon von Angestellten gebügelt, gekocht und geputzt, aber jetzt gab es nur noch Mrs. Green und die Aushilfen, die stets deutlich machten, dass sie nur hier waren, bis sie eine bessere Anstellung fanden.

»So eine exquisite Stickerei«, seufzte Mrs. Green und zeichnete mit dem Finger das kunstvolle Monogramm nach.

Alice nickte zustimmend. All diese Leben, von denen sie nur wenig wusste, ihre wertvollen Besitztümer und Fotos, die in Schubladen verstaubten. Was sollte sie mit all diesen Dingen anfangen? Ein Teil von ihr wünschte sich, das Haus möge einstürzen, doch es stellte auch eine Art Anspruch an sie. Früher einmal wurde ich geliebt und geschätzt, schien es zu sagen. Rette mich!

Vielleicht würde ein Kind – ihr Kind – diese Fotos ja lieben. Aber gegenwärtig waren die Chancen, dass sie und Stephen Nachwuchs bekamen, gleich null. Es konnten Tage vergehen, ohne dass sie sich überhaupt begegneten.

Bevor Stephen fortging, um zu kämpfen. Bevor sein Vater im Blitzkrieg in Stücke gesprengt wurde. Bevor sein älterer Bruder getötet wurde – wie oder wo, das wussten nur Gott und, wie sie annahm, die Gestapo. Das war ein weiteres Thema, über das nie gesprochen wurde. Bevor Stephen vor fünfeinhalb Jahren Oakbourne Hall erbte. Davor und vor so vielen anderen Ereignissen lagen sie nebeneinander im Bett und malten sich aus, wie sie nach dem Krieg leben würden. Sie würden in einem warmen Cottage wohnen – nun, in dieser Frage hatten sie sich wohl kräftig getäuscht. Er würde das Außenministerium verlassen und Gedichte schreiben, sie würde Rosen züchten und sie würden Kinder bekommen – elf hatte er sich gewünscht, damit er seine eigene Cricketmannschaft zusammenstellen konnte. Törichte Fantasien frischgebackener Eheleute, dachte sie und blätterte durch Bilder von Stephens Vater als Kind an endlosen edwardianischen Sommernachmittagen, ein kleiner Junge im goldenen Sonnenlicht, sanft beschattet von mächtigen Ulmen.

Dann fiel ihr ein anderes Foto entgegen: Stephens Vater in Khaki, beschriftet mit der Zeile *Marne, September 1914*. Er wirkte ernst, sein Mund war angespannt. Unschuld und Freude waren wie weggeblasen: Ein Monat Krieg hatte den fröhlichen Menschen im Cricketpavillon für immer ausgelöscht.

Aber im Gegensatz zu seinem Vater, dachte Alice, war Stephen vom Krieg anfangs nicht verändert worden. Als sie ihm im November 1943 in Hastings einen Abschiedskuss gegeben hatte, war er noch der Mann, den sie immer geliebt hatte. Zugegeben, er wirkte erschöpft und rasend schnell gealtert. Aber er war immer noch er selbst.

Jetzt schien es ihr, als könnte man ihre Ehe in zwei klar voneinander getrennte Abschnitte einteilen: vor Hastings und danach.

Bei seiner Rückkehr im vorigen Herbst hatte sie anfangs den Verdacht gehegt, dass es eine andere Frau gab, dass er in den zwei Jahren, die sie getrennt gewesen waren, eine andere kennengelernt hatte.

Sie hatte geglaubt, der Schmerz würde nie vergehen. Nach einem halben Jahr jedoch hätte sie sich beinahe gewünscht, er hätte eine andere Frau, denn dann hätte sie gewusst, woran sie war. Jetzt hegte sie einen anderen Verdacht, zu schrecklich, um darüber nachzudenken.

Doch der Krieg war vorbei. Wozu auch immer man ihn gezwungen hatte, er konnte es hinter sich lassen. Nach vorne schauen: Das war die Botschaft. Politiker, Journalisten, alle sagten das. Aber diese Heuchelei machte sie wütend. Obwohl sie wusste, dass ihr Handeln sinnlos war, warf sie einen weiteren Stapel alter Fotos in den Mülleimer, ganz so, als könnte man die Vergangenheit einfach auslöschen.

7

»*Damit wäre ein weiteres* Zimmer geschafft«, sagte Alice ein paar Stunden später. »Ich mache das alleine fertig. Gehen Sie nur.« Es war Mrs. Greens freier Nachmittag und sie wollte sich zum zweiten Mal den Film »Begegnung« ansehen.

»Ich muss nur noch Sir Stephens Bettwäsche holen«, sagte Mrs. Green. »Der Wäschereiwagen wird gleich hier sein.«

»Das mache ich schon! Sie wollen doch den Bus nicht verpassen.«

Bislang hatte Alice nicht ein einziges Mal einen Fuß in Stephens Dachbodenzimmer gesetzt. Seit seiner Rückkehr hatte sie zwar ein paarmal an die Tür geklopft, aber er hatte sie immer brüsk weggeschickt. Einmal war sie hinaufgegangen, hatte ihn aber nicht angetroffen, und die Tür war abgeschlossen gewesen. Sie hätte sich leicht Zutritt verschaffen können, denn sie besaß ihren eigenen Schlüsselbund. Doch in ein Zimmer einzudringen, in dem sie offensichtlich nicht erwünscht war, fühlte sich an, als würde sie gegen eine Art Moralkodex verstoßen.

Aber es war ja nichts Hinterhältiges daran, Mrs. Green zu helfen. Oder doch?

Und schon war sie auf dem Weg, rannte die Treppe hinauf zum obersten Treppenabsatz.

Sie riss die Tür zu dem Flügel auf, in dem die Diener ihr Quartier gehabt hatten. Vor ihr erstreckte sich ein fensterloser Korridor, der sich über die halbe Länge des Hauses hinzog, auf jeder Seite ein Dutzend leerer kleiner Räume. Sie bemerkte Mäusekot, Fledermauskot ...

Laut stapfte sie über die nackten Dielen und atmete Schweiß und Stiefelwichse der vergangenen Jahrhunderte ein.

»Stephen!«, rief sie und klopfte heftig an seine Tür, um jedem, der sie möglicherweise hören konnte, klarzumachen, dass sie nur einer einfachen Besorgung wegen hier oben war. Sie spionierte nicht.

Niemand hörte sie. Sie versuchte, den Schlüssel ins Schloss zu stecken, doch in der Dunkelheit rutschte er ihr aus der Hand. Sie kniete nieder und tastete im Staub herum. Der verzogene alte Eichenboden knarrte laut. Sie warf einen Blick über die Schulter, spähte in die Schatten hinein. Einen Moment lang hatte sie schreckliche Angst, so ganz allein dort oben im Haus ...

Ihre Finger umklammerten den Schlüssel. Du Närrin!, ermahnte sie sich. Blaubart – mit Hitchcocks böser Mrs. Danvers im Schlepptau – würde jetzt wohl kaum aus einem der abgeschlossenen Zimmer stürmen, nachdem er gerade eine weitere neugierige Frau getötet hatte.

Sie rappelte sich auf und drehte den Schlüssel im Schloss um. Das Zimmer war sauber und aufgeräumt, das Fenster offen, die provisorischen Vorhänge – schwere graue Armeedecken – waren zurückgezogen. An einer Wand stand ein schwarzes Eisenbett, in einer Ecke befand sich ein Tisch mit einer Schüssel, Stephens Rasierzeug und einer Kerze. Über der Rückenlehne eines Holzstuhls hing ein Hemd. Das war alles. Keine Bücher, wie er sie früher neben seinem Bett gestapelt hatte, keine Stifte, kein Papier.

Aber auch keine Geheimnisse.

Nichts, wovor man sich fürchten müsste, dachte sie mit einem Anflug von Selbstverachtung.

Tatsächlich hatte dieses winzige Zimmer etwas Mitleiderregendes an sich. Sie konnte sich Stephen vorstellen, den kleinen Jungen, der viel zu jung die Mutter verloren hatte, der einsam in diesem riesigen Haus mit seinem brüllenden Soldatenvater aufwuchs, der in die Schule geschickt und von dummen Aufsichtsschülern schikaniert wurde; dann Stephen, ihren fantasievollen, eigenwilligen Mann, der in den Krieg geschickt wurde, mit noch mehr Idioten, die ihn zwangen, Gott weiß was für schreckliche und unvorstellbare Befehle auszuführen.

Sie nahm das Bettzeug und strich mit der Hand über sein Kissen. Es war schweißnass. Sie stellte sich vor, wie er in diesem Bett lag und sich hin und her wälzte, ein Mann, der noch im Schlaf Krieg führte, der mit Feinden rang, die ihn nachts heimsuchten. Es war ihre Aufgabe, ihm zu helfen. Wer sonst war dazu in der Lage? Aber sie wusste noch immer nicht, wie ihr das gelingen sollte; seit dem Tag, an dem er nach Hause gekommen war, beschäftigte sie diese Frage.

Während sie die Treppe hinuntereilte, hörte sie einen Lieferwagen vorfahren und rannte in den Hinterhof, um dem Fahrer die Wäsche zu übergeben.

Mrs. Green erschien in ihrem Tweedmantel mit Fuchskragen und Alice zwang sich, die Haushälterin mit ihrem weichen, faltigen Gesicht anzulächeln.

»Viel Spaß im Kino«, sagte sie.

»Ich danke Ihnen. Übrigens, die Salatsamen, die Sie bestellt haben, sind gerade angekommen.«

»Wunderbar. Ich werde sie gleich setzen. Wir werden froh sein, wenn wir im Sommer ein wenig Salat haben.«

»Ja, das stimmt. Alles, was Sie anbauen, ist so köstlich«, sagte Mrs. Green, und Alice hatte das Gefühl, dass die Haushälterin sie mit besorgtem Mitleid betrachtete.

Mrs. Green hatte ihren eigenen Mann bis zu seinem Tod gepflegt, drei Jahre, nachdem er an der Somme durch Gas vergiftet worden war. Seit Anbeginn der Zeit hatten sich Frauen in dieser Rolle wiedergefunden. Sie erinnerte sich vage an die Lektüre griechischer Sagen und daran, dass Odysseus nach seinem Kampf gegen die Trojaner schließlich zu Penelope zurückkehrte. Allerdings hatte Penelope auch nicht gewusst, wie sie ihren verstörten Mann trösten sollte. Kaum hatte Odysseus den heimischen Herd erreicht, griff er zu Pfeil und Bogen und widmete sich wieder dem tödlichen Kampf.

Alice machte sich auf den Weg in den Garten – immerhin stand es in ihrer Macht, Pflanzen zum Leben zu erwecken –, wo sie zu ihrer Überraschung Stephen auf einer Bank neben dem Stumpf einer gefällten Eiche antraf.

»Liebling!« Er reagierte nicht. Sie tippte ihm auf die Schulter und er fuhr auf. Er hatte nur ein Hemd an und der Sitz der Bank war feucht. »Du wirst dich noch erkälten«, sagte sie. So viel zur Sage von Penelope und Odysseus.

Sie versuchte es noch einmal: »Mrs. Green hat mir erzählt, dass Mr. Ivens eine wunderbare Stimme hat, und da dachte ich, dass ich vielleicht am Sonntag zur Abendandacht gehe.«

»Warum?«

»Um den schönen Gesang zu genießen.« Und außerdem, so dachte sie, um ihm ein Zeichen des guten Willens zu senden, in Anbetracht dessen, wie du neulich mit ihm gesprochen hast.

»Hast du alle meine alten Schulzeugnisse auf meinen Schreibtisch gelegt?«, fragte er, als sie sich neben ihn setzte.

»Ich habe einen Schrank ausgemistet und wusste nicht recht, was ich damit machen sollte.«

»Verbrennen.«

»Ich dachte ...« Dass es uns einmal erfreuen würde, sie durchzublättern. »Willst du sie nicht mehr?«

»Nein.«

»Aber du hast doch so gute Noten bekommen. Besonders in den Fremdsprachen – du bist ja ein ›Naturtalent‹.«

»›Ein Naturtalent‹? Gott steh uns bei!«

»Die Lehrer haben alle von deiner Fähigkeit geschwärmt, dich konzentrieren zu können. Das ist eine wunderbare Eigenschaft«, sagte sie. Die üblichen Trostsprüche kamen ihr also wieder mühelos über die Lippen.

Seine Augen richteten sich auf den Baumstumpf.

Sie dachte daran, wie er an jenem Abend, an dem sie sich kennengelernt hatten, die schwache Narbe an ihrem Mundwinkel berührt hatte. Sie war so winzig, dass sie zuvor noch nie jemandem aufgefallen war. Aber Stephen hatte sie bemerkt und sie hatte gedacht: Dieser Mann *sieht* mich. Und sich gefragt, wie es wohl wäre, nackt neben einem Mann zu liegen, der ihrem Körper solche Aufmerksamkeit schenkte. Jetzt sah er sie nicht einmal mehr an.

Ich kehre in die Vergangenheit zurück, dachte sie, um meine Enttäuschung über die Gegenwart zu verdrängen, während er in einer ganz anderen Welt existiert. Und es ist meine Aufgabe, ihn daraus zu befreien. Aber was passiert, wenn ich den Willen dazu verliere?

»Ich gehe wieder rein«, sagte er.

Sie betrachtete seinen Rücken, bis er im Haus verschwand.

8

»*Schau mal*«, sagte Dr. Downes, als er einen Topf mit Zwetschgenmus aus seiner Arzttasche holte. »Jim Thompsons Frau hat mir dies hier gegeben. Ich konnte ihm kein Geld abnehmen angesichts des entsetzlichen Zustands des Cottages, in dem sie leben müssen.«

»Alle diese Häuschen müssen renoviert werden«, sagte Jane, die an der Spüle mit einem angebrannten Kochtopf kämpfte.

»Ist das eine Rechtfertigung dafür, dass die Raynes keinen einzigen Penny zuschießen? Thompson hat mehr als fünfzig Jahre lang hart für diese Familie gearbeitet.«

Aber jetzt haben sie kein Geld mehr, dachte Jane. Als sie noch ein Kind gewesen war, hatte man die kleinen Höfe des Anwesens verkauft, das Gestüt von Oakbourne geschlossen, das Polofeld umgepflügt, den Pub an eine örtliche Brauerei verkauft. Als diese Wirtschaftsgüter nacheinander veräußert wurden, klagte ihre Mutter in sentimentalem Ton über die verlorene Pracht und Schönheit von Oakbourne Hall. Jetzt wurde in der Gegend darüber diskutiert, ob das Haus überhaupt noch bis ins nächste Jahrzehnt stehen würde.

Sie sagte: »Während des Krieges lebte Alice Rayne in einem dieser Cottages und pflegte ihren Vater. Er war an Polio erkrankt.«

»Ich wette, ihr Cottage war in einem besseren Zustand als das der Thompsons.«

»Ja,« sagte sie. »Aber mir ist zu Ohren gekommen, dass im Big House etwas nicht stimmt. Sir Stephen ist als ein anderer Mensch zurückgekommen.«

»Wer nicht?«

»Ich vermute, dass noch mehr dahintersteckt.«

»Was denn? Stellt er eine Gefahr dar? Für sich selbst? Für andere?«

»Vielleicht. Ich weiß nicht. Es heißt, er sitze die ganze Zeit über in seinem Zimmer und tue nichts.«

»Ist das denn nicht typisch für die Aristokratie?«

»Jonathan. Früher warst du nicht so ungerecht. Du klagst immer wieder darüber, welchen Schaden dieser Krieg angerichtet hat. Nur weil er reich ist — oder es einmal war —, kümmert es dich nicht mehr!«

»Das ist wirklich unfair! Die halbe Welt hat den Verstand verloren. Wenn er ein Problem hat, muss er zu mir kommen. Auch wenn es weiß Gott nicht genug Hilfe gibt für alle. Wenn du mich fragst, hat er verdammtes Glück gehabt, bei seiner Rückkehr nicht feststellen zu müssen, dass der einzige Dank dafür, dass er sein Leben und seinen Verstand riskiert hat, Arbeitslosigkeit, eine hässliche Mietwohnung und unterernährte Kinder sind.«

Dann nahm er die Fachzeitschrift *Lancet* zur Hand und Jane ging hinaus, um die Hühner in den Stall zu sperren.

Sie ließ sich Zeit und hoffte, Jonathan würde sich mit seiner medizinischen Forschung ablenken und ihr einen weiteren Vortrag über Gesundheitsfürsorge und Häuser und Bildung für dieses neue Land der Helden ersparen. Aber mein Mann, dachte sie, während sie einer gackernden Henne hinterherlief, ist auch einer dieser Helden.

»Bloß keine Heldentaten«, hatte sie an dem Tag im Jahr 1940 gesagt, an dem Jonathan nach Frankreich aufbrach. Auf dem Bahnsteig, zusammen mit Hunderten von Männern, verängstigt, ungeduldig, abgestumpft und jeder einzelne so verletzlich, wusste sie genau, was Jonathan dachte, und sagte: »Du kannst nicht alle retten. Aber falls du wieder nach Hause kommst, kannst du unseren Kindern immer noch ein Vater sein. Und mir ein Ehemann.«

Er hatte es ihr versprochen – keine Heldentaten. Aber was das in der Realität des Krieges bedeutete, davon hatte sie keine Ahnung. Wann immer sie ihn nach Dünkirchen oder den Gefangenenlagern fragte, sprach er nur davon, dass er die Vergangenheit hinter sich lassen wolle, damit sie eine wunderbare neue sozialistische Welt erschaffen konnten. Aber sie hatte es inzwischen satt, auf dieses bessere Leben zu warten, das sich für die Kriegsopfer zunehmend wie eine Wunschvorstellung anfühlte.

Viele ihrer unverheirateten Freundinnen waren auch Opfer des vorigen Weltkriegs. Als solche hatte sie sie jedenfalls betrachtet, als sie an ihrem eigenen Hochzeitstag mit einem Strauß Maiglöckchen aus dem Garten zum Altar schritt, während diese wunderbaren Frauen sie so wohlwollend anlächelten – starke Frauen, die sich nach einem liebenden Körper sehnten, an den sie sich lehnen konnten. Doch weil es nach 1918 nur noch so wenige Männer gab, waren sie gezwungen, alleine weiterzukämpfen.

Und doch, so redete sie sich ein, als sie die Hühner in den Stall scheuchte, konnte aus dem Bösen Gutes erwachsen. Ihre beste Freundin aus der Schulzeit war jetzt Direktorin eines Gymnasiums, eine andere aus ihrer Zeit als Krankenschwester war Oberschwester in einem großen Londoner Lehrkrankenhaus, und die Klügste unter ihnen war in Cambridge und forschte über Verbrennungen.

An ihrem Hochzeitstag hatte sie sich außerordentlich gesegnet gefühlt. Sie war im Morgengrauen aufgestanden, um ihren Brautstrauß zu pflücken. »Ich möchte etwas Einfaches«, hatte sie zu ihrer Mutter gesagt, die andere Erwartungen an die Hochzeit ihrer Tochter gehegt hatte, vor allem, was die Wahl des Bräutigams betraf. Und an ihrem ersten Hochzeitstag waren sie und Jonathan zusammen zu Floris in der Jermyn Street gegangen und er hatte ihr eine winzige Flasche Eau de Toilette mit Maiglöckchenduft gekauft. Es war inzwischen längst aufgebraucht, aber sie hatte die leere Flasche, die so herrlich nach Liebe und Freude duftete, aufbewahrt.

Sie ging hinunter in die Ecke des Gartens, in der sie vor Kurzem neue Maiglöckchentriebe entdeckt hatte.

Sie waren verschwunden.

Die Erde war wie umgepflügt, kahl und leer. Statt schlanker, lebendiger Blätter erblickte sie nur Schlamm und einen Moment lang war sie den Tränen nahe.

Aufgebracht stürmte sie in die Küche.

»Ross Harris! Seine Mutter wollte ihn unbedingt aus dem Haus haben, also habe ich ihn in den Garten zum Helfen geschickt. Er hat alle Maiglöckchen umgegraben.«

»Mein Gott!« Jonathan ließ seine Zeitschrift sinken. »Ich dachte schon, es sei etwas Schlimmes passiert.«

»Aber ich habe ihm ausdrücklich eingeschärft, dass er das bleiben lassen soll. Ich habe ihm erklärt, dass diese langen Blätter ...«

»Hast du eine Ahnung, wie verwöhnt du klingst? Ein Mann, der seine Jugend in der verdammten Arktis verloren hat, und du machst so ein Theater wegen ein paar Blumen ...«

»Du hast recht, ich weiß, ich weiß. Es ist nur so, dass diese Blumen mir viel bedeuten ...«

Dann entdeckte sie schlammige Pfotenabdrücke auf dem Küchenboden, den sie erst eine Stunde zuvor gewischt hatte, und rief verzweifelt: »Ach, Rusty!« Als Reaktion darauf, seinen Namen zu hören, sprang Rusty auf und wedelte mit seinem riesigen Schwanz, wodurch der Besen umfiel und eine halb volle Milchflasche über den Tisch sauste. Sie konnte nur zusehen, wie die Flasche zerbrach und die Milch herumspritzte.

»In den Korb!«, rief sie. »In den Korb!«

»Warum schaffst du den Hund nicht ab?«, fragte Jonathan bissig. »Du zeigst ja nur allzu deutlich, dass du ihn nicht leiden kannst.«

»Mum, nein!«

Sie drehte sich um. Sie hatte gar nicht bemerkt, dass Christopher hinter ihr stand. »Dad meint es nicht so!«, sagte sie und kniete sich hin, um die Scherben aufzulesen. »Ehrlich. Du weißt, wie sehr ich Rusty liebe. So wie wir alle«, fügte sie noch hinzu, als plötzlich das Telefon klingelte.

»Geh du ran«, bat sie, weil sie ihren Mann unbedingt aus der Küche haben wollte.

»Christopher, es tut mir so leid«, sagte sie, als Jonathan die Küche verlassen hatte. »Es war nicht nett von mir, dass ich wegen der Maiglöckchen einen solchen Aufstand gemacht habe.«

Die Augen ihres Sohnes verengten sich. »Und warum hast du dann an deinem Hochzeitstag, als Dad nicht da war, ihretwegen einen solchen Aufstand gemacht?«, fragte er leise. »Du hast ständig von deinem Hochzeitsstrauß geredet und davon, dass er an uns denken würde, weil wir einen so wunderbaren Vater haben. Verdammt wunderbar!«

»Christopher, bitte! Dad weiß nicht, was mir diese Blumen bedeuten.«

»Weil er an niemanden außer sich selbst denkt.«

»Ich muss los«, rief Jonathan vom Flur aus.

Gott sei Dank, dachte sie. »Wie schade«, sagte sie und zwang sich, ihm einen Abschiedskuss zu geben.

Sie kehrte in die Küche zurück, wo Christopher auf sie wartete und sie angespannt betrachtete. »Mum? Warum hast du ihn eigentlich geheiratet? Verdammt noch mal, er ist ein Monster. Und du versuchst, das zu ignorieren.«

»Nein, das stimmt nicht! Außerdem sollst du nicht fluchen!«

»Er flucht auch dauernd, aber du sagst nie etwas dagegen.«

»Weißt du«, sagte sie, »ich kann mich noch genau an den Augenblick erinnern, in dem mir klar wurde, dass dein Vater der Richtige für mich ist.«

Einen Moment lang erschien ihr Christophers Gesicht um zehn Jahre jünger. Von ihren drei Kindern war er schon immer derjenige gewesen, der Geschichten am meisten liebte, der beim Vorlesen bettelte: »Nur noch eine Seite ...«

»In dem Krankenhaus, in dem ich als Krankenschwester arbeitete, hatte ich von deinem Vater bereits gehört«, erzählte sie. »Jeder hatte von ihm gehört, weil er so brillant war.«

Er war auch wegen seiner Sprechweise aufgefallen – trotz seiner Bemühungen hörte man ihm die Herkunft aus der Arbeiterklasse noch an. Aber das brauchte Christopher nicht zu erfahren. Auch nicht, dass sie bereits mit dem Sohn eines Paares aus dem Freundeskreis ihrer Eltern verlobt gewesen war, als sie sich in seinen Vater verliebte.

Sie fuhr fort: »An jenem Tag machte der Oberarzt seine Visite und hatte etwa ein Dutzend Assistenzärzte dabei. Sie standen alle um das Bett einer alten Dame herum und plötzlich erbrach sie sich. Der Oberarzt schrie ›Schwester!‹ und wich entsetzt zurück, ganz so, als ekelte er sich furchtbar vor ihr. Und sämtliche jungen Ärzte machten es ihm nach. Außer deinem Vater. Er schnappte sich eine Schüssel und hielt sie der armen alten Dame hin, beruhigte sie und sagte: ›Es ist alles in Ordnung‹, während die anderen Ärzte sie behandelten, als wäre sie eine widerliche alte Frau.« Sie spürte, wie ihr die Tränen in die

Augen schossen. »Ich hatte noch nie so viel Zärtlichkeit bei einem Mann gesehen.«

Christopher beobachtete sie aufmerksam. Sein Gesicht hatte sich wieder verändert; nun wirkte er älter, als er tatsächlich war. Bald würde er sechzehn werden. Würden sie sich noch im Krieg befinden, hätte man ihn in zwei Jahren eingezogen. Wäre er drei Jahre früher geboren worden, hätte man ihn in den Fernen Osten geschickt. Wäre ...

»Mum, ich weiß ja, er kümmert sich um kranke Menschen und um Ungerechtigkeit und so weiter. Aber was ist mit uns?«

»Natürlich kümmert er sich um uns. Es mag sich nicht so anfühlen, aber er tut sein Bestes, und vielleicht ist sein Bestes im Moment nicht ausreichend, aber er hat schon so viel durchgemacht. Denk doch bloß daran, dass er eine verpfuschte Operation von irgend so einem widerlichen Nazi über sich ergehen lassen musste, wo er doch selbst ein so brillanter Chirurg war.«

»*War*«, wiederholte Christopher. »Ich wünschte, er würde wieder im Operationssaal arbeiten, anstatt hier bei uns herumzusitzen und uns anzuschreien. Aber seine Hände werden nie wieder gesund werden, oder?«

»Hoffentlich doch – mit der Zeit.«

»Aber vielleicht auch nicht? Es könnte also passieren, dass wir hier zusammen festsitzen?«

»Wäre das denn so schlimm?«

Er wandte sich ab. Als er wieder sprach, klang seine Stimme leiser. »Tom Mayhew hat gesagt, dass man es ziemlich gemütlich hatte als Gefangener und dass Dad das große Los gezogen habe.«

»Wie bitte?«

»Er hat behauptet, die Kriegsgefangenen hätten genug zu essen bekommen und wären versorgt worden, und einige hätten sich absichtlich gefangen nehmen lassen, um in Sicherheit zu sein.«

»Das ist ja furchtbar!«, rief sie. »Christopher! Denk doch mal nach! Ruf dir in Erinnerung, wie dünn Dad war, als er zurückkam.« Sie hatte schon viele unterernährte Körper gesehen, aber nichts hatte sie auf den entsetzlichen Anblick ihres nackten Ehemannes vorbereitet, der nicht einmal mehr 45 Kilo wog. »Dad hat die absolute Hölle durchgemacht!«

»Was ist mit den Briefen, die er uns geschickt hat?«, murmelte Christopher.

Jonathans »Briefe« bestanden in Wirklichkeit aus fünf spärlichen Postkarten – mehr Kommunikation zwischen ihr und ihrem Ehemann war in sämtlichen fünf Jahren nicht erfolgt. Es stimmte, dass er das Leben im Lager in gewisser Weise als »gemütlich« beschrieben hatte, als das »große Los«: Er habe einige großartige Freunde gefunden – so großartig, dass er seit seiner Heimkehr jeglichen Kontakt mit ihnen vermied –, er habe dank einiger brillanter Spieler in seiner Baracke sein Schachspiel grundlegend verbessert, lerne Griechisch, und an schönen Tagen würden die Männer mit einem Schläger, den sie sich aus einer herausgerissenen Bodendiele gebastelt hatten, Cricket spielen.

Christopher zog die Stirn kraus. »Er hat gelogen, um uns nicht zu beunruhigen, stimmt's? Er hat uns wie kleine Kinder behandelt, die mit der Realität nicht umgehen können.«

Vielleicht können wir das tatsächlich nicht, dachte sie. An Christopher gewandt, sagte sie: »Du musst bedenken, dass alles, was er geschrieben hat, zensiert wurde.«

»Jetzt zensiert ihn niemand mehr. Aber als ich ihn gefragt habe, wie es ihm ergangen ist, hat er wieder nur über seinen geliebten Gesundheitsminister Bevan und seinen kostbaren Wohlfahrtsstaat gequatscht und gesagt, wir sollten den Krieg vergessen.«

»Ich habe auch keine Ahnung, was mein Vater im vorigen Weltkrieg alles getrieben hat«, sagte sie. »Ich habe ihn einmal danach gefragt, ob er jemals getötet hat, und sein Blick hat mich erschreckt.«

»Hast du Angst vor Dad?«

»Nein, natürlich nicht. Aber Soldaten reden selten. Oftmals sind sie einfach nicht in der Lage dazu.«

Christopher dachte einen Moment lang nach. »In Dads *Lancet* habe ich einen Artikel darüber entdeckt, dass Reden ein Heilmittel sein kann.«

Sie seufzte auf. »Bis dahin ist es noch ein weiter Weg. Aber Christopher, was diese Jungs in der Schule angeht: Glauben sie wirklich, dass Kriegsgefangene es leicht hatten? Das wäre ...«

»Mum! Das ist doch egal.«

»Nein, ist es nicht! Ich finde es entsetzlich, dass sie so reden. Mir ist klar, dass Tom verzweifelt ist und um sich schlägt, weil sein Vater getötet wurde. Aber was ist mit Jack Ledbury? Hat er sich auch daran beteiligt?« Jacks Vater war seit dem D-Day verschollen.

»Mach doch nicht so eine Sache daraus! Ich komme schon klar damit.«

»Du würdest es mir doch erzählen, oder? Wenn dich die anderen Jungs ...«

»Da gibt es nichts zu erzählen! Warum musst du aus allem eine Katastrophe machen?«

Darauf konnte sie ihm keine ehrliche Antwort geben, auch heute nicht. Stattdessen streckte sie die Arme aus, um ihn an sich zu drücken. Aber er wandte sich ab und umarmte lieber den Hund.

9

Wenn er sich beeilte, so hoffte George Ivens, würde er noch den Bus zurück ins Dorf erwischen. Er hatte gerade Jim Thompson, dessen Zustand einen Kirchenbesuch nicht zuließ, das Abendmahl gespendet und war danach noch den ganzen Nachmittag bei ihm geblieben, um sich mit ihm zu unterhalten. Jetzt war es schon spät und Ivens nahm den einsamen Weg im Laufschritt in Angriff. Aber schon nach wenigen Minuten bekam er kaum noch Luft, sein Herz klopfte in einem seltsamen, stolpernden Rhythmus, und als er um die Ecke auf die Hauptstraße bog, fuhr ihm der Bus vor der Nase weg.

Der nächste Bus ging erst zwei Stunden später. Mit unsicherem Blick betrachtete er den wolkenverhangenen Himmel und beschloss, dass es gerade noch lang genug hell sein würde, um querfeldein nach Hause zu laufen – das ging schneller, als der Straße zu folgen. Also machte er sich auf den Weg, immer entlang eines erst kürzlich umgepflügten Feldes.

Es hatte geregnet und der Boden war rutschig, die vielen entwurzelten Grassoden waren schwarz und von der Nässe vollgesogen. Seine Schuhe erwiesen sich als zu dünn für diese Art von Spaziergang, und schon bald spürte er, wie die Feuchtigkeit sie durchdrang und ihm der fiebrige Schweiß auf der Stirn stand.

Seine Ärzte hätten ihm wohl angeraten, das Gespräch im überhitzten, luftarmen Schlafzimmer der Thompsons früher zu beenden. Vor der Tür hatte ein Zugluftstopper in Form eines riesigen Dackels gelegen, der aus Samtfetzen zusammengenäht war. Doch wenn er am Krankenbett saß, fühlte er sich wahrlich wie ein Diener Christi. Dies war seine Aufgabe: bei den Menschen zu sein, stets offen für ihre Sorgen und Nöte; ihren Schmerz auf sich zu nehmen, genau wie Jesus es getan hatte. Nun, so lautete die Theorie, aber an jenem Nachmittag war es ihm gelungen, sie tatsächlich in die Praxis umzusetzen.

»Bitte kommen Sie bald wieder«, hatte Mrs. Thompson zum Abschied gesagt und ihm einen Topf mit Zwetschgenmus aufgedrängt, der jetzt in seiner Manteltasche gegen sein Bein schlug. Er hatte es ihr versprochen, aber den Bus würde er nicht noch einmal verpassen, das schwor er sich. Inzwischen brach die Nacht herein und der Weg wurde immer schlammiger.

Nachdem er zwei weitere Felder passiert hatte, erreichte er den Rand des Moores und ging weiter, vorbei an schmalen Deichen, bei denen der Pegel durch den jüngsten Regen gestiegen war. Dann stieß er auf eine glasig wirkende Wasserfläche, an der er schon einmal vorbeigekommen zu sein glaubte. Doch nun befand sie sich nicht mehr rechts, sondern links von ihm.

Ivens hätte sich mit verbundenen Augen in den Straßen des East End zurechtgefunden – während der Verdunkelung hatte er das praktisch unter Beweis gestellt. Er hatte aber nicht damit gerechnet, dass das Geflecht der Wege hier so kompliziert sein oder er so schnell die Orientierung verlieren würde. Er blickte hinüber zu den Nebelschwaden, die über den Schilfgürteln hingen, und wurde sich bewusst, dass er sich total verirrt hatte.

Eigentlich sollte ich wohl beunruhigt sein, dachte er, aber er empfand ein merkwürdiges Gefühl des Friedens, während er sich in der weiten Leere verlor. Außerdem war es wunderbar, nicht in Mrs. Turners kaltem Haus festzusitzen. Er hatte es nicht besonders eilig, in sein Zimmer zurückzukehren, zu einem weiteren Abend, der in einer Einsamkeit verging, die sich allzu oft nach Stagnation anfühlte. Hier draußen in der Finsternis schimmerten wechselnde Grautöne in einer solchen Intensität, dass es ihm vorkam, als würde er ein biblisches Wunder bezeugen: als würde er die Unendlichkeit der Schöpfung jenseits der Vorstellungskraft des menschlichen Geistes erfassen. Zum ersten Mal, seit er London verlassen hatte, überkam ihn das Gefühl, dass er nicht nur deshalb an den Rand der Nordsee verbannt worden war, weil er ein kranker Mann war. Wasser, Land und Himmel schienen ineinander zu verschmelzen, in einem ständigen Zustand des Wandels und der Metamorphose, fast so, als wollte Gott ihm versichern, dass in seinem Glauben der wahre Trost lag: Die Dinge sind nicht immer so, wie sie uns erscheinen. Uns wird immer, immer die Verheißung von Veränderung, Heilung, Auferstehung in Aussicht gestellt.

Er dachte an die Predigt des Trauergottesdienstes, den er bald für Jim Thompson halten würde. »Herr, lehre uns bedenken, dass wir sterben müssen, auf dass wir klug werden«, murmelte er, während er durch mannshohes Schilf zu einer winzigen Lichtung schlitterte, von der aus kein klar erkennbarer Weg weiterführte. Er war sich nicht sicher, ob er den Fußweg verlassen hatte und nur den Spuren der Rehe gefolgt war. Als er eine umgestürzte Birke entdeckte, ruhte er sich darauf aus.

Einen Augenblick lang war alles still. Der Mond tauchte hinter einer Wolkenbank auf und beschien die weiten, gemächlich schwingenden Flügel eines Reihers, der auf den Fluss zusteuerte. Dann flog plötzlich ein Schwanenpaar auf und er hörte Schritte durch Pfützen platschen. Er erwartete, einen der Knechte auf dem Heimweg zu sehen, aber es war Lady Rayne, die aus dem Schilf auftauchte.

Zuerst bemerkte sie ihn nicht. Ihre Aufmerksamkeit war auf die Schwäne gerichtet, die im schwindenden Licht weiß und gespenstisch wirkten, und er geriet kurz in die Versuchung, sich zu verstecken. Doch sein Husten verriet ihn.

Sie wirkte entsetzt, ihn hier anzutreffen. Offensichtlich war er nicht der Einzige, der heute Abend allein ausgehen wollte. Doch in jenem Moment, in dem er die Bestürzung auf ihrem Gesicht bemerkte, lächelte sie auch schon, als träfen sie sich bei einem Picknick.

»Mr. Ivens! Wie schön, Sie zu sehen.« Er konnte nur mit einer beschwichtigenden Handbewegung antworten, weil er von einem Hustenanfall gepackt wurde. »Alles in Ordnung?«

»Ja, danke«, sagte er schließlich, schnappte nach Luft und rappelte sich auf. »Ich wollte eine Abkürzung über die Felder nehmen. Aber ich glaube, ich habe den Weg zurück zur Straße übersehen.«

»Ja, so ist es wohl. Das Hinweisschild ist längst verschwunden, darum verläuft man sich hier leicht. Ich zeige Ihnen den Weg.«

»Aber nein, das ist nicht nötig!«

»Sie dürfen sich an einem solchen Abend nicht verirren, es kann jeden Moment wieder zu regnen anfangen.«

Wie auf ihr Kommando hin begann es leicht zu nieseln. Er wünschte sich, sie würde einfach weitergehen, ganz so, als hätten sie sich nicht getroffen. Es war offensichtlich, dass dies beiden lieber gewesen wäre. Aber er benahm sich wie ein grober Klotz. Und wie ein Dummkopf dazu. Seiner Gesundheit wegen hatte man ihn nach Suffolk geschickt, aber das bedeutete nicht, dass er in Kleidern herumlaufen sollte, die ihm jetzt wie ein nasser Waschlappen an der Haut klebten.

»Ich möchte Ihnen wirklich keine Umstände machen«, sagte er.

»Ich suche immer nach einer Ausrede, um spazieren zu gehen«, lachte sie, vielleicht ein bisschen zu fröhlich.

»Aber es regnet doch.«

»Ich liebe den Regen. Wahrhaftig.« Sie blickte auf, um die Tropfen auf ihrem Gesicht zu spüren; dabei enthüllte sie eine Perlenkette, die um ihren Hals lag. »Weil er die Grenzen verschwimmen lässt. Und Sie haben mir einen guten Grund gegeben, mich hier draußen im Regen aufzuhalten.«

Da fiel ihm auf, dass in ihren Augen eine gewisse Anziehungskraft lag. Aber er verwarf den Gedanken im selben Moment, in dem er auftauchte. Ihre Finger wanderten hastig zu den Perlen und sie sagte: »Ich begleite Sie nach Hause. Am schnellsten sind wir, wenn wir direkt durch das Moor gehen. Ich verspreche Ihnen, dass wir uns nicht verirren.« Sie trat in eine Pfütze und das Wasser spritzte um ihre Füße herum. »Oder ertrinken! Ich sehe unglaublich gut im Dunkeln. Mein Mann hat mir mal erklärt, dass sich diese Fähigkeit immer weiter verbessert, je öfter man nachts nach draußen geht. Karotten alleine bewirken das nicht.«

Er wusste nicht, was er mit dieser Information anfangen sollte. Er kam sich vor wie jemand, der in eine Dinnerparty hineingeplatzt war. Wie ein aufgeregter Gast, der von ihr beruhigt werden musste. »Es ist also ganz normal, dass ich im Stockfinsteren herumlaufe«, fuhr sie fort. »Ich trainiere mein nächtliches Sehvermögen. Oje, es ist ja so nass, als würde man auf einem Schwamm laufen. Ich fürchte, Ihre Schuhe sind nicht für den Regen geeignet.«

»Das macht nichts.«

»Wirklich? Meine Schwester weigert sich, uns im Winter zu besuchen, weil es hier so matschig ist. Sie beschwert sich andauernd darüber. Die Londoner kommen mit diesem Ort im Winter einfach nicht klar. Sie halten ihn für ein einziges Schlammloch. Das ist mir recht, so habe ich ihn für mich allein. Während des Krieges wimmelte es natürlich überall von Soldaten und Fliegern. Aber in diesem Winter habe ich kaum jemanden gesehen.«

Gefällt Ihnen das wirklich? So isoliert zu leben?, wollte er sie fragen. Wann hatte sie wohl das letzte Mal mit jemandem gesprochen? Jetzt schien sie nämlich nicht mehr aufhören zu können. Während sie durch das Moorgebiet stapften, redete sie pausenlos weiter, von Touristen aus London über den richtigen Umgang mit Fischottern zum Schutz der Fische bis hin zu dem Strand, an dem man die besten Makrelen angeln konnte. Schließlich unterbrach sie sich selbst: »Jetzt ist es nicht mehr weit«, rief sie. »Sehen Sie diese Erlen – die Bäume dort?« Nicht weit vor ihnen lag ein kleines Gehölz, das wie eine dunstige Insel aus einem grauen Meer aufzutauchen schien. »Dort biegen wir in den Weg hinunter zum Queen's Head ein.«

»Danke, jetzt finde ich es allein.«

»Nein, ich begleite Sie.«

Es war unmöglich, ihr zu widersprechen. Und sie redete in einem Schwall weiter, erzählte von den Gänsen, die gerade nach Island zurückkehrten, von den Nestern der Brachvögel im Moor, von jener Flussbiegung, in der sich die Forellen sammelten, von einer Schleiereule, die zuerst tot wirkte, sich dann aber wieder geregt hatte – sie war nur in Ohnmacht gefallen.

»In Ohnmacht gefallen?«, wiederholte er, und sein Moment der Überraschung erlaubte ihm, auch einmal zu Wort zu kommen.

»Das ist ein Selbstverteidigungsmechanismus: einfach abschalten, den Adrenalinfluss anhalten. Viele Tiere machen das so. Sie stellen sich tot oder fallen einfach in eine Schockstarre, wenn ihnen eine Situation zu bedrohlich wird. Das ist sehr klug von ihnen. Ich glaube ...«

Endlich hielt sie inne. Er hätte ihr gerne vermittelt, dass sie mit ihm reden konnte, aber nicht über ohnmächtige Schleiereulen und die Routen der Wildgänse. Nein, er wollte viel dringender erfahren, was sie eigentlich hier draußen tat. War sie auf der Flucht vor ihrem Mann und seinen bissigen Demütigungen?

In London hätte er gewusst, wie er ihr eine helfende Hand reichen konnte. Aber er war nicht an Frauen gewöhnt, deren Kopftücher aus Seide waren, die Perlenketten zu ihren Gummistiefeln trugen und die sich trotz ihrer schäbigen Kleidung und ihres zerzausten Haars so unnahbar gaben und sich mit einem Sperrfeuer aus Worten abschirmten.

Der Regen fiel jetzt heftiger, aber sie schien ihn nicht zu bemerken. Während er noch nachdachte, sagte sie: »Verzeihen Sie mir, wenn ich unhöflich bin, aber sind Sie mit diesem Gedanken hierhergekommen, an diese trostlose Küste? So viele Menschen mussten in den letzten sechs Jahren so viel Schreckliches ertragen und ich dachte, Sie hätten vielleicht das Bedürfnis danach ...«

»In Ohnmacht zu fallen wie eine Schleiereule?«

Ihr Gesichtsausdruck verfinsterte sich. »In gewisser Weise. Ich meinte, dass Sie vielleicht den Wunsch hätten, sich zurückzuziehen. Die Menschen kommen seit Jahrhunderten hierher, um genau das zu tun, in all den Klöstern entlang der Küste.«

»Ich fürchte, der Grund ist viel banaler«, sagte er, als sie endlich Mrs. Turners Gartentor erreichten. »Der Bischof meinte, frische Luft und gutes Essen – etwas, woran es in London allen mangelt – könnten meiner Gesundheit guttun.«

Und wie zum Beweis bekam er erneut einen Hustenanfall.

»Was fällt mir eigentlich ein, Sie hier noch in eine Plauderei zu verwickeln«, rief sie. »Sie müssen sich schnell aufwärmen.«

»Und Sie müssen mit hineinkommen und telefonisch Ihr Auto anfordern.«

»Aber nein! Ich werde im Nullkommanichts zu Hause sein. Ich mache mir bloß Sorgen um Sie.«

»Ich komme schon zurecht«, erwiderte er. Er musste allerdings dringend aus den durchnässten Kleidern heraus, sonst würde er am nächsten Tag die Quittung dafür bekommen. »Ich mache mir auch Sorgen um Sie.«

»Um mich?« Er bemerkte eine Spur Überheblichkeit in ihrer Stimme.

»Weil Sie in diesem Regen draußen herumlaufen«, log er.

»Wir sollten beide damit aufhören, uns zu sorgen.«

»Lady Rayne, ich würde mich gerne bald wieder einmal mit Ihnen unterhalten.«

Er spürte ihr Zögern. Möglicherweise glaubte sie ja, er wolle nie wieder nach Oakbourne Hall zu Besuch kommen, nach der merkwürdigen Unterhaltung beim Tee neulich.

»Vielleicht könnte ich Ihnen den Garten zeigen«, schlug sie vor.

»Das wäre sehr schön.« Er streifte seinen nassen Handschuh ab, um ihr zum Abschied die Hand zu geben. »Sie fühlen sich ja eiskalt an!«, rief er überrascht.

»Daran bin ich gewöhnt«, sagte sie. Dann winkte sie ihm noch einmal kurz zu und ging mit schnellen Schritten davon.

10

Dr. Downes parkte seinen alten Rover vor der Unterkunft des Gemeindepfarrers und betrachtete die Szenerie, die vor ihm lag. Im Dorfladen gab es eine Postkarte mit genau diesem Motiv: Häuschen aus dem achtzehnten Jahrhundert, deren Mauerwerk in verschiedenen Rottönen strahlte; flauschige Hühner, die unter rosa und weiß blühenden Apfelbäumen gackerten; und die aus dem vierzehnten Jahrhundert stammende Kirche – erbaut mit Geldern, die aus dem erfolgreichen Handel mit Wolle stammten – samt eines Turms, der sich in den blassen Frühlingshimmel erhob. Erst im vergangenen Sommer hatte ein Reporter der *Times* Oakbourne als eines der idyllischsten Dörfer beschrieben, die er je gesehen hatte.

Downes sah das genaue Gegenteil. Ich könnte mich auch im Mittelalter befinden, dachte er verärgert und stieg aus seinem Auto. In diesen charmanten Häuschen mit kleinen Fenstern und rauchenden Schornsteinen hausten klapperdürre Kinder mit krummen Beinen; Mütter, die durch Elend und Krankheit vorzeitig gealtert waren; Männer, die schufteten, bis sie ihr Leben aushauchten.

Wie zum Beweis seiner Sichtweise luden zwei Arbeiter vor Mrs. Turners Haus Feuerholz von einem Wagen und stapelten es im Schuppen auf. Die Männer mussten auf die siebzig zugehen, und während sie sich immer wieder bückten und schwer hoben, dachte Downes an ihre alten Muskeln und müden Sehnen.

»Langsam, langsam«, sagte er mit gesenkter Stimme. Doch sie hörten ihn und bedachten ihn mit einem leeren Blick. »Achten Sie auf Ihren Rücken!«

»Es geht schon, danke, Sir.«

Für diese Generation war es zu spät, dachte er. Aber für die nächste würde es eine neue Weltordnung geben, jetzt, da der Krieg vorbei war. Es musste ganz einfach so sein. Der Wandel war allgegenwärtig und er, Downes, würde dabei in vorderster Reihe stehen. Schon jetzt leitete er Ausschüsse, schrieb Berichte, verschickte eifrig Briefe, in denen er ausführte, wie der öffentliche Gesundheitsdienst, der entstehen sollte, seiner Meinung nach am besten aufgestellt werden konnte.

Als Kind hatte Downes, der Sohn eines Hafenarbeiters, miterleben müssen, wie seine Schwester starb. Sie war von einem System im Stich gelassen worden, das nur denen half, die über Geld verfügten, davon war er überzeugt. Und von Ärzten, die, wie er jetzt erkannte, schlichtweg inkompetent waren. Er musste unbedingt verhindern, dass andere Menschen so litten wie seine Mutter, sein Vater und seine Schwester. So wie er selbst als kleiner Junge, der damals nur hilflos hatte zusehen können. Seiner Entschlossenheit, der Kraft seines Verstandes und der Geschicklichkeit seiner Hände hatte er es zu verdanken, dass er aus der verzweifelten Armut ausbrechen konnte. Er hatte nämlich ein Stipendium für die höhere Schule und dann einen Studienplatz für Medizin am Guy's Hospital erhalten, wo er zu den drei besten Studenten seines Abschlussjahrgangs gehörte.

Er bemerkte, wie einer der Arbeiter vor Schmerz zusammenzuckte und sich das Knie rieb. Du solltest deine Füße vor dem Kaminfeuer hochlegen, dachte Downes, anstatt für jemand anderen Holz zu schleppen. Hätte er irgendetwas zu sagen, dann wäre dies die Realität. Auf jeden Fall würde er sein Möglichstes tun, um sicherzustellen, dass wenigstens die Söhne dieser Männer mit Würde behandelt wurden.

Gerade als er das Gartentor öffnete, hielt ein Daimler hinter seinem Rover, und Alice Rayne stieg aus. Downes beobachtete, wie die Männer eine Hand zum Gruß an die Mützen legten. Alice Rayne sagte: »Grahame, Watson, ich danke Ihnen vielmals. Ist genug Holz da bis zum nächsten Winter?«

»Reichlich, Madam.«

»Wunderbar!« Dann drehte sie sich um. »Dr. Downes?«

»Ja.«

»Ich glaube nicht, dass wir uns schon begegnet sind,« sagte sie. »Aber ich weiß natürlich, wer Sie sind.« Sie streckte ihm die Hand entgegen und stellte sich vor. »Ihre Frau hat uns sehr geholfen, als mein Vater krank war. Ich bin ihr so dankbar. Sind Sie hier, um nach Mr. Ivens zu sehen?« Ivens war in den vergangenen Tagen mit Fieber ans Bett gefesselt gewesen und wurde einfach nicht wieder gesund. »Wie geht es ihm?«

»Ich wollte gerade zu ihm hinein«, sagte er. Ganz bestimmt würde er mit der Gutsherrin nicht über seine Patienten sprechen. Solche Frauen wie sie kannte er gut. Sie waren wohlhabend und anspruchsvoll, glaubten, dass ein schönes Lächeln und etwas Brennholz die schreckliche Ungleichheit aufwogen.

Sie holte etwas aus ihrem Wagen. »Bitte geben Sie ihm dies. Es ist für – Sie wissen schon – medizinische Zwecke.« Sie reichte ihm eine Flasche Brandy. »Ich wusste gar nicht, dass wir noch welchen haben, aber ich hatte die Flasche versteckt, damit die Kanadier sie nicht finden – im Priesterloch!«

Noblesse oblige, dachte er gereizt. Aber damit würde es bald ein Ende haben. Alle redeten davon, dass das Big House auseinanderfiel. Nun, je früher, desto besser. Das Gebäude könnte für die ganze Gemeinde von Nutzen sein: als kleines Krankenhaus, damit die Leute nicht kilometerweit fahren mussten, um eine gute medizinische Versorgung zu bekommen; als Heim für psychisch Kranke – was es für sie im Moment gab, konnte man nur als Schande bezeichnen. Von wegen Mittelalter, einige der Einrichtungen im Umkreis waren bereits in der Steinzeit stehen geblieben. Er würde sich darum kümmern. Viele Großgrundbesitzer waren kurz davor, alles zu verkaufen. Er steckte schon wieder tief in seinen Überlegungen, als sie ihm noch eine braune Papiertüte reichte und sagte: »Ich dachte, das würde ihm auch Freude machen. Sehen Sie mal!«

Er hatte das ungute Gefühl, dass sie ihn herumkommandierte. Doch brav öffnete er die Tüte. Darin befand sich ein großer Blumentopf mit einer kleinen grünen Pflanze.

»Das ist eine neue Tomatensorte«, erklärte sie. »Sie heißt Beefsteak. Ich hatte noch nie davon gehört. Einer der Kanadier hat Samen mitgebracht und sie in den Gewächshäusern eingepflanzt. Nachdem er wieder weg war, musste ich mich sehr beherrschen, nicht alle Früchte zu essen, damit Samen für dieses Jahr übrig blieben. Diese Tomaten sind ganz anders als die, die wir gewohnt sind – viel fleischiger. Sie erreichen einen Durchmesser von bis zu zehn Zentimetern. Und sie sind wunderschön blassrosa mit grünen Streifen.«

Obwohl sich Downes innerlich dagegen sträubte, hörte er fasziniert zu. Während seines Studiums im Guy's hatte er sich jeden Sommer nach Abschluss seiner Prüfungen ein Billett für den billigsten Platz am Lord's-Cricketfeld gegönnt und sich eine Tüte

Tomaten und einen kleinen Salzstreuer mitgenommen. Es war herrlich, die perfekte Kurve des Balls zu beobachten, den satten Ton zu hören, wenn er auf den Schläger traf, und sich in der warmen Sonne mit Salz bestreute Tomaten schmecken zu lassen. In solchen Momenten fand er die Welt eigentlich ganz in Ordnung. Ein Gefühl, das er seit Jahren nicht mehr gehabt hatte. Er hatte auch schon lange keine anständigen Tomaten mehr gegessen. Jane hatte letzten Sommer versucht, welche anzubauen, aber sie waren von der Krautfäule befallen worden und eingegangen.

Dennoch hatte er keine Lust, jetzt über Tomaten zu diskutieren. Im Gegensatz zu dieser Gräfin Koks hatten manche Leute ihre Arbeit zu erledigen.

11

Eine Stunde später befand sich Dr. Downes noch immer im Gespräch mit dem Pfarrer. Die Komplexität des menschlichen Herzens war sein Spezialgebiet gewesen und er empfand eine gewisse Frustration. Es tat sich gerade so viel auf diesem Gebiet: neue chirurgische Techniken, hervorragende Medikamente, das alles zeichnete sich am Horizont ab. Noch war es unerreichbar, aber nicht mehr lange. Und wäre der Krieg nicht ausgebrochen, wäre Downes mittendrin gewesen und hätte Männern wie Ivens geholfen.

»Vielen Dank, dass Sie sich so viel Zeit für mich genommen haben«, sagte Ivens und zog sich sein Hemd wieder an. »Nicht jeder würde ...«

Downes wusste, worauf Ivens anspielte – einige Ärzte überflogen die Akten nur, dachten, sie wüssten bereits alles, und übersahen dabei den entscheidenden Hinweis. Aber wenn er sich durchsetzen könnte, würde sich das alles ändern. Im neuen Gesundheitsdienst würde man die Ärzte zur Verantwortung ziehen.

»Das ist mein Job«, sagte Downes lächelnd. »Außerdem sind Sie ein interessanter Fall.« Als Ivens ein hohles Lachen ausstieß, fügte Downes noch hinzu: »Tut mir leid. ›Interessant‹ möchte natürlich kein Patient sein. Man möchte so langweilig wie möglich sein.«

»Langeweile ist das, was man mir verschrieben hat«, sagte Ivens. »›Leben Sie so passiv, als würden Sie im Koma liegen‹, riet mir der Oberarzt.«

Davor fürchtete sich Downes auch selbst: dass er angesichts des Zustands seiner Hände und seines Beins bald nur noch Hoffnungslosigkeit empfinden würde.

Ivens griff nach dem Brandy. »Leisten Sie mir doch noch Gesellschaft auf einen Schluck, ja?«

Downes zögerte. Seine Frau hatte sicher das Abendessen fertig, doch selbst wenn er pünktlich nach Hause käme, wäre es bestimmt angebrannt.

»Aber gerne!« Dann nahm er einen Schluck und sagte: »Wenn der Brandy von den Raynes kommt, ist er mit Sicherheit erstklassig!«

»Es war nett von ihr, mir eine Flasche zu schenken«, sagte Ivens. »Aber haben Sie *ihn* schon kennengelernt?« Downes schüttelte den Kopf. »Ich habe mich nämlich gefragt«, fuhr Ivens fort, »was ihm im Krieg widerfahren ist. Ob es etwas gibt, das mir entgangen ist.«

»Es gehen Gerüchte – natürlich –, dass er irgendwas Geheimes gemacht hat. Er ist zweisprachig aufgewachsen, hat eine französische Mutter. Und anscheinend ist er ein anderer Mensch als zuvor. Aber wer ist das nicht?«

Downes bemerkte, dass Ivens einen Blick auf sein Bein warf, und murmelte: »Ich hätte es immer noch, wäre da nicht so ein verdammter Idiot von einem deutschen Arzt gewesen ...« Als Ivens wieder hustete, fügte er noch hinzu: »Tut mir leid, Reverend. Im Vergleich mit anderen habe ich noch Glück gehabt.« Downes erhob sich mühsam, schüttelte die Kissen auf und ordnete sie neu. »Bleiben Sie aufrecht im Bett sitzen, wenn Sie können. Und stehen Sie auf, wenn das Fieber nachlässt. Manchen Menschen hilft es, nichts zu tun. Aber bei anderen, nun ja, zerstört es die Seele – ja, ich weiß, das ist Ihr Gebiet. Es zerstört jedenfalls meine. Der Schlüssel ... Der Schlüssel zu einem guten Leben ...«

»Ja?«, sagte Ivens lächelnd und schenkte Brandy nach. »Bitte, erklären Sie mir, was der Schlüssel zu einem guten Leben ist.«

Downes lachte. Er konnte sich nicht erinnern, wann er sich das letzte Mal bei einem Drink gut unterhalten hatte. Jane war immer so in Eile. Kaum hatte sie das Essen auf den Tisch gestellt, räumte sie das Geschirr auch schon wieder ab.

Er genoss die wohltuende Wärme des Getränks. »Meiner Meinung nach liegt der Schlüssel zum Erfolg darin, alles, was geschehen ist, hinter uns zu lassen. Wir haben die Chance, das Wesen unserer Gesellschaft neu zu gestalten. Endlich eine Labour-Regierung mit einer Mehrheit zu bekommen. Diese Möglichkeiten sind wirklich außergewöhnlich ...«

Einen Moment lang vergaß Downes den Schmerz über sein verlorenes Bein, schwang sich stattdessen flink auf sein Steckenpferd und formulierte seine Pläne für Gerechtigkeit und Gleichheit.

»Wenn ich fragen darf, haben Sie letztes Jahr Labour gewählt?« Ivens schenkte ihnen nach und nickte. »Sie teilen also meine Meinung.«

»Über Ihre Vision eines klassenlosen Gemeinwesens der Gleichen?«

Downes hatte das Gefühl, der Pfarrer wollte ihn aufziehen. Aber dann sagte Ivens: »Ich glaube nicht, dass Utopien auf dieser

Erde möglich sind, und es beunruhigt mich, wenn die Menschen daran festhalten. Wir alle sollten Armut verabscheuen, egal welcher Partei oder Religion wir angehören. Aber was mich am meisten erschreckt, ist ...« Er wurde wieder von einem Hustenanfall gepackt.

»Verzeihung«, sagte Downes und holte ihm ein Glas Wasser. »Ich hätte Sie nicht so lange reden lassen sollen.«

»Bitte gehen Sie noch nicht! Dank Ihnen habe ich mich einen Nachmittag lang einmal nicht wie ein komatöser Mann gefühlt.« Ivens ergriff die Hand des älteren Mannes. »Bitte hören Sie mir zu. In London kannte ich so viele Menschen, die glaubten, sie könnten eine absolut gerechte Gesellschaft schaffen. Aber ich fürchte, wenn wir dem Staat mehr Macht verleihen, verzichten wir auf unsere eigene Macht und haben damit einen Vorwand, uns unserer persönlichen Verantwortung zu entziehen. Die Folgen davon sehen wir in Deutschland: die ungeheuerlichen Taten, die verübt wurden. Gott allein weiß, was gerade in Russland passiert. Und das meine ich ganz ernst.«

»Russland ist etwas anderes! Ebenso wie Deutschland! Mit uns kann man das gar nicht vergleichen.«

Ivens zögerte ein wenig, wirkte fast so, als wollte er widersprechen, aber dann sagte er: »Sehen Sie sich Stephen Rayne an. Ich habe ihn erst einmal getroffen und kann nur im Nebel stochern, aber wer weiß, was er getan hat, einfach nur, weil er Befehle befolgt hat. Vielleicht hat er ja Taten begangen, die gegen alle Menschlichkeit und gegen sein Gewissen verstießen. Nach allem, was man hört, hat ihn das fast kaputtgemacht.«

»Damals herrschte Krieg!«, rief Downes. »Wollen Sie vielleicht behaupten, wir hätten uns einfach so ergeben sollen?«

»Ganz und gar nicht! Aber in dieser schönen neuen Welt könnte etwas verloren gehen. Sie können so viele Kontrollen und Gegenkontrollen vorsehen, wie Sie wollen, aber glauben Sie mir,

Menschlichkeit können Sie nicht in ein Gesetz gießen. Menschlichkeit von der Art, die Sie mir heute erwiesen haben.«

»Und Sie mir«, sagte Downes. »Dank Ihnen fühle ich mich auch verdammt viel besser. Ich genieße einen ordentlichen Streit«, setzte er gedankenvoll hinzu. »Nun, jedenfalls diese Art von Streit.«

Zu Hause waren die Streitereien so zermürbend und sinnlos. Eleanor freute sich immer, wenn er bei ihnen war, und Juliet auch, obwohl er vermutete, dass sie sich über die Gesellschaft des Hundes genauso freute. Christopher dagegen legte sicher keinen Wert auf seine Gegenwart. Und was seine Frau betraf, nun, sie war ständig gehetzt und abgelenkt von anderen Dingen.

Aber er konnte nicht länger bleiben.

Mrs. Turner holte ihm Hut und Mantel. »Bitte grüßen Sie Ihre Frau von mir. Einmal, als der alte Dr. Hughes krank war, kam sie an seiner Stelle zu mir. Und sie hat ihre Sache ganz hervorragend gemacht.«

»Sie ist eine ausgezeichnete Krankenschwester.«

»Sie ist viel mehr als das. Sie hat mich zum Lachen gebracht.« Downes hörte den unterschwelligen Vorwurf und gestand sich selbst ein, dass er ihn verdient hatte. Früher hatte seine Frau einen wunderbaren Sinn für Humor besessen, aber der war neben so vielem anderen einfach verloren gegangen.

Er verabschiedete sich herzlich von Mrs. Turner und versprach, ihre guten Wünsche auszurichten. Und ich werde mich nicht über eine weitere verbrannte Mahlzeit ärgern, sagte er sich. Jane tat ihr Bestes. Der heutige Abend hatte ihm tatsächlich gefallen und das Erlebnis konnte man wiederholen. Sie alle konnten sich solche Erlebnisse gönnen. Dann trat er so schwungvoll, wie es sein Bein zuließ, in den klaren Aprilabend hinaus und fuhr nach Hause.

12

Alice blätterte in einem opulenten Buch über den Krimkrieg – eine in Leder gebundene Ausgabe mit Goldschnitt – und legte es anschließend in die »Zu verkaufen«-Kiste. Ein Handbuch über die Seefahrt fiel schon auseinander; sie warf es in den Müll, zusammen mit einem angeschimmelten Buch über Musketen. Als die Kanadier das Haus übernahmen, hatte der Brigadegeneral die Bibliothek zu seinem Privatquartier erkoren, und unter seiner Führung hatten die vielen Bücher, die Aquarelle aus Nepal und die Sammlung chinesischer handbemalter Ingwertöpfe – eine Obsession von Stephens Großvater – die vergangenen Jahre relativ unbeschadet überstanden. Der Raum wurde zwar regelmäßig gereinigt, doch der Staub aus Jahrzehnten hatte sich über die Seiten gelegt, und der muffige Geruch verursachte ihr ein flaues Gefühl in der Magengrube ...

Genug! Sie zog die Vorhänge zu, damit die Gemälde nicht noch weiter verblassten, erlegte zwei Motten und schloss dann die Tür hinter sich. Ob sie sich wohl die Mühe machen sollte, etwas Wasser zu erhitzen, um sich den Staub aus dem Haar zu waschen? Bei diesem Gedanken entdeckte sie etwas Glitzerndes an der Stelle, an der die Sockelleiste gebrochen war, und hob einen Messingknopf auf, der wohl von einer Uniform stammte und mit einem Ahornblatt verziert war.

Der Knopf erschien ihr auf seltsame Art schön, aber jetzt brauchte ihn niemand mehr. Die Kanadier waren inzwischen längst wieder zu Hause, ihre Arbeit war getan – dafür konnte man unendlich dankbar sein. Und das war sie auch, aber die

Ironie bestand darin, dass sie das Haus nie so lebendig empfunden hatte wie in der Zeit mit den kanadischen Soldaten.

Als die Erinnerung sie überkam, hielt sie einen Augenblick lang inne und wiegte sich in der leeren Halle zu einer Melodie, die nur in ihrem Kopf erklang. Die Soldaten hatten im alten Dienstbotensaal Tanzabende veranstaltet und einer der Colonels war ein wunderbarer Tänzer gewesen. Er hatte sie sich herausgepickt und ihr die Rumba beigebracht, und sie hatte sich dabei vorgestellt, die Schritte später Stephen zu zeigen. Die Hüften zu diesen Rhythmen zu schwingen, tat einfach gut. Es fühlte sich an, als könnte man beim Tanzen vergessen, wie kurz das Leben ist, als spürte man eine Art Harmonie trotz aller menschlichen Dummheit. Und außerdem machte es Spaß.

Spaß? Das war ein Wort, das schon längst nicht mehr in ihrem Wortschatz vorkam. Nein, dachte sie und ging die Haupttreppe hinauf in ihr Schlafzimmer, um sich umzuziehen, das Problem ist nicht das Haus, das um uns herum langsam wegbricht. Es sind die Menschen darin. Ich. Stephen.

Früher hatte Mrs. Green sich über die schweren Stiefel der Kanadier beklagt, die den Parkettboden ruinierten, und über die rohe Behandlung des Flügels, über lauten Gesang und Gelächter. Aber sie zauberten Alice ein Lächeln ins Gesicht, wenn sie mit dem Fahrrad an ihnen vorbeisauste und sie ihr nachriefen: »Tolle Beine, Süße! Was machst du heute Abend?« Dies waren Männer, die in den Krieg ziehen mussten, aber ihre freche Fröhlichkeit erinnerte sie daran, dass man fest an bessere Zeiten glauben musste, wie höllisch das Leben auch sein mochte. Es gab immer ein Leben nach dem Tod; immer elementare Triebe, immer den Drang hin zum Leben, und das konnte niemals ausgelöscht werden.

Sie zögerte einen Moment, blickte aus ihrem Schlafzimmerfenster auf den See, dessen Oberfläche in der Brise zitterte, und dachte an diesen Colonel. Er hatte sie gemocht. Er war einsam gewesen. Genau wie sie.

Ich hätte die Möglichkeit gehabt ..., sinnierte sie.

Er auch.

Sie hatte nichts von dem gewusst, was im Inneren des Colonels vor sich ging. Sie redeten kaum ein Wort miteinander, außer darüber, wo sie ihre Füße hinsetzen sollte, aber mit seinem Arm um ihre Taille, ihrem Gesicht dicht an seiner Brust, ahnte ihr Körper mit perfektem Instinkt exakt voraus, wohin er sich bewegen würde. Und ich bin ihm gefolgt, dachte sie, ich habe mich gedreht, mich an ihn geschmiegt, bin ganz eingetaucht.

Sie stöhnte innerlich auf. Die Sehnsucht nach einem Mann, wenn die Begierde sie von innen aushöhlte: Sie kannte das nur zu gut. Aber ich weiß auch, dachte sie, wie es ist, wenn diese Sehnsucht gestillt wird, welch ein außergewöhnliches Geschenk Männer und Frauen mit ihren Körpern bekommen haben. Manche Frauen allerdings, so ging es ihr durch den Kopf, als sie sich ihre alte Gartenhose anzog, erfahren es nie. All die Jahre bleiben sie allein, nicht in der Lage, die Hand nach einem anderen Menschen auszustrecken, nie wissend, welche Macht sie über einen Mann ausüben könnten und wie wehrlos sie gleichzeitig in seinen Armen wären.

Aber jetzt musste sie Samen setzen und Pflanzen gießen. Trotz des Windes waren die Bedingungen perfekt: Ein feiner Nieselregen fiel, die Erde lag weich und offen da, nach den durchdringenden Lichtstrahlen des Frühlings hungernd. Wenn sie doch nur in Stephens Nähe sein könnte. Wenn sie doch nur ...

Anstatt in den Garten zu gehen, rannte sie hinunter in sein Arbeitszimmer.

»Stephen!«

Es kam keine Antwort. Sie riss die Tür auf und sofort schlug ihr ein Luftzug entgegen. Stephens Arbeitszimmer befand sich im georgianischen Teil des Hauses, wo es riesige Schiebefenster gab, und er hatte alle fünf offen gelassen. Sie betrat das Zimmer, um sie zu schließen. Bei dem ersten Fenster ging es ganz leicht, aber das zweite klemmte. Sie schlug gegen den verzogenen Rahmen und versuchte, den oberen Teil zu lockern, als dieser plötzlich wie eine Guillotine hinunterschoss und sie zurückspringen musste, weil ihr eine lose Glasscheibe entgegenfiel.

Verflucht! Sie packte ein paar alte Zeitungen, die neben dem Feuer aufgestapelt waren, um die Scherben darin einzuwickeln, doch dann weckte etwas anderes ihre Aufmerksamkeit. Auf dem Rost, zwischen den Resten des Feuers, lagen einige verkohlte Papierfetzen, auf denen sie die ordentliche, leicht geneigte Schrift ihres Ehemannes entdeckte.

Instinktiv schaute sie sich um — niemand weit und breit — und nahm dann die große Eisenzange zur Hand, um die verbrannten Fragmente zu bergen. Doch das Papier fiel einfach auseinander. Mit der Zunge befeuchtete sie ihre Finger, steckte die Hand in die heiße Asche und rettete ein Schriftstück, das stark nach dem Entwurf eines Gedichtes aussah. Die Hitze hatte die Tinte versengt, sodass man es kaum mehr lesen konnte. Außerdem war das Gedicht auf Französisch verfasst. Sie verfluchte ihre Unwissenheit, konnte nur einzelne Wörter erkennen: *tempête* – Sturm; *vent* – Wind; *l'arbre* – der Baum.

Noch einmal griff sie in die glimmende Asche und bekam einen weiteren Papierfetzen zu fassen.

Das Wörtchen *elle* kam oft vor. Den Zusammenhang konnte sie allerdings nicht verstehen. Wer war diese *elle*? Diese *sie*? Ich etwa?, fragte sich Alice. Oder eine andere Frau? Dann sprangen ihr drei Wörter ins Auge: *Elle doit mourir.* Selbst mit ihrem dürftigen Französisch konnte sie diesen Satz übersetzen: Sie muss sterben.

»Was zum Teufel machst du da?«

Alice fuhr herum. Stephen stand hinter ihr. Einen Augenblick lang war sie so schockiert, dass sie kein Wort herausbrachte.

»Ich ... ich ...«, stammelte sie und rappelte sich mühsam auf. »Ich bin nur hereingekommen, um die Fenster zu schließen. Es zieht so heftig. Dann habe ich das da entdeckt und ...«

Er stand schon an der Tür.

»Raus«, sagte er und hielt dabei die Tür weit auf.

Sie durchquerte das Zimmer und legte eine Hand an den Türrahmen, um sich abzustützen. Sie spürte, dass er ihr eine stumme Warnung sandte, jetzt bloß nichts zu sagen. Wenn sie die Nerven verlor, gäbe es kein Entkommen: *Elle doit mourir*.

»Wer ...?«, sagte sie vorsichtig und spürte, wie sich sein Körper anspannte, als würde er einen Schlag erwarten. Oder gleich einen austeilen. »Du hast geschrieben: *Elle doit mourir*. Wen meinst du ...?«

Die Tür schlug zu und klemmte ihr die Finger ein. Der Schmerz war so überwältigend, dass sie kaum sagen konnte, wie es passiert war, aber die Tür öffnete sich sofort wieder, und Stephen nahm ihre Hand, untersuchte sie, bat sie, die Finger auszustrecken, und wischte das Blut mit seinem Taschentuch ab.

Die ganze Zeit über spürte sie eine Art kribbelndes Unbehagen. Ihr Magen krampfte sich zusammen angesichts dessen, was er ihr gerade angetan hatte. Ihr. Seiner Frau. Sie war kurz davor, sich zu übergeben, als sie bemerkte, dass er mit dem Fuß ausholte.

Diesmal reagierte sie schneller und machte einen Satz rückwärts, um sich zu schützen.

Dann wurde ihr klar: Sein Tritt hatte nicht ihr gegolten. Er hatte seinen Fuß in die Tür gestellt, um zu verhindern, dass sie erneut zuschlug.

»Es war der Luftzug«, sagte er, als hätte er ihre Gedanken gelesen.

»Oh, Stephen!«, keuchte sie, entsetzt darüber, dass sie ihm diese rohe Gewalt zutraute. Allem Anschein nach war er ebenso erschüttert.

»Halte deine Hand unter kaltes Wasser«, murmelte er und ließ sich in seinen Sessel sinken. »Das lindert die Schwellung.« Dann nahm er seine übliche Haltung ein: die Augen geschlossen, den Kopf nach hinten gelegt, das Kinn angespannt, unnahbar.

13

Die Uhr im Büro des Anwesens zeigte zwei Minuten vor neun, was bedeutete, dass es genau sieben Monate, vier Tage, einundzwanzig Stunden und achtundfünfzig Minuten her war, dass er zum letzten Mal jemanden getötet hatte, wie Stephen Rayne ausrechnete. Er beugte sich in dem Ledersessel, den sein Urgroßvater aus Indien mitgebracht hatte, vor und versuchte, seine Atemzüge zu beruhigen. Jedes Mal, wenn er aus einem Flugzeug springen musste, wurde ihm ähnlich schlecht. Er zwang sich dazu, sich zusammenzureißen. Es war doch wahnsinnig, im eigenen Haus eine derartige Angst zu empfinden.

Als Junge hatte er beobachtet, wie sein Vater in demselben Sessel hinter dem Schreibtisch aus Nussbaumholz gesessen und verzweifelt versucht hatte, das marode Anwesen zu verteidigen, Geld aufzutreiben, damit Stephens älterer Bruder James Oakbourne Hall als Ganzes erben konnte. Doch im Februar 1941 wurde James als verschollen gemeldet, vermutlich tot. Was genau er getan hatte oder wo er gewesen war, wusste niemand. Genau wie bei mir, dachte Stephen oft.

Er warf einen Blick auf den großen braunen Fleck über der Bilderleiste in der Ecke. Irgendwie hatte sein Vater es geschafft, die Feuchtigkeit und den Verfall zurückzudrängen, aber Gott weiß, von welchem Geld ihm das gelungen war, nachdem er so viel Erbschaftssteuer hatte zahlen müssen.

In der Nacht, in der sein Vater getötet wurde, war Stephen bei ihm gewesen. Sie hatten sich im Stadthaus in Maida Vale aufgehalten, und angesichts der schweren Bombenangriffe hatte Stephen sich bemüht, ihn zur Rückkehr nach Suffolk zu überreden. Doch sein Vater brüllte: »Ich habe schon im letzten verdammten Fiasko vier Jahre überlebt, in denen sie dauernd versucht haben, mich umzubringen. Den Triumph gönne ich ihnen nicht.«

Stephen hatte ihm vorgeworfen, lebensmüde zu sein, und mit den letzten Worten, bevor er die Haustür zuschlug und sich in den Schutz der U-Bahn-Station begab, bezeichnete er die Handlungen seines Vaters als einen »verdammten Wahnsinn«.

Eine halbe Stunde später fiel eine Bombe auf das Haus.

Zumindest, so hatte Stephen sich hundertmal gesagt, war sein Vater auf der Stelle tot gewesen; nur Gott allein wusste, wie lange der Todeskampf seines Bruders James gedauert hatte. Wenn Stephen darauf hätte wetten müssen, welcher Bruder den Krieg überleben würde, hätte er auf James gesetzt, der französischer aussah und ganz nach der Mutter kam, mit dunklem Haar und olivfarbenem Teint. Stephen hingegen, der die Blässe und die blauen Augen des Vaters geerbt hatte, hatte Mühe, sich unauffällig durchzuschlagen.

»Verdammter Wahnsinn«, wiederholte Stephen jetzt. Er musste einen klaren Kopf behalten, durfte nicht daran denken, wer James verraten hatte und was diese Gestapo-Bastarde wohl getan hatten, um aus ihm herauszubekommen, was sie wissen wollten.

Im Büro seines Vaters ging er auf und ab. Nein, eigentlich ist es ja *mein* Büro, dachte Stephen. Seit seiner Rückkehr war er nur wenige Male in diesem Zimmer gewesen. Er rückte ein Gemälde an der nikotinfleckigen Wand gerade; es zeigte eine Jagdszene. Dabei fielen ihm Kratzer an der Tür auf, die die Hunde seines Vaters hinterlassen hatten.

Hunde.

Hunde waren der Grund für dieses Treffen. Pünktlich um neun Uhr klopfte es, und Stephen öffnete Bill Reynolds, dem Hundezüchter von Oakbourne, die Tür.

Oakbourne Hall war über Generationen hinweg ein Jagdgut gewesen. Als Junge hatte Stephen miterlebt, wie sein Vater auf seinem schwergewichtigen Rappen und seine Mutter auf einer anmutigen Fuchsstute sich an klaren Dezembermorgen mit den Hunden aufmachten. Doch Stephen hatte beschlossen, der Jagd ein Ende zu bereiten, und das bedeutete, dass Bill Reynolds, der sein ganzes Leben lang für Stephens Familie gearbeitet hatte – mit Ausnahme von zwei Jahren von 1914 an, als er in Frankreich kämpfte –, künftig arbeitslos sein würde.

Stephen streckte ihm die Hand hin. »Reynolds, bitte kommen Sie herein. Schön, Sie zu sehen.«

»Gleichfalls, Sir.«

Stephen lächelte verhalten. Er war sich bewusst, wie selten er die Männer, die auf dem Anwesen arbeiteten, gesehen hatte. Er hatte sich auch wirklich kein Bein ausgerissen, was deren Betreuung und Beaufsichtigung anging. Sein Vater und sein Bruder wären entsetzt darüber gewesen. Seine Frau war es ganz bestimmt. Am selben Morgen hatte sie ihm wütend vorgeworfen, seine Pflicht zu vernachlässigen: Er hatte nämlich nicht bei Jim Thompson, dem Landarbeiter, der nur noch wenige Wochen zu leben hatte, vorbeigeschaut.

Stephen bedeutete Reynolds, sich zu setzen, und mithilfe eines knotigen Stocks aus Birkenholz manövrierte dieser seinen versehrten Körper durch das Zimmer. Er hat noch immer Schmerzen, dachte Stephen. Eine Hüftverletzung aus Ypern, die ihm wahrscheinlich das Leben gerettet hatte, wie Stephen nun wieder einfiel. Reynolds wurde zur Genesung nach Hause geschickt und musste nicht mehr an die Front zurückkehren.

Stephens Kehle schnürte sich zusammen, sein Mund fühlte sich trocken an. Er war im Begriff, diesen guten, freundlichen Mann zu entlassen. Als Junge hatte Stephen gerne die Hundezwinger besucht und mit den neugeborenen Welpen gespielt. Mrs. Reynolds war immer nett zu ihm gewesen, hatte ihm Milch von den Ziegen, die sie hielten, Kuchen und Obst geschenkt. Die Reynolds waren anständige Leute, beherzt und ehrlich.

Reiß dich zusammen, ermahnte er sich noch einmal. Reynolds würde es sicher überleben. Dies war bei Weitem nicht die schlimmste Nachricht, die der Mann in seinem Leben schon bekommen hatte.

Ohne sich weiter mit Höflichkeiten aufzuhalten, sagte Stephen: »Wie Sie wissen, ist das Anwesen längst nicht mehr das, was es einmal war. Und wird es auch nie mehr sein. Ich weiß, dass dies ein Schlag für Sie sein wird, und es tut mir sehr leid, denn niemand konnte Ihnen das Wasser reichen, aber ich werde die Zwinger schließen. Ich setze der Jagd hier ein Ende.«

Stephen zwang sich, dem Mann in die müden, blutunterlaufenen Augen zu sehen. Er fuhr fort: »Seien Sie versichert: Ihr Lohn, Ihre Miete, darum brauchen Sie sich keine Sorgen zu machen. Ich werde Sie weiterhin so bezahlen wie bisher.«

»Ich kann kein Geld annehmen, wenn ich nicht arbeite.«

»Doch«, sagte Stephen. »Das ist mein Dank für alles, was Sie hier getan haben. Außerdem müssen Sie für all die Hunde ein gutes Zuhause finden. Ich weiß, dass ich Ihnen diese Aufgabe übertragen kann.«

»Aber, Sir, es gäbe Möglichkeiten, die Zwinger mit Gewinn zu betreiben. Wenn Geld das Problem ist.«

Nein, dachte Stephen. Geld ist nicht das Problem. Das Problem sind die Hunde selbst. Er wusste nur zu gut, dass man mit diesen Bluthunden an den Fersen so gut wie erledigt war. Wenn man einen Mann abhängen musste, hatte man eine Chance. Aber ein Hund, der einer Fährte folgte, konnte durch Dornengestrüpp brechen und über Abgründe hinwegspringen, ohne sich die Knöchel zu verstauchen oder zu ermüden. Er wollte diese blutrünstigen Bestien, die bellten und heulten, ihrer Beute hinterherjagten und sich schließlich darin verbissen, nicht länger auf seinem Land haben.

»Mein Entschluss steht fest«, sagte er. »Die Hunde müssen weg.« Stephen hörte sich selbst, den Offizier, der einen Befehl erteilte. Und Reynolds widersprach nicht, sondern antwortete ebenso militärisch.

»Ja, Sir.« Und damit verließ er das Zimmer.

Typisch, dachte Stephen. Typisch für die letzte Generation, die das Kanonenfutter abgegeben hatte: Tu einfach, was man dir sagt, und geh in den Tod.

Er zündete sich eine Zigarette an.

Im vergangenen Krieg war er verantwortlich gewesen für Tote in Ägypten, Libyen, dann auf Sizilien und dem italienischen Festland und schließlich in Frankreich. Er hatte keine Schuld empfunden, er hatte keinen Stolz gefühlt. Lange Zeit hatte er es geschafft, seine Handlungen als unvermeidlich im Angesicht all des Kriegsgrauens zu akzeptieren. Hätte er sich in die Krankheit geflüchtet, hätte er seine Arbeit nicht erledigen können. Und wenn Menschen wie er ihre Arbeit nicht erledigt hätten, wären die Grausamkeiten weiß Gott wie lange noch weitergegangen.

Aber jetzt herrschte Frieden. Du brauchst nie wieder zu töten, sagte er sich. Aber was sollte das für ein Trost sein, wo er doch schon so viele Menschen getötet hatte?

Stephen drückte seine Zigarette aus. Er würde auch mit dem Jagdaufseher sprechen müssen. Er konnte es nicht ertragen, dass

Männer Treibjagden auf Fasane veranstalteten, diese dummen Vögel, die dann in einem bunten Wirbel aus bronze- und goldfarbenen Federn panisch herumkreischten. Selbst Frauen und Kinder beteiligten sich an diesen Schlachtorgien, schlugen mit Stöcken um sich und schrien laut, um die Vögel vor die Gewehre zu treiben.

Stephen blickte auf den mittlerweile wild wachsenden Rosengarten, den seine Mutter angelegt hatte – kanariengelbe Rosen mit lila Tulpen zu ihren Füßen. Während des Krieges hatten die Eichhörnchen die Zwiebeln ausgegraben. Sein Vater hatte immer versucht, die Tiere fernzuhalten, indem er sie von seinem Schlafzimmerfenster aus abschoss. Sein Gewehr hatte er hinter den Chintzvorhängen deponiert.

Stephen schlenderte in den unbeleuchteten Korridor. Das Gespräch mit Mr. Reynolds hatte seine ohnehin schon strapazierten Nerven zusätzlich erschöpft, dabei lag der ganze Tag noch vor ihm – und weiß Gott wie viele weitere Tage er noch zu bewältigen hatte. Er schlüpfte durch eine Seitentür hinaus, ging die bröckelnde Treppe hinunter und überquerte den ungemähten Rasen. Dann warf er einen Blick zurück auf das Haus. Der riesige Komplex aus rotem Backstein schien in den Himmel aufzuragen wie ein Schiff, das jeden Moment kentern und ihn unter sich begraben würde. Er eilte hinüber in den Wald – sofern man das Gebiet überhaupt noch so nennen konnte. Eine alte Esche lag quer über dem Weg, und als er darüber hinwegkletterte, betrachtete er noch einmal die mit Brettern vernagelten Fenster des Hauses, den Efeu, dessen Blüten sich triumphierend um die Abflussrohre schlängelten, und das Gras, das in den verstopften Dachrinnen wuchs. Das Haus hat auch aufgegeben, dachte er, und ging schnell weiter, um sich durch den größer werdenden Abstand zu beruhigen. Schon bald konnte er das Meer hinter dem Moor schimmern sehen.

Als Junge hatte er hier gespielt, kannte alle Wege durch den glitschigen Schlamm und die tückischen Gräben, das dichte Gebüsch zwischen dem Schilf. Hier gibt es auch einen *Maquis*, dachte er, einen Ort für Verschwörungen und zum Verstecken. Man brauchte nicht weit zu reisen, um an den Rand der Zivilisation zu gelangen. Erst neulich hatte seine Frau dem Pfarrer von den Wildblumen vorgeschwärmt, die in den Londoner Bombentrichtern wuchsen. Als ob das etwas wäre, worüber man ins Schwärmen geraten konnte. Denn es gab dort nicht nur Blumen. Es wurde geplündert und gestohlen, und als Frau lebte es sich besonders gefährlich. Schnell hatte man ein Messer zwischen den Rippen. Es brauchte wahrlich nicht viel, damit eine Gesellschaft der Barbarei verfiel.

Er machte sich auf den Weg hinunter zum Fluss, zu der Stelle, an der er früher gerne Elritzen geangelt hatte. In den Schulferien, nach dem Tod seiner Mutter, hatte er sich oft hierher zurückgezogen. Das langsame Fließen des Wassers und der Geruch der Erde, der sich mit dem salzigen Duft des Meeres verband, hatten ihn beruhigt. Während der langen Kriegsjahre – in Ägypten, als er halb verdurstet und versengt in einer Wüstenlandschaft ausharrte, die gegensätzlicher nicht hätte sein können, oder eingesperrt in einem mittelalterlichen Gefängnis außerhalb von Paris, dessen Mauern nach Jahrhunderten der Folter stanken – kehrten seine Gedanken immer wieder zu diesem feuchten, frischen Grün zurück. Die Erinnerungen aus der Schulzeit waren für ihn zum Inbegriff des Friedens geworden. Doch nun fragte er sich, ob er als Kind tatsächlich gewusst hatte, dass Frieden herrschte, oder ob er ihn nur im Rückblick als solchen benennen konnte.

Wie auch immer es gewesen sein mochte, Frieden fand er jetzt nicht, auch nicht an diesem Ort. Als wollte ihm eine bösartige Macht etwas beweisen, spürte er plötzlich verborgene Augen, die jede seiner Bewegungen verfolgten, sah jenes Gesicht, dem er nicht entkam und das immer am Rande seines Sichtfelds schwebte. Er blickte sich um. Was lauerte da im Unterholz? Nichts? Doch dann nahm er eine Bewegung in einem Birkenhain wahr.

Alice.

Würden ihre Fragen denn nie ein Ende nehmen? Sie war gut vierhundert Meter von ihm entfernt, also konnte er einfach weitergehen und so tun, als hätte er sie nicht gesehen.

Doch es war zu spät. Sie rannte auf ihn zu, ihre schlanken Beine bewegten sich mit der ihr eigenen quecksilbrigen Anmut. Er erinnerte sich daran, wie sein Vater sie einmal verächtlich als »einen ziemlichen Blaustrumpf« bezeichnet hatte. Als er daran dachte, wie sie tanzte, huschte ein Lächeln über seine Lippen.

»Stephen! Bleib stehen! Bitte! Ich habe gerade Mr. Reynolds gesehen. Was ist denn los?«

Er betrachtete sie mit den Augen eines Fremden. Alice war schlank, hatte lockiges blondes Haar und ungewöhnlich grüne Augen. Sie wirkte müde und wütend, aber auch intelligent und voller Leidenschaft. Eine Frau, die sich jeder Mann wünschen würde. So wie er es einst getan hatte.

»Ich werde der Jagd hier ein Ende bereiten«, sagte er, als sie zu ihm aufgeschlossen hatte.

»Aber warum?«

»Du bist doch nicht im Geringsten daran interessiert.«

»Was habe ich denn damit zu tun?«

»Man muss mit der Zeit gehen.«

In ihren Augen entdeckte er ein Aufblitzen von Hoffnung, dass er vielleicht doch mit Blick auf die Zukunft handelte. Sie hatte sich den Optimismus bewahrt, dass all ihre Träume noch in Erfüllung gehen konnten, dass sie das Haus retten, Kinder bekommen würden. Kinder? Mein Gott! Er musste so bald wie möglich mir ihr reden. Er musste ihr erklären, dass er auf keinen

Fall Kinder in die Welt setzen würde. »Mit dem Abschießen muss Schluss sein.«

»Aber Stephen!«

»Du kannst das Schießen doch nicht ausstehen.«

Seine Worte brachten das Fass zum Überlaufen. »Wage es nicht, so zu tun, als ginge es hier um mich.« Noch nie zuvor hatte er sie so wütend erlebt – in ihren Augen loderte der Zorn, sie sprach laut und erregt.

»Ich werde Reynolds bezahlen wie gehabt.«

»Womit denn? Wir haben kein Geld. Und selbst wenn wir welches hätten, darum geht es doch gar nicht. Reynolds hat in Frankreich mehr als nur sein Bein verloren. Er braucht einen Grund, um morgens aufzustehen. Und ihm den zu nehmen, ist geradezu grausam!« Sie schien fast an ihrer Wut zu ersticken und er betrachtete sie seltsam teilnahmslos. »Gerade du solltest das wissen!«, rief sie. »Früher hättest du verstanden, wie dringend er auf seine Arbeit angewiesen ist.«

Früher hätte er sich auch nicht über bellende Hunde aufgeregt.

Er gab zurück: »Reynolds hat sein Haus, seinen Lohn. Seine Frau.«

»Seine Frau?«, wiederholte sie und ließ die Schultern sinken. Sie rieb sich die behandschuhte Hand, wie in dem Versuch, einen Schmerz zu lindern.

»Wie geht es deinen Blessuren?«, fragte er. »Von der Tür – neulich?«

»Hervorragend.« Das war gelogen, daran zweifelte er nicht.

»Stephen«, seufzte sie. »*Du* hast doch auch eine Frau. Es tut mir leid, dass ich dich angeschrien habe, aber manchmal erkenne ich dich nicht wieder. Wie soll ich dir helfen, wenn du nicht mit mir sprichst? Ich weiß, im Krieg konntest du das nicht. Aber jetzt?« Sie fing schon wieder mit dem Verhör an. »Ich wünschte, du würdest es mir sagen.«

Sag es mir.

Diese Worte hatte er schon einmal gehört.

Dites-moi – in dem holprigen Französisch des Besatzungsfeindes.

Sag es mir – sobald sie begriffen, mit wem sie es zu tun hatten, und wussten, dass er Deutsch sprach.

Er hatte es ihnen nicht gesagt. Was für ein Held. Dann hatte der Schmerz eingesetzt, ihn in die Dunkelheit und in die Erlösung des Vergessens geschickt. Sie waren ein winziges bisschen zu weit gegangen und das war sein Glück. Wer weiß, was er ihnen verraten hätte, wenn er wieder zu sich gekommen wäre. Aber Benoît war zu seiner Rettung gekommen, hatte ihn auf seine Schultern gehoben und ihn aus jener unterirdischen Hölle zu dem wartenden Auto getragen.

Nein, seiner Frau würde er nichts sagen. Denn er würde ihr gewiss keine hübschen Lügengeschichten erzählen. Dass er nur getötet hatte, weil er keine andere Wahl hatte. Dass er nie unnötig ein Leben ausgelöscht hatte.

Er rammte den Absatz seines Stiefels in die Erde und drehte ihr den Rücken zu. Diese Märchen waren schon vor langer, langer Zeit gestorben.

14

Dr. Downes ging wortlos über den Dank der alten Fischersfrau hinweg. Sie spielte mit dem Ehering, der an ihrem rheumageplagten, geschwollenen Finger saß. Ihr Mann hatte letztes Jahr einen Schlaganfall erlitten, der seine rechte Körperhälfte lähmte, und an jenem Morgen hatte ihn ein zweiter Anfall ereilt. Jetzt lag er nur da und zupfte an losen Fäden in der Patchwork-Bettdecke. Downes konnte nichts für ihn tun. Als er den Kopf unter dem niedrigen Türsturz der Hütte einzog, versprach er jedoch, früh am nächsten Tag wieder vorbeizukommen.

Er stand auf der Ufermauer und blickte über die Flussmündung auf die Nordsee hinaus, dorthin, wo der Mann, der jetzt im Sterben lag, sein Leben verbracht hatte. Eine Gruppe Jungen, etwa im Alter seines Sohnes und voller Leben, kickte einen Fußball herum. Doch der Tod befand sich nur wenige Meter entfernt. Heute Nacht wartete er in jenem Bett auf den richtigen Augenblick. Und morgen? Unter dem dünnen Eis der Routine und Vertrautheit, das jeden Moment brechen konnte, lauerte in jeder einzelnen Sekunde der Abstieg in die Dunkelheit.

Normalerweise verfügte Downes über genug Disziplin, um solche Gedanken zu unterdrücken. Aber seine samstägliche Morgenrunde hatte sich bis weit in den Nachmittag hineingezogen, er war müde und sein Stumpf schmerzte fürchterlich.

Noch einmal schaute er zu den Jungen hinüber. Er wünschte sich, auch sein Sohn würde an diesem Frühlingswochenende draußen Fußball spielen. Etwas Bewegung würde dir guttun, hatte er zu Christopher beim Frühstück gesagt, geh mit Jungs in deinem Alter nach draußen. Damit war er natürlich ins Fettnäpfchen getreten. Jane hatte ihn gebeten, Christopher in Ruhe zu lassen, und ihn daran erinnert, dass er selbst als Kind nie viele Freunde gehabt hatte.

Aber Downes hoffte, dass Christopher ihm nicht nachschlug, sondern sich zu einem geselligen Menschen entwickeln würde. Mit einem Gefühl von Traurigkeit über die Einsamkeit seines Sohnes machte er sich auf den Weg zu seinem nächsten Patienten, einem Baby mit Krupphusten, dessen Familie in einem abgetakelten Boot ein Stück die Küste hinauf lebte.

Fünfzehn Minuten später stand er gebückt in einer engen Kajüte und der Wind rüttelte an dem blechernen Schornstein.

»Geben Sie ihm weiterhin viel Flüssigkeit«, sagte er zu der Mutter des Babys. Er sprach so sanft wie möglich inmitten des Lärms, den zwei weitere Kleinkinder veranstalteten, die um ihre Füße herumtobten.

In diesem engen Raum würden sie sich wahrscheinlich auch mit Krupphusten anstecken. Sorgfältige Hygiene verhinderte die Ausbreitung, wie so vieles andere, seufzte er und ließ den Blick über die schmutzige Schüssel, das schmutzige Geschirrtuch, die schmutzige Kleidung, die schmutzigen Hände schweifen. Ihm war absolut bewusst, dass die erschöpfte Frau genau mitbekam, wie er ihre Behausung begutachtete, als er sagte: »Wenn der Husten schlimmer wird, müssen Sie unbedingt nach mir schicken.«

Das Baby war nicht krank genug, um eine Überweisung ins Krankenhaus zu rechtfertigen. Aber der Zustand eines so kleinen Kindes konnte sich in dieser feuchten Elendsstube rapide verschlechtern. »Die Uhrzeit spielt keine Rolle«, sagte er eindringlich zum Abschied. »Und wenn es morgens um vier ist.«

Er wusste, dass manche Hausärzte Infektionen als normalen Teil des Lebens betrachteten. Sie führten zu einem Ende, dem niemand entkam. Downes hingegen konnte und wollte sich diese seelenruhige, unkritische Akzeptanz nicht zu eigen machen.

Er stieg in seinen Wagen, legte den Gang ein und fuhr mit einem Ruck an. Sein Kopf schmerzte von der bedrückenden Kajüte, von dem Mitleid und der Wut, die Armut immer in ihm aufsteigen ließ.

Als er an dem Feld vorbeifuhr, das für die neue Sozialsiedlung vorgesehen war, dachte er, dass wenigstens die nächste Generation von solch entsetzlich unhygienischen Bedingungen verschont bleiben würde. Und er verfluchte all diejenigen, die aus dem Luxus ihrer sauberen, warmen Häuser heraus so hochnäsig über die »Pappkartons« – wie sie abfällig genannt wurden – am Rande ihres hübschen Dorfes urteilten.

Er fuhr den sandigen Weg zu Jim Thompsons Haus hinunter und verfluchte auch Stephen Rayne, dafür, dass er die Schlaglöcher, die die Federung seines Wagens ruinierten, nicht hatte ausbessern lassen. Er verfluchte auch jeden anderen, der ihm in den Sinn kam, denn Jim war ein weiterer Patient, für den er – abgesehen von Schmerzlinderung – nichts mehr tun konnte.

Als er vor dem Haus anhielt, sah er Mrs. Thompson den Weg zum Plumpsklo am Ende des Gartens hinuntergehen. Er blieb diskret im Auto sitzen. In den neuen Häusern sollten die Toiletten, Gott sei Dank, innen liegen.

Es stellte sich heraus, dass Mrs. Thompson bereits einen Gast hatte – Mrs. Reynolds, die Ehefrau des Hundezüchters. Sie war in Tränen aufgelöst. Sir Stephen, so erzählte sie Downes, habe den Jagdbetrieb auf dem Anwesen beendet, und ihr Mann habe daraufhin seine Arbeit verloren und sei in den Ruhestand gezwungen worden.

»Dabei liebt er diese Hunde«, klagte Mrs. Reynolds. »Wenn man sie ihm wegnimmt, nimmt man ihm sein Leben.«

Downes gab ein mitfühlendes Brummen von sich. Aber er war hin- und hergerissen. Er fand die Jagd zutiefst abstoßend – ein brutales Erbe einer feudalen Hierarchie, die längst hätte abgeschafft werden sollen –, aber die nonchalante Art und Weise, mit der der Gutsherr einen Mann seiner Arbeit beraubte, stand für alles, was er an einer Welt hasste, in der einige wenige eine solche Macht über ihre Mitmenschen hatten. Und Stephen Rayne hätte erkennen müssen, dass ein Mann wie Reynolds, der das Grauen in den Schützengräben erlebt hatte, eine Beschäftigung brauchte, um auf andere Gedanken zu kommen. Es sei denn, Stephen

Raynes Wissen über den Krieg beschränkte sich – entgegen dem, was manche Leute behaupteten – darauf, hinter einem Ministeriumsschreibtisch in Whitehall zu sitzen.

»Sir Stephen kann seinem Vater nicht das Wasser reichen«, fuhr Mrs. Reynolds fort. »Der hätte den Hundezwinger auf Teufel komm raus am Laufen gehalten.«

Mrs. Thompson schenkte Downes eine Tasse Tee aus der großen braunen Kanne ein und sagte: »Sein Vater hätte Jim einen Besuch abgestattet. Er hätte ihm nach so vielen Jahren des treuen Dienstes etwas Respekt erwiesen.«

Das Letzte, was Downes sich für sein eigenes Sterbebett wünschte, war der Besuch eines Gutsherrn, aber er nickte im gemeinsamen Zorn und nippte an seinem lauwarmen, trüben Tee. Dann klopfte es an der Tür.

»Herein!«, rief Mrs. Thompson.

Wenn man vom Teufel spricht, dachte Downes, als sich die Tür öffnete. Mrs. Thompson sprang auf und rief: »Sir Stephen! Ach, kommen Sie doch bitte herein!«

Mrs. Reynolds war ebenfalls aufgestanden. Hastig fuhr sie sich über das Haar, dann glättete sie ihren Rock und schenkte Stephen ein Lächeln, als dieser bemerkte, wie schön es sei, auch sie zu sehen.

»Bitte legen Sie doch Ihren Mantel ab«, sagte Mrs. Thompson. Mit einem Mal ahmte sie die gebildete Sprechweise ihres Vermieters nach. Entsetzt fürchtete Downes einen Moment lang, die Frauen würden einen Knicks machen. »Ich weiß nicht, ob Sie sich schon begegnet sind: Sir Stephen, das ist Dr. Downes.«

Anstatt eines Grußes stieß Downes einen grunzenden Laut aus.

»Ich fürchte, ich komme zu einem ungünstigen Zeitpunkt«, sagte Stephen. »Ich wollte eigentlich Ihren Mann besuchen, aber wenn der Doktor gerade hier ist ...«

»Bitte bleiben Sie doch noch!«, bat Mrs. Thompson und überließ ihm ihren Stuhl, der am nächsten zum Feuer stand. »Trinken Sie eine Tasse Tee mit uns!«

Die Anwesenheit des Mannes, über den sie gerade noch hergezogen hatten, verwandelte die beiden alten Frauen schlagartig. Mrs. Thompson machte sich daran frischen Tee aufzubrühen, und Mrs. Reynolds erkundigte sich nach dem Befinden von Lady Rayne, was Stephen mit einem freundlichen aber knappen »sehr gut, danke« beantwortete, während auf seinem Gesicht das gnädige Lächeln lag, das Downes schon bei so vielen Offizieren beobachtet hatte. Sie waren beliebt bei den unteren Dienstgraden, charmant und voller vorgetäuschtem Interesse. Doch beim ersten Anzeichen von Gefahr rannten sie davon, sicherten sich ihre Plätze auf den Booten in Dünkirchen und überließen die Jungs aus der Arbeiterklasse dem Tod oder dem Dahinsiechen in Kriegsgefangenenlagern.

»Ich habe in letzter Zeit fast gar nicht mehr gebacken«, sagte Mrs. Thompson entschuldigend. »Aber wenn ich gewusst hätte, dass Sie kommen ...«

»Es wäre mir sehr unangenehm, wenn Sie sich meinetwegen die Mühe gemacht hätten«, sagte Stephen, als Mrs. Thompson schnell die braune Teekanne abräumte, sich dann bückte und in einen Schrank griff, um eine andere mit goldfarbenem und blauem Muster herauszuholen.

Jesus, Maria und Josef!, seufzte Downes leise, als er das gute Porzellan erblickte. Dann murmelte er, dass er nun nach seinem Patienten sehen würde.

Oben schien auch Jim Thompson zu neuem Leben erwacht zu sein.

»Ich wusste, dass der Gutsherr kommen würde«, sagte er. »Ich wusste es. Wo ich doch all die Jahre für seinen Vater und davor für dessen Vater gearbeitet habe ...«

Dann erzählte er, wie er während des Ersten Weltkriegs zusammen mit anderen jungen Männern aus der Nachbarschaft Fronturlaub bekommen hatte, um bei der Ernte zu helfen, und wie Sir Stephens Großvater an jenem Tag, als die Ernte eingebracht war, ein riesiges Festessen mit Tanz veranstaltet hatte.

Und am nächsten Morgen, nach dem feudalen Essen, dachte Downes, wurdest du zurück an die Front geschickt, um abgeschlachtet zu werden.

Downes hatte großen Respekt davor, wie hart die Männer und Frauen, um die er sich kümmerte, arbeiteten. Und doch deprimierten sie ihn. Warum konnten sie nicht erkennen, dass sie bevormundet wurden? Dass ihr verzweifelter Versuch, diese selbstsüchtigen Snobs zu beeindrucken, einem System in die Hände spielte, das sie unterdrückte? Als er aus dem Fenster schaute, sah er nur schlammige Felder, denen die Menschen nicht entkommen konnten, und bekam Heimweh nach London. In der Nähe der Docks würde man solche Unterwürfigkeit nicht finden.

»Sir Stephen galt immer als ein netter Junge – ein ruhiger Bücherwurm, ganz anders als sein Vater«, sagte Jim Thompson. »Aber ich werde kein böses Wort über den alten Gutsherrn verlieren. Er war ein wahrer Gentleman.«

Downes ertrug die Unterhaltung nicht länger. Er ging die Treppe hinunter, wo Stephen noch immer von den beiden Frauen umschwärmt wurde, die sich in seinem lässigen Charme sonnten. Charme, dachte Downes, kostet nichts. Kein Opfer, keine Anstrengung, kein Risiko.

Stephen schenkte Downes ein Lächeln und stellte seine Tasse mit frischem Tee ab – nicht die schreckliche Brühe, die ich bekommen habe, dachte Downes, der sich jetzt darüber ärgerte, dass ihm der verdammte Tee etwas ausmachte. Aber er war hierhergekommen, um zu trösten und zu beruhigen, und nun war es dieser aalglatte Schnösel, der es fertigbrachte, dass sich die Leute, die er ausplünderte, besser fühlten.

»Bitte sehr, Doktor«, sagte Stephen und zog einen Stuhl für ihn heran.

»Ich habe keine Zeit, herumzusitzen und zu plaudern. Ich muss mich um meine Patienten kümmern.«

Downes humpelte durch die Küche und ertappte Stephen dabei, wie er auf sein Bein blickte. Dann sprang Stephen auf und öffnete ihm die Tür, und die Demütigung, von diesem Mann bemitleidet zu werden, war beinahe unerträglich.

Downes sagte: »Kann ich vielleicht kurz mit Ihnen reden?« Er konnte sich nicht dazu durchringen, sein Gegenüber mit *Sir* Stephen anzureden. »Unter vier Augen?«

Auf Stephens Gesicht trat ein Anflug von Überraschung, aber er folgte Downes nach draußen. Sie standen auf dem Weg neben dem frisch umgegrabenen Kartoffelbeet und in Stephens zurückhaltendem Lächeln las Downes Langeweile und Verachtung. Er verabscheut es, hier zu sein, dachte Downes. Er verabscheut es, so zu tun, als würde es ihn interessieren. Er kann es kaum erwarten, in sein verdammtes Riesenhaus zurückzukehren.

Downes sagte: »Kurz bevor Sie aufgetaucht sind, hat Mrs. Reynolds geweint, weil Sie ihren Mann in die Arbeitslosigkeit gestürzt haben. Haben Sie nicht daran gedacht, dass ein Mann wie Bill Reynolds, der unter ständigen Schmerzen leidet – nicht nur körperlich, da bin ich mir sicher, wenn man bedenkt, was er mit ansehen musste –, vielleicht arbeiten muss, allein für seinen Seelenfrieden? Aber nein! Sie treffen Entscheidungen, ohne die Konsequenzen zu bedenken, ohne zu diskutieren, ohne überhaupt den Versuch zu unternehmen, zu verstehen. Sie haben keinen blassen Schimmer. Und wenn Sie doch einen haben, sind Sie noch schlimmer, weil Sie sich einen Dreck um das Leid scheren, das Sie verursachen.«

Downes' Worte hatten Stephen das Lächeln aus dem Gesicht gewischt. Er starrte nur vor sich hin, ganz so, als hätte er keine Lust, weiter zuzuhören.

»Gott sei Dank«, schimpfte Downes, »brauchen wir Leute wie Sie bald nicht mehr zu ertragen. Ihr habt den Schock eures Lebens bekommen, als Churchill hinausgeworfen wurde, und jetzt haben wir endlich eine Labour-Regierung, und Attlee und Bevan werden euch besteuern, dass es kracht – das wird auch Zeit.«

Downes nahm wahr, dass Stephen leicht mit den Schultern zuckte.

»Was gibt Ihnen das Recht, Gott zu spielen?«, setzte der Arzt noch hinzu.

Die adelige Distanziertheit verschwand blitzschnell, und Stephen trat einen Schritt auf Downes zu, fast so, als wollte er mit den Fäusten zuschlagen.

Da habe ich wohl einen wunden Punkt erwischt, dachte der Arzt erschrocken. Oje, was habe ich nur gesagt?

Dennoch empfand Downes eine tiefe Befriedigung darüber, dass er ins Schwarze getroffen hatte, und streckte das Kinn vor. Mach schon, dachte er, schlag mich. Ich weiß, dass du es willst.

Doch Stephen schlug nicht zu, sondern antwortete so leise, dass Downes sich anstrengen musste, seine Worte zu verstehen: »Meine Beziehungen zu den Menschen auf meinem Anwesen gehen nur sie und mich etwas an. Ganz sicher werde ich sie nicht mit Ihnen diskutieren. Guten Tag, Doktor.«

Und mit einem Dutzend Schritten, in denen er den Pfützen mit einer Geschmeidigkeit auswich, von der Downes nur träumen konnte, war Stephen wieder im Haus.

Downes stapfte zu seinem Auto, während der Hass ihn durchströmte wie ein Gift.

15

Als er seine kleine Abendandacht-Gemeinde verabschiedete, bemerkte George Ivens, dass Alice Rayne in der regnerischen Frühlingsdämmerung auf ihn wartete. Erst als alle gegangen waren, trat sie zu ihm herüber und rief: »Ihre Stimme ist so schön, dass die Engel vor Freude Beifall klatschen müssten!«

Das Kompliment ließ ihn erröten. Am liebsten hätte er noch ein wenig angegeben, ihr erzählt, dass er als Solist in der Matthäus-Passion, im Requiem von Fauré und im Messias gesungen hatte. Aber er murmelte nur bescheiden: »Das meiste ist Übung.«

»Wenn Übung nur helfen würde! Sie sollten mich mal singen hören. Dann flüchten alle aus dem Haus. Waren Sie eigentlich Chorknabe und so weiter?«

»Und so weiter«, sagte er lächelnd.

»Also, es war wirklich wunderbar.« Sie erwiderte sein Lächeln. »Normalerweise kommen wir nicht zu diesem Gottesdienst, wie Sie wissen.«

»Wie geht es Sir Stephen?«, fragte er. Was hatte sie wohl hierhergeführt? Der lauschige Frühlingsabend? Möglicherweise. Eine spirituelle Sehnsucht nach der Abendandacht? Das bezweifelte er.

»Sehr gut. Aber ich bin so froh, dass es Ihnen besser geht. Es geht Ihnen doch auch wirklich besser?«

»Aber ja!« Er wollte nicht näher auf seinen Gesundheitszustand eingehen.

»Dann müssen Sie jetzt unbedingt einmal vorbeikommen, um unseren Garten zu besichtigen«, sagte sie. »Wie wäre es am Donnerstag um drei?«

»Wunderbar.«

Er wollte nicht, dass sie schon ging, aber wie konnten Männer wie er mit Frauen wie ihr reden? Ihre Ohrringe, mit grünen Edelsteinen, die die Farbe ihrer Augen betonten, hatten wahrscheinlich so viel Geld gekostet, dass man eine ganze Familie einen Monat lang damit ernähren könnte.

»Wir sehen uns dann«, sagte sie, aber anstatt sich umzudrehen und zu gehen, lehnte sie sich an die Steinmauer und betrachtete ihn schweigend.

Plötzlich schien sie zu frösteln und er sagte: »Neulich haben Sie mir erzählt, Sie hätten sich an die Kälte gewöhnt.«

»Das stimmt auch.« Sie sah ihm in die Augen. »Kirchen schüchtern mich ein, sie machen mir das Vergehen der Zeit und den Tod bewusst. Da sind so viele Symbole, die mir unbarmherzig klarmachen, dass Dinge für immer verloren gehen. Ich weiß, dass Sie den Tod wegen Ihres Glaubens anders betrachten. Und ich hoffe sehr, Sie haben recht.« Sie lächelte ihn freundlich an. Als wäre ich ein Kind, dachte er, jemand, den sie beschützen will. »Es tut mir leid«, sagte sie. »Sie empfinden mich wohl als herablassend.«

»Nein!« Ungläubig hob sie die Augenbrauen. »Nun, eigentlich doch«, räumte er lächelnd ein. »Aber das macht mir nichts, ich kann es verkraften.«

Da musste sie lachen. »Es ist nur so, dass ich in dieser Kirchenbank sitze, in der einst Stephens Bruder und Vater saßen, genau wie schon die Generationen vor ihnen. Und obwohl ich noch jung und dem Tod wahrscheinlich auch nicht nahe bin, kann ich nur an Verlust denken, an die schönen Zeiten, die auch für mich vorbei sind. Ich erinnere mich zum Beispiel an die Abende, an denen ich meinem Vater dabei zusah, wie er sich einen Scotch einschenkte und dann einfach dasaß und plauderte. Er wird nie mehr zurückkehren, ebenso wenig wie all die anderen Toten, zu deren Gedenken man Bilder aufhängt. Oder Statuen baut, so wie dieses grässliche viktorianische Ding.« Sie zog eine Grimasse beim Anblick eines steinernen Paares mit Halskrausen im elisabethanischen Stil, das ausgestreckt auf einem Grab lag. »Sie liegen nebeneinander, aber füreinander existieren sie nicht mehr, für die Welt existieren sie nicht mehr.«

»Aber der Tod ist nur eine Seite der Geschichte.«

»Dank eines Opfers«, gab sie zurück, und ihr Blick fiel auf Christus am Kreuz. »Wie viele müssen noch sterben, damit Gott endlich zufrieden ist? Hat es in diesem Jahrhundert nicht schon genug Tote gegeben? Oder verlangt er noch mehr? Ich weiß, Sie würden mir versichern, dass ich geliebte Menschen wiedersehen werde.«

»Das würde ich, aber ...« Er wollte nicht wie ein unbeholfener junger Geistlicher erscheinen, der ein Märchen mit Happy End nachplapperte und tiefste Wahrheiten in Plattitüden verwandelte.

»Aber?«, wiederholte sie. Der herrische Ton in ihrer Stimme machte ihn unsicher. Er kam sich vor wie ein untauglicher Jagdaufseher, der der Gutsherrin erklären musste, warum es an Fasanen mangelte. Doch dann legte sie die Finger nervös an die Kehle. Diese hilflose Geste interpretierte er als Mahnung eines allwissenden Gottes: Diese Frau ist traurig und verängstigt. Sie braucht deine Hilfe.

»Wenn ich Christus am Kreuz betrachte, sehe ich nicht nur sein Opfer«, sagte er. »Ich sehe auch, dass er sich aktiv für das Leiden entscheidet – was wir alle möglichst vermeiden wollen –, um zu zeigen, dass wir trotz der schlimmsten Erfahrungen, die ein Mensch machen kann, überleben können. Mehr als nur überleben. Denn Gott ist immer bei uns.«

Er machte eine Pause, wartete darauf, dass sie sich dazu äußerte. Schließlich sagte sie: »Ich wünschte, ich könnte Ihnen glauben.«

Er zeigte zum Himmel hinauf, wo sich die Dämmerung in einem Gemisch aus sanften Grüntönen ausbreitete. »Einer Sache können Sie sich gewiss sein. Was auch immer passieren wird: Wenn wir sterben, geschieht etwas Neues. Sehen Sie sich das an.« Er deutete auf einen großen Vogel, der über ihnen kreiste und kreischte, auf der Jagd nach seiner nächsten Mahlzeit. »Irgendein Lebewesen wird bald sterben – entweder wird es gefressen oder es verhungert. Sind Sie sich des Todes hier draußen nicht genauso bewusst wie in der Kirche? Sehen Sie nicht, wie sich der Tod in Leben verwandelt?«

»Das ist ein Bussard«, erklärte sie. »Wussten Sie, dass Bussarde normalerweise nicht vor neun Uhr aktiv werden? Das liegt daran, dass sie warten müssen, bis sich die Luft ausreichend erwärmt hat, damit sie mit den warmen Strömungen kilometerweit fliegen und kreisen können.«

Er ließ sich von ihren Worten nicht ablenken und fuhr fort: »Sie sagten neulich, Sie mögen den Winter. Aber der Winter steht für den Tod, während das hier ...« Die Gräber waren überzogen von Primeln und Veilchen, die nach dem Nachmittagsregen in strahlenden Farben leuchteten. »Ich habe noch nie einen Frühling auf dem Land erlebt, und ich glaube nicht, dass ich jemals zuvor etwas so Wunderbares gesehen habe.«

»Aber wenn ich dieses jungfräuliche Aufblühen betrachte, sehe ich nur die unglaubliche Anstrengung, die nötig ist, um den Kampf ums Überleben zu bestreiten.«

»Ein Kampf, der gewonnen wird!«

»Vielleicht von einigen.«

»Ja«, sagte er überzeugt.

Ihre Hand wanderte wieder zu ihrer Kehle. Doch dann schien sich ein Sinneswandel in ihr zu vollziehen, und sie sagte mit einer aufgesetzten Fröhlichkeit, die darauf schließen ließ, dass sie die folgende Rede schon einmal gehalten hatte: »Im Sommer sind hier so viele Urlauber und Menschen, die auf ihren ›Landsitzen‹ wohnen. Wenn ich sehe, wie sie im Winter aus dem Ort verschwinden, weil er kalt und unwirtlich geworden ist, muss ich an einen Liebhaber denken, der seine Geliebte verlässt, sobald sie ihre Reize verloren hat – ihre offensichtlichen Reize.«

»Sagen Sie diesen Leuten das auch ins Gesicht?«

»Glauben Sie etwa, ich bin absichtlich kratzbürstig?«

»Vielleicht ein bisschen.«

Sie lachte wieder und warf dabei den Kopf zurück, und er empfand ein armseliges Triumphgefühl.

»Aber jetzt mal im Ernst«, fuhr sie fort. »Den Sommer kann jeder lieben. Ich habe ihn geliebt. Ich habe die Tage gezählt, bis es wieder hell und warm wurde. Und im Sommer dachte ich manchmal, ich hätte die Vollkommenheit gefunden. Aber jetzt – ach, ich weiß nicht.«

»Haben Sie manchmal das Gefühl, Sie könnten all dieser Perfektion nicht gerecht werden?«

Sie bedachte ihn wieder mit einem ihrer abschätzenden Blicke. »Genau«, sagte sie.

»Der Winter ist also einfacher für Sie?«

»Viel einfacher«, antwortete sie nach einer Weile.

»Aber das heißt, dass wir im Winter nur halb leben. Ich weiß, das verleiht Sicherheit. Lieber Gott, wir brauchen eine gewisse Sicherheit. Aber wir sind hier, um das Leben auszukosten. Andernfalls enden wir vielleicht im Fegefeuer, zu verängstigt, um etwas dagegen zu tun. Also nehmen wir alles einfach hin und versinken in Lethargie.«

Er hielt inne, weil er befürchtete, dass seine Worte zu sehr nach einer Predigt klangen. Aber nein, in ihren Augen war ein fragendes Funkeln zu sehen.

»Wir machen Kompromisse«, fuhr er fort. »Wir finden Ausreden für uns selbst und für andere und manchmal können wir einfach nicht mehr tun. Wir ertragen alles und schalten ab wie die ohnmächtigen Schleiereulen, von denen Sie mir erzählt haben.« Er lächelte. Doch sie blickte so ernst drein, dass er hinzusetzte: »Ich glaube, die Tragödie besteht darin, aufzugeben, zu verkümmern, anstatt sich zu trauen, nach etwas Besserem zu suchen. Nach etwas Größerem. Etwas, das die eigenen Grenzen sprengt.«

Sie schaute zu ihm auf, wartete auf mehr. Er hatte sich ihre Aufmerksamkeit gewünscht, aber jetzt, da er sie besaß, fühlte er sich seltsam unsicher. War sie deshalb zur Abendandacht gekommen? Um einen Ausweg aus ihrer privaten Hölle zu finden?

»Aber die Probleme, die die Menschen haben ...« Er beendete den Satz nicht.

Die Höllen, in denen die Menschen festsaßen, waren unendlich. Wenn er sich in die Lebensverhältnisse der Menschen vertiefte, spürte er oft, wie unmöglich es war, seiner Berufung nahe zu kommen – ein Diener Christi zu sein. Wie konnte er bloß behaupten, dass der Tod nur eine Seite der Geschichte war, wo es in den letzten Jahren doch so viele qualvolle Todesfälle gegeben hatte? Hätte Christus tatsächlich getan, was er befohlen hat, und den Nazis die andere Wange hingehalten? Christus predigte Vergebung, aber jeden Tag betrachtete er Mrs. Turner, seine vor Kummer gelähmte Vermieterin, und fragte sich, wie sie wohl dem Messerschmitt-Piloten vergeben konnte, der ihren einzigen Sohn so qualvoll getötet, irgendwo über Deutschland lebendig verbrannt hatte. Die Worte kamen ihm leicht über die Lippen, aber um sie auch umzusetzen, musste man ein Engel sein, nicht ein mittelmäßiger Mensch wie er. Manchmal glaubte er, dass er mit seiner Arbeit nichts anderes erreicht hatte, als den Menschen in ihrem Leid Gesellschaft zu leisten.

Er spürte einen sanften Druck auf seinem Arm. Hatte sie bemerkt, wie er mit sich rang?

»Mr. Ivens?« Er betrachtete ihre Hand, die in einem abgetragenen Wildlederhandschuh steckte. »Ich weiß, was Sie damit meinen, wenn Sie sagen, dass der Winter ewig dauert. Es ist nur allzu verlockend, sich zu vergraben, wenn das Leben zu schwierig wird. Einfach nur dahinzuvegetieren ist gar nicht so schlecht, denken die Leute. Wir kommen zurecht. Und sosehr man den Menschen auch helfen möchte, man kann es oft nicht, vor allem, wenn es um die privaten Höllen geht, in denen sich die Menschen befinden und über die niemand spricht.«

Hastig sprach sie weiter: »Ich habe Ihnen noch nicht gesagt, was ich am Winter am meisten liebe. Tatsächlich geht es dabei nämlich nicht nur um den Tod. Selbst in der Zeit vor Weihnachten kann ich im Wald die winzigen grünen Triebe der Schneeglöckchen finden, wenn ich die Buchenblätter ein wenig beiseiteschiebe. Manchmal sogar schon im November. Alles rührt sich und ist lebendig, man kann es nur nicht sehen. Sagt Ihnen das nicht auch Ihr Glaube?«

Er nickte, beschämt über sich selbst. Eben noch hatte er sich über die freundliche Arroganz der englischen Oberschicht geärgert. Aber in diesem Moment war Lady Rayne diejenige, die ihm half.

»Nächsten Winter – wenn Sie uns alle bis dahin nicht aufgegeben haben – werde ich es Ihnen zeigen. Und das ist kein Spruch, den ich normalerweise den Stadtbewohnern auftische. Ich weiß es zu schätzen, dass Sie mich durchschauen.« Sie grinste. »Wissen Sie, was ich an Ihrer Kirche liebe?«

Sie deutete in den Innenraum, auf eine kleine cremeweiße Statue, die Noah darstellte. Er flehte die zurückkehrende Taube an.

»Die ist so unglaublich schön, so voller Hoffnung.«

Von der Kirchentür aus konnte Ivens im Schatten den gestrandeten Mann sehen, verzweifelt und ehrfürchtig. Zögernd sagte er: »Ich glaube, Noah ist wie wir, im Jahr 1946. Er hat die Sintflut überlebt und weiß nicht, was danach kommt, nur, dass eine neue Welt vor ihm liegt. Aber er kann sie nicht sehen.«

»Ach!« Sie ergriff seine Hand, überraschend fest, wie er fand, für eine so zierliche Frau. »So habe ich Noah noch nie gesehen! Ich danke Ihnen! Jetzt liebe ich ihn noch mehr!«

Dann ließ sie ihn los und sagte: »In Ihrem netten Brief schrieben Sie, dass Ihnen die Tomatenpflanze gefiel, die ich Ihnen geschickt habe. Wenn Sie zum Tee kommen, zeige ich Ihnen gerne ein paar Setzlinge, mit denen ich gerade experimentiere – nichts Großartiges.«

»Sie experimentieren?«

»Ich kreuze die Sorten. Mal sehen, was ich herausfinden kann. Wenn Sie auf dem Weg nach Hause sind, begleite ich Sie und erkläre es Ihnen unterwegs.« Ihre Hand wanderte wieder zu ihrem Hals, als sie schnell hinzufügte: »Das heißt, wenn Sie mögen. Ich möchte Sie nicht langweilen.«

»Das tun Sie nicht! Das ...« Das ist das interessanteste Gespräch, das ich seit Langem geführt habe, vervollständigte er den Satz in Gedanken. »Heute Abend habe ich leider ein anderes Ziel«, fuhr er fort. »Ich gehe zu den Downes. Sie haben mich zum Essen eingeladen.«

Sofort fand sie zu ihrer tapferen Fröhlichkeit zurück. »Wie schön!«

Dann blickte sie auf, als sich ein Schwarm Stare aus einer Baumgruppe erhob und immer höher wirbelte, ein riesiges Band, das sich im Wind drehte und blähte, um schließlich zwischen den Gebäuden eines Bauernhofs zu verschwinden.

»Wer weiß, warum sie das tun«, sagte sie. »Einer bricht aus und die anderen folgen ihm. Haben Sie sich jemals gefragt, wie sich das anfühlen mag?«

Und nachdem sie ihm noch einen angenehmen Abend gewünscht hatte, drehte sie sich um und verließ den Friedhof.

16

Jane Downes stand an der Hintertür, gerade im Begriff, sie für die Nacht abzuschließen. George Ivens war nach dem Abendessen – es hatte scheußlichen Hackbraten gegeben, der dennoch aus irgendeinem Grund nicht ganz so scheußlich geschmeckt hatte wie sonst – noch lange geblieben, und sie hatten herausgefunden, dass er den größten Teil seines Lebens nur einen Kilometer von dem Ort entfernt verbracht hatte, an dem auch Jonathan aufgewachsen war. Sie hatten gelacht und geplaudert und Schach gespielt, und sie hatte sich – wieder einmal – wie eine besorgte Mutter gefühlt und gehofft, ihr Mann hätte vielleicht einen Freund gefunden. Gäbe es jemanden, mit dem er sich unterhalten und Schach spielen könnte – darum bat sie Gott inständig, sie hasste nämlich das Spiel –, würde er sich vielleicht nicht ganz so fehl am Platz fühlen in diesem »im Feudalsystem stehen gebliebenen Kaff«, wie er es immer nannte.

Doch der Gemeindepfarrer war kein gesunder Mann und sie wusste, wie viel Schaden rheumatisches Fieber anzurichten vermochte. Selbst eine leichte Infektion konnte ihn umbringen.

Aber genieße erst mal die heutige Nacht, sagte sie sich und blickte zu den Sternen hinauf, die ihr ungewöhnlich nah erschienen. Es war, als winkten sie ihr zu und verkündeten ganz so, wie im Psalm beschrieben, dass eine Tiefe tatsächlich die andere rufen konnte. Bevor das Kind schreit und die Tür zuschlägt: Sauge den Frieden in dich auf, die tintenschwarze Dunkelheit, die herrlichen Galaxien, die dich mahnen, wild und leidenschaftlich zu leben ...

»Jane!« Mit seinem Geschrei würde Jonathan noch die beiden jüngeren Kinder aufwecken. »Wärst du so nett, mir ein Glas Wasser zu bringen?« Sie eilte zurück ins Haus und die Treppe hinauf. Unter Eleanors Türspalt war Licht zu sehen.

In letzter Zeit machte sie sich Sorgen um ihre ältere Tochter und auch um ihren Sohn. Als Jonathan fort war, hatte sie sich intensiv um die Kinder gekümmert, sie sogar in ihr eigenes Bett gelassen. Sie hatten Picknicks am Feuer veranstaltet, anstatt am Tisch zu essen, und Jane hatte dafür gesorgt, dass es so wenige Misstöne gab wie möglich, denn ihre von Verdunkelung und Rationierung gezeichnete Kindheit war bereits schwierig genug.

Jane klopfte leise an die Tür und fand Eleanor im Bett vor. Sie las in ihrem Chemiebuch, die Knie angezogen, als wollte sie sich so klein wie möglich machen. Jane wurde schwer ums Herz. Während des Blitzkriegs in London hatten sie sich im Keller versteckt, Juliet und Christopher in Janes Armen, aber Eleanor, damals zwölf Jahre alt, hatte in der Ecke gekauert, genau wie jetzt, und sich in ein Buch vertieft. Dabei las sie die Worte darin laut vor, fast so, als betete sie einen Rosenkranz, der sie beschützen sollte.

»Eleanor, mein Liebling, es ist fast Mitternacht.«

Ihre Tochter schenkte ihr tatsächlich ein Lächeln. »Ich bin gerade fertig geworden, aber morgen muss ich früher aufstehen, um alles noch einmal durchzugehen.«

»Ich bin mir sicher, dass du gut vorbereitet bist.«

»Wie kannst du dir da so sicher sein?«

»Weil du klug bist, mein Schatz.«

»Egal, wie klug ich bin, dadurch alleine bestehe ich keine Prüfung über Katalysatoren, wenn ich den Stoff nicht gründlich gelernt habe.«

Dennoch klappte Eleanor ihr Buch zu, und Jane zuckte zusammen, als ihre Tochter es exakt parallel zu den Kanten ihres

Nachttisches hinlegte, es erst einen Zentimeter in die eine, dann in die andere Richtung schob. Seit dem Bombenangriff musste für Eleanor immer alles in perfekter Ordnung sein – als ob so etwas existierte. Und als Jane den mitleiderregenden Versuch ihres Kindes beobachtete, das Unkontrollierbare unter Kontrolle zu bringen – die ordentlich gefaltete Kleidung, das nach Krankenhausstandards gemachte Bett –, hätte sie am liebsten geweint.

Doch sie setzte sich auf die Bettkante und fragte: »Soll ich dir das Haar bürsten?«

»Ja, bitte, im Wind verknotet es sich immer so.«

Sie fing an den Spitzen an und arbeitete sich sanft nach oben. »Ich habe mir immer Haar wie deines gewünscht«, seufzte Jane.

»Das sagst du jedes Mal.«

»Aber es stimmt. Du hast das wunderbar dichte, helle Haar deines Vaters geerbt.«

»Aber er ist doch längst nicht mehr blond.«

»Nein.« Wir sind alle ergraut, dachte Jane. »Grandma hat immer gesagt, ich soll mein Haar färben.«

»Wieder zurück zu Rot?«

»Na ja, zu der ursprünglichen Farbe. Es ist noch etwas davon übrig. Irgendwo.«

»Mum, du siehst toll aus für dein Alter.«

Jane brachte ein Lächeln zustande und strich ihrer Tochter das Haar aus dem langen, ovalen Gesicht zurück. »Mein hübsches Mädchen.«

»Nein, nicht mit diesen Pickeln.«

»Die gehen wieder weg.«

»Das sagst du auch immer«, murmelte Eleanor. »Aber sie verschwinden nicht.«

»Wenn du magst, darfst du dir mein Make-up ausleihen, jedenfalls das, was davon übrig ist.«

Eleanor wich zurück. »Wieso? Willst du damit sagen, dass ich es nötig habe?«

»Nein!«, rief Jane. »Ich meine nur, dass du vielleicht ein bisschen experimentieren möchtest. Das ist alles.« Ein wenig herumspielen, dachte sie, etwas Spaß haben.

Sie sah die Mädchen aus Eleanors Schule vor sich, mit einheitlich geschminkten Gesichtern, Scharen von zweit- und drittklassigen Veronica Lakes. Aber ihre Tochter trug nicht einmal Lippenstift auf. Sie hockte ungeschminkt in ihrem Zimmer und lernte, saß hier in einem abgetragenen Flanellpyjama und wirkte wie eine Zwölfjährige.

Früher, dachte Jane, hätte ich vielleicht gesagt, dass noch viel Zeit zum Schminken, zum Ausgehen, für Jungs ist. Aber der Krieg hat das verändert. Wenn einem das bisschen Zeit, das man hat, so grausam entrissen werden kann, scheint gar keine Zeit mehr übrig zu sein.

Natürlich wünschte sie sich, dass Eleanor Ärztin wurde. Dass sie zu den Pionierinnen in dieser neuen Generation von Medizinerinnen gehörte. Dass sie Erfüllung in einem Beruf fand, der ihren beträchtlichen Intellekt forderte. Ja, natürlich!

Aber sie sollte auch Liebe finden.

Die Liebe, mehr als alles andere.

Geh aus, lebe wild und leidenschaftlich, rief die Nacht. Aber wie? Sie stellte sich Eleanors Klassenkameradinnen vor, die mit nackten Beinen und in dünnen Mänteln froren, während sie auf den Bus warteten, der sie zu einem fröhlichen Abend bringen würde. Lebten sie vielleicht wild und leidenschaftlich? Jane bezweifelte es. In kürzester Zeit würden sie im häuslichen Kerker festsitzen, mit Böden, die gefegt werden mussten, und Kindern, die getröstet werden wollten, ebenso wie der Ehemann.

In ihrem eigenen Schlafzimmer saß Jonathan auf dem Bett und nahm sich die Beinprothese ab.

»Danke«, sagte er, als sie ihm das Glas Wasser reichte. Sie bemerkte, wie seine Hand zitterte, als er es entgegennahm. »Nun schau nicht so besorgt drein.«

»Warum gehst du nicht zu einem Spezialisten?«

»Und was soll der tun?«

»Er könnte dir sagen, wo das Problem liegt.«

»Egal, was es ist, du weißt genauso gut wie ich, dass keine Hoffnung besteht.«

Er hatte recht. Die traumatischen Erlebnisse der letzten sechs Jahre konnten durchaus die Ursache für seine zitternde Hand sein und das beste Mittel dagegen war ein möglichst friedvolles Leben. Oder aber – und das wusste sie mit ihrem medizinischen Sachverstand nur zu gut – es konnte sich um eine von unendlich vielen grauenvollen neurologischen Erkrankungen handeln, und dagegen konnte man nichts tun.

»Ist der Pfarrer nicht ein interessanter Mensch?«, sagte sie, um vom Thema abzulenken.

»O ja.«

»Wie war denn die Schachpartie mit ihm?«

Er seufzte. »Ich habe ihn geschlagen.« Das überraschte sie nicht.

»Mühelos?«

»Nun, eigentlich nicht«, sagte er, plötzlich munter geworden. »Nein, er könnte sogar ein ziemlich guter Spieler werden. Mit der Zeit ...«

Doch Zeit hatte der Pfarrer eben nicht.

»Kann man etwas für ihn tun?«, fragte sie.

»Das bezweifle ich. Aber ich werde mich darum kümmern. Es gibt so viele neue Forschungsansätze, die ich nicht mitbekommen habe. Aber was ist mit dir? Ich merke doch, dass du dich aufregst. Es geht doch nicht schon wieder um Christopher, oder?«

Christopher wurde immer stiller, und wenn sie sich nach seinem Befinden erkundigte, erntete sie versteinertes Schweigen.

»Eleanor ist gerade erst mit ihren Hausaufgaben fertig geworden«, sagte sie.

»Na und? Früher habe ich die ganze Nacht durchgearbeitet.«

»Ich fürchte, sie ist zu sensibel für den Arztberuf, zu sehr Perfektionistin. Wie wird sie wohl damit umgehen, wenn sie einen Menschen einmal nicht retten kann? Oder vielleicht sogar einen Fehler mit fatalen Folgen macht?«

»Sie wird damit schon klarkommen, so wie wir alle.«

»Aber manche Menschen werden mit dem Scheitern besser fertig als andere.«

Er sagte: »Du hast immer darüber gespottet, dass die Hälfte der Idioten, mit denen wir gearbeitet haben, lieber Geologen werden sollten, weil sie das Einfühlungsvermögen eines Steins hatten. Und jetzt wird deine Tochter mit ihrer immensen Empathie Ärztin werden, und wenn sie dazu auch nur ein Quäntchen deines Könnens geerbt hat, wird sie ihre Sache großartig machen.«

Am liebsten hätte sie geweint. Ohne mein sogenanntes »Können« wäre Eleanor vielleicht noch immer das unbekümmerte Mädchen, das sie vor dem Krieg gewesen war, dachte sie.

»Eins ist klar«, fuhr er fort. »Du warst die beste Krankenschwester in diesem Krankenhaus, genauso gut wie die Ärzte – meistens sogar besser.«

Hör auf!, wollte sie schreien. Sein Kompliment schmerzte sie so sehr, als würde er ihr ein großes Pflaster von einer noch nicht verheilten Wunde reißen.

»Habe ich denn nicht recht?«, fragte Jonathan.

»Es geht hier um Eleanor«, fuhr sie ihn an, »und ich mache mir Sorgen, dass sie nicht stark genug ist – emotional.«

»Deine Sorgen machen es nur noch schlimmer.«

»Ist dir eigentlich schon einmal aufgefallen, wie es in ihrem Zimmer aussieht?«

»Ja! Und stell dir all die Mütter vor, die dich um eine Tochter beneiden würden, hinter der sie nicht herräumen müssen und die so unglaublich hart arbeitet. Also wirklich, Jane!«

Du verstehst das nicht, wollte sie protestieren. Eleanors Ordnungsliebe ist fast schon krankhaft. Und das ist meine Schuld!, schrie sie innerlich, während er laut aufstöhnte und sich den Beinstumpf rieb. Und jetzt, dachte sie, als sie beobachtete, wie er sich auf das Bett fallen ließ, vermeidest du es, über Eleanor zu sprechen, und wir sind schon wieder bei deinem verdammten Bein angelangt.

Sie versuchte, mitfühlend zu klingen: »Hast du starke Schmerzen?«

»Ich habe immer Schmerzen. Und jetzt hör auf, dich zu sorgen!«

Hör auf, dich zu sorgen?

Als er laut gähnte, sich auf die Seite drehte und prompt einschlief, hätte sie ihn am liebsten getreten.

Sie konnte nicht aufhören, sich zu sorgen, denn im September 1940, als es wirklich darauf angekommen war, hatte sie sich nicht genug gesorgt. Sie hätte London verlassen sollen, noch bevor der Blitzkrieg begann. Sie hätte auf die Warnungen hören sollen – und alle hatten sie gewarnt, von der Regierung bis hin zu ihrer Mutter –, aufs Land zu flüchten. Sie hätte ...

Jane steckte den Kopf unter das Kissen, um das Schnarchen ihres Mannes auszublenden. Aber nichts konnte das Wissen darüber ausblenden, wie sie das Leben ihrer Kinder riskiert hatte. Wären sie früher nach Oakbourne umgezogen, wären sie nicht bombardiert worden. Ihr Sohn würde vielleicht nicht im Schlaf vor Angst schreien, und Eleanor würde vielleicht nicht fest daran glauben, dass das Dach einstürzte – schon wieder –, wenn sie ihre

Schulbücher nicht exakt ausrichtete, wenn sie nicht in jeder verdammten Schularbeit die Bestnote bekäme.

Sie hörte Christopher schreien. Sie spürte den Drang, nach ihm zu sehen, aber er war fünfzehn, und dass seine Mutter an sein Bett eilte, war sicherlich nicht gerade das, was er sich wünschte.

Jetzt war sie hellwach. Sie stand auf, stellte sich ans Fenster und strich mit einer Hand über die andere. Ihr Mann knirschte mit den Zähnen. Sie hatte ihm nie ihr Geheimnis verraten – den egoistischen Grund, warum sie sich dafür entschieden hatte, in London zu bleiben. Wenn sie sich selbst nicht verzeihen konnte, wie sollte er es dann können?

17

Stephen blinzelte, als er in den gleißenden Frühlingsnachmittag hinaustrat. Sein Kopf schmerzte, aber er hatte sich rasiert und dazu aufgerafft, die Düsternis seines Dachbodenzimmers zu verlassen. Sein Ziel war der schattige Wald. Rasch ging er um die Südseite des Hauses herum, über den Rasen und vorbei an Backsteinmauern, die von alten Obstbäumen umgeben waren, als er plötzlich das Lachen seiner Frau aus dem Garten dahinter wahrnahm.

Er hatte sie schon so lange nicht mehr lachen gehört, dass er unwillkürlich lächeln musste. Seine Gedanken schweiften zurück zu jenem Abend, an dem sie sich kennengelernt hatten.

Ostern 1936, er war bei seinem alten Freund Robert in Cambridge zu Gast gewesen, und gemeinsam hatten sie sich zu einem Tanzabend in der Dorfhalle aufgemacht. Zuvor hatte er gehört, wie Roberts Mutter ihre Tochter mit den Worten warnte: »Du willst doch nicht so enden wie Alice.« Da wurde er neugierig auf diese Frau, die, wie man ihm erzählte, von fünf verschiedenen Schulen ausgerissen war und zu Hause unterrichtet werden musste. Normalerweise traf er sich nur mit Mädchen vom Typ Schulsprecherin – ganz bestimmt nicht mit einer, die von der Schule geflogen war, und dann gleich fünfmal. Er wusste nicht genau, was er erwartet hatte. Jedenfalls nicht so eine zurückhaltende Schönheit, die ihn still aus dem Hintergrund heraus beobachtete.

Dann hatte sie getanzt und er beobachtete, wie sie sich in den Armen eines Mannes drehte und ihr Rock sich hob. Verstohlen betrachtete er ihre schlanken Fesseln, ihre sicheren Schritte. Ja, es erschien ihm wie eine klischeehafte Aschenputtel-Fantasie, aber er hatte sich plötzlich in den Kopf gesetzt, dass sie mit ihm tanzen musste – nicht mit diesem Trampeltier. Beim ersten Tanz war er so nervös, dass er ihr auf die Zehen trat. Doch sie nahm es ihm nicht übel, sagte nur: »Sie müssen öfter tanzen. Sehr viel öfter.« Die reizende Offenheit in ihrem Lächeln faszinierte ihn so sehr, dass er sie am liebsten nie mehr losgelassen hätte. Das Wundersame war, dass sie das Gleiche empfunden hatte. Jetzt, da er im hellen Sonnenlicht stand, stieg ein Funke Freude in ihm auf.

Doch der Augenblick verging so schnell, wie er gekommen war. Die Tür zur Vergangenheit, zu seinem Leben vor dem 1. August 1944, schlug wieder zu. Sein Kopf pochte, fast so, als verhöhnte ihn sein Körper: Wenn du glaubst, dass du dich deiner Schuld entziehen kannst, bist du ein noch größerer Narr, als du denkst.

Aus dem ummauerten Garten drang immer noch ihr Lachen nach außen. Mit wem zum Teufel sprach sie da? Nicht, dass es ihn interessierte, aber er ertrug ihren übertrieben fröhlichen Optimismus einfach nicht mehr. Schweigend entfernte er sich. In ein paar Minuten wäre er unerreichbar zwischen den Bäumen, und wenn es jemanden gab, der sich unbemerkt davonmachen konnte, dann war er es.

Doch plötzlich hörte er ein ohrenbetäubendes Klirren und einen Schrei. Er konnte die Geräusche nicht ignorieren und rannte zum Garten hin. Seine Frau und der Pfarrer – was zum Teufel hatte der schon wieder hier zu suchen? – standen vor einem der Gewächshäuser.

»Alles in Ordnung?«, rief er.

»Eine Scheibe ist aus dem Rahmen gefallen«, sagte Alice. Sie sah eher wütend als erschrocken aus.

»Ist jemand verletzt? Reverend?«

»Nein, alles in Ordnung«, antwortete Ivens. »Die Scheibe hat sich aus einer der Seitenwände des Gewächshauses dort drüben gelöst.«

»Das ist nicht tragisch«, sagte Stephen. »Die Hälfte der Scheiben fehlte sowieso schon.«

»Doch, es ist tragisch«, sagte Alice, die ihren Ärger kaum verbergen konnte. »Jemand hätte dort vorbeigehen können.«

»Es ist aber niemand dort vorbeigegangen«, sagte Stephen. »Diese Gewächshäuser werden schon so lange nicht mehr benutzt. Niemand kommt mehr her.«

»Doch, ich«, widersprach Alice.

»Warum? Was hast du vor?«

Er beobachtete, wie sie sich bemühte, die Fassung wiederzuerlangen. »Ich züchte Tomaten – neue Sorten.«

»Das ist wirklich unglaublich!«, sagte Ivens. Er schenkte Stephen ein schüchternes Lächeln. »Dass jeder neue Früchte erfinden kann.«

»Ganz so einfach ist es nicht«, sagte Alice.

»Tut mir leid!« Der Pfarrer lachte. »So habe ich es nicht gemeint.« Alice lachte ebenfalls und berührte, wie Stephen bemerkte, beschwichtigend Ivens' Arm.

»Ich habe einfach nicht darüber nachgedacht«, setzte der noch hinzu. »Ich weiß so wenig über Pflanzen.«

Stephen war genauso fasziniert gewesen, damals, als Alice ihm die Projekte erklärte, bei denen sie ihrem Vater zur Hand ging. Er hatte sie immer gerne in ihrem Haus in Kent besucht, denn im Kreis ihrer Familie fühlte er sich wohler als in Oakbourne Hall. Da war ihr Vater, ein Professor für Botanik, der akademische Abhandlungen verfasste, wenn er nicht gerade in seinen Gärten unterwegs war; eine deutlich ältere Schwester namens Catherine, die als Ärztin arbeitete; eine Bibliothek, die hauptsächlich Bücher über Wildtiere und Blumen enthielt; Gewächshäuser mit Rosen in verschiedenen Entwicklungsstadien. Und je heftiger er sich in Alice verliebte, desto sicherer fühlte er sich auf seinem eigenen Terrain. Er ließ sich von seiner neu gefundenen Liebe beim Schreiben inspirieren und die Wörter flossen ihm nur so aus der Feder. In Paris wurden seine Gedichte von den Kritikern hoch gelobt – er bezweifelte, dass er das ohne ihre Begeisterung und ihren Glauben an ihn geschafft hätte.

»Hatten Sie nie vor, in die Fußstapfen Ihres Vaters zu treten?«, fragte Ivens jetzt Alice. »Vielleicht wären Sie gerne auf die Universität gegangen?«

Vor Jahren hatte Stephen Alice genau dasselbe gefragt. Und sie gab Ivens dieselbe Antwort: »Ich war hoffnungslos schlecht in der Schule. Mit der Rechtschreibung stehe ich auf Kriegsfuß.«

»Die Schulnote in Rechtschreibung ist kaum ein Maßstab für Intelligenz«, gab Ivens zurück.

»Um auch nur einen mittleren naturwissenschaftlichen Schulabschluss erlangen zu können, muss man immer noch Wörter wie ›Zellulose‹ oder ›Molekül‹ buchstabieren können.« Immer die schlechteste Schülerin der Klasse gewesen zu sein, erklärte zumindest zum Teil, warum sie die Schule gehasst hatte. Aber ihr Ruf als *Enfant terrible* war, wie Stephen fand, sehr ungerecht.

Genau wie er war sie zwölf Jahre alt gewesen, als sie die Mutter verlor, und sie war immer wieder von der Schule weggelaufen, weil sie eine panische Angst davor hatte, dass auch ihr Vater sterben würde, wenn sie sich nicht zu Hause um ihn kümmerte.

Als er sich diese von Kummer geplagte Jugendliche mit ihrem fehlgeleiteten Verantwortungsgefühl vorstellte, stieg Mitleid in ihm auf. Aber auch Bewunderung. Hätte er selbst die Schule gehasst – was nicht der Fall war, denn dadurch hatte er seinem Vater entkommen können –, so hätte er sich dennoch einfach gefügt. Sicherlich hätte er mit zwölf Jahren niemals ihren Mut und ihre Entschlossenheit aufgebracht.

»Sehen Sie mich nicht so traurig an«, sagte sie zu Ivens. »Ich hatte Privatunterricht bei einigen brillanten Wissenschaftlern, weil mein Vater immer viele Gäste hatte. Ich aß mit ihnen zu Abend, blieb lange auf und hörte all diesen erstaunlichen Köpfen beim Reden und Diskutieren zu. Das war wirklich ein Privileg.«

Sie fuhr fort: »Sollte ich tatsächlich in die Fußstapfen meines Vaters treten wollen und erfolgreich Pflanzen züchten, müsste ich mich dieser Aufgabe ganz und gar verschreiben, aber heutzutage ...« Sie deutete nach Oakbourne Hall hinauf. »Heutzutage ist so viel anderes zu tun. Und ich bin mir nicht sicher, ob ich mir die nötige Geduld bewahrt habe.«

»Aber Sie hatten sie«, sagte Ivens nachdrücklich.

»Nicht so wie mein Vater. Seine Geduld war phänomenal. Da er an Polio litt, blieb ihm keine Wahl, als sie zu entwickeln. Er sagte immer, dass die Krankheit ihm das Leben gerettet hat, denn im Gegensatz zu seinem Bruder wurde er 1914 nicht einberufen.«

Statt an der Somme Schützengräben auszuheben, dachte Stephen, hat Alice' Vater also Rosenbeete angelegt. Doch vor seinem inneren Auge tauchte das Bild von Alice' Vater auf, wie er verkrümmt in seinem Rollstuhl saß, das rechte Bein gelähmt, offensichtlich unter ständigen Schmerzen leidend. Nicht ein einziges Mal hatte Stephen den Mann klagen gehört. Vor lauter Scham zog sich sein Magen zusammen.

»Stephen?«, sagte Alice, die ihre Hand auf seinen Arm gelegt hatte. »Was ist los?«

»Tut mir leid, ja, tut mir leid, ich ...« Sein ungerechtes Urteil über ihren Vater brachte ihn dazu, sich zusammenzureißen. »Ich habe versucht, mich an den Namen eures Gärtners zu erinnern, der meinte, ihr solltet Trauben anbauen und einen englischen Wein kreieren.«

»Edward Withers. Er wurde getötet. In Bordeaux. Was für eine Ironie«, sagte sie. In ihrer Stimme lag eine plötzliche Bitterkeit und sie fuhr sich mit der Hand über die Augen. Sicherlich nicht, um sich eine Träne abzuwischen. In den letzten zehn Jahren hatte Stephen seine Frau nicht ein einziges Mal weinen sehen.

»Es war sicher schwer für Sie, all diese Rosen aufzugeben, all Ihre Pläne.«

»Wenn man bedenkt, was andere Leute verloren haben, bin ich noch glimpflich davongekommen.«

»Das ist kein Maßstab«, wandte Ivens ein. »Es ist Ihr persönlicher Verlust.«

»Das müssen Sie gerade sagen! Sie erzählten mir, Sie hätten es leicht gehabt während des Krieges. Und ich habe keine Ahnung, was Sie damit meinten.«

»Nur die Tatsache, dass ich nicht ein einziges Mal das East End verlassen habe«, sagte Ivens.

»Nun, Sie waren wohl auch nicht gerade auf Rosen gebettet«, gab sie zurück, um beim Thema des Nachmittags zu bleiben.

»Das waren Sie im Krieg auch nicht«, entgegnete Ivens sanft.

»Ach, warum reden wir so? Die Leute sagen entweder gar nichts oder ...« Sie brach ab und Stephen befürchtete, dass sie nun wieder mit ihren Fragen anfangen würde. Aber sie blickte bloß auf die Erde hinab und sagte: »Oder sie murmeln so daher, dass sie glimpflich davongekommen sind. Das ist doch kein Wettbewerb.«

Es ist verdammt klar, dachte Stephen, warum die Leute nicht über den Krieg sprechen.

»So viele Menschen tragen jetzt Geheimnisse mit sich herum«, bemerkte Ivens. »Dinge, die sie lieber vergessen würden.«

Stephen musterte ihn. »Und was ist Ihr Geheimnis, Reverend?«, fragte er. Dann bemerkte er den tadelnden Ausdruck in Alice' Augen: Machst du dich etwa über diesen Mann lustig? Er blickte in Ivens' junges Gesicht und sah einen Moment lang eine enorme Traurigkeit darin. Wurde der Pfarrer gerade von solch widersprüchlichen Gefühlen überwältigt, dass er nicht antworten konnte?

»Ich ... ich ...«, stammelte Ivens. Dann sagte er hastig: »Ich glaube, wir leben in einer Zeit, in der viele Menschen Geheimnisse haben. Sie können so schrecklich sein, dass wir sie für uns behalten, weil wir Angst davor haben, andere Menschen damit zu belasten. Oder uns fehlen einfach die Worte, um darüber zu reden. Man kann nicht erwarten, dass jemand anders versteht, wie es sich anfühlt, einen Menschen mit einem Bajonett zu durchbohren, wenn man selbst noch nie ... noch nie ... Ach, Sie wissen schon, was ich meine. Die Gräben zwischen uns allen werden jedenfalls immer größer.«

»Also, Ihr Geheimnis, Reverend?«, beharrte Stephen.

Ivens ignorierte ihn. Er zog seine Fahrradklammern aus der Tasche und sagte: »Ich muss mich beeilen. Dr. Downes erwartet mich. Ich habe ihn zu einer Schachpartie herausgefordert. Das letzte Mal hat er mich geschlagen und jetzt will ich mich revanchieren. Aber ich glaube, ich muss mich noch eine ganze Weile gedulden. Er hat so viel geübt, während er in Kriegsgefangenschaft saß.«

Stephen schaute Alice an. Würde sie wohl etwas verraten? Sie war brillant im Schach, konnte drei Partien simultan spielen. Er war sehr verwundert gewesen, als er zum ersten Mal von ihrem Talent erfuhr – es schlummerte verborgen unter der Oberfläche, hatte er gedacht, wie so vieles Außergewöhnliche an dieser Frau, in die er sich einst verliebt hatte.

Aber sie lächelte nur stumm, als Ivens fortfuhr: »Können Sie sich vorstellen, dass Dr. Downes Altgriechisch gelernt hat, während er in diesem schrecklichen Lager festsaß? Das Rote Kreuz schickte ihm Lehrbücher. Unglaublich! Oder auch wahnsinnig! Oder ...« In einer übertriebenen Geste warf er die Hände in die Luft. »Wir sehen uns am Samstag.«

Am Samstag?, dachte Stephen entsetzt. Jetzt sag mir bloß nicht, dass meine Frau zur Religion gefunden hat. Er hatte die Nase voll vom Christentum und seiner Botschaft, die andere Wange hinzuhalten. Er hatte oft genug mitbekommen, wie dieser bequeme Glaube zur Kollaboration missbraucht wurde. Und das wollte er auch anmerken, aber Alice kam ihm zuvor: »Keine Sorge, Stephen! Du brauchst uns nur aus dem Weg zu gehen. Ich habe gerade erst von der Tradition erfahren, dass die Frauen des Dorfes am Ostersamstag Blumen in Oakbourne Hall pflücken, um damit die Kirche zu schmücken. Die Sache konnte schon seit Jahren nicht mehr stattfinden.«

Dann gab Ivens ihm die Hand und sagte: »Jetzt will ich Sie nicht weiter stören an diesem herrlichen Frühlingstag. Erstaunlich! Die Hummeln, die Schmetterlinge ... Es kommt mir vor, als wären alle ganz trunken von der plötzlichen Wärme.«

Und dann war er auch schon weg.

Stephen spürte, wie Alice ihn taxierend ansah, ganz so, als wäre er gefährliches Terrain. »Weißt du,« sagte sie, »in Mr. Ivens steckt mehr, als man auf den ersten Blick sehen kann. Er ist nicht einfach ein Abklatsch von Mr. Collins. Er überrascht einen. Wer weiß, was er mit diesen Geheimnissen andeuten wollte. Aber sein Gesang ist kein Geheimnis. Tatsächlich hat er eine wunderschöne

Tenorstimme. Komm mit mir zur Abendandacht, Stephen. Nicht wegen Gott, nein, aber wegen der Musik.«

Er schüttelte den Kopf.

Sie seufzte. »Wie du willst, aber bitte komm am Sonntag mit. Es wäre mir unangenehm, wenn ich am Ostersonntag ohne dich erscheinen müsste.«

Er hatte keine Lust, sich mit ihr zu streiten. »Na schön, von mir aus. Aber was hat er damit gemeint, als er sagte, dass du im Krieg nicht auf Rosen gebettet warst?«

»Nichts.«

»Du musst ihm doch irgendetwas erzählt haben.«

»Er fragte mich, ob ich mich während des Krieges hier aufgehalten hätte, und ich sagte Ja. Aber ...« Sie zögerte.

»Was?«

Sie sah ihm in die Augen. »Stephen, manchmal habe ich dich beneidet ...«

»Mein Gott!«

»Ich weiß«, erwiderte sie schnell, »für dich mag das klingen wie eine schwärmerische Spinnerei. Aber ich saß hier fest und musste mich um meinen Vater kümmern. Am Schluss konnte er nicht einmal mehr selbst essen, sodass ich ihn füttern musste ...«

Der Kummer war ihr im Gesicht abzulesen. Sein erster Impuls war gewesen, ihr eine bissige Antwort zu geben, etwa ›Man sollte sich nie etwas wünschen, denn es könnte in Erfüllung gehen‹, doch das erschien ihm plötzlich schäbig.

»Einmal«, erzählte sie weiter, »habe ich gestoppt, wie lange es dauerte, ihn von seinem Stuhl im Garten zu seinem Stuhl im Wohnzimmer zu bringen. Bedenke, wir wohnten in einem winzigen Häuschen. Aber es dauerte geschlagene dreißig Minuten. Und während ich ihm half, ganz langsam einen Fuß vor den anderen zu setzen, weil er aus Angst, seine Muskeln könnten verkümmern, darauf bestand, nicht nur im Rollstuhl zu sitzen, brachte das Radio all die Nachrichten über die Landung in der Normandie, und ich wünschte mir auf gewisse Weise, ich könnte auch dort sein, endlich etwas tun.

Ach, ich will gar nicht weiter darüber nachdenken. Ich habe es dem Pfarrer nur erzählt, weil er gefragt hat, und ich dachte, da er nicht einberufen wurde, wären wir in derselben Lage gewesen. Aber das war naiv von mir. Eigentlich geradezu dumm. Er war während des Blitzkriegs in Whitechapel, also vermute ich mal, dass er wesentlich mehr gesehen hat, als er zugeben will. Obwohl er sich wirklich bedeckt hält, was das angeht. Was für eine Überraschung!«, sagte sie verbittert. Dann deutete sie auf die Glasscherben. »Auch wenn du es nicht einsiehst, diese Gewächshäuser sind gefährlich.«

»Die Gewächshäuser sind unsere geringste Sorge.«

»Aber ich versuche, wieder Leben in den Garten zu bringen. Und Ross hilft mir dabei.«

»Wer ist Ross?«

Verärgerung, Traurigkeit, Niedergeschlagenheit, alle diese Gefühle waren in ihrem Gesicht abzulesen.

»Ross Harris vom Pförtnerhaus. Seine Mutter hat uns darum gebeten, ihm eine Beschäftigung zu geben. Seine Fähigkeiten sind allerdings begrenzt. Genau wie seine Motivation. Er hat deutlich gemacht, dass er so schnell wie möglich aus Oakbourne fortziehen will.« Sie entfernte sich einige Schritte und untersuchte vorsichtig eine Glasscheibe. »Dieser Ort ist eine Todesfalle. Nicht nur die Gewächshäuser. Das Haus selbst ... das Dach.«

»Das Dach wird nicht einstürzen«, sagte er. »Zumindest nicht heute. Mach doch keine Katastrophe aus so einer Banalität.«

»Ich werde es nicht banal finden, wenn ich eines Tages aufwache und die Zimmerdecke auf mir liegt. Du kannst nicht länger so tun, als wäre nichts. Ich habe neulich gelesen, dass Milton Manor verkauft und in eine Mädchenschule umgewandelt werden soll.« Stephen schaute sie ausdruckslos an. »Du weißt schon, dieses georgianische Haus mit eigenem Cricketfeld. Da hast du einmal einen Hattrick erzielt.«

»Wirklich?«

»Das war vor dem Krieg. Und kurz nach dem Tee hat es geregnet und ihr musstest die Partie als ein Unentschieden werten.«

»Nein, daran erinnere ich mich nicht.«

»Nun, Oakbourne Hall könnte auch zu einer Schule werden. Zu einem Pflegeheim. Man könnte so viel daraus machen. Du musst das in Angriff nehmen, Stephen. Niemand wird das Haus kaufen, wenn wir es weiter verfallen lassen.«

»Und wenn schon. Wir haben mehr als genug Platz darin. Also wirklich, Alice, es gibt Dinge, die verdammt noch mal wichtiger sind als der Zustand dieses Hauses«, sagte er und wandte sich ab.

»Ja, aber ich ...«

Wortlos verließ Stephen den Garten.

Aber was ist eigentlich wichtig?, fragte er sich, als er nach oben durch das Blätterdach der Bäume blickte. Dann, wie als Antwort auf seine Frage, flog ein graues Militärflugzeug vom nahen Luftwaffenstützpunkt über ihn hinweg. In diesem Flugzeug sitzen junge Männer, dachte er finster.

Das ist wichtig.

Denn eines Tages wird man sie dazu zwingen, ihre Befehle auszuführen, und sie werden keine andere Wahl haben, als Gott weiß was für tödliche Massenvernichtungswaffen abzuwerfen. Um seiner Frau und dem Dröhnen des Flugzeugs über ihm zu entkommen, schlug er den Weg Richtung Moor ein.

18

Am Ostersamstag kamen Jane Downes und ihre beiden
Töchter um die Mittagszeit vor der Kirche an. Dort war eine
Frauenschar gerade dabei, Lady Rayne beim Ausladen von Blu-
men aus dem Kofferraum ihres Daimlers zu helfen, während die
Kinder der Damen auf dem Friedhof herumrannten.

»Ich habe es dir ja gesagt«, stöhnte Eleanor genervt. »Alle
anderen sind ganz wild darauf, der Gutsherrin mit ihrer ach so
feinen Blumendekoration zu helfen, und ich muss noch so viel
für die Schule tun. Warum kann ich nicht wieder nach Hause
gehen?«

»Eleanor, bitte. Du musst dich zeigen.«

»Aber ich glaube doch gar nicht an Gott.«

»Hier geht es nicht um Gott«, erwiderte Jane und deutete auf
die Frauen, die Vasen, Gießkannen und den Rest der Narzissen
in die Kirche trugen. »Wir sind eine Gemeinschaft und wollen
hier ein Zeichen setzen, dass wir Frieden haben. Als Kind habe
ich immer mit den Osterblumen geholfen. Meine Großmutter
auch. Jeder hat sich daran beteiligt.«

»Nicht jeder«, murmelte Eleanor. »Nur die Frauen, die armen
Dummköpfe. Und jetzt müssen wir auch noch Lady Rayne um-
schmeicheln.«

»Niemand verlangt, dass du sie umschmeichelst. Siehst du das
denn nicht? Das ist einfach ein Symbol dafür, dass das Leben zur
Normalität zurückkehrt.«

»Wenn du glaubst, dass alles wieder so wird, wie es einmal
war, dann täuschst du dich.«

»Du klingst schon wie dein Vater«, sagte Jane und betrat die Kirche. Darin roch es nach Staub und Schweiß – was hätten sie nicht alle gegeben für eine anständige Seife. Da war aber auch ein Hauch von etwas, das sie nicht identifizieren konnte. Sie betrachtete die Frauen. Die meisten waren einfach erschöpft, ihre Kleidung abgewetzt, ihre Gesichter schmal, ihre Kinder mager. Es war wohl der Geruch der Niederlage, dachte Jane. Dabei sollen wir doch die Sieger sein.

»Dad hat recht«, erwiderte Eleanor. »Sogar du hast für eine Labour-Regierung gestimmt. Die Raynes dieser Welt, all diese alten Tories, müssen jetzt abtreten.«

Aber, dachte Jane, wird es wirklich anders werden, wenn wir nur einen Haufen privilegierter Menschen durch einen anderen ersetzen? Ihr Blick fiel auf zwei Frauen, über die allgemein getratscht wurde, dass sie persönlich sehr gut durch den Krieg gekommen seien: Mrs. Grainger, eine Gemeinderätin, deren Talent für Bürokratie und Einmischung in das Leben anderer Menschen durch die vielen Kriegsverordnungen voll zur Entfaltung gekommen war, und Mrs. Lubbock, deren Familie die größte Farm in der Gegend besaß. An diesem Tag trug sie schon wieder ein neues Kleid – was mochte das wohl gekostet haben und woher hatte sie nur die Bezugsscheine?

»Heute geht es darum, die Vergangenheit hinter uns zu lassen«, sagte Jane zu Eleanor. »Es ist Jahre her, dass wir einen Fuß auf das Gelände von Oakbourne Hall setzen durften. Aber jetzt sind die Kanadier fort.«

»Gott sei Dank! Stell dir nur vor, was sie gedacht hätten, wenn sämtliche Frauen aus der Gegend mit Gartenscheren dort eingefallen wären.«

»Eleanor! Das reicht! Ich habe dir das Pflücken der Blumen erspart, jetzt hilf uns einfach eine halbe Stunde lang beim Arrangieren.«

»Aber ich bin in solchen Dingen noch schlechter als du. Und ich wette, dass wir unter der Leitung von Mrs. Grainger höchstens Vasen mit Wasser füllen dürfen.«

»Sie ist auf jeden Fall effizient«, sagte Jane und beobachtete Mrs. Grainger, die Anweisungen gab, wie eine Leiter um den Altar herum zu manövrieren sei.

»Sie kommt mir eher vor wie Hitlers Dienstmädchen.«

»Nicht so laut!«

»So hast du sie jedenfalls genannt, als du im Nähkomitee warst und sie dich gezwungen hat, die Pyjamas noch einmal zu ändern. Und als sie das Ehepaar Harris damit konfrontierte, dass sie ein Schwein versteckt hatten. Alle wussten es, aber niemand sagte ein Wort, außer ihr, weil sie so herrschsüchtig ist. Und die ganze Zeit über hat ihr Mann Kapital aus ihren Verbindungen geschlagen. Es ist sehr praktisch, Zementwerke zu besitzen, gerade wenn wir überall Schutzräume und Bunkeranlagen bauen. Und wusstest du, dass ausgerechnet ihr Mann den Auftrag für den Bau all dieser Sozialwohnungen bekommen hat?«

Ja, Jane wusste es.

»Aus dem Krieg davor sind sie auf jeden Fall nicht gut herausgekommen«, sagte sie und dachte an Mr. Graingers Gesicht, bei dessen Anblick sie trotz ihrer großen Erfahrung als Krankenschwester immer zusammenzuckte. »Das muss man sich mal vorstellen! Man ist frisch verheiratet mit einem gut aussehenden jungen Mann, und dann gerät er in einen Giftgasangriff und kommt mit solchen Blasen und Verbrennungen nach Hause, dass man ihn nicht wiedererkennt.« Sie haben keine Kinder bekommen, dachte Jane. Gott weiß, was sonst noch kaputtgegangen ist. »Es ist doch nachvollziehbar, dass Mrs. Grainger immer alles kontrollieren will.«

»Jetzt tu bloß nicht so verständnisvoll, Mum! Ich weiß genau, dass du sie verabscheust.«

»Was ich tatsächlich verabscheue«, flüsterte Jane, »ist die Vorstellung, für immer unter der Fuchtel von übergriffigen Wichtigtuern wie ihr zu stehen.« Während des Krieges hatte sie die immer neuen Einschränkungen akzeptiert, aber es schien, als würden sie nie aufgehoben werden. »Und ich befürchte, dass die neue Welt, die dein Vater sich wünscht, nicht das Paradies sein wird, als das er es immer in den schönsten Farben darstellt.«

»Auf jeden Fall werden wir Lady Rayne – Gräfin Koks, wie Dad sie gerne nennt – nicht mehr dankbar sein müssen, nur weil sie den Pöbel in ihren Garten lässt.«

»Ich fand, sie sah gar nicht gut aus vorhin«, sagte Jane. Ob es wohl bald einen neuen Erben für Oakbourne Hall geben würde?

»Keiner von uns sieht gut aus. Abgesehen von den Lubbocks. Die müssen sich nicht mit ranziger Margarine und Ersatzmarmelade oder ekelhaftem Dosenfleisch begnügen.«

Da spricht ihr Vater aus ihr, dachte Jane. Jonathan redete ständig von den schamlosen Gewinnen, die die Landwirte mit dem Krieg gemacht hatten, und die Lubbocks besaßen ein riesiges Stück Land und eine preisgekrönte Rinderherde. Aber Jonathan hat recht, dachte Jane und betrachtete die runden Figuren von Mrs. Lubbock und ihren drei Töchtern in ihrer ganzen Pracht; sie konnten sich an reichhaltiger goldener Milch, saftigem Roastbeef und kräftigem, krümeligem Cheddar satt essen ... Ach, hör auf, ans Essen zu denken, ermahnte sie sich selbst. Im selben Augenblick erinnerte sie sich jedoch an eine Geburtstagsfeier für die jüngste Tochter der Lubbocks. Juliet hatte eine Einladung bekommen und Jane war gebeten worden, noch zum Tee zu bleiben. Im Angesicht der riesigen Mengen luftiger Schlagsahne konnte sie sich nicht beherrschen, und in der folgenden Nacht hatten sich sowohl Jane als auch Juliet, deren Mägen die ungewohnte Fülle nicht vertrugen, mit Bauchschmerzen gequält.

Mrs. Lubbock kam in ihrem neuen blassrosa und gold getupften Kleid, dessen ausladender Rock offensichtlich meterweise Stoff verschlungen hatte, den Gang entlangstolziert.

»Sie sehen bezaubernd aus«, sagte Jane, der durch den Kopf schoss: Wenigstens bin ich schlank. Aber eigentlich ist es erbärmlich, sich einen Wettbewerb um das niedrigste Gewicht zu liefern. Doch dass sie blendend aussah, musste Jane einräumen. Sie blickte an ihrem eigenen braunen Hemdblusenkleid hinab, das sie nur gekauft hatte, weil es strapazierfähig war und möglichst lange halten sollte. Und bei Gott, das hatte es.

»Danke«, erwiderte Mrs. Lubbock lächelnd. »Ist es nicht eine Erleichterung, dass wir wieder Gottesdienste feiern können wie früher? Und dass wir wieder das Gelände von Oakbourne Hall betreten dürfen! Obwohl es meinem Vater das Herz brechen würde, wenn er sehen könnte, wie es dort jetzt aussieht.« Sie senkte die Stimme: »Ich weiß, dass Lady Rayne versucht, den ummauerten Garten wieder instand zu setzen. Und ich wünsche ihr gutes Gelingen dabei. Aber wenn man bedenkt, dass mein Vater zwanzig Arbeiter unter sich hatte, welche Aussichten hat da eine einzelne Frau?«

Mrs. Lubbocks Vater war der Chefgärtner von Oakbourne Hall gewesen – wie zuvor ihr Großvater – und das betonte sie bei jeder Gelegenheit. Aber Jane meinte es aufrichtig, als sie sagte: »Die Anlage war wirklich wunderschön. Und erst dieser Garten! Ich denke immer noch an ihn als einen verzauberten Ort.«

Als Kind, vor nunmehr fast vierzig Jahren, war Jane einmal hineingeklettert. Es war ein herrlicher Juniabend gewesen und wie durch ein Wunder war ihr niemand je auf die Schliche gekommen. Nachdem die Gärtner alle Feierabend gemacht hatten, war sie auf einen Pfirsichbaum gekraxelt und von dort auf die Mauer gesprungen. Vor ihren erstaunten Augen hatte sich der Garten scheinbar unendlich weit ausgedehnt und in seiner ganzen

Schönheit vor ihr gelegen. Sie kletterte hinunter und rannte unter stufenförmigen Rosenbögen und uralten Glyzinien hindurch, um Beete mit Erdbeeren, Himbeeren und Stachelbeeren herum, zwischen Reihen von Salaten, Radieschen und Zwiebeln entlang. Eben noch durchquerte sie einen Wald aus Stangenbohnen, die sich an Bambuspergolen emporrankten, und schon stand sie inmitten von zahllosen Tomatenpflanzen, die in absolut exakten Reihen angelegt worden und wegen ihres Gewichts an Stäben hochgebunden waren.

Aber zwischen all der köstlich schmeckenden Schönheit gab es auch Schönheit, die nur um ihrer selbst willen, ihrer verschwenderischen Pracht wegen kultiviert wurde. Sie entdeckte Rabatten mit Gartenwicken, Rittersporn, Pfingstrosen, zudem riesige, hoch aufragende rosa Blütenbäusche und scharlachrote Blütenmäntel, die sie noch nie zuvor gesehen hatte. Federleichte grüne Blätter streichelten ihre Wangen und orangefarbene Blütenpollen stahlen sich in ihr Haar. Am Ende eines Korridors aus Rittersporn erreichte sie einen riesigen Obstgarten mit noch nicht ausgereiften Birnen, Äpfeln und Pflaumen. Aber es gab auch Kirschbäume, die bereits rote, vollreife Früchte trugen.

Mit acht Jahren hatte sie noch keine Ahnung von dem Begriff »Fruchtbarkeit« gehabt. Aber genau das, dachte Jane, während sie die muffige Kirchenluft einatmete, war es gewesen, was sie in der Flut der Düfte, der Fülle an Farben, der Explosion der Süße erlebt hatte.

»Als mein Vater – und auch mein Großvater – dort arbeiteten«, sagte Mrs. Lubbock, »war der Ort selbst im Winter ein Füllhorn. Sie brachten Lauch, Kohl und Spinat mit nach Hause – alles, was das Herz begehrte.«

Jane nickte vage und erinnerte sich daran, wie sie damals die gewaltigen Gewächshäuser entdeckt hatte, in denen heiße, feuchte Luft waberte. Ein solches Klima hatte sie noch nie zuvor erlebt. Und dann entdeckte sie Bäume mit Orangen! Zitronen! Aprikosen!

Unsanft wurde sie ins Jahr 1946 zurückversetzt, als Mrs. Lubbock sagte: »Da können Sie sich ganz sicher sein – dieser Garten wird nie wieder so werden wie früher. Egal, wie hart sie daran arbeitet.«

Mit einem vielsagenden Blick streifte Mrs. Lubbock Alice Rayne, die inzwischen auf einer Leiter stand und eine große Vase auf eine hoch in die Wand eingelassene Fensterbank stellte – sie war eindeutig nicht schwanger. »Man erzählt sich, dass sie Tag und Nacht schuftet, bei Wind und Wetter. Und immer allein, wie ich gehört habe.« Mrs. Lubbock hob die Augenbrauen, womit sie andeuten wollte: Nur Gott wusste, womit Sir Stephen sich beschäftigte, während das Big House verkam. »Da *ihn* niemand mehr zu Gesicht bekommt«, fuhr sie fort, »wird Mrs. Grainger mit *ihr* darüber sprechen, ob das Cricketmatch in Oakbourne Hall wieder stattfinden soll.«

Jane lächelte, nun wieder aufrichtig. Jedes Jahr hatte man in Oakbourne am Pfingstsamstag ein Cricketmatch gegen das Nachbardorf veranstaltet, und sie hatte sich immer darauf gefreut, weil damit der Sommer begann.

»Es wird viel Arbeit nötig sein, um das Spielfeld wieder in einen ordentlichen Zustand zu bringen«, bemerkte Mrs. Lubbock. »Aber mein Mann meint, er wird Freiwillige finden, die ihm dabei helfen – er liebt diese Sportart.«

»Jonathan auch! Er liebt ...«, setzte Jane an. *Früher* hat er Cricket geliebt. Aber jetzt? Mit seiner Beinprothese? Gott sei Dank war er kein Bowler, aber vielleicht könnte er noch schlagen – und Christopher für ihn laufen. Aber Christopher verabscheute jede Art von Sport und das würde bloß zu einem weiteren Streit führen.

Jane wechselte das Thema. »Wie können wir heute helfen?«

»Fragen Sie doch Mrs. Grainger. Sie hat immer die Oberaufsicht.«

Jane ignorierte Eleanors Schnauben und drehte sich zu Mrs. Grainger um, die ein riesiges Klemmbrett in der Hand hielt.

»Herzlichen Glückwunsch an Ihren Mann«, rief Mrs. Lubbock und gab Mrs. Grainger einen Kuss auf die Wange. »Haben Sie es schon gehört?«, sagte sie zu Jane. »Mr. Grainger ist der neue Vorsitzende des Verwaltungsrates im General Hospital.«

»Wie ...« Wie hat er das denn geschafft?, wollte sie fragen, weil sie genau wusste, dass Mr. Grainger nicht die geringste Ahnung von Krankenpflege hatte. Doch sie erwiderte: »Das ist ja wunderbar.«

»Nicht wahr? Wir leben wirklich in außergewöhnlichen Zeiten.«

»Mir ist zu Ohren gekommen, dass das Krankenhaus tatsächlich erweitert wird«, sagte Jane. Ob Mr. Graingers Firma auch dafür den Auftrag bekommen hatte?

»So ist es«, sagte Mrs. Grainger, deren blassblaue Augen aufblitzten. »Der Wandel im Pflegebereich ist, nun ja, revolutionär, und das muss natürlich alles geplant werden«. Da kommen also Leute wie du und dein Mann ins Spiel, dachte Jane, als Mrs. Grainger auf ihr Klemmbrett tippte und sagte: »Würden Sie und Ihre Töchter so nett sein und die Vasen auffüllen?«

»Ich hab's ja gesagt«, murmelte Eleanor, als sie zur Sakristei gingen, um Gießkannen zu holen. Dort trug die älteste Lubbock-Tochter, die stark geschminkt war und an Betty Grable erinnerte, gerade zarten, duftenden Puder auf ihre hübsche kleine Nase auf.

»Mrs. Downes, Eleanor, hallo«, begrüßte sie sie lächelnd, bevor sie auch schon wieder verschwand und eine Parfümwolke hinterließ.

Jane bemerkte den gequälten Ausdruck auf dem Gesicht ihrer Tochter. Ob Eleanor auch so aussehen möchte?, fragte sie sich.

Ist mir etwas entgangen? Der Kontrast zwischen einem praktisch makellosen Pin-up-Girl und ihrer eigenen ungeschminkten Tochter, ihrem schmalen, durch Mangel gezeichneten Körper in unförmigem Hemd und schlecht sitzender Hose, versetzte ihr einen plötzlichen Stich ins Herz.

»Liebling«, sagte sie, »geh jetzt nach Hause. Du warst schon lange genug hier.«

»Ach, Mama! Danke!«

»Und arbeite nicht zu viel.« Jane wollte ihrer ernsten, fleißigen Tochter unbedingt etwas Liebevolles sagen. »Weißt du, du siehst aus wie ein Modigliani.«

»Wie ein was?«

»Das ist ein Maler. Er hat außergewöhnliche Bilder von schönen Frauen gemalt, mit langen blassen und interessanten Gesichtern, so wie deins. Du erinnerst mich an diese Frauen. Du bist natürlich. Keine Imitation eines aufgetakelten Filmstars. Du bist du selbst.«

»Wovon redest du da?«

»Ich ... Ach, vergiss es.«

Geh zurück an deinen Schreibtisch, wenn du das willst, dachte sie und sah Eleanor nach, die aus der Kirche schlich, während das fröhliche Lachen der hübschen Lubbock-Tochter durch den Kirchenraum schallte. Jane betrachtete ein Buntglasfenster, das Eva mit der verführerischen Schlange zeigte. Es ist meine Aufgabe, dachte sie, meiner Tochter dabei zu helfen, sich in dieser Welt zurechtzufinden, die alle so dringend wiederaufbauen wollen. Aber wer sind eigentlich die Menschen, fragte sich Jane, als sie am Waschbecken der Sakristei stand, die bei all den Reformen und Erneuerungen das Sagen haben? Verbitterte Männer wie mein Mann, die aus Wut und Schmerz heraus eine neue Gesellschaft formen wollen? Frauen, die aus demselben Holz geschnitzt sind wie Mrs. Grainger, also solche, die alles über Bürokratie wissen, aber noch nie etwas Interessantes oder Originelles von sich gegeben haben?

Sie schleppte die Gießkanne zurück in die Kirche, wo sie Mrs. Harris antraf, die in der vordersten Bank saß und blühende Apfelzweige beschnitt. Was für eine neue Welt wünschte sich wohl *ihr* Sohn, der vor Zorn kochte, weil er seine Jugend in einem beengten Schiff auf den eisigen, stürmischen Gewässern der Arktis verschwendet hatte, von der Gnade der U-Boote abhängig? Oder Sir Stephen, der nach allem, was man hörte, die meiste Zeit auf seinem Dachboden verbrachte und von dem neuen Jerusalem, das ihnen versprochen wurde, nichts mehr wissen wollte.

Und was ist mit seiner Frau?, dachte sie, als Alice Rayne auf sie zukam und ihr die Hand entgegenstreckte.

»Ist alles in Ordnung?«, fragte Jane, als sie das Blut an ihren Händen entdeckte.

Alice schenkte ihr ein strahlendes Lächeln. »Ja! Ich bin so eine Idiotin! Ich habe mich am Weißdorn gestochen – das ist wirklich eine gefährliche Pflanze.« Damit verschwand sie in Richtung Toilette.

Jane hatte auch die hässlichen, offensichtlich schon etwas älteren Blutergüsse auf ihrer Hand bemerkt. Woher sie die wohl hatte? Von der Gartenarbeit?

Ich darf mir nicht immer sofort das Schlimmste vorstellen, ermahnte sich Jane. Doch das meistdiskutierte Thema im Dorf war jetzt Sir Stephen: Was war ihm zugestoßen – oder was hatte er getan –, dass er sich verstecken musste? Die meisten Kommentare waren wohlwollend. Aber nicht alle.

Sie hatte vor der Metzgerei angestanden, um ein knorpeliges Stück Ochsenschwanz zu kaufen, und dabei die abfällige Bemerkung gehört, dass er vielleicht aus einem bestimmten Grund erst lange nach allen anderen nach Hause gekommen sei: weil er nämlich in einem Militärgefängnis gesessen habe.

Und das gab Anlass zu Gerüchten über Desertion, Feigheit, Grausamkeit ...

Jane erschauderte.

»Seien Sie bitte vorsichtig«, sagte Mrs. Grainger hinter ihr. »Sie haben Wasser verschüttet, jemand könnte darin ausrutschen.«

Jane kehrte in die Sakristei zurück, um einen Mopp zu holen.

»Mrs. Downes?« Es war Lucy Clarke mit ihrem neugeborenen Baby. »Ich dachte, ich stille Sophie kurz hier drin.«

»Wie geht es Ihnen?«, fragte Jane. »Und Ihrem Mann?«

Er und Lucy hatten vor achtzehn Monaten geheiratet, gleich nachdem er aus Arnheim zurückgekehrt war. Er gehörte zu dem Drittel, das es nach Hause geschafft hatte. Die anderen zwei Drittel waren in Holland gefallen oder gezwungen worden, nach Osten in die Kriegsgefangenenlager zu marschieren.

Lucy lächelte das geliebte Baby in ihren Armen an. Der Krieg hatte also nicht alles zerstört. Lucy konnte mit Freude an das Jahr 1944 zurückdenken, denn da war sie jung und schön und verliebt gewesen.

»Er hat eine Stelle bei der Stadtverwaltung bekommen«, sagte Lucy. »In der Kämmerei. Und wir stehen auf der Warteliste für ein Haus in der neuen Siedlung.«

»Ach!«, sagte Jane und versuchte, ihre zweifelnden Gedanken zu verdrängen. Wie sollte ein Mann, der aus Flugzeugen abgesprungen war und seine Freunde im Gemetzel von Arnheim hatte sterben sehen, es schaffen, geregelte Arbeitszeiten einzuhalten und mit dem Bus zwischen seinem Arbeitsplatz und den neuen »Pappkartons« hin und her zu pendeln, die Mrs. Graingers Mann und seine Freunde in Rekordzeit hochzogen?

Zu Lucy sagte sie nur: »Ich freue mich so für Sie.«

Dann ging sie hinüber und wischte das Wasser auf, führte den Mopp über die kalten Steinplatten und die polierten Messingplatten. Unter einer war Arthur Renault begraben, »geliebter Sohn«, der 1646 im Alter von dreiundzwanzig Jahren gestorben war. Vor genau dreihundert Jahren, während des Bürgerkriegs, dachte sie und erinnerte sich plötzlich an ihr Schulgeschichtsbuch, in dem die verschiedenen Schlachten auf der linken Seite unten aufgezählt wurden: 1642 – Edgehill; 1643 – Adwalton Moor; 1644 – Marston Moor ... Ihre hübsche Geschichtslehrerin hatte ihnen erklärt, dass dies der Krieg gewesen war, in dem England die größten Verluste erlitt, da ein erheblicher Prozentsatz der Bevölkerung getötet wurde.

So viel Schmerz, die schreckliche, plastische Realität, jetzt reduziert auf eine Seite mit Daten, aufgelockert durch Strichzeichnungen von Männern mit wallenden Locken oder runden Blechhüten, die mit Spießen und Musketen aufeinander losgingen.

Derweil verwandelte sich der Ostersamstag in einen herrlichen Frühlingsnachmittag. Jane blickte durch den Torbogen ins Sonnenlicht. Mit Sicherheit hatten vor dreihundert Jahren Männer und Frauen hier gestanden, über dieselbe Landschaft in all ihrer österlichen Schönheit gestaunt und sich mit den Schrecken auseinandergesetzt, die sie erlebt hatten. Wie macht die Menschheit das nur?, fragte sie sich. Wie schaffen wir es, die Folgen unserer bösartigen, sinnlosen Grausamkeit zu ertragen, Generation um Generation? Wie haben wir eine so außergewöhnliche Widerstandsfähigkeit entwickelt? Eine derartige Sorglosigkeit?

»Mrs. Downes.« Der Pfarrer, schon im Mantel, hatte es offensichtlich eilig fortzukommen. »Danke für Ihre Hilfe.«

»Ich bitte Sie. Sind Sie spät dran?«, fragte sie.

»Ich werde hier nicht gebraucht«, sagte er und grinste. »Und ich bin zu einem Konzert eingeladen, bei dem jemand aus meinem Bekanntenkreis singt. Also ja, ich bin spät dran.«

Ihre scharfen Augen musterten sein lächelndes Gesicht. »Sehen Sie sich einen Patienten genau an«, pflegte ihre frühere

Vorgesetzte oft zu sagen. »Vertrauen Sie auf Ihren Instinkt, auf Ihr Wissen und Ihre Erfahrung.« Aus einem Impuls heraus ergriff sie seinen Arm. »Ich wünsche Ihnen viel Spaß! Genießen Sie das Konzert!«

»Das werde ich! Ich freue mich schon sehr darauf.« Dann ging er hocherhobenen Hauptes davon.

Ist es das, was der Glaube an Gott bewirkt?, fragte sie sich, als sie seinen Gesang vernahm, seinen lieblichen Tenor, der von der Brise fortgetragen wurde, als er durch das Tor hindurch zu seinem Konzert eilte – und letztlich einem ungewissen Schicksal entgegenging. Vor ihrem geistigen Auge sah sie ein Krankenhausbett. Kann Gott all den Schmerz und die Angst besiegen? Kann der Anblick der Frühlingsblüte einem Menschen verkünden, dass es trotz Krieg und Krankheit in einem jungen Herzen immer, immer Hoffnung gibt?

»Mum!« Juliet stand neben ihr und unterdrückte ein Kichern. »Ich habe gerade mit angehört, wie Mrs. Grainger mit Lady Rayne über das Cricketmatch gesprochen hat, und man hat deutlich gemerkt, dass Lady Rayne auf gar keinen Fall ein Cricketmatch wollte, aber Mrs. Grainger hat ihren Willen durchgesetzt. Und ich glaube, Ihre Hoheit war verärgert, darum habe ich ihr von den tollen Leckereien erzählt, die es bei den Lubbocks zum Tee gibt. Ich wollte ihr damit nur sagen, dass sie zwar das Cricketspiel ertragen muss, es dann aber wenigstens etwas Feines zu essen gibt. Mum!« Plötzlich schien Juliet niedergeschlagen. »Ich schäme mich so. Ich kann an nichts anderes mehr denken als ans Essen.«

»Ach, mein Schatz! Ich weiß genau, was du meinst.«

»Erinnerst du dich an die Puddingtörtchen, die wir gegessen haben?«

»Natürlich!« Jane lächelte und ihre Gedanken sprangen von großen Themen wie dem Leben, der Liebe und der Ewigkeit hin zu Puddingtörtchen.

»Ich habe damals vorgeschlagen, sie immer wieder in zwei Hälften zu schneiden, damit jedes Mal ein Stück übrig bleibt und das Vergnügen nie endet. Aber es endete dann doch.« Juliet legte ihre Hand in die ihrer Mutter. »Obwohl du mir auch noch den Löwenanteil von deiner Portion abgegeben hast.«

19

Die Blumen waren schließlich zu Mrs. Graingers Zufriedenheit arrangiert und Alice verließ den Schauplatz in ihrem Daimler. Im Rückspiegel betrachtete sie die Frauen, die sich an dem schönen Wetter erfreuten, ihren Kindern etwas zuriefen und gemeinsam lachten. Sicherlich war sie nicht die Einzige, die nur ungern nach Hause ging. Aber woher sollte sie das letztlich wissen? Sie war die Gutsherrin. Niemand würde auf die Idee kommen, sich ihr anzuvertrauen. Genauso wenig wie sie sich den anderen anvertrauen würde.

Die Wahrheit ist, dachte sie, während sie etwas schneller an den Feldern mit den neugeborenen Lämmern vorbeifuhr, dass ich hier allein bin. Allein mit meinem Mann, der sich auf dem Dachboden einsperrt und nicht mit ihr redet. Aber er hätte sicher viel zu sagen, wenn er wüsste, dass man sie dazu überredet hatte, ein Cricketmatch auszurichten.

Sie bremste, um nicht ein Rebhuhn mit seinen Küken zu überfahren. Die Kirche war voll von hübschen Kindern gewesen, die herumstoben wie Blüten im Wind. Und von Babys. Sie hatte Lucy Clarke beobachtet, die in stummer Hingabe ihr winziges Mädchen stillte, und Mrs. Martin, die nicht ganz so madonnenhaft mit ihren beiden älteren Kindern durch die Gänge rannte, samt Baby im Arm. Was würde sie dafür geben ...

Sie hielt an der Kreuzung an, um rechts nach Oakbourne Hall abzubiegen. Mach doch auch mal eine Pause, ermahnte sie sich. Sieh dich um.

Die Natur kann heilen, rief sie sich in Erinnerung, ja, die herrliche Landschaft kann Wunder bewirken: frische grüne Blätter, so weich wie Samt, der Himmel so klar, als wäre blaue Seide darüber gespannt worden, so unglaublich schön und schmerzhaft und überwältigend. Und plötzlich glaubte sie, schreien zu müssen, denn ihr tiefstes Inneres, das Lebendige in ihr verlangte nach Erregung, Energie, Kontakt. Das Leben ist kurz und zerbrechlich, in einem einzigen Augenblick für immer verloren. Hat dich der Krieg nicht wenigstens das gelehrt? Es ist Ostersamstag, der Tag vor der Auferstehung samt ihren außergewöhnlichen Verheißungen. Wie viele Jahre willst du dich noch mit diesem trostlosen Handel abfinden, den du mit dem Leben geschlossen hast?

Das Hupen eines Autos hinter ihr riss sie aus ihren Gedanken und instinktiv setzte sie den rechten Blinker, Richtung Zuhause. Aber die Realität hält uns gefangen, dachte sie. Die Realität eines kriegsgeschädigten Ehemanns. Also muss ich diese Sehnsucht in mir auslöschen. Sonst verliere ich noch den Verstand. Und begleitet von erneutem Hupen, bog sie nach links ab und in die Straße zum Meer ein. Ich werde laufen, sagte sie sich. Weiter die Küste hinauf zu den Sanddünen, dorthin, wo keine Gefahr besteht, jemandem zu begegnen. Vielleicht reiße ich mir einfach alle Kleider vom Leib und schwimme.

Sie raste los, hatte aber nicht einmal einen Kilometer zurückgelegt, als sie am Straßenrand den liegen gebliebenen Bus nach Norwich entdeckte, dessen Fahrgäste an der Bordsteinkante herumstanden. Die Motorhaube des Fahrzeugs war hochgeklappt, Rauch stieg aus dem Inneren auf. Als sie anhielt, bemerkte sie den Pfarrer, der auf dem Rücken lag und an einem Grashalm kaute. Er hatte erwähnt, dass er zu einem Konzert gehen würde. Jetzt, dachte sie, wird er es verpassen. Dieser Bus fuhr offensichtlich nicht mehr weiter, und bis der nächste vorbeikäme, würde es Ewigkeiten dauern.

Sie war sich sicher, dass Ivens sie nicht gesehen hatte. Ich könnte direkt weiterfahren, dachte sie, mich auf meinen Spaziergang begeben, und niemand hätte mitbekommen, dass ich hier war. Aber Ivens hatte sich so sehr auf dieses Konzert gefreut.

Sein Bekannter war der Solist des Abends, und wie oft, so fragte sie sich, konnte er eigentlich abends ausgehen? Oder einen alten Freund treffen? Wahrscheinlich ähnlich selten wie sie selbst.

Sie parkte am Straßenrand.

»Mr. Ivens!«, rief sie. »Soll ich Sie zu Ihrem Konzert fahren?«

Er rappelte sich auf. Plötzlich war er wie verwandelt, strahlte sie an. »Würden Sie das wirklich tun?«

»Aber ja.« Sie ertappte sich bei dem Gedanken, dass ihr sein Lächeln sehr gefiel: die großen braunen Augen mit den langen Wimpern, der spitzbübische Ausdruck auf den Lippen.

»Danke! Ich habe mich schon so sehr darauf gefreut. Und ich habe auch fest zugesagt, da möchte ich natürlich niemanden enttäuschen. Allerdings muss ich gestehen, dass ich auch aus ganz egoistischen Gründen dorthin möchte. Ich habe von diesem neuen Stück gelesen und ich brenne darauf, es zu hören. Aber sind Sie sich ganz sicher? Haben Sie keine anderen Pläne? Und das Benzin? Es sind hundertsechzig Kilometer, hin und zurück.«

»Der Tank ist voll – wir haben das Auto schon lange nicht mehr benutzt – und ich wollte bloß einen Spaziergang machen. Wir können also unbesorgt losfahren.«

Er stieg ein, lehnte den Kopf an die gelb eingefassten marineblauen Polster und seufzte: »Was für ein Auto!«

»Ja, ich habe großes Glück«, entgegnete sie mit aller Überzeugung, die sie aufbringen konnte.

»Ein Kunstwerk«, sagte er, streckte die Hand aus und fuhr mit den Fingern über das Armaturenbrett aus Walnussholz. »Wirklich wunderschön!«

»Es gehörte Stephens Vater.«

»Der Motor schnurrt ja wie ein Kätzchen! Die reinste Musik!«, lachte er, als sie anfuhr. »Ich kann Ihnen gar nicht sagen, wie dankbar ich Ihnen bin. Aber begleiten Sie mich doch einfach zu dem Konzert! Es wird etwas ganz Besonderes gespielt. Das neueste Werk von Michael Tippett«, sagte er in einem fragenden Ton, als wollte er herausfinden, ob sie schon von dem Komponisten gehört habe. Das hatte sie nicht. »Ich kenne seine Musik noch nicht«, sagte Ivens. »Aber man hat mir gesagt, dass sie wunderschön ist.«

»Es ist also ein sehr modernes Stück?«

»Ja.« Sie hörte die Belustigung in seiner Stimme.

»Klinge ich wie eine Banausin?«

»So etwas würde ich nie sagen.«

»Aber Sie würden es denken.«

Er lachte wieder. »Im Ernst, ich glaube, es könnte Ihnen gefallen. Es gibt bestimmt noch Karten. Eine Kathedrale ist ein großer Raum, der gefüllt werden will.«

»Stephen und ich haben dort vor Jahren den Messias gehört.«

»Wunderbar.«

»Ja.«

»Dies hier ist die Geschichte von ... nun ja ...« Er seufzte. »Von einem anderen verfolgten Juden – Herschel Grynszpan.«

»Wie bitte?« Stephen hatte sich in Paris aufgehalten, als Grynszpan, ein siebzehnjähriger jüdischer Flüchtling, dort einen deutschen Diplomaten tötete. Die Nazis nutzten den Vorfall als Rechtfertigung für die Kristallnacht und zerstörten zwei Tage später systematisch jüdisches Eigentum. »Diese Ereignisse wurden vertont?«

»Es soll eine Botschaft der Hoffnung sein.«

»Sagen Sie das der Familie des armen Jungen. Falls es überhaupt noch eine gibt.«

Er seufzte erneut. »Das Werk heißt ›Ein Kind unserer Zeit‹ und handelt davon, wie wir verschiedene Teile in uns selbst miteinander versöhnen können. Vom Guten und Bösen in uns allen, dem Winter und dem Sommer, davon, dass man wieder ganz werden kann, wenn man seinen Schatten und sein Licht kennt ... Aber ich kann Sie nicht überreden, oder?«

Sie lenkte den Wagen vorsichtig um eine enge Kurve. »Es ist nur ...«, setzte sie an. »Es ist nur ...« Er wartete schweigend. »Tut mir leid, es ist eben moderne Musik ...« Wieder wartete er nachsichtig darauf, dass sie weitersprach. Gehört das Üben der Geduld zur Ausbildung von Geistlichen?, fragte sie sich, während sie das Auto an einem Traktor vorbeimanövrierte. Beenden Sie nie den Satz eines anderen?

»Die ist so wenig harmonisch«, sagte sie schließlich. »Wir haben so viel Disharmonie erlebt – um es gelinde auszudrücken. In der Kunst ist es genauso. Ich betrachte moderne Gemälde und sie scheinen mir alle voller Schmerz zu sein. Ich räume ein, dass sie großartig sind, weil sie all diese starken Gefühle wecken. Aber es sind Gefühle der Trauer und der Angst und dafür brauche ich keinen Picasso. Ich kann mir einfach meine Schlafzimmertapete ansehen ...«

Plötzlich scherte ein Auto vor ihr aus. Sie bremste scharf und sammelte sich. Das Gespräch wurde ihr langsam zu persönlich. Sie sagte: »Vielleicht verlangen wir nach disharmonischer Kunst, weil das Leben heute schrecklicher ist als je zuvor. Finden Sie nicht auch, Mr. Ivens?«

Der Pfarrer rieb sich das Kinn. »Ich denke, dass Sie vielleicht Ihre Schlafzimmertapete erneuern sollten, wenn sie Ihnen solche

Pein verursacht.« Sie blickte ihn verständnislos an. »Lady Rayne, das war bloß ein Scherz.« Dann entschuldigte er sich sofort. »Es tut mir sehr leid, das war eine unbedachte Bemerkung.«

»Nein, nein.« War sie schon so lange einsam, dass sie nicht mehr merkte, wenn jemand einen Scherz machte? »Sie denken jetzt sicherlich, dass ich mich nur mit hübschen Dingen befassen will, weil meine Tapete bezaubernde rosafarbene Rosen zeigt – nun, ich finde sie bezaubernd«, sagte sie und war sich bewusst, dass sie plapperte. »Ich meine nur ... Ich glaube nicht daran, dass man das Böse in etwas Schönes verwandeln kann. Und nach all dem Bösen, das wir gesehen haben, will ich ... will ich ...«

Ich höre mich bestimmt an wie ein weinerliches Kind, dachte sie. »Ach, vergessen wir es einfach«, sagte sie mit aufgesetzter Munterkeit.

»Aber nein, bitte reden Sie doch mit mir. So ein anregendes Gespräch habe ich schon lange nicht mehr geführt.«

Sie betrachtete ihn einen kurzen Moment lang. So fest er auch daran glaubte, dass sein Gott an seiner Seite war – fühlte er sich vielleicht einsam, in einem Teil der Welt, in dem er sich nicht auskannte, unter Fremden?

»Ich wünsche mir von der Kunst wohl, dass sie heilt«, sagte sie. Wahrscheinlich hatte sie ihm damit das Stichwort für eine Predigt gegeben. Doch zu ihrem Erstaunen sang er einige Zeilen aus einem afroamerikanischen Spiritual:

»Deep river,
my home is over Jordan.
Deep river, Lord,
I want to cross over into campground.«

Die Stimme des großen, schlanken Mannes erfüllte das Innere des Wagens. Sie fühlte sich, als wäre sie in ein Musical hineingestolpert. Als hätte er ihre Gedanken gelesen, sagte er: »Ich verspreche Ihnen, dass ich nicht tanzen werde.«

In ihrem Kopf spielte sich eine lächerliche Vorstellung ab: Wenn sie das Auto anhielte, würde er einen Jitterbug hinlegen. In Anbetracht seines musikalischen Talents schätzte sie ihn als einen ziemlich guten Tänzer ein. Sicherlich verfügte er über ein gutes Rhythmusgefühl.

»Tippett«, erklärte er, »benutzt Spirituals wie ›Deep River‹ anstelle der traditionellen großen Chornummern. Der Gedanke dahinter ist, dass Spirituals jeden ansprechen, der sich jemals ausgestoßen gefühlt hat. Es ist also nicht nur ein christliches Stück, sondern wendet sich an alle – auch an Juden, Atheisten, Agnostiker. Und die Melodie ist wunderschön, nicht wahr?«

»Sehr. Und Sie singen wirklich ...«

Sie wollte ihm ein Kompliment machen, aber er gab ihr keine Gelegenheit dazu.

»Sie wünschen sich etwas Heilendes«, sagte er. »Und das kann eine Dosis Musik sein, ein Abend außerhalb der üblichen Routine, etwas Spontanes und Schönes und Anderes. Das alles kann ich Ihnen für heute nicht versprechen. Aber ich kann Ihnen beteuern, dass Sie eine großartige Stimme hören werden.«

Warum nicht?, dachte sie. Warum sollte ich mir nicht eine »Dosis Musik« gönnen? Ich kann Mrs. Green anrufen, wenn ich in Norwich bin, und ihr Bescheid sagen, wo ich bin. Stephen wird es nicht einmal mitbekommen. Ohne ein weiteres Zögern sagte sie: »Ich begleite Sie sehr gerne.«

»Ausgezeichnet! Und ich werde Sie auch nicht um eine Mitfahrgelegenheit zurück bitten. Ich werde nämlich nach Hause gebracht und mein Besuch bleibt dann über Nacht.«

»Wie schön für Sie, dass Sie Besuch von Ihrem Freund bekommen«, erwiderte sie. Sie verspürte eine seltsame Erleichterung darüber, dass er doch nicht so einsam war, wie sie befürchtet hatte. »Dann können Sie ihm Ihre neue Umgebung zeigen. Und Ihre Kirche. Bekommt er ein Zimmer bei Mrs. Turner?«

»Tatsächlich ist es kein Freund, sondern eine Freundin. Stella.«

»Oh!« Sofort errötete sie vor Verlegenheit, denn sie wusste, dass sie wie eine schockierte Matrone geklungen hatte. Natürlich hatte er auch weibliche Bekannte. Oder Freundinnen.

»Sie ist Sopranistin«, erklärte er. »Morgen wird sie in unserem Ostergottesdienst aus der Matthäuspassion singen.«

»Das ist wunderbar!« Sie kam sich dumm vor, ganz so, als wollte sie sich ihren Pfarrer nur als Vertrauten unglücklicher Frauen bei einem gemeinsamen Gurkensandwich vorstellen. Sie war sich nicht sicher, was sie als Nächstes sagen sollte. Er offensichtlich auch nicht, und so legten sie die folgenden Kilometer schweigend zurück.

Erst als sie an einem Bahnübergang anhalten musste, wandte sie sich ihm wieder zu.

Er war eingeschlafen.

Es war so lange her, dass ein Mann neben ihr geschlafen hatte, dass sie ganz vergessen hatte, wie es sich anfühlte. Ihr war zuvor gar nicht aufgefallen, wie lockig sein Haar war. Sofort kamen ihr die biblischen Figuren Samson und Delilah in den Sinn. Wie wenig es bedurft hätte, ihm jetzt etwas anzutun. Ihr Blick wanderte über sein Gesicht, das nun frei von jeglicher Anspannung war, die Lippen leicht geöffnet. Die Haut an seinem Kinn war gerötet, fast so, als hätte er den ganzen Tag mit Küssen zugebracht, dachte sie. Was er natürlich nicht getan hatte, denn er war mit ihr und all den Helferinnen und deren Kindern in der Kirche gewesen. Da konnte er kaum viel geküsst haben.

Aber wie küsste er wohl? Vielleicht würde er ja dabei singen? Bei der Vorstellung, dass er ihr im Bett ein romantisches Lied darbringen würde, spürte sie, wie sich ein Lächeln auf ihrem Gesicht ausbreitete.

20

Zum zweiten Mal an diesem Tag wurde George Ivens bewusst, dass er neben einer schönen Frau saß, als Stella in ihrem goldenen Abendkleid ihr Auto durch die unbeleuchteten Straßen von Norwich steuerte, mit ihm auf dem Beifahrersitz.

»George, wir vermissen dich so sehr«, sagte sie, während der Motor ihres Austin 7 laut rumpelte. »Der Wirt wollte uns über Nacht einsperren.« Nach dem Konzert waren sie mit ihren Orchesterfreunden in einen Pub gegangen, wo sie um ein Klavier herumsaßen und Cole-Porter-Songs zum Besten gaben. »Ich glaube kaum, dass er jemals einen Pfarrer bei der Darbietung von ›Night and Day‹ erlebt hat. Das war eine brillante Vorstellung.«

»Danke«, sagte er. Er freute sich nicht nur über das Kompliment, sondern auch darüber, dass er nun wieder wusste, wie sich ein anregender Abend anfühlte.

»Gibt es denn keinen Chor in deinem neuen Wohnort?«, fragte sie.

»Es gibt einen Mann, der die Orgel spielt, aber er ist schon über achtzig.«

Stella stöhnte auf. »Und niemanden, der singen kann?«

»Eigentlich nicht. Musik spielt dort keine große Rolle.«

»Bitte sag mir nicht, dass du jeden Abend in irgendeiner tristen Wohnung sitzt, mit nichts als dem Grammofon als Gesellschaft.«

»Nicht jeden Abend«, sagte er.

»Aber die meisten?« Er antwortete nicht. »George, ich meine es ernst. Ist es wirklich gut für deine Gesundheit, da draußen festzusitzen? Ich weiß, dort hast du frische Luft. Und ich nehme an, dass die Umgebung schön ist. Aber Freunde sind viel wichtiger als eine schöne Landschaft.«

»Das solltest du Lady Rayne erzählen. Sie würde ein flammendes Plädoyer für schöne Landschaften halten.«

»Lady Rayne!«, äffte sie ihn nach. »Ich hoffe, du verhältst dich ihr gegenüber nicht zu unterwürfig, obwohl du es offensichtlich gut beherrschst. Immerhin kutschiert die Gutsherrin dich herum. In einem Daimler! Mark wird bestimmt neidisch sein, wenn er das erfährt.«

»Geht es ihm gut?« Mark, ein alter Schulfreund des Pfarrers, war jetzt mit Stella verlobt. »In seinem letzten Brief hat er kaum über sich selbst geschrieben, nur Witze über seinen Chef gemacht.«

»Dieser Chef ist ein wahres Ekel. Es ist nicht fair, dass alle, die einberufen wurden, das Recht darauf haben, ihren alten Job zurückzubekommen, während Leute wie Mark, die sich freiwillig gemeldet haben, gar keine Ansprüche anmelden können.«

Im Jahr 1939 hatte Mark als Journalist in der Fleet Street gearbeitet und war bei Kriegsausbruch in die Royal Air Force eingetreten. Die einzige Stelle, die er danach hatte finden können, war die eines unbedeutenden Redakteurs bei einer Lokalzeitung in Croydon.

Sie wetterte weiter. »Mark hat freiwillig Leib und Leben riskiert und jetzt wird er die Karriereleiter wieder hinuntergestoßen. Während so ein widerlicher Mensch, der sich nie derart in Gefahr begeben hat wie Mark – er hat nur über den Krieg berichtet –, seinen alten Job bekommen hat.«

»Hast du mir nicht erzählt, dass während des Krieges eine Frau das Feuilleton unter sich hatte?«, fragte Ivens. »Ist sie nicht kürzlich entlassen worden?«

»Na gut, na gut. Es ist auch nicht fair den Frauen gegenüber. Aber halt mir jetzt bloß keinen Vortrag über die Rechte der Frauen. Ich finde das einfach so, so ...«

So schwierig, dachte Ivens, der sich plötzlich müde fühlte, denn dem einen zu geben, bedeutete oft, dem anderen etwas zu nehmen.

»Wie ich Mark kenne, wird er sich in kürzester Zeit wieder nach oben arbeiten«, sagte er.

»Das predige ich ihm auch immer.«

»Außerdem hat er dich«, fügte Ivens noch hinzu.

»Ja, das stimmt.« Er sah ihr Lächeln in der Dunkelheit. »Ich möchte dich um etwas bitten. Wir würden die Hochzeit gerne vorverlegen.« Ivens sollte im Oktober die Trauung vollziehen. »Tatsächlich wollen wir ... so bald wie möglich heiraten.«

Sie warf ihm einen für sie untypisch schüchternen Blick zu und er begriff, was sie damit sagen wollte. »Ach, du meine Güte!«, rief er.

»Ich weiß, dass du das – beruflich gesehen – missbilligen solltest. Ein uneheliches Kind! Aber bitte sag mir, dass du dich freust!«

»Selbstverständlich freue ich mich. Aber du?«

»Ja! Wir hatten es nicht geplant – natürlich nicht. Aber es hat Mark geholfen. Du weißt, wie schlecht es ihm ging. Er war so wütend, konnte nicht schlafen.« Die Reifen gaben ein Quietschen von sich, als sie eine Kurve zu scharf nahm.

»Es gibt keinen Grund zur Eile«, sagte er.

»Ich empfinde es aber so! Dass wir zu wenig Zeit haben, um alles zu erledigen. Ach, George! Bitte verzeih mir! Das war wirklich taktlos von mir.«

»Stella, bitte. Du brauchst dich nicht zu entschuldigen. Im Moment geht es mir gut. Erzähl mir einfach noch mehr erfreuliche Neuigkeiten.«

»Also ... wegen des Babys ist Mark dabei, ein Zimmer frisch zu streichen und Regale aufzustellen, anstatt ständig philosophische Diskussionen über den Sinn des Lebens zu führen. Das war wirklich furchtbar. Jedes Mal, wenn ich dachte, wir machen uns einen schönen Tag, essen etwas Gutes, gehen vielleicht spazieren, fing er wieder mit der Litanei über das Böse und den Tod an, und das nahm kein Ende. Na ja, aber wenigstens redete er. Das ist doch ungewöhnlich – meine Schwester hat noch immer keine Ahnung, was ihr Mann gemacht hat, außer dass er in Afrika war. Aber manchmal wünschte ich mir, Mark wäre einfach einmal still. Er sprach dauernd von jungen Männern, die starben ... wie sie starben ... Ich schäme mich wirklich, aber ich konnte das nicht ertragen.«

»Aber du hast es ertragen«, entgegnete Ivens. »Du hast ihm zugehört.«

»Ja. Jedenfalls betrachtet er dieses Baby als ein Wunder. Gott weiß, warum, denn die Leute bekommen ständig welche, und die Tatsache, dass die Regale nicht in sich zusammengefallen sind, ist ein noch größeres Wunder. George, wir hätten dich gerne als Patenonkel. Wir akzeptieren keinen Einwand.« Der Einwand ist, dachte Ivens, dass ich nicht da sein werde, um dieses neue Leben aufwachsen zu sehen. »Bitte!«

Er lächelte. »Ich fühle mich geehrt.«

»Schön, aber jetzt wird Mark sich furchtbar aufregen, weil er dich selbst fragen wollte, aber du weißt ja, dass ich meinen Mund nicht halten kann.«

»Ich werde so tun, als wüsste ich von nichts.«

»Ich kann von einem Geistlichen nicht verlangen, dass er für mich lügt, und Mark hat eigentlich nie einen Zorn auf mich. Nur auf den Rest der Welt. Aber auf mich ...« Sie lächelte wieder schüchtern. »Nein, eigentlich nie.«

Ivens betrachtete Stella, das strahlende Gesicht, den prächtigen Körper einer Sängerin. Mark war wahrlich ein glücklicher

Mann, weil er eine solche Frau an seiner Seite hatte. Jede Nacht. Und jeden Tag.

Er spürte, dass sein strapaziertes Herz wütend klopfte. Er hatte sich überanstrengt an diesem Tag und nun protestierte sein Körper.

Er legte sich seine Jacke um. Wie satt er es hatte, dass körperliche Bedürfnisse sein Dasein bestimmten. Aber nein, dachte er, so einfach ist es nun auch nicht. Die körperliche Seite des Lebens – danach sehne ich mich. Ich habe meinen kaputten Körper satt, meine Schwäche, die langen, einsamen Stunden in einem kalten, schmalen Bett. Ich will leben wie andere Männer.

Er hatte sich lange in Akzeptanz geübt. Aber heute Abend spürte er die Schwere seines Verlusts. Theoretisch konnte natürlich auch er heiraten. Die anglikanische Kirche hatte eindeutige Regeln. Die Ehelosigkeit – oder ihr Gegenteil – hatte keinen Einfluss auf die Fähigkeit, das Wort Gottes zu verbreiten. Der Klerus durfte »nach eigenem Ermessen« heiraten und so leben, wie es seine »Frömmigkeit« am besten förderte. Die Sehnsucht nach dem Leib Christi schloss die Sehnsucht nach dem Körper einer Frau nicht aus, und Ivens hegte keinen Zweifel daran, wie seiner eigenen »Frömmigkeit« besser gedient wäre. Die Bedürfnisse des Fleisches und des Herzens in einer einzigen Person befriedigen zu können, menschliche Zärtlichkeit in all ihren Formen zu erfahren ...

Er starrte hinaus in die Nacht. Er durfte sich solchen Hoffnungen nicht hingeben. Selbst wenn ihn jemand liebte – wie konnte er einem anderen Menschen, der in der Blüte seines Lebens stand, guten Gewissens die Pflege eines Schwerkranken aufbürden? Denn das würde er schon bald sein.

»Ich habe eine Frage an dich«, sagte Stella jetzt. »Wie findet ein Mann wie du, der London praktisch nie verlassen hat, eigentlich das Landleben? Fangen wir mit Lady Rayne an. Ist sie eine sehr schlimme Schreckschraube?«

Ein Bild von Alice Raynes schlankem Körper tauchte vor seinem geistigen Auge auf. »Nein, nein ...«

»Wie ist sie dann?«

In der Dunkelheit nahm er das Funkeln des winzigen Saphirs in Stellas Verlobungsring wahr. Er dachte daran, dass Alice Rayne einen Ring mit Diamanten trug, die so groß wie Kohlen waren. Doch ihre Hände waren rau und zerschrammt, die Nägel abgebrochen, fast so, als hätte sie im Freien gelebt. »Sie weiß unglaublich viel über Pflanzen.«

Stella brach in Lachen aus. »Dann hat sie also eine Menge gemeinsam mit einem Jungen aus dem East End, der noch nie einen Blumenkasten besessen hat!«

»Sie würde dich sicher beeindrucken. Ich habe mit ihr über Rosen und Schneeflocken gesprochen und bin inzwischen sogar ein Experte für Tomaten geworden.«

»Ach, du Armer! Ehrlich, George, du bist ein Heiliger.«

»Eigentlich«, sagte er mit dem plötzlichen Gefühl, sich nicht loyal verhalten zu haben, »ist sie faszinierend.«

21

»*Der Herr ist auferstanden*«, sagte Ivens mit einem Lächeln und reichte Stephen Rayne die Hand, als der Gottesdienst am Ostersonntag beendet war.

»Tatsächlich?«, murmelte Stephen.

Alice, die an seiner Seite stand, sagte schnell: »Wie nett von Ihrer Freundin, für uns zu singen! So ein stimmungsvoller Gottesdienst. Und erst das Konzert gestern Abend! Wunderbar!«

»Hat es Ihnen wirklich gefallen?«, fragte Ivens. »Ich weiß, wie skeptisch Sie vorher waren.«

»Ich bin voller Glückseligkeit nach Hause gefahren.«

»Glückseligkeit?«, rief Stephen. »Du hast erzählt, das Stück hätte von der Reichskristallnacht gehandelt!«

»Das stimmt. Aber es enthielt auch eine Botschaft der Hoffnung.«

Plötzlich wurde Stephen wütend. Wie konnte sie es wagen, die Welt mit solch selbstgefälliger Naivität zu betrachten? »Wann ist es nochmal entstanden?«

»1941.«

»Um Himmels willen. Da konnte Tippett sehr wohl noch Hoffnung hegen! Verglichen mit dem, was danach kam, war die Kristallnacht ein Kaffeekränzchen. Dachau, Auschwitz, Ravensbrück, soll ich noch mehr aufzählen?«

Alice' Stimme wurde leiser. »Ich glaube, das wissen wir selbst. Aber du verstehst nicht, worum es geht.«

»Und worum geht es, meine Liebe?«

Sie blickte ihm kurz in die Augen, dann wandte sie sich ab und biss sich auf die Unterlippe.

Ivens antwortete: »Ich glaube, es geht darum, dass die Menschheit – um dieses alte biblische Wort zu benutzen – gefallen ist. Und auf Hilfe angewiesen ist. Aber es gibt noch immer Hilfe.«

»Von Gott vielleicht? Ich habe keine Ahnung, was zum Teufel er mit dieser verdammten, kaputten Welt vorhat.«

»Natürlich gibt es Hilfe von Gott«, sagte Ivens. »Aber ich dachte eher an die Hilfe von Männern wie Ihnen, Sir Stephen. In Stellas Solo sang sie: ›Wiewohl mein Herz in Tränen schwimmt‹, und man braucht nicht lange in Ihrer Gesellschaft zu verweilen, um zu erkennen, dass auch Ihr Herz in Tränen schwimmt.«

Stephen trat einen Schritt zurück. Pfarrer oder nicht, Ivens war zu weit gegangen. Zugegeben, niemand hatte den Wortwechsel mitangehört, denn der Rest der Gemeinde hielt einen respektvollen Abstand. Aber dies war ein zu privates Gespräch, um es an der Kirchentür zu führen, wo das halbe Dorf herumwuselte.

»Jene Männer und Frauen, deren Herzen in Tränen schwimmen, die brauchen wir jetzt«, fuhr Ivens fort, ganz so, als bemerkte er die Peinlichkeit der Situation gar nicht. Stephen vermutete allerdings, der Pfarrer ignorierte sie absichtlich. »Wenn wir eine Chance auf Wiederauferstehung bekommen wollen, wenn wir unsere zerbrochene Welt wiederaufbauen und verhindern wollen, dass wir uns gegenseitig umbringen.« Er hob die Hand, als wollte er Stephens Einspruch vorwegnehmen. »Bitte sagen Sie mir nicht noch einmal, wie hoch Sie die Wahrscheinlichkeit einschätzen, dass in der Mandschurei, auf dem Balkan, im Nahen Osten ein Krieg ausbricht. Wo auch immer. Leider muss ich Ihnen zustimmen. Umso dringender brauchen wir Männer und Frauen, die verstehen, die wissen – so wie Sie –, wozu wir alle fähig sind. Die Geschichte, sogar die Erinnerung«, fuhr er fort und wies mit dem Kopf zum Denkmal des vorigen Krieges, »hat uns nicht viel gelehrt. Aber Männer wie Sie, so hoffe ich – bete ich –, könnten uns dabei helfen, die ewige Wiederholung des Unheils zu vermeiden.«

Nur wenige Male zuvor in seinem Leben hatten Stephen die Worte gefehlt, aber er sollte verdammt sein, wenn er sich noch mehr Belehrungen anhören würde. Kurz spielte er mit dem Gedanken, dem Pfarrer das ins Gesicht zu sagen.

Ivens kam ihm zuvor. »Tut mir leid, ich halte schon wieder eine Predigt und Sie müssen zum Mittagessen nach Hause.«

Stephen hatte das Gefühl, dass dieser junge Mann ihn abwies. Auch dies hatte er bislang selten erlebt. Er registrierte, dass ihm zum Abschied die Hand gegeben wurde und dass seine Frau, die ein höfliches »Auf Wiedersehen« murmelte, ihren Mantel fester um sich zog, ganz so, als wollte sie sich unsichtbar machen. Dann richtete Ivens seine Aufmerksamkeit auf Mr. und Mrs. Harris vom Pförtnerhaus.

Stephen ging mit großen Schritten über den Friedhof, nickte den Menschen grüßend zu und beeilte sich, den Schauplatz zu verlassen.

»Was hat der denn für ein Problem?«, fragte er Alice, als sie allein waren und in den Weg zurück nach Oakbourne Hall einbogen, wo die Knospen der wilden Apfelbäume langsam aufblühten.

»Überhaupt keins! Er sagt dir nur, was du selbst nicht erkennst, weil du zu sehr in deinen eigenen Tränen schwimmst, wie Ivens es genannt hat.«

»Meine Güte! Heute nimmt wohl niemand ein Blatt vor den Mund. Ich wollte wissen, was ihm körperlich fehlt! Er hat ein Herzproblem, nicht wahr? Vielleicht hat er es dir ja anvertraut. Ihr beide scheint genug Zeit zum Plaudern zu haben.«

»Wir reden nicht über seine Gesundheit. Ich habe den Eindruck, dass er darüber nicht sprechen möchte.«

»Du hättest ihn doch danach fragen können.«

»Ich habe mich bei ihm erkundigt, ob er etwas braucht. Und ich habe dafür gesorgt, dass das Holz, das du ihm angeboten hast, zu ihm nach Hause geliefert wird.«

»Sehr freundlich«, murmelte er und sie zuckte zusammen angesichts seines unangenehmen Tonfalls – er hatte ihn mit Absicht angeschlagen.

»Menschen haben nun mal Geheimnisse, nicht wahr, Stephen?« Ihre Augen funkelten herausfordernd. »Wenn er sich mir nicht anvertrauen will, muss ich das respektieren. Welche Wahl habe ich denn?«

Dann wandte sie ihm den Rücken zu und er sah ihr nach, während sie sich entfernte. Wahrscheinlich beobachteten die Leute aus dem Dorf sie oft dabei, wie sie allein durch die Gegend lief, den Kopf gesenkt, in ihren Kummer versunken. Eine unglückliche Frau.

Dies war nicht die Ehe, die sie sich vorgestellt hatten. Aber der Krieg war dazwischengekommen. So lagen die Dinge nun einmal. Und so würde es weitergehen. Eigentlich, dachte er, sollte er Mitleid mit ihr haben. Aber er fühlte nichts. Außer Wut, als in diesem Moment ein riesiges Flugzeug über ihn hinwegdröhnte.

Selbst am Ostersonntag herrschte Betrieb auf den nahe gelegenen Militärbasen. Wer wusste schon, was die nächsten Jahre bringen würden? Hier, in einem der am dünnsten besiedelten Teile des Landes, abgelegen und von London vernachlässigt, war der perfekte Ort, um die Waffen der Zukunft zu entwickeln. Tatsächlich hätte es ihn nicht überrascht, die Leute vom Kriegsministerium im Watt oder tief im Wald anzutreffen, im Begriff, die Möglichkeiten auszuloten.

Und seine Frau, die gerade in Richtung Unterholz davongelaufen war, wollte auch noch Kinder in diese Welt setzen, in der selbst an diesem Ort das Böse zu erahnen war!

»Hier ist ein junges Reh!«, rief sie und blickte zurück zu ihm. »Es liegt im Sterben. Irgendetwas hat es angegriffen. Vielleicht ein Bussard oder – ich weiß nicht. Es ist schon von Fliegen übersät.«

Sie brach einen Ast von einem alten Ahornbaum ab und holte damit aus, um dem Kitz mit einem Schlag das Genick zu brechen. Doch dann zögerte sie. Ihr Gesicht verzog sich vor Schmerz und sie schlug sich den Stock gegen die eigene Stirn.

»Was machst du da?«, schrie er und lief zu ihr hin. Sie hätte sich ein Auge ausstechen können. »Um Himmels willen, du machst ihm doch Angst!«

»Ich kann das Töten nicht mehr ertragen ...«

Er zog das Taschenmesser heraus, das er immer bei sich trug, packte den Kopf des Kitzes und stieß ihm die Klinge in die Kehle.

»Siehst du?«, murmelte er. »Töten ist einfach. Zu einfach, wenn man weiß, wie es geht.«

Sie stand da wie angewurzelt und starrte auf das Blut, das über das hübsche, gefleckte Fell des jungen Rehs strömte, auf den unnatürlichen Winkel, in dem sein Hals abknickte. Da entriss er ihr den Stock in einem plötzlichen Zornesanfall, weil sie sich nicht den Dingen stellen konnte, die der Krieg erforderte. Stattdessen saß sie – mit diesem Pfarrer – in einer Kathedrale und hörte sich Lieder über den Krieg an und schwafelte hinterher davon, wie schön die Musik doch sei, dass es Licht in der Dunkelheit gebe. Mein Gott! Die Gewalt, die er ausgeübt hatte – durch Schläge, Gewehrkugeln, Bomben. All die Leben, die er ausgelöscht, die Gnade, die er nicht gewährt, die Lügen, die er von sich gegeben hatte: »Vertrau mir – ich beschütze dich.«

»Bring mich dazu, das Töten für dich zu erledigen! Finde irgendeinen Trottel, der deine Drecksarbeit macht, damit du dich an deinem hübschen Kriegsrequiem erfreuen und von neuer Hoffnung schwärmen kannst!«

Dann fiel ihm auf, dass er mit erhobenem Arm dastand, den Stock in der einen, das blutige Messer in der anderen Hand. Sie zitterte.

Er ließ den Stock fallen, wischte das blutige Messer hastig am Gras ab und suchte nach etwas, das sie – und ihn selbst – davon überzeugen konnte, dass er nicht nur eine gut geölte Tötungsmaschine war.

Aber wem wollte er etwas vormachen? Und hier, in dem Garten, in dem er als Junge gespielt hatte, hörte er plötzlich wieder die sanften Töne seines vorgesetzten Offiziers: »Du bist ein Naturtalent.«

Es war im November 1940, und die beiden unterhielten sich auf der Treppe des fürstlichen Anwesens in den Highlands, wo er gerade seine Ausbildung abgeschlossen hatte. Er war noch nie zuvor in Schottland gewesen. Obwohl er vier Sprachen fließend beherrschte – sechs, wenn man Latein und Altgriechisch mitzählte –, hatte nichts seine Seele so sehr angeregt wie diese wunderbare, urtümliche Wildnis. Er hatte sich geschworen, mit Alice hierher zurückzukommen, sollte er den Krieg überleben.

Aber der Mann, der er an jenem Tag noch gewesen war, hatte nicht überlebt. Wie also konnte er dieser verängstigten Frau, die in ihrem Ostersonntagshut und mit dem toten Rehkitz zu ihren Füßen vor ihm stand, sagen: »Ich wollte mit dir dorthin reisen, wo ich ausgebildet wurde«?

Ausgebildet in der Kunst, mit allem zu töten, was gerade zur Verfügung stand – Gewehre, Pistolen, Bajonette, Messer, Drähte, Knie, Ellbogen, Fäuste. Und ich war außergewöhnlich gut darin.

Nicht, dass ich jemals Geschmack an der Arbeit gefunden hätte. Das habe ich *nicht*. Darauf beharrte er innerlich, während er dem erschrockenen Blick seiner Frau auswich.

Einigen jedoch gefiel es. Das hatte er in ihren Augen gesehen. Sie liebten die Macht.

Aber ich war nie so. *Ich nicht.* Und doch hatte er schon bald seine Hemmungen vor dem Töten verloren. Denn der Colonel hatte gesagt: »Ohne Männer wie Sie weiß nur Gott, wann das Sterben aufhört.«

Er war am Strand von Dünkirchen knietief durch Blut gewatet, und als Churchill nach jenem Debakel Freiwillige für eine neue Spezialeinheit suchte, meldete er sich. Er hätte alles getan, um den Krieg so schnell wie möglich zu beenden.

Die Rekrutierung war mit einem höllischen Eingangstest verbunden – vielleicht nicht höllisch genug, wie Stephen später dachte, denn die Überlebensraten bei geheimen Missionen waren katastrophal. Männer – und Frauen – wurden scharenweise aus dem Lehrgang geworfen oder brachen ihn ab, weil sie die

Märsche, die Fallschirmabsprünge, den Schlafentzug und die Simulation der zu erwartenden Folter nicht verkraften konnten.

Aber er war in seinem Element. Er hatte das Zeug dazu, in ständiger Angst zu leben, zu entscheiden, wem er trauen konnte – so gut wie niemandem –, und zu töten, selbst wenn er seinem Feind so nahe kam, dass er den sauren Atem aus der Kehle roch, die er aufschlitzte.

An jenem Nachmittag in Schottland hatte der Colonel, während er sein Glas mit torfigem Whisky auffüllte, gesagt: »Es tut mir leid, Sie müssen Ihrer Frau schreiben und ihr mitteilen, dass Sie Weihnachten nicht nach Hause kommen können.«

»Ja, Sir«, hatte er, ganz der Mustersoldat, erwidert. In zweiundsiebzig Stunden sollte er nach Nordafrika aufbrechen, um eine Expedition hinter die feindlichen Linien zu führen.

Ein Teil von ihm war am Boden zerstört. Er hatte Alice seit Monaten nicht mehr gesehen. In ihren glühenden Briefen schrieb sie ihm, dass jeder Tag, den er überlebte, ein Tag war, an dem seine Heimkehr näher rückte.

Aber ein anderer Teil von ihm war begeistert. Mit all seinen Fähigkeiten, seiner Sprachgewandtheit – unverzichtbar für geheime Missionen –, seiner schnellen Auffassungsgabe und, wie er später feststellte, seinem diplomatischen Geschick, das wesentlich war bei dem Versuch, die zerstrittenen Fraktionen der französischen Résistance zu einigen, war er der richtige Mann zur richtigen Zeit am richtigen Ort.

Er und der Colonel leerten ihre Gläser und gingen dann wieder hinein, um sich an die Arbeit zu machen und den Angriff auf einen Flugplatz außerhalb von Tobruk zu besprechen.

Bevor er die Tür hinter sich schloss, blickte er in die Dunkelheit des schottischen Winternachmittags hinaus. Pegasus flog über den Himmel hinweg, Orion jagte hoch oben zwischen all den Sternen und Galaxien. Und ich bin ihnen gleichgültig, hatte er gedacht. Meine Frau ist ihnen gleichgültig, das Gemetzel, das ich verhindern muss, ist ihnen gleichgültig. Schon damals war er sich bewusst gewesen, dass ein Teil von ihm mit der gleichen Effizienz getötet werden könnte, die er auf dem Schlachtfeld zu beherrschen gelernt hatte. Er war schließlich ein Poet, oder etwa nicht? Ein Diplomat, der an die Macht der Worte glaubte. Kein Soldat, wie sein Vater und alle seine Vorfahren, deren Porträts auf ihn herabblickten.

Aber nun befand er sich wieder in Oakbourne Hall, bei seiner Frau, mit der er seit fast zehn Jahren verheiratet war, die verängstigt und verwirrt wirkte, während all die bedauernswerten Bruchstücke des Mannes, der er zu sein gehofft hatte, entweder bedeutungslos oder abgestorben waren.

»Tut mir leid«, murmelte er. »Ich weiß nicht, was in mich gefahren ist.« Dann bemühte er sich um einen neutralen Tonfall. »Was gibt es zum Mittagessen? Ich denke, wohl keinen Lammbraten.«

Sie sah ihn so ungläubig an, als wäre das Reh wieder zum Leben erwacht.

»Wir haben nur Brot und Dosenfleisch.«

»Ach ja.« Das aß er sonst auch. In seinem Zimmer. Manchmal auch zum Abendessen.

»Stephen, ich danke dir«, sagte sie überraschend eindringlich. »Du hast dem Reh eine Gnade erwiesen. Es konnte nicht mehr weiterleben.«

Er drehte sich um und rannte fort. Vor der Gegenwart, vor der Vergangenheit, vor der Erinnerung an *ihr* Blut an seinen Händen, seiner Wärme, seinem Geruch. An jenem Augustmorgen im Jahr 1944 hatte er gelernt, dass niemand das Recht hatte, Gott zu spielen.

22

Im Verlauf der nächsten Tage erschien Stephen gelegentlich zum Essen, und Alice unterbrach das Schweigen nur, indem
sie einige unbedeutende Neuigkeiten kommentierte. Er murmelte
dann eine Art Antwort, während sie sich mit verschiedenen Fragen quälte: Worin bestand die »Drecksarbeit«, die er zu erledigen
hatte? Im Geiste durchlebte sie von Neuem den Abend, an dem
er den jungen Hasen totgetreten hatte: Was wollte er damit auslöschen? Eine Erinnerung? Eine seiner eigenen Taten? Und *Elle
doit mourir*? *Wer* musste sterben? Sie steigerte sich in die Vorstellung hinein, dass sie seine aufgestauten Aggressionen wieder an-
fachte, wenn sie das Thema ansprach, woraufhin er sich gegen
sie wenden würde. Doch diese Angst nährte nur eine andere: Sie
fürchtete, hysterisch zu sein, in einen Teufelskreis zu geraten, den
sie selbst geschaffen hatte.

Ja, er war höhnisch und abweisend. Ja, sie musste in seiner
Gegenwart so vorsichtig auftreten wie die Männer, die an den
Stränden die Blindgänger entschärft hatten. Aber er hatte das
Messer nicht gegen sie erhoben. Diesen Stock. Das würde er nie
tun. Niemals. Da war sie sich sicher.

Also zwang sie sich dazu, ihre Tage zu gestalten wie immer –
sie half Mrs. Green im Haus und arbeitete im Garten. Aber als
Mr. Butley, der Gemischtwarenhändler, an diesem Morgen anrief, um mitzuteilen, dass sein Lieferwagen eine Panne hatte und
er ihre Bestellung nicht ausliefern konnte, beschloss sie, ins Dorf
zu fahren und die Waren selbst abzuholen. Im Laden konnte sie
einen ganz normalen Plausch halten, denn selbst die unzähligen

häuslichen Fragen, die sie mit Mrs. Green besprach, waren jetzt mit Spannung aufgeladen. Zu oft erkundigte sich die Haushälterin höflich danach, wie es ihrer Hand ging – wunderbar, danke – und musterte sie verstohlen, um zu prüfen, ob sie erneut in einer Tür eingeklemmt worden war.

Am frühen Nachmittag entkam Alice dem Haus, stand nun auf der Hauptstraße und sprach mit Mr. Butley über Pfirsichkonserven. »Es tut mir leid«, sagte er, während er den Kofferraum ihres Wagens mit den bestellten Waren belud. »Sie sind nicht mitgekommen.«

»Wie schade!«

»Die Leute haben sich schon darauf gefreut«, murmelte er. »Ich mich auch.«

»Sie sind wirklich köstlich«, erwiderte sie. Statt einer Antwort gab er ein zustimmendes Grunzen von sich. Sie sagte: »Da Ihr Lieferwagen kaputt ist, kann ich gerne einige Bestellungen im Dorf vorbeibringen.«

»Das kann ich Ihnen unmöglich zumuten, Lady Rayne! Außerdem wollte Mr. Grainger mir einen seiner Wagen leihweise überlassen. Ah! Wenn man vom Teufel spricht!« Ein großer roter Lieferwagen mit der Aufschrift »Bauunternehmen Grainger« fuhr auf sie zu. »So schnell habe ich das Auto nicht erwartet. Das tut mir leid! Ich hätte Ihnen die Umstände ersparen können.«

»Ich bitte Sie.« Sie wollte sich noch nach Mr. Butleys Frau und den Kindern erkundigen, aber er hatte sich bereits umgedreht und wies den Fahrer des Lieferwagens an, zum Hintereingang des Ladens zu fahren.

Alice verharrte einen Moment bei ihrem Auto. Sie beobachtete, wie sich Mrs. Downes und Mrs. Lubbock auf der anderen Straßenseite miteinander unterhielten. Dann rief jemand hinter ihr: »Lady Rayne!«

Sie drehte sich um. »Mrs. Harris! Guten Tag! Wie geht es Ihnen?«

»Sehr gut. Und nochmals vielen Dank, dass Sie Ross die Beschäftigung gegeben haben.«

»Gern geschehen.« Alice wollte gerade anmerken, wie schwül es an diesem Tag war und wie schön ein Gewitter wäre, um die Luft zu reinigen, als Mrs. Harris auch schon »Auf Wiedersehen« sagte und sich auf den Weg machte.

Mrs. Downes, die auf der anderen Straßenseite gerade ihr Gespräch mit Mrs. Lubbock beendete, entdeckte Alice, winkte ihr zu und eilte dann weiter. Und das, dachte Alice, als sie losfuhr, war's wohl mit meinem zwischenmenschlichen Kontakt für heute.

Eigentlich hätte sie nach Hause fahren sollen, doch sie hatte die Nase voll von Oakbourne Hall. Von der Leere. Den nicht enden wollenden Problemen. Die einzige Abwechslung war ein Ausflug nach Norwich zu einem Konzert gewesen. Mit dem Pfarrer.

Sie könnte ihn doch besuchen. Aber sie war noch nie aus heiterem Himmel beim Gemeindepfarrer aufgekreuzt – bei keinem Pfarrer. Auf die Schnelle fiel ihr auch kein Vorwand für einen Besuch ein.

Dennoch bog sie in seine Straße ein. Da die Kinder in der Schule waren, herrschte Stille. Eine Katze lief am Zaun entlang, ein Hund saß da und kratzte sich am Kinn, eine Taube gurrte hoch oben auf einem Lorbeerbaum. Sie beobachtete, wie sich die Haustür des Pfarrers öffnete, Mrs. Turner herauskam und mit ihrem Einkaufskorb die Straße entlangging.

Plötzlich ertönte Musik aus dem Haus, ein italienisches Liebeslied, das sie schon einmal gehört hatte. Das musste Ivens sein. Wenn die Vermieterin nicht da war, konnte er an seinem Grammofon wohl die Lautstärke ganz nach oben drehen. Irgendetwas würde ihr schon einfallen, wenn er die Tür öffnete. Auf einmal rannte sie beinahe den Vorgartenweg entlang zur Haustür.

Abrupt hörte die Musik auf. Dann vernahm sie seine Schritte. Und wieder fühlte sie sich unsicher. Was sollte sie zu ihm sagen? Die Wahrheit? Der Gnadenakt meines Mannes hat einen Wahn in ihm ausgelöst und oft habe ich das Gefühl, dass ich selbst verrückt werde?

»Lady Rayne!«

»Ich habe den Gesang gehört«, platzte sie heraus. »Ich war gerade auf der Straße.«

»Es tut mir leid, ich hätte die Musik nicht so laut spielen sollen.«

»Nein! Es war wunderbar.«

Er sah sie an, als wartete er darauf, dass sie ihm ihren überraschenden Besuch erklärte, und sie war kurz davor, irgendeinen Unsinn zu erzählen. Da sagte er: »Stella hat mir die Platte geschenkt, als sie mich besucht hat.«

Dummkopf, tadelte sie sich selbst, denn sie hatte ihn belästigt, während er in Ruhe ein Lied hören wollte, das seine Freundin extra für ihn ausgesucht hatte.

Aber dann sagte er: »Stellas Verlobter ist ein alter Schulfreund von mir. Sie dachten, dass mir das Lied gefallen könnte. Es ist Caruso. Kommen Sie doch herein!« Mit einer schwungvollen Bewegung stieß er die Tür auf. »Und hören Sie gut zu.«

Sie folgte ihm in ein Zimmer, das vollgestellt war mit schweren braunen Möbeln. »Das Lied, das Sie gespielt haben, ›O sole mio‹«, sagte sie. »Was bedeutet das eigentlich? Meine Seele?«

»Meine Sonne – und die brauchen wir wahrlich«, antwortete er und blickte hinaus in den dicht bewölkten Himmel. »Bitte, nehmen Sie Platz.« Er deutete auf einen Ohrensessel, der in einem seltsamen Winkel am offenen Fenster stand, damit derjenige, der darin saß, so viel Sonne und Licht wie möglich genoss. Er legte die Platte noch einmal auf. »Jetzt stellen wir uns vor, wir wären am Mittelmeer«, sagte er.

Er setzte sich auf die Fensterbank. Alice war sich bewusst, dass er sie ansah, und sie hoffte, er würde nicht danach fragen, warum sie vorbeigekommen war. Aber er fragte nur, ob sie das Lied noch einmal von vorne hören wolle, was sie bejahte. Danach erklärte er, er habe noch eine Platte mit neapolitanischen Liedern und würde sie ihr gerne vorspielen, wenn sie Zeit hätte.

Sie hatte Zeit.

Sie hörten sich also Caruso an, der von Anmut und Liebe sang. Ivens sagte: »Ich habe eigentlich schon zwei Platten mit ›O sole mio‹. Sie können diese hier haben, wenn Sie möchten.«

»Das ist sehr nett von Ihnen! Aber ich besitze kein Grammofon. Nun, ich habe schon eins. Aber es ist kaputt. Das haben die Kanadier geschafft.«

»Also, wenn Sie jemals ein neues bekommen ... Mir die Platte zu schenken, war eine Art Scherz. Caruso hat eine Strophe ausgelassen, die ich immer auf Partys gesungen habe.«

Zur Melodie von »O sole mio« sang er ein weiteres Mal für sie.

»Lùcene 'e llastre d'a fenesta toia
'Na lavannara canta e se ne vanta
E pe' tramente torce, spanne e canta
Lùcene 'e llastre d'a fenesta toia.«

Dann sagte er: »Caruso ist schwer zu übertreffen!«

»Aber nein! Es war sehr schön!«

»Wissen Sie eigentlich, was es bedeutet?« Und er sang noch einmal, dieses Mal in ihrer Sprache:

»Es leuchten die Scheiben deines Fensters,
Eine Wäscherin singt und rühmt sich
Und während sie wringt, aufhängt und singt
Leuchten die Scheiben deines Fensters.«

Sie brach in Lachen aus: »Das ist ja furchtbar! Wissen Sie, Sie könnten das jetzt erfunden haben und ich würde es nicht einmal merken.«

»Ich schwöre Ihnen, das ist eine ziemlich genaue Übersetzung.«

Sie lächelte. »Man denkt immer, dieses wunderbar klingende Italienisch müsste von Leidenschaft und Sehnsucht handeln. Nicht von Wäsche.«

»Das stimmt!«

»Sprechen Sie eigentlich Italienisch?«

»Genug, um zu verstehen, was ich singe.« Er zog eine große Pappschachtel unter der Anrichte hervor, die mit Schallplatten vollgestopft war. »Und jetzt wieder Caruso. La Bohème – ›Che gelida manina‹.«

Nach gut einer Minute hielt er die Platte an.

»Wissen Sie, was er an dieser Stelle singt?«, fragte er sie.

»Wie kalt ihre Hand doch ist.«

»Ja, aber nach ein paar Zeilen singt er *Al buio non si trova*. Achten Sie mal darauf.«

Diesmal spielte er das Lied bis zum Ende durch. Und dann setzte er sich wieder auf die Fensterbank und sagte: »Mimi hat ihren Schlüssel verloren und Rodolfo hilft ihr beim Suchen. *Al buio non si trova* heißt übersetzt: ›Im Dunkeln kann man ihn nicht finden‹.«

»Ich dachte immer, er würde ihr die ewige Liebe schwören!«

»Leider nicht. Stella und ich haben zusammen mit unseren Freunden immer diese großen Lieder gesungen, deren Bedeutung man besser nicht kennt. Das waren lustige Abende ...«

Er sprach nicht weiter.

»Sie vermissen Ihre Freunde sicher sehr«, sagte sie.

»Ja, so ist es«, erwiderte er, lächelte aber dabei, und sie wünschte sich, sie könnte mit jemandem an ihrer Seite lachen und Musik hören. Irgendwo schlug eine Uhr vier. Sie war schon mehr als eine Stunde bei Ivens zu Besuch. Es wurde wirklich Zeit zu gehen. Aber er sprang auf und sagte: »Jedenfalls ist es immer eine Freude, neue Freundschaften zu schließen, und das haben wir heute Nachmittag getan!« Er blickte wieder in seine Plattenkiste und fragte: »Was halten Sie denn von Cole Porter?«

»Ich liebe ihn!«

»Dann haben Sie Glück.«

Sie kniete sich neben ihn hin. »›Begin the Beguine‹! Ach, bitte legen Sie das auf!«

Früher einmal hatte sie die Rumba zu dieser heißblütigen Melodie getanzt, ihre Hüften zu einem Takt geschwungen, der sie tief in ihrem Innersten berührte. Ob er auf all diesen Partys, die er anscheinend besuchte, nicht nur sang, sondern auch tanzte? Gerade als sie sich vorstellte, wie sie ihre Arme um seinen Hals legte, stand er auf und setzte sich wieder auf sein Fensterbrett.

Sie nahm wieder ihren Platz im Ohrensessel ein.

»Hatten Sie jemals den Gedanken, das Singen zum Beruf zu machen?«, fragte sie.

»Ich habe mir das jahrelang gewünscht. Meine Stimme ist zwar gut, aber leider nicht gut genug. Und selbst wenn – ich habe nicht die Kraft für dieses Leben. Also sagte ich mir, das macht mich zu einem besseren Geistlichen. Ich habe auf die harte Tour gelernt, dass man sich nicht aussuchen kann, auf welche Weise man der Gesellschaft am besten dient.«

Ob da eine gewisse Verbitterung in seiner Stimme lag, konnte sie nicht beurteilen, denn er erhob sich erneut und legte eine andere Platte auf.

»›Night and Day‹«, sagte er. »Wahrscheinlich mein absolutes Lieblingslied – von Cole Porter, meine ich.«

»Er ist wirklich ein Genie«, sagte Alice, als das Stück zu Ende war. »Und zu all den wunderbaren Liedern kann man so herrlich tanzen.«

»Sie sollten sich wirklich ein neues Grammofon zulegen!«, rief er. »Sie verpassen so viel.«

Darauf hatte sie keine Antwort. Sie verstummten.

Nach einer Weile sagte sie: »Würden Sie bitte noch etwas anderes für mich spielen?«

»Natürlich! Ja, natürlich! Wie wäre es mit ›Anything Goes‹? Oder ›I've Got You Under My Skin‹?«

Doch bevor sie antworten konnte, zuckten beide vor Schreck zusammen. Die Haustür öffnete sich.

»Das ist Mrs. Turner«, sagte Ivens. »Ich würde Sie gerne noch zum Tee einladen, aber Mr. und Mrs. Clarke haben sich mit ihrem Baby angekündigt ...« Die Türglocke läutete. »Das werden sie wohl sein. Die Taufe soll diesen Sonntag stattfinden und wir gehen zusammen die Einzelheiten durch. Aber dieser Nachmittag – die Musik –, das alles hat mir sehr gut gefallen.«

»Mir auch! Danke«, sagte sie und erhob sich so schnell, dass ihr plötzlich schwindelig wurde. Sie hatte ihre Einsamkeit vergessen, ihre Ängste um Stephen, um sich selbst – all die Gründe, warum sie überhaupt vorbeigekommen war.

Dann stand sie draußen im Flur, begrüßte die Clarkes und verabschiedete sich von Ivens. Als sie losfuhr, überlegte sie kurz, ob sie Stephen von »O sole mio« und von Mimi, die ihren Schlüssel verloren hatte, erzählen sollte.

Doch als sie nach Hause kam, war er schon wieder auf seinem Dachboden, und sie beschloss, dass es ohne Schallplatten, die sie ihm hätte vorspielen können, nichts zu erzählen gab. Sie würde »O sole mio« für sich behalten.

23

Obwohl Alice die Times zu lesen schien, wusste Stephen, dass sie ihn beobachtete. Er hatte sich daran gewöhnt, dass sie heimlich seine Stimmung einzuschätzen versuchte. Er schenkte ihr ein angedeutetes Lächeln, und sie sah das offensichtlich als Einladung, das Schweigen zu brechen, denn mit einem Nicken Richtung Zeitung sagte sie: »Sophie Montagu hat Zwillinge bekommen. Ein Mädchen und einen Jungen.«

Er schob den Frühstücksteller beiseite. Das machte sie ständig: Sie ließ eine Bemerkung über Babys fallen, und wieder einmal bedauerte er, dass er es ihr nicht schon am ersten Abend nach seiner Heimkehr gesagt hatte: »Ich weiß, wir haben gesagt, wir wollen eine Familie, aber ich will keine. Jetzt nicht mehr.« Dann hätte dieses ganze Hin und Her, diese fürchterliche Spannung, selbst wenn sie beim Frühstück saßen, endlich ein Ende.

Er nahm einen Schluck Tee und blickte zu ihr hinüber. Sie trug ein Kleid, das sie schon vor dem Krieg besessen hatte. Es hing jetzt locker an ihr herunter. Sie hatte sich nach einem Kind gesehnt. Nach einer Familie.

Genau wie er.

Er war immer derjenige gewesen, der gesagt hatte: »Wir sollten nicht warten, bis der Krieg vorbei ist.« Aber sie war so voller Sorgen: Was, wenn du nicht mehr nach Hause kommst? Was, wenn unser Kind ohne Vater aufwächst? Was, wenn ...?

Doch als sie sich zuletzt geliebt hatten, hatte sie ihn überrascht. In jenem trostlosen Hotel in Hastings hatte sie gesagt: »Komm, wir riskieren es. Wenn es passiert, dann soll es so sein.«

Wenn es passiert, dann soll es so sein? Waren sie wirklich so dumm gewesen? Er klammerte sich an die Armlehnen seines Stuhls. Sollte das, was seitdem passiert war, denn auch so sein?

Gott sei Dank war kein Baby gekommen. Das war eine Gnade. Er sah auf die Uhr. Zwanzig nach neun. Um zehn hatte er einen Termin mit dem Jagdaufseher, um den Jagdbetrieb auf dem Anwesen zu beenden. Vielleicht war es jetzt auch an der Zeit, Alice' Hoffnung auf ein Kind endgültig zunichtezumachen. Er konnte zwei Probleme in einer Stunde lösen. Zwei Fliegen mit einer Klappe schlagen. Bei dieser Vorstellung verzog er einen Mundwinkel. Wenn er doch bloß ohne weitere Konfrontationen durchs Leben kommen könnte!

»Stephen? Ist alles in Ordnung?«

Bring es hinter dich, beschwor er sich. Verzettle dich nicht mit unwichtigen Dingen. »Es gibt etwas, das wir besprechen müssen«, sagte er. »Nun, eigentlich nicht besprechen, weil es nichts zu besprechen gibt. Aber du sollst wissen, dass ich keine Kinder will. Und wenn du glaubst, du könntest mich irgendwie umstimmen, dann irrst du dich. Ich werde kein Kind in diese Welt setzen. Hast du das verstanden?«

Sie wirkte völlig erstaunt, ganz so, als wäre der Gedanke an eine Familie für sie völlig abwegig. Dann schenkte sie ihm ein ungewöhnlich schüchternes Lächeln. »Seit du im anderen Flügel des Hauses schläfst, ist die Botschaft bei mir angekommen.«

Dann fuhr sie fort, wägte ihre Worte so vorsichtig, dass ihm sofort der Gedanke kam: Sie hat sich auf dieses Gespräch vorbereitet, sich ihre Argumente bereits zurechtgelegt.

»Weißt du noch«, begann sie, »dass du elf Kinder wolltest? Dein eigenes Cricketteam.«

»Das war doch nur so dahergesagt.«

»Mir war klar, dass du es mit der Zahl nicht ernst gemeint hast«, erwiderte sie leise und trommelte mit den Fingern auf den

Tisch. »Aber es war dir ernst damit, Vater zu werden – und alles ganz anders zu machen als dein eigener Vater.«

»Falls du hoffst, dass ich meine Meinung ändere – keine Chance.«

»Du hast deine Meinung bereits geändert, du könntest sie wieder ändern. Über diese Fähigkeit verfügen wir Menschen nun mal.«

»Alice, ich bleibe unnachgiebig, was das betrifft.«

Sie bewegte sich nicht, abgesehen vom Trommeln ihrer Finger. Sollte er sie provozieren, sodass es zu einem richtigen Kampf kam? Den würde er gewinnen. Er gewann immer. Sonst wäre er nicht hier. Er war dem Krieg nicht durch einen Heldentod auf dem Schlachtfeld entronnen, also war er hier, zurück zu Hause inmitten der Frühstücksteller und seiner Frau, die jetzt noch heftiger trommelte und eindeutig nicht so ruhig war, wie sie aussah.

»Erinnerst du dich an Hastings?«, fragte sie. »An einen Donnerstag, den 18. November 1943?« Aha, dachte er, so wie ich trägt sie bestimmte Daten wie einen Fluch mit sich herum. »Das war das letzte Mal, dass wir miteinander geschlafen haben. Du – wir – wir wollten beide ein Kind.«

»Das war früher. Der Krieg hat alles verändert.«

»Nicht alles.« Ihre Stimme klang sanft, aber er kannte sie gut genug, um ermessen zu können, wie viel Mühe diese Ruhe sie kostete.

»Das kann nur jemand sagen, der den Krieg nicht erlebt hat.« Er war sich bewusst, dass dies eine unfaire Bemerkung war.

Sie ging nicht darauf ein. »Ich will damit ausdrücken, dass es nicht nur der Krieg ist. Als du aus Dünkirchen zurückkamst, warst du nicht so, obwohl du einiges gesehen hattest ... Aber du hast bei mir Trost gesucht. Ich weiß, dass du danach nicht mehr über all die streng geheimen Dinge reden durftest, die du getan hast, aber das hat nichts daran geändert, wie du dich

177

mir gegenüber verhalten hast. An der Art, wie wir uns geliebt haben.«

»Damals war alles anders.«

»Aber warum? Gott weiß, was für schreckliche Dinge du in Nordafrika tun musstest.« Er zuckte zusammen. Seit 1940 hatte er ihr nicht ein einziges Mal verraten, wo er gewesen war. »So braun wird man nur in Ägypten. Oder war es Libyen?« Sie versuchte, ihren Tonfall ruhig zu halten. »Aber du bist auch danach zu mir zurückgekommen. Ich erinnere mich an die blassen Stellen und die Zartheit deiner Haut, dort, wo die feurige Sonne dich nicht berührt hatte. Aber ich habe dich dort berührt. Mit den Lippen, den Fingern, der Zunge ...«

»Um Gottes willen, Alice!«

»Und du hast dich nicht dagegen gewehrt. Der Krieg hatte dich auch da noch nicht verändert.« Ihr Trommeln wurde heftiger, ihr Atem flacher. Jeden Moment, dachte er, wird sie die Kontrolle verlieren. »Also schreib die Geschichte nicht um«, sagte sie. »Du warst auch noch nicht anders, als wir diese zwei Tage in Hastings zusammen verlebt haben. Erinnerst du dich noch, Stephen?«

Sie rückte mit ihrem Gesicht näher an ihn heran und ihre Stimme bekam einen scharfen Klang. »Weißt du noch, wie sehr du dir ein Baby gewünscht hast? Erinnerst du dich daran, wie wir gevögelt haben? Das war so herrlich, so wild, so wunderbar!« So hatte sie noch nie mit ihm gesprochen. Nun, es war besser als das ewige Gejammer. »Ach, um Himmels willen, Stephen! Nach Hastings ist etwas passiert und das hat alles verändert. Wenn es ... wenn es eine andere Frau gibt, verstehe ich das, wirklich.« Er gab ein hässliches Lachen von sich. »Was ist daran so lustig? Du bist einsam und verängstigt, und Du weißt, dass dein Leben jeden Moment enden könnte – ich wette, es gibt eine Menge Männer, die ...«

»Mein Gott! Wenn es nur so einfach wäre: ›Tut mir leid, Schatz‹«, knurrte er, »›ich hatte eine Affäre, aber wir können ja einfach da weitermachen, wo wir aufgehört haben.‹«

Nicht ein einziges Mal war er in Versuchung geraten. Er hatte sein ganzes System so weit heruntergefahren, dass sämtliche Energie in die Arbeit floss, die er zu erledigen hatte. Und deshalb hatte er es auch so gut gemacht. Brillant, um genau zu sein. Er konnte nach Ägypten zurückkehren – es stimmte, er war dort gewesen –, nach Italien, nach Frankreich, und sich überall als großer Held feiern lassen. »Wenn die Leute wüssten, was du getan hast«, hatten seine Männer zu ihm gesagt, »würden sie dir das Victoria Cross verleihen.«

Gott sei Dank wussten sie aber nicht über alles Bescheid, was er getan hatte. Er stützte den Kopf in die Hände.

»Stephen?« Ihre Stimme klang wieder sanft. »Warum kannst du mir nicht länger vertrauen?«

Aber er konnte ihr doch vertrauen. Das war ja der springende Punkt. Wenn es einen Menschen gab, dem er die dunklen Seiten zeigen konnte, dann war sie es. Er konnte in ihre intelligenten grünen Augen blicken und ihr all seine Scham und Schuldgefühle offenbaren. Und sie würde ihm voller Zärtlichkeit zuhören und ihm keine furchtbare Buße auferlegen.

Und was dann? Alice würde ihm die Absolution erteilen. Sie würde ihn in die Arme nehmen – natürlich erinnerte er sich daran, wie wunderbar sie im Bett war – und ihn mit dem Balsam ihrer Liebe benetzen. »Es herrschte Krieg«, würde sie sagen. »Die Grenzen verschwammen, wir alle sind Opfer ...« Bla, bla. Überall betäubten sich die Menschen mit derartigen Ausreden.

Aber er hatte es nicht verdient, jemals wieder Freude zu empfinden. Und er würde es sich nicht gestatten zu vergessen. Silhouetten blitzten vor ihm auf. Dann dieses Gesicht. Diese Augen. Natürlich gab es kein Entkommen. Wie verzweifelt er auch versuchte zu fliehen, er landete immer wieder bei dem, wovor er floh.

»Stephen! Es herrschte Krieg und schreckliche Dinge wurden von uns verlangt.« Na bitte, dachte er. »Du bist – wie wir alle – ein Opfer des Zeitalters, in das wir hineingeboren wurden.«

»Ich bin kein Opfer! Sieh mich doch an. Ich bin nicht tot.« Er sah sehr wohl, wie sie die Augenbrauen hochzog, ganz so, als wollte sie sagen, dass vielleicht nicht viel fehlte. »Ich übernehme die volle Verantwortung für die Entscheidungen, die ich getroffen habe«, sagte er.

»Aber was auch immer du getan hast, wie schlimm es auch sein mag, du kannst es mir sagen.«

Seine Augen verengten sich. Alice' Vergebung brauchte er nicht. »Es geht nicht um *dich*.«

»Es geht um *uns*.«

»Nein, verdammt, darum geht es auch nicht.«

»Natürlich geht es um uns. Was auch immer passiert ist, betrifft uns beide.«

»Dann beenden wir es doch einfach. Lass dich scheiden.«

Genauso gut hätte er sie erschießen können. Sie sackte zurück in ihren Stuhl.

»Willst du das wirklich?«, fragte sie mit heiserer Stimme.

Die Wahrheit lautete, dass es ihn nicht interessierte. Er wusste nicht, warum er eine Scheidung überhaupt erwähnt hatte. Tatsächlich kam er sich vor, als hätte er eine Kugel abgefeuert, ohne an die Folgen zu denken. Er wollte der Mann sein, der er vor dem 1. August 1944 gewesen war, aber das ging nun einmal nicht.

Er seufzte: »Ich würde dir keine Steine in den Weg legen.«

»Stephen! Liegt es etwa an mir? Willst du keine Kinder mit *mir*?«

»Mein Gott! Wie oft muss ich das denn noch sagen? Es hat nichts mit dir zu tun. Niemand, der bei Verstand ist, würde Kinder in diese Welt setzen.«

»Das ist kein Argument. Ich weiß, es sind furchtbare, furchtbare Dinge passiert. Wenn wir zu den schrecklichsten Gräueltaten fähig sind ...«

»Das ›wenn‹ kannst du dir sparen.«

»Aber wir sind auch zum Gegenteil fähig. Zur Schönheit. Dass die Welt ein gefährlicher Ort ist, ist so sicher wie die Tatsache, dass wir alle eines Tages sterben werden. Aber das hat die Menschen nie davon abgehalten, zu leben und daran zu glauben, dass sie noch Freude empfinden können. Die Menschen ziehen nun mal in den Krieg. Und es sieht so aus, als würden sie das auch in Zukunft tun. Aber du bist zu intelligent, um daran zu glauben, dass du deswegen aufgeben darfst.«

»Was zum Teufel hat Intelligenz damit zu tun? Im Krieg musste ich als Erstes alles über Bord werfen, was ich mir zuvor in guten Schulen erworben hatte – Feingefühl und die Fähigkeit, beide Seiten einer strittigen Frage zu sehen. Stattdessen bemüht man sich, so engstirnig wie möglich zu werden. Ich habe recht, er hat unrecht. Also bin auch ich berechtigt, Gräueltaten zu begehen.«

Er bemerkte, wie sie vor Schreck zusammenfuhr: Welche »Gräueltaten« hatte er wohl auf dem Gewissen? Nun, er würde es ihr nicht sagen. Und auch niemand anderem.

»Stephen, was auch immer du getan hast, du darfst nicht die ganze Schuld dafür auf dich nehmen. Der Krieg war nicht deine Schuld. Um Gottes willen! Sie haben ihn angefangen.«

»Sie haben ihn angefangen«, äffte er sie nach. »Er ist ein Böser, ich bin ein Guter. Und weißt du was? Die Helden – und in den Augen mancher Leute bin ich ein Held, möge Gott uns beistehen – sind diejenigen, die in der Lage sind, die Welt so simpel zu betrachten. Sonst könnten sie ihren Job nicht machen. Also nein, Alice, ich setze kein Kind in die Welt, nur damit es das durchmacht, was ich anderen angetan habe.«

Sie hatte aufgehört zu trommeln, ballte die Hände zu Fäusten, die Knöchel zeichneten sich weiß ab.

Wenigstens war es jetzt vorbei, dachte er. Es gab nichts mehr zu sagen. Wenn sie jetzt die Scheidung wollte, dann war es eben so. Er warf einen Blick auf die Uhr. »Ich muss gehen«, sagte er.

»Warte! Das schuldest du mir.« Ihr Gesicht wirkte aschfahl, aber ihre Augen hatten einen unerbittlichen Ausdruck. »Du glaubst nicht, dass du ein Recht auf Glück hast, oder? Das ist das wahre Problem.« Er blieb stumm. »Ich weiß nicht, wofür du dich bestrafst und ob das, was du getan hast, wirklich unverzeihlich ist, aber muss deswegen auch ich bestraft werden? Vielleicht könnte man es ja auch so sehen, dass es bei deiner Reue, deinem Bedauern und deinen Schuldgefühlen bloß um eine Art Ablass geht.«

»Du warst nicht dabei«, erwiderte er und erhob sich. »Du hast ja keine Ahnung. Ich büße meine Taten zu Recht.«

24

Draußen auf der Terrasse lehnte Alice sich auf die Brüstung und schmiegte die Wange an den kalten Stein.

Scheidung.

Allein das Wort erschreckte sie: noch mehr Zerstörung und Verlust. Mit dem Fuß trat sie gegen eine Brombeerranke, die zwischen den Steinplatten emporschoss, und riss sie dabei von ihren Wurzeln.

Sie hatte den Streit über Kinder vorausgesehen. Aber sie hatte an dem Glauben festgehalten, dass ihre Liebe ihn schließlich zur Vernunft bringen würde. Jetzt fühlte sie sich von ihrer früheren Zuversicht verhöhnt, weil sie sich tatsächlich eingebildet hatte, dem zuvorkommenden, freundlichen Mann, den sie geheiratet hatte, mit Argumenten begegnen zu können.

Was für eine Idiotie und Ignoranz, dachte sie, während sie an dem Löwenzahn in dem gesprungenen Pflanzgefäß zerrte: zu glauben, man könnte den ganzen Schaden von sechs Jahren Krieg ungeschehen machen. Sieh den Tatsachen ins Auge, Alice Rayne. Sie waren am Ende stärker. Es gibt keinen Sieg für Stephen. Auch nicht für dich. Auch nicht für die Tausenden, die inzwischen festgestellt haben, dass die Nazis doch in unsere Herde und Heime eingedrungen sind, unsere Seelen besiegt und uns für immer des Friedens beraubt haben.

Sie lief auf der unebenen Terrasse auf und ab. Das verdammte Kreuzkraut, das Nährstoffe und Wasser verschlang, hatte die Steinplatten angehoben und zersplittert; es zerstörte alles, was ihm in den Weg geriet. Sie zerquetschte einen Trieb zwischen den Fingern und erinnerte sich daran, wie ihr Vater ihr immer eingeschärft hatte, das Kreuzkraut nur mit Handschuhen anzufassen und es dann zu verbrennen. Es war giftig für Pferde, und wenn seine Samen sich erst verbreiteten, war es nicht mehr unter Kontrolle zu bringen.

Zur Hölle mit dem Kreuzkraut, dachte sie und schleuderte den Trieb auf den Boden. Aber das bedeutete eben auch: zum Teufel mit den Pferden. Fängt so alles an? Man wird gleichgültig gegenüber einem Leben, und ehe man sich's versieht, verschließt man die Augen vor allen möglichen Grausamkeiten. Denn wie hatte Stephen es vorhin formuliert? Auch ich bin berechtigt, Gräueltaten zu begehen.

Sie schlug die Hände vors Gesicht und dachte an die Berichterstattung über die Nürnberger Prozesse, an all das Böse, zu dem der Mensch fähig war. Aber ihr Mann? Nein, er doch ganz bestimmt nicht?

»Ich liebe ihn«, murmelte sie. Doch es fehlte ihr an Überzeugung. »Ich liebe ihn«, sagte sie noch einmal, aber eine andere Stimme in ihr fragte: »Wirklich?«

Sie schlug mit der Hand gegen den Stein, fester, als sie eigentlich beabsichtigt hatte, aber der Schmerz unterdrückte den schrecklichen Gedanken, dass sie Stephen vielleicht doch nicht liebte, und ihre Angst, dass sie sich an der Grenze ihrer Belastbarkeit befand.

Doch was sollte sie tun?

Weinen würde sie ganz sicher nicht. Sie war so erzogen worden, keine Tränen zu vergießen. Ein paar Monate nach dem Tod ihrer Mutter hatte sie ihren Vater gefragt: »Weinst du manchmal?« Mit einem Blick, der sie als Zwölfjährige schrecklich verängstigte, hatte er sie angefahren: »Warum sollte ich?« Und er hatte sie an der Hand genommen und war mit ihr hinaus zu den Gewächshäusern gegangen.

Arbeit, Arbeit und noch mehr Arbeit! Darin hatte seine Rettung gelegen.

Auch ich habe Arbeit, dachte sie und blickte zurück auf das Haus mit seinen leeren Fenstern und dem Efeu, der sich in wedelnden Ranken über die Wände zog. Sie könnte ihr ganzes Leben dem Ziel widmen, dieses riesige Grabmal davor zu bewahren, sich in Staub aufzulösen.

Aber sie konnte nicht noch einen weiteren Tag mit den Dingen der Toten ertragen. Mit dem Finger fuhr sie über das verschlungene Muster, das Flechten auf einem kopflosen Steinlöwen gebildet hatte, und blickte auf ihre hübsche Markasit-Uhr – Stephen hatte sie ihr an dem Tag im September 1939 geschenkt, an dem er nach Frankreich abgereist war. Es war erst zehn.

Sie musste noch den ganzen Tag herumbringen. Die Aussicht darauf fühlte sich an, als würde sich ein Strick um ihren Hals zusammenziehen. Atmen, sagte sie sich. Atmen.

»*Solvitur ambulando*«, würde ihr Vater sagen. »Es löst sich beim Gehen.« Weil er selbst nur wenige Hundert Meter am Stück schaffte, wünschte er sich vielleicht, dass sie an seiner Stelle ging.

Aber sie war es leid, dass ihr Vater immer wieder in ihre Gedanken eindrang. Denn im selben Moment hörte sie ihn sagen: »Heirate nicht! Wenn Stephen recht hat und es zum Krieg kommt, weißt du nicht, wer der Mann sein wird, der am Ende zu dir zurückkehrt.«

Voller Überzeugung hatte sie protestiert.

»Liebe ihn«, hatte er zu ihr gesagt, »aber heirate ihn nicht.«

Ihre Schwester Catherine hatte das Gleiche gesagt und ihr den Namen eines Arztes genannt, der unverheiratete Frauen mit Verhütungsmitteln versorgte. »Dad hat recht«, hatte Catherine festgestellt. »Du glaubst gar nicht, wie viele unglückliche Frauen ich sehe, die in schrecklichen Ehen feststecken, weil sie einfach nur mit einem Mann schlafen wollten.«

Alice erinnerte sich daran, wie sie ihre Schwester mitleidig angesehen hatte, weil Catherine – im Gegensatz zu ihr – nicht wusste, was es hieß, zu lieben und geliebt zu werden. Sie und Stephen waren zwei Hälften desselben Rings, und einmal zusammengefügt, würden sie ein Leben lang miteinander verbunden bleiben, sich gegenseitig stärken und stützen, körperlich und seelisch, bis dass der Tod sie schied.

Mein Gott! Sie schlug mit der Hand erneut gegen den kalten Stein. Du dummes, dummes Mädchen! Dann zog sie sich an dem zerbrochenen Löwen hoch und eilte die moosbewachsenen Stufen hinunter.

Die Sonne wärmte bereits angenehm und die Wolken lichteten sich. An einem Tag wie diesem würde sie normalerweise zum Meer hinuntergehen, immer dem Horizont entgegen, während die Lerchen über ihr kreisten. Am Ufer zu stehen und dem langsamen, unveränderlichen Rhythmus der Gezeiten zu lauschen, schenkte ihr immer ein Gefühl von Frieden.

Aber nicht an diesem Tag.

Sie ging in westlicher Richtung auf das Haus zu. Die Natur tobte sich hier aus, der Giersch besiedelte die Rabatten, der Löwenzahn vermehrte sich ungezügelt im Gras, die Verbreitung der Brennnesseln war nicht mehr aufzuhalten. Inmitten all dieses blühenden Lebens, mit einer Drossel zu ihren Füßen, die kühn an einem Stück Moos für ihr Nest zerrte, Ringeltauben, die in den Ruinen der von den Kanadiern zurückgelassenen Nissenhütten lärmten, einem Turmfalken, der in der Ferne jagte, musste sie einen Weg finden, sich die Zeit zu vertreiben, die nächste Stunde ... den Rest ihres Lebens.

Lass dich scheiden. Wollte ihr Mann das tatsächlich?

Sie blieb an einem verfallenen Brunnen stehen, einem viktorianischen Ungetüm mit fetten Putten, und blickte in das stehende Wasser, in dem es von Mückenlarven wimmelte.

Und du, Alice Rayne, was willst *du*? Abgesehen von dem Unmöglichen – den Mann, den du geheiratet hast, den Mann, der nicht davon sprach, Gräueltaten begangen zu haben.

Gräueltaten?

Plötzlich fing sie an zu laufen, ganz so, als könnte sie durch diese schnellere Bewegung ihren Verstand beruhigen.

Du stehst unter Schock, sagte sie sich und streifte an einem Dickicht aus rosa und weiß blühendem Weißdorn vorbei, weiter durch eine dunkle Gasse, dann in ein Gewirr von Rhododendren hinein. Das waren Fragen, die sie heute nicht zu beantworten brauchte. Im Moment musste sie sich einfach nur einen Überblick verschaffen. Sie überlegte, ob sie Catherine anrufen sollte, um eine Dosis des unerbittlichen gesunden Menschenverstands ihrer Schwester verabreicht zu bekommen. Aber Catherine, die mit einem verheirateten Mann zusammenlebte, dessen Frau sich weigerte, ihn gehen zu lassen, wäre die Erste, die eine Scheidung befürworten würde.

Sie blieb stehen, krümmte sich, schnappte nach Luft. Selbst heutzutage bedeutete eine Scheidung immer noch einen Skandal. Und sie wusste, wie es sich anfühlte, mit einer Schande zu leben: als das wilde Mädchen, das immer wieder aus der Schule ausriss, als der Dummkopf, der nicht buchstabieren konnte. Aber ich habe es geschafft, dachte sie. Mehr als nur geschafft. Und ich habe die Liebe gefunden. Ich habe Stephen geheiratet.

Ich will nicht ohne Liebe leben!, schrie sie innerlich. Aber wodurch verdiente sie eigentlich das beneidenswerte Leben, das sie führte?

»Man kann sich nicht aussuchen, auf welche Weise man der Gesellschaft am besten dient.« Das hatte der Gemeindepfarrer gesagt. Sie konnte ihn sicherlich besuchen, wenn sie das Bedürfnis nach einer freundlichen Stimme verspürte, aber seit sie an jenem Nachmittag zusammen Musik gehört hatten, ging sie ihm aus unerklärlichen Gründen aus dem Weg. Wenn ich über einen Glauben wie er verfügte, dachte sie, könnte ich alles akzeptieren, was das Leben für mich bereithält. Aber Christus war dem Leben durch den Tod entronnen und plötzlich kam es ihr so vor, als hätte er trotz aller Qualen den einfachen Ausweg gewählt. Das Sterben konnte eine gnädige Erlösung von all diesen endlosen Mühsalen sein.

Sie kam an der Südseite des ummauerten Gartens heraus. Eine Reihe von Pfirsichbäumen, deren ausladende Äste fast mit den alten roten Backsteinen verbunden zu sein schienen, neigte sich gefährlich nach vorne. Alice blieb stehen, um prüfend etwas Mörtel herauszukratzen. Er zerbröselte zwischen ihren Fingern. Jeden Moment konnte das Gebilde aus den alten, fast fünf Meter hohen Mauern und den Bäumen nachgeben und auf sie herabstürzen.

Es wäre wohl eine Art Frieden, hier in der Erde versinken zu können, weit weg von gebrochenen Versprechen und den Qualen anderer Menschen. Während sie diesen furchtbaren und gleichzeitig hoffnungsvollen Gedanken für sich formulierte, gab die Mauer plötzlich nach.

Sie machte einen Satz nach hinten und rutschte aus, verdrehte sich dabei den Knöchel und stauchte sich die Schulter, als sie auf einen Steinhaufen stürzte. Ganz still blieb sie liegen und schluckte den Schmerz hinunter. War sie schlimm verletzt? Sie roch die feuchte Erde, hörte eine Amsel, die herrliche Töne hervorbrachte, einen Zaunkönig, der – gemessen an seinem winzigen Körper – erstaunlich laut sang, und ein wehmütig klagendes Rotkehlchen. Dann spürte sie einen Stich im Finger: Rote Ameisen krabbelten über ihre Hand hinweg und sie rappelte sich auf, so gut sie konnte.

Behutsam umfasste sie ihren Fuß und wartete, bis der Schmerz etwas nachließ, dann trat sie vorsichtig auf. Es schien nichts gebrochen zu sein, aber weit kam sie damit sicher nicht.

Sie balancierte auf einem Bein, stand inmitten der Ziegelsteine und der umgestürzten Bäume. Sie waren seit sechs Sommern nicht mehr gestutzt worden und das zusätzliche Gewicht der Äste hatte alles zum Einsturz gebracht. Sie zupfte an einer weißen exotisch duftenden Blüte. Die Bäume würden absterben, wenn man sie so beließ. Sie war die Einzige weit und breit, die wusste, wie man sie retten konnte, und was sollte sie sonst mit ihrem Tag anfangen? Sich in den Dreck legen und von den Ameisen auffressen lassen?

Nein, dachte sie kraftlos, ich will nicht sterben. Es gibt Arbeit zu tun. Wenn Stephen wie ein Mönch in seiner Zelle auf dem

Dachboden lebte, dann würde sie hier in diesem Garten hinter den Mauern wie eine Nonne leben. Sie wusste, welche Meinung im Dorf herrschte: dass sie nämlich nicht die geringste Chance hatte, den Garten ganz allein in seinem alten Glanz wiederherzustellen. Nun, dann kannten die Dorfbewohner sie schlecht. Hatten keine Ahnung, wozu sie fähig war. Sie konnte diesen Garten retten.

Oder vielleicht würde er sie retten.

Aus dem Wald ertönte der sanfte Ruf eines Kuckucks, diese liebliche Untermalung des englischen Frühlings. An einem frühen Morgen während des Krieges hatte sie zwischen den Glockenblumen gestanden und denselben beruhigenden Tönen gelauscht, und in just diesem Moment hatte eine Dornier, die sich auf dem Heimweg über die Nordsee hinweg nach Deutschland befand, ihre Bomben über dem Dorf abgeworfen. Sie konnte sich an die Explosion erinnern, daran, wie die Erde bebte, an das schreckliche Geräusch des Todes. Zwei Familien wurden ausgelöscht, deren Mitglieder alle hier im Big House gearbeitet hatten. Einer von ihnen war ein sehr fähiger Gärtner gewesen. Aber jetzt war er tot und hatte all sein Wissen mit ins Grab genommen. Sie war es ihm und allen, die ihr Leben verloren hatten, ganz einfach schuldig, nicht aufzugeben.

Alice humpelte zu einem der Schuppen hinüber, in dem sie eine Ansammlung von rostigen Sägen und Scheren entdeckte. Wenn sie sich gleich an die Arbeit machte, hatten die Bäume noch eine Chance.

25

Es war bereits Mitternacht, als Dr. Downes den Hörer auflegte. Er wollte gar nicht daran denken, was der Anruf wohl gekostet hatte. Aber er war jeden Penny wert gewesen. Während der letzten Stunde war er nicht der Hausarzt aus der Provinz gewesen, der in seinem zugigen Flur saß, sondern der brillante Mediziner, der sein studiertes Gehirn benutzte, um einen komplexen Fall zu beurteilen.

Er hatte über den Patienten George Ivens mit einem Thoraxchirurgen aus London gesprochen. Vor dem Krieg war Alec Fraser sein Assistent gewesen, jetzt arbeitete er an neuen Entwicklungen im Bereich der Herzchirurgie. Das sollte eigentlich mein Gebiet sein, dachte Downes und umfasste seine rechte Hand mit der linken, als würde sie noch immer zittern. Im Moment war sie beinahe ruhig, aber man würde ihn nie wieder in einen Operationssaal hineinlassen. Das war ein weiterer, nicht genau zu beziffernder Preis des Krieges. Wenn er die vergangenen sechs Jahre in dem Beruf verbracht hätte, den er liebte, was könnte er dann wohl alles für George tun? Er zweifelte nicht daran, dass seine ehemaligen Kollegen noch zu seinen Lebzeiten am menschlichen Herzen operieren würden. Und ich sollte unter ihnen sein, dachte er, als er die kalte Küche betrat, in der seine Frau gerade Socken stopfte.

Sofort legte sie Nadel und Faden beiseite und fragte: »Was hat Fraser gesagt?«

»Er möchte, dass ich George überrede, sich von ihm untersuchen zu lassen. Aber ich weiß nicht so recht. Egal, ich gehe jetzt ins Bett. Ich bin kaputt.«

»Aber Jonathan!«, protestierte sie. »Ich bin extra aufgeblieben, um zu erfahren, zu welchem Ergebnis ihr gekommen seid.«

»Na gut«, sagte er, denn es schien, als würde sie ihm tatsächlich zuhören und ihm nicht bloß mit diesem abwesenden Blick zunicken, mit dem sie ihn normalerweise bedachte, während sie das Abendessen zubereitete oder andere Dinge erledigte. »Aber setz doch bitte den Kessel auf, ja, Liebling?«

Und mit einem Enthusiasmus, den er seit Langem nicht mehr verspürt hatte, erklärte er ihr, was Fraser ihm über die Fortschritte bei der Rekonstruktion der durch rheumatisches Fieber verursachten Schäden an den Herzklappen berichtet hatte. Sie schenkte ihm ihre volle Aufmerksamkeit. In einem anderen Zeitalter, dachte er, hätte auch sie Medizin studiert. Wenigstens seiner klugen Tochter stand diese Möglichkeit offen.

»Aber das Problem ist«, schloss er, »dass keiner dieser Ansätze George konkret helfen kann. In ein paar Jahren wird man wahrscheinlich in der Lage sein, die Operation durchzuführen. Doch zum jetzigen Zeitpunkt befindet sich das alles immer noch im Versuchsstadium.«

»Aber du sagst, Fraser will ihn untersuchen. Er wird vermutlich keine Rechnung dafür schicken?«

»Er braucht keine Versuchskaninchen, falls du das meinst.«

»Einige dieser Chirurgen würden an ihren eigenen Müttern herumschneiden, wenn es ihrer Karriere dienlich wäre.«

»Fraser ist ein integrer Mann. Und diese experimentellen Ansätze werden ganz genau überwacht. Aber die Chance, dass sie George zum jetzigen Zeitpunkt helfen können, liegt praktisch bei null.« Er stützte den Kopf in die Hände. »Ich glaube nicht, dass er zu Fraser gehen sollte. Es wäre geradezu grausam, ihm unrealistische Hoffnungen zu machen.«

»Würdest du es an seiner Stelle trotzdem wissen wollen?«

»George scheint seinen Frieden mit dem Unvermeidlichen geschlossen zu haben. Ich möchte diese Entwicklung nicht wieder gefährden.«

»Ich habe gefragt«, wiederholte sie, »wie *du* entscheiden würdest.«

»Nun ja, ich glaube, ich würde es schon wissen wollen.« Jane warf ihm einen kritischen Blick zu. »Du findest also, ich sollte ihm von Fraser erzählen?«, fragte er.

»Ich denke, George sollte die Entscheidung treffen, nicht du.«

Sie hatte recht, stellte er fest. Und es tat ihm leid, dass sie ihre brillanten Geistesgaben daran verschwenden musste, Socken zu stopfen. »Ich weiß nicht, was ich ohne dich machen würde«, sagte er. »Das weißt du doch, nicht wahr?« Sie schenkte ihm ein verhaltenes Lächeln. »Du hast natürlich völlig recht«, fuhr er fort. »Wenn man George an diesen gottverlassenen Ort verfrachtet, an dem es nichts als frische Luft gibt, ist zumindest die Gefahr einer Infektion geringer. Und es kann auch nicht schaden, dass die großzügige Lady ihn mit Holz versorgt, damit das elende Haus, in dem er wohnt, warm und trocken bleibt.«

»Die großzügige Lady? Ach, Jonathan! Du lässt keine Gelegenheit aus, oder? Du musst alles in einen Klassenkampf verwandeln. Das wird langsam öde.«

»Es ist auch ziemlich öde, wenn man es kalt und feucht hat.«

»Im Big House ist es noch kälter und feuchter als hier. Und ich glaube nicht, dass George diesen Ort gottverlassen findet. Du bist derjenige, der so denkt – und wir alle wissen das.«

»Was soll das denn heißen?«

»Es heißt einfach, dass wir *hier* sind – zumindest im Moment. Wir müssen irgendwie das Beste daraus machen.«

Sie griff nach seiner Tasse mit dem nur halb ausgetrunkenen Tee, um sie zu spülen. »Unsere Familie hat überlebt, Gott weiß wie. Im Vergleich zu George – zu Millionen anderen – sind wir unglaubliche Glückspilze!«

Glaubt sie das wirklich?, fragte er sich, während er beobachtete, wie sie die Veilchen, die auf den Teetassen prangten, so energisch schrubbte, dass es aussah, als wollte sie sie abreiben. Aber als er seinen Blick durch die vollgestopfte Küche schweifen ließ, über die Schuhe an der Hintertür, Juliets Zeichnungen von unzähligen Hunden, das Foto auf dem Kaminsims, das die fünf im Frühjahr 1940 zeigte, dachte er: Sie hat recht, schon wieder. Es ist ein Wunder, dass wir sechs Jahre später noch immer zusammen unter einem Dach leben.

Er kannte viel zu viele Männer, die nach Hause zurückkamen und feststellten, dass ihre Frauen sie wegen eines anderen verlassen hatten; oder die Ehemänner erkannten, dass sie ihre Frauen nicht mehr liebten. Und es waren immer die Väter, die die Kinder verloren. Aber er hatte noch immer seine Familie und er liebte seine fleißige, ehrgeizige Eleanor, seine stets glückliche Juliet. Zugegeben, Christopher, an den er sich in den endlosen Jahren im Lager so sehnsuchtsvoll als den kleinen Jungen erinnert hatte, der es liebte, mit seinem Vater Fußball zu spielen, begegnete ihm jetzt mit offener Abneigung. Aber vielleicht, dachte er, hätte ich mich mit fünfzehn genauso benommen, wenn mein Vater noch da gewesen wäre.

Er beobachtete seine Frau, die jetzt sichtlich ungehalten die Krümel auf dem Küchentisch zusammenfegte; ihr Haar hatte sie zu einem lockeren Dutt hochgesteckt. Sie ist ganz einfach erschöpft, dachte er. Jane strich sich ein paar graue Strähnen aus den Augen und er bewunderte einmal mehr ihr schönes, außergewöhnliches Haar.

Als er das erste Mal mit ihr gesprochen hatte, vor nunmehr fast zwanzig Jahren, war ihm als Erstes ihr Haar aufgefallen, das ihr offen über den Rücken fiel, eine üppige Mähne von der Farbe polierter Bronze. Er hatte das Gefühl gehabt, in Leightons Gemälde *Flaming June* gestolpert zu sein. Er hatte das Bild dieser wunderschönen Frau, eine Verkörperung der Sonne, gerade erst entdeckt, weil er sich alle drei Wochen – so lange war die Leihfrist für die Bücher aus der öffentlichen Bibliothek – ein neues nichtmedizinisches Thema aussuchte, um sich in Kunst, Philosophie, Wirtschaft, Literatur, Politik und allen möglichen anderen Feldern weiterzubilden. Jetzt, da er in seiner Küche saß, die prall gefüllt war mit Familienleben, hatte er Mitleid mit seinem zweiundzwanzigjährigen Ich, das sich durch ein Buch über die Kunst des zwanzigsten Jahrhunderts arbeitete, weil es Angst hatte, als Arbeitertrottel abgestempelt zu werden.

Aber Jane hatte ihm immer das Gefühl vermittelt, dass er bereits alles Wichtige wusste und dass der Rest sowieso nur der Augenwischerei diente. Sie scherte sich einen Dreck um diese Ärzte mit wichtigen Vätern im medizinischen Establishment, die die Spielregeln bereits kannten. Nein, er war der Mann, um den sie ihr wunderschönes Haar winden wollte, sodass sie zusammen in einer rotgoldenen Welt lagen. Bei ihrem Anblick sollte er an eine Wikinger-Göttin denken, an schöne liebende und lachende Frauen, die armen und hungrigen Männern wie ihm seit vielen Jahrhunderten Frieden schenkten.

Aber die Farbe war aus ihrem Haar gewichen, genau wie jene Gefühle sich in nichts aufgelöst hatten. Wie konnte eine solche Leidenschaft einfach verschwinden, fast so, als hätte es sie nie gegeben?

»Mum!« Christopher stand in der Tür.

»Wieso bist du nicht im Bett?«, fragte Downes.

»Ich konnte nicht schlafen«, entgegnete Christopher und sah ihn nervös an. »Ich will Rusty.«

Als er seinen Namen hörte, sprang der Hund auf.

»Raus hier«, sagte Jane schnell. »Alle beide.«

Downes beobachtete, wie sie Christopher und den Hund aus der Küche scheuchte. Er wusste, was sie vorhatte. Sie wollte ihren Sohn aus der Reichweite seines Vaters bringen, weil er der Meinung war, sie würde ihn verhätscheln.

Was für ein Klischee, dachte er, die weiche Mutter, der harte Vater. Das Problem mit Jane war, dass sie überall Gefahr witterte. Lag es am Krieg? Oder war es einfach nur die Mutterschaft?

Er beugte sich hin zu den kläglichen Resten des Feuers, stöhnte auf vor Schmerz und ignorierte die Verärgerung auf Janes Gesicht. Aber am Stumpf seines Beins fror er immer und diese wolkenlosen Frühlingsnächte waren bitterkalt. Er rieb sich den verstümmelten Oberschenkel und dachte, dass keiner von ihnen eine Ahnung davon hatte, was es bedeutete, mit so vielen durchtrennten Nervenenden zu leben, keiner kannte die unnötige Qual, die ihn jede gottverdammte Stunde, jede Minute begleitete ...

»Jonathan!«

»Ja? Hast du etwas gesagt?«

»Die Tür ist abgeschlossen und ich gehe ins Bett.«

Er versuchte, seine Stimme unter Kontrolle zu halten, und fragte: »Wann schläft Christopher endlich ohne den Hund?«

»Wenn er keine Albträume mehr davon hat, dass er bombardiert wird.«

Die Kälte in ihrem Tonfall ließ ihn beinahe zu Eis erstarren.

»Das ist doch mehr als fünf Jahre her«, erwiderte er.

»Na und?« Er war schockiert über ihre Heftigkeit. »Du hast ja keine Ahnung, wie es war! Du redest ständig davon, die Welt zu verbessern, aber in deinem eigenen Haus ... in diesem Dorf ... Einige der Männer von hier, deine Nachbarn, sind halb verrückt zurückgekommen. Und unser Sohn! Er lag unter den Trümmern! Er wurde als Letzter gefunden! Und du hast es immer nur auf ihn abgesehen!«

»Nein, das stimmt nicht! Christophers einziges Problem ist, dass du ihn zu einem Schwächling erziehst!«

Die Abscheu in ihrem Gesicht traf ihn hart wie ein Peitschenschlag. »Du kapierst es einfach nicht!« Dann verließ sie das Zimmer mit einem Nachdruck, als wollte sie ihn nie wiedersehen.

»Doch, ich verstehe es«, murmelte er in das erlöschende Feuer hinein.

Jane war diejenige, die nicht verstand, dass Christopher sich abhärten musste. Downes wusste genau, was mit ängstlichen, sensiblen Typen wie seinem geliebten Sohn passierte. Er rieb sich fest die Augen, ganz so, als könnte dies die Erinnerung an einen neunzehnjährigen Jungen auslöschen, der mit zwei kompliziert gebrochenen Beinen im Kriegsgefangenenlager gelandet war. Downes hatte sich gegen eine Amputation entschieden, eine kühne Entscheidung unter den gegebenen Umständen, da es praktisch keine medizinische Ausrüstung und keine Medikamente gab, aber die Knochen waren außerordentlich gut zusammengewachsen. Und Downes war damals stolz gewesen auf seine hervorragende Arbeit.

Im Laufe der Monate erfuhr Downes die Lebensgeschichte des Jungen, der als Einzelkind aufgewachsen war, gerne las sowie musikalisches Talent besaß und einen Studienplatz für Klassische Philologie in Oxford ergattert hatte. Doch im Lager schreckte er nachts auf und schrie nach seiner Mutter, was die anderen Männer verstörte. Um ihn abzulenken, bat Downes ihn um Hilfe beim Griechischlernen, denn die einzige Strategie, die Zeit in diesen Lagern einigermaßen zu ertragen, bestand darin, sich irgendwie zu beschäftigen. Griechisch lernen, Schach spielen. Was auch immer. Denn wer sich mit dem Wahnsinn und dem Verlust beschäftigte, konnte nicht überleben.

Nach etwa einem Jahr konnte der junge Bursche gerade wieder einigermaßen durch die Gegend humpeln.

Downes saß in seiner Küche und unterdrückte ein Schluchzen. Er konnte nicht vergessen, wie der Junge am ersten Morgen, an dem er stark genug für den Appell gewesen war, zusammen mit ihnen in der Reihe stand. Doch plötzlich lief er davon, nein, er wackelte eher wie ein neugeborenes Fohlen auf den Stacheldraht zu, und die Wachen oben im Turm richteten ihre Maschinengewehre auf ihn und schrien: »Halt! Halt!«

Downes krümmte sich vor Schmerzen. Warum konnte Jane nicht erkennen, dass sie Christopher in einen Mann verwandelte, der seine Gefühle ebenfalls in sich hineinfraß und am Ende mit dem Rücken voller Kugeln dalag, das geliebte Kind tot im Dreck, während Downes ihn anschrie und brüllte, er solle gefälligst stehen bleiben, und weiterschrie, als der arme Junge ihn schon längst nicht mehr hören konnte?

Ob er absichtlich in den Tod gerannt oder von blinder Panik übermannt worden war, hatte Downes nie erfahren. Er wusste bloß, dass dieser Junge noch leben würde, wenn er seine gebrochenen Beine nicht geheilt hätte.

Downes rappelte sich auf und der Stuhl schrappte über die Fliesen. Er durfte nicht zurückblicken. Er musste die verdammten Tränen ignorieren, die ihm über das Gesicht liefen. Seine Aufgabe war es jetzt, Geschichte zu schreiben und nicht zuzulassen, dass die Geschichte ihn zerstörte.

26

George Ivens hatte es nicht besonders eilig, als er den Weg entlangging, der nahe dem Oakbourne-Anwesen verlief. Wenn es stimmte, was Dr. Downes ihm gerade erklärt hatte, nämlich dass die neue medizinische Forschung ihm – möglicherweise – helfen konnte, dann würde er – vielleicht, vielleicht – noch mehr so schöne Frühlinge wie diesen erleben. Er traute sich kaum daran zu glauben.

»Um ganz ehrlich zu sein«, hatte Downes gesagt, »ich glaube nicht, dass wir bereits in der Lage sind, Ihnen zu helfen, aber es könnte sich lohnen, dass Sie nach London fahren und sich von Alec Fraser untersuchen lassen. Er ist an faszinierenden Studien beteiligt. Aber ich möchte keine unrealistischen Erwartungen bei Ihnen wecken.«

Ivens legte eine Hand auf sein Herz und spürte den unregelmäßigen Schlag. »O Herr«, murmelte er und sog die nach frisch geöffneten Blüten duftende Luft ein, »gib mir Kraft – die Kraft, mit dieser Hoffnung umzugehen.«

Er hatte angenommen, dass er nicht alt werden würde. Das war eine Wahrheit, mit der so viele Männer seiner Generation – und der seines Vaters – konfrontiert waren. Aber es ging nicht darum, wie lange man lebte, sondern wie man sein Leben gestaltete. So hatte Ivens sich immer getröstet.

Diese Überzeugung hatte ihm auch dabei geholfen, Müttern beizustehen, die den Tod ihrer Söhne betrauerten, und die Beerdigungen vieler Kinder zu begleiten. Im Februar 1945, als eine von Hitlers neuen Raketen eine Schule in seiner Whitechapel-

Gemeinde traf, hatte er siebzehn beerdigt: Janet Tompkins, Mark Baker, Katy Morrison ...

Warum waren diese Kinder nicht verschont worden?

War es einfach nur Glück, dass er derjenige war, der sich an diesem herrlichen Tag so lebendig fühlte, die späte Nachmittagssonne auf seinen Schultern genoss, die Bienen beobachtete, die zitternd den Nektar aus den Blüten in einem Blätterdach über ihm sogen? Noch nie hatte er eine so tröstlich schöne Blüte gesehen: in einem Farbspektrum von sattem Rot bis zu durchscheinendem Weiß, leuchtend vor einem so strahlend blauen Himmel, dass er unwillkürlich an Marias Mantel dachte. In seinem Rausch kam es ihm vor, als wäre er in einem Eckchen des Paradieses gelandet.

War es das, fragte er sich, was Männer fühlten, bevor sie in die Schlacht zogen? Dieses leidenschaftliche Bewusstsein dafür, dass sie am Leben waren? In jenem Moment hätte er alles dafür gegeben, wie andere Männer leben zu können, sich verlieben, Kinder haben, einfach die Sonne auf seinem Gesicht spüren zu dürfen. Nicht sterben zu müssen. Aber schon während er das Versprechen formulierte, wusste er, dass der Gott, an den er so sehr glaubte, für Verhandlungen nicht zu haben war.

Er sah zu, wie ein dunkelrosa Blütenblatt zu Boden schwebte. Auch dieser himmlische Frühlingstag würde vorübergehen. Doch als er unter den Bäumen hervortrat und auf einen von Weißdorn gesäumten Weg einbog, spürte er einige glückliche Momente lang ein tiefes Vertrauen in den Gedanken, dass es Antworten gab, die sein Verständnis überstiegen.

Als er sich dem Big House näherte, kam er an verfallenen Nebengebäuden und Pflanzschuppen vorbei, dann an der stillgelegten Speisekammer für Wildfleisch. Plötzlich drang ein Schrei aus dem ummauerten Garten. Sofort sah er im Geiste vor sich, wie die Gewächshäuser einstürzten, wie ein Körper unter riesigen

Glasscherben begraben wurde, und zwängte sich durch die dornige Hecke, rannte über den buckligen Boden, bis er zu einer kleinen Tür gelangte, die aus den Angeln hing. Durch diese betrat er den Garten.

Auf den ersten Blick konnte er nichts Zerstörtes entdecken. Ganz im Gegenteil. Innerhalb der wenigen Wochen, seit er zum letzten Mal hier gewesen war, hatte sich der Ort verwandelt: Die Beete waren gereinigt und geharkt, damit Neues darin angepflanzt werden konnte, totes Gestrüpp war zum Verbrennen aufgeschichtet, die Wege waren gefegt. Doch dann entdeckte er in der hintersten Ecke Alice Rayne, die inmitten eines Brennnesselbusches kniete.

»Alles in Ordnung?«, rief er und eilte zu ihr hin. Als er näher kam, sah er überall auf ihren Armen große scharlachrote Striemen, so stark angeschwollen, als würden sich jeden Moment Blasen bilden. Er war entsetzt. »Was ist denn mit Ihnen passiert?«

»Nichts.«

»Aber Sie haben doch geschrien!«

»Da war eine Kreuzotter. Ich habe geschrien, um sie zu verscheuchen.« Sie schob sich eine Haarsträhne aus den Augen. »Keine Sorge, sie wird nicht zurückkommen.«

»Wegen der Kreuzottern mache ich mir keine Sorgen!« Ihre Ärmel waren zerrissen, ihre Wange zerkratzt, und er wollte rufen: Um *Sie* mache ich mir Sorgen.

»Sollten Sie aber«, sagte sie. »Diese plötzliche Hitze lockt sie hervor. Allerdings haben sie mehr Angst vor uns als wir vor ihnen; wenn Sie also eine sehen, machen Sie einfach ein Geräusch.« Zu seinem Entsetzen packte sie eine Brennnessel mit den bloßen Händen.

»Was machen Sie da?«

»Ich bereite den Boden vor«, sagte sie und zerrte an dem dicken Stängel.

»Das ist doch irrsinnig! Sie brauchen Handschuhe!«

»Ich muss sie entfernen«, sagte sie und zog eine lange gelbe Wurzel aus der Erde.

»Aber doch nicht so!«

»Nach einer Weile brennt es gar nicht mehr.«

»Sehen Sie sich doch an!« Er riss ihr die Brennnessel aus den Händen und ließ sie sofort wieder fallen. »Oje, das tut ja höll... Hören Sie auf! Bitte!« Er ergriff ihre Hände, um zu verhindern, dass sie sich noch mehr Schaden zufügte.

Sie wich nicht zurück, als sich seine Finger um ihre Handgelenke legten. An einer Hand entdeckte er dunkle und gelbliche Blutergüsse und quer über ihre Fingerknöchel verlief eine tiefe Wunde. »Sie haben sich geschnitten«, stellte er fest.

Sie zuckte mit den Schultern und ließ ihre Hände regungslos in seinen liegen.

»Was tun Sie hier?«, hakte er nach. Sie neigte den Kopf. Er übte sanften Druck auf ihre rechte Hand aus. »Lady Rayne?«

»Ich restauriere den Garten«, sagte sie und richtete den Blick in die Ferne.

»Aber schauen Sie doch ...« Schauen Sie doch, in welchem Zustand Sie sind, dachte er. Aber er sagte: »Da steckt ein Dorn in Ihrer Handfläche.«

»Ach, ein Dorn, da gibt es schlimmere Probleme«, erwiderte sie.

»Sie werden eins bekommen, wenn Sie sich eine Infektion einhandeln. Lady Rayne?« Sie senkte den Kopf. »Ich werde versuchen, ihn herauszuziehen.« Aber seine Nägel waren zu kurz.

Er hob ihre verletzte Hand an sein Gesicht und presste die Lippen auf ihre Haut. Dann zog er den Dorn mit den Zähnen heraus und ließ ihre Hand danach sofort wieder los.

Doch anstatt die Hände sinken zu lassen, hielt sie sie weiterhin ausgestreckt, und er musste an Oliver Twist denken, der im

Waisenhaus um mehr Essen bettelte. Die Geste hatte etwas so Mitleiderregendes an sich, dass er ihre Hände wieder fest zwischen seine nahm.

Ivens hatte gelernt, mit solchen Situationen umzugehen. Manchmal konnte man nichts anderes tun, als den Menschen schweigend Beistand zu leisten und ihnen die Hand zu halten. Er war sich der Zerbrechlichkeit ihrer Hände bewusst, sie waren so blutig und zerschrammt, voller blauer Flecke. Aber er war sich auch ihrer Stärke bewusst. All diese Arbeit im Garten zu verrichten, erforderte geradezu brachiale Kraft. Und er dachte an die Blüte, die von der kleinsten Brise umhergeweht wurde und doch stark genug war, um wunderbares, herrliches Leben hervorzubringen, genau wie ihre Hände mit ihrer Kraft zum Aufbauen und Zerstören, aber auch, so dachte er, während sie sich an ihm festhielt, zur Liebe.

Seine Gedanken schweiften ab. Zu lieben und diese Liebe erwidert zu sehen. Wie sehr er sich doch danach sehnte ...

Er ging über die Prinzipien seiner Ausbildung hinweg und brach das Schweigen. »Sie verwandeln diesen Ort«, sagte er. »Ich kann mir gut vorstellen, dass man hier jetzt alles Mögliche anbauen kann. Was könnten Sie denn anpflanzen?« Sie scharrte stumm mit dem Fuß und er fuhr fort: »Ich hoffe, dass ich Sie dazu überreden kann, mir einen Ihrer Naturvorträge zu halten.«

Daraufhin schenkte sie ihm ein verhaltenes Lächeln. »Kommt das so bei Ihnen an? Dass ich Ihnen Vorträge halte?«

»Ganz und gar nicht.«

Sie seufzte. »Früher hat man hier alle möglichen köstlichen Obstsorten angebaut. Exotische Beerenfrüchte. Aber dafür braucht man Geld. Äpfel würden gut gedeihen, aber auch die sind eine große Investition.« Dann stellte sie ihm eine überraschende Frage: »Lebt Ihre Mutter noch?«

»Nein, aber wieso ...«

»Wann ist sie denn gestorben?«

»Vor zwei Jahren.«

»Woran?«

»An einer Lungenentzündung.« Er sah das Mitgefühl in ihrem Gesicht, aber er war entschlossen, nicht über seine Verluste zu sprechen. »Aber warum fragen Sie?«

»Ich muss immer an meine Mutter denken. Nach ihrem Tod habe ich gerne die Gärtner beobachtet, die für meinen Vater arbeiteten. Die besten Männer behandelten die Rosen wie Kinder, streichelten die Blätter, als würden sie die Wange eines Babys liebkosen, und fragten sich: Was brauchen sie? Nahrung? Wasser? Mehr Sonne? Weniger Sonne?« Plötzlich warf sie ihm einen scharfen Blick zu. »Sie brauchen kein Mitleid mit mir zu haben. Es gibt viele kleine Kinder, die ihre Mütter verloren haben. Wenigstens kann ich mich an meine noch erinnern. Aber Ihr Vater?«

»Er lebt auch nicht mehr, aber ...« Er wollte verhindern, dass sie das Gesprächsthema wieder auf ihn lenkte, aber sie fragte bereits, wann sein Vater gestorben sei.

»1918«, antwortete er. Sein Vater war gerade einundzwanzig Jahre alt gewesen, als sich das eiskalte Wasser vor der schottischen Westküste über ihm geschlossen hatte, nur wenige Tage vor dem Waffenstillstand.

»Dann haben Sie ihn also gar nicht mehr kennengelernt?« Er schüttelte den Kopf. »Der Krieg?«

»Ja.«

Da rief sie: »Was haben wir nur verbrochen? Ich meine unsere Generation? Dass wir zwei derartige Kriege verdient haben? Und Stephen ist davon überzeugt, dass noch ein dritter folgen wird. Und mit dem letzten hatte er bereits recht.«

Ihr Gesicht verzerrte sich, sodass er schon befürchtete, sie würde in Tränen ausbrechen, aber stattdessen ließ sie ihren Blick über den Garten schweifen und sagte: »Und doch haben wir jetzt all das hier.«

Die horizontalen Strahlen der untergehenden Sonne schufen ein so intensives Licht, dass Ivens das Gefühl hatte, sie stünden zu zweit inmitten eines glitzernden grünen Prismas.

»Was für eine unglaubliche Schönheit«, sagte sie.

Sie hielt ihr Gesicht dicht an seins, fast schon flehentlich. Aber was sollte er sagen? Ja, die Schönheit ist himmlisch, herrlich, unglaublich. Aber selbst sie reicht nicht an die Freude heran, den Kopf an die Schulter eines geliebten Menschen schmiegen zu können, die Lippen auf die eines anderen legen, nebeneinander liegen, die Haut des anderen spüren zu dürfen, nackt wie Adam und Eva.

Auf gar keinen Fall! Er war der Gemeindepfarrer, und eine zutiefst unglückliche verheiratete Frau wandte sich an ihn und bat ihn um Hilfe, doch alles, woran er denken konnte, waren seine Lippen auf ihrer Hand, als er den Dorn herauszog, sein Verlangen danach, sie in die Arme zu nehmen und fest an sich zu drücken. Zum zweiten Mal an diesem Tag betete er: Herr, gib mir Kraft.

Er trat einen Schritt zurück und fragte: »Spricht Sir Stephen jemals mit Ihnen über den Krieg?« Sie zog die Augenbrauen hoch, ganz so, als wäre das die dümmste Frage überhaupt. »Einige Männer reden nämlich durchaus«, erklärte er. »Das sind aber die Ausnahmen. Jedenfalls haben wir diese Männer von allem weggeholt, was sie kennen, wir haben sie verrohen lassen, aber dann erwarten wir, dass sie einfach dort weitermachen, wo sie aufgehört haben. Dass sie sich die Schuhe an der Fußmatte abtreten, dass sie keine Krümel auf den Boden fallen lassen, und das, wo sie doch vor nicht allzu langer Zeit weiß Gott was getan haben.«

»Oder wozu wir sie befähigt haben«, murmelte sie.

Mit einem schnellen Blick, keusch und professionell, wie er sich selbst versicherte, musterte er sie von oben bis unten. So viele sanftmütige Männer waren aus dem Krieg zurückgekehrt, nur um zu Hause mit einer derartigen Gemeinheit und Brutalität zu streiten, die ihnen niemand zugetraut hätte. Er hatte die an Grausamkeit grenzende Schroffheit erlebt, mit der ihr Mann zu ihr sprach, er hatte den Dorfklatsch gehört, wonach er allein auf dem Dachboden schlief.

Was für eine Verschwendung! All dieser Schönheit! Dieser Frau!

Ivens redete sich ein, dass er ihre Hände ja loslassen wollte, dass sie diejenige war, die seine festhielt. Was war nur los mit ihm? War es die Hoffnung, die Dr. Downes ihm geschenkt hatte? Das Gefühl des Fleisches dieser Frau an seinem eigenen? Er hatte schon früher die Hände von Frauen gehalten, aber ihre berührten die Leere in seinem eigenen kurzen Leben und in jenem Moment fühlte sich der Verlust einfach unerträglich an. In den vergangenen Wochen hatte er oft mit Befriedigung an den Nachmittag zurückgedacht, den sie gemeinsam beim Musikhören verbracht hatten. Mit zu viel Befriedigung. Weil ich sie will, dachte er. Ich will sie. Und mit diesem Eingeständnis löste er seine Hände von ihren, verschränkte die Arme und zwang sich zurück in seine Rolle als ihr Pfarrer.

Ihre Hände sanken herab und mit einem Hauch ihrer üblichen Kampfeslust sagte sie: »Sie denken sicherlich an die Liebe, wenn Sie die Zartheit der Farben betrachten, die süßen Düfte hier riechen. Aber Pflanzen sind brutal! Sehen Sie das Geißblatt? Sehen Sie, wie es sich um die Reste der Clematis windet und sie vom Leben abschneidet? Das ist ja, als würde man jemandem eine Schlinge um den Hals legen oder ihn mit Klaviersaiten erdrosseln. Sie sind genauso schlimm wie wir Menschen.«

»Nein, das sind Pflanzen! Im Gegensatz zu uns haben sie keine andere Wahl.«

Sie zuckte wieder müde mit den Schultern. »Glauben Sie, dass wir im Krieg wirklich eine Wahl haben? Ich glaube es jedenfalls nicht. Wenn man mir befehlen würde, eine Gräueltat zu begehen, um mein eigenes Kind zu retten, würde ich gehorchen, das weiß ich. Ich würde schreckliche Dinge tun, um jene zu schützen, die ich liebe. Und zweifellos auch mich selbst. Der Mensch ist ein abscheuliches Wesen. Schauen Sie bitte nicht so drein. Doch, es ist wahr. Man braucht nur die Zeitung zu lesen, die Berichte über Nürnberg. Was wir alle einander antun, ist so unglaublich schlimm, dass ich manchmal einfach nur ein Loch graben und mich hineinlegen und von Erde bedeckt werden möchte, damit ich das Grauen nicht mehr ertragen muss.«

Was wollte sie damit ausdrücken? Dass sie sterben wollte?

»Hören Sie«, sagte er heftig. »Für mich ...«

Instinktiv nahm er ihr Gesicht zwischen die Hände und hob es an, damit sie ihm in die Augen sah, erschrak aber im selben Moment über seinen Impuls. »Für mich sprühen Sie vor Leben, genau wie die Erde hier, wie die Blüte, wie der Frühling.«

Er musste sich beherrschen, um nicht ihr schönes, gepeinigtes Gesicht zu streicheln, aber in dem Moment, als er einen Schritt zurücktreten wollte, berührte sie seine Hand mit ihrer, ganz so, als wollte sie ihre Wange in seine Handfläche legen. Dann schloss sie die Augen. Es dauerte vermutlich nur eine Sekunde lang, aber während dieser war er sich ihrer Nähe so bewusst, dass er befürchtete, im nächsten Moment eine schreckliche Verfehlung zu begehen.

Er wich zurück, aber sie hielt ihn fest und sagte: »Ich hoffe, Sie haben recht.« Dann nahm sie seine Hand in ihre beiden Hände. »Aber selbst wenn Sie sich irrten, war das das Schönste, was mir seit Langem gesagt worden ist.« Sie führte seine Finger an ihre Lippen und küsste sie.

Der Friedenskuss, sagte er sich, dieser uralte Brauch, dieses Zeichen der geschwisterlichen Verbundenheit der Gläubigen. Hastig durchforstete er sein Gedächtnis nach Texten, die er an der theologischen Hochschule gelesen hatte, spürte gleichzeitig, wie ihr Haar über sein Handgelenk fiel, nahm ihren herrlich erdigen, pfirsichartigen Geruch wahr. Augustinus sagt: »Wenn deine Lippen sich denen deines Bruders nähern, lass dein Herz nicht von seinem zurückweichen.« *Der Friedenskuss.*

Konnte es mehr als Frieden sein?

In dem Moment, in dem er sich diese Frage stellte, ließ sie seine Hand los.

»Verzeihen Sie mir«, sagte sie. »Ich habe geredet und geredet!« Sie blickte auf die Uhr. »Ach, du meine Güte!« Sie nahm die Grabgabel, legte sie auf die Schubkarre, schob diese zurück in den Schuppen und rief über die Schulter hinweg: »Sie wollen sicher zurück zum Abendessen. Ich jedenfalls habe Hunger.«

Er stand da und fühlte sich wie abgewiesen, während er ihr dabei zusah, wie sie geschäftig die Gartengeräte aufräumte. Was war gerade passiert?

Nichts. Er hatte sich so absurd aufgeführt wie ein Gemeindepfarrer aus einem Jane-Austen-Roman, der wegen der Gutsherrin den Kopf verliert, und nun wurde ihm auf demütigende Weise bewusst, wer er war – der unbeholfene, kränkliche Geistliche.

»Alles erledigt«, bemerkte sie lächelnd, und die Verteidigungsmauern standen wieder fest.

»Danke, dass Sie mir zugehört haben«, sagte sie, als sie die Biegung erreichten, an der sich ihre Wege trennten. »Ich weiß, es ist eine schwierige Zeit für uns alle. Und im Vergleich zu vielen anderen Menschen habe ich es wirklich gut getroffen.«

Sie wich seinem Blick aus und schaute geradeaus auf die Weide, wo die Krähen krächzten und sich immer wieder auf die grasenden Schafe hinabstürzten.

»Da ist wohl ein Lamm verendet«, sagte sie. »Oder sie sind gerade dabei, ihm den Garaus zu machen. Erinnern Sie sich an das Lied, das während des Krieges ständig im Radio lief und in dem man uns Drosseln über den Kreidefelsen von Dover versprochen hat? Alles, was ich sehe, sind Krähen, die sich von Aas ernähren.«

27

Schweißgebadet taumelte Stephen aus dem Bett. Es war jede Nacht dasselbe: Brücken in die Luft sprengen, Züge zerstören, Ölraffinerien in Brand setzen, egal, in welcher Mission er unterwegs war, immer, wirklich immer schloss er den Leichnam in die Arme, während ihn Phantome mit seltsam vertrauten Gesichtern zur Strecke brachten. Nie war er schnell genug. Ob er Wendeltreppen hinaufsprang, die sich in Luft auflösten, oder in bodenlose Abgründe stürzte, unweigerlich erwischten die Hunde ihn, und er wachte zusammengekauert auf, spürte die Last des Leichnams in seinen Armen.

Er bemühte sich, die Hand ruhig zu halten, und griff nach einem Glas Wasser. Jetzt hatte er keine Angst vor der SS, davor, dass ihm ein brennendes Papier ins Hemd gestopft oder der Kopf unter Wasser gedrückt wurde. Und ganz sicher hatte er keine Angst vor dem Tod. Was ihn geweckt hatte, war diese Hölle, aus der es kein Entrinnen gab vor dem, was aus ihm geworden war.

Er wollte die Kerze neben seinem Bett anzünden, zögerte dann jedoch. Der Mond warf genug Licht ins Zimmer, ein perfekter cremefarbener Kreis in der Schwärze des Himmels.

Während des Krieges hatte er einen solchen Mond sowohl gefürchtet als auch herbeigesehnt. Manchmal verspürte er insgeheim den verzweifelten Wunsch nach einer wolkenverhangenen Nacht, damit die Mission abgebrochen würde und er noch einen Tag länger in England leben dürfte. Doch das bedeutete auch weitere vierundzwanzig Stunden Angst, weshalb er meistens beschloss, dass es am besten sei, die Sache hinter sich zu bringen.

»Angst ist des Teufels stärkste Waffe«, hatte seine Mutter immer gesagt, wenn er sich als Junge fürchtete. Das Arsenal des Teufels schien inzwischen allerdings unendlich groß.

Er kniff die Augen zusammen. Doch selbst in der Dunkelheit spürte er das Mondlicht, und ein Abend, den er vergessen zu haben glaubte, kehrte in allen seinen schauerlichen Einzelheiten zurück.

Er war auf Sabotagemission – es ging um eine Waffenfabrik in der Nähe von Rouen – und führte eine Einheit von acht Mann an. Stephen hatte bereits mit jedem von ihnen zusammengearbeitet, bis auf den Jüngsten, der gerade eine Frau geheiratet hatte, die er erst seit sechs Wochen kannte. Du bist zu jung zum Heiraten, hatte Stephen gedacht, und zu jung, um eingezogen zu werden. Doch der Junge war zweisprachig, und darum konnte er keine Rücksicht auf sein Alter nehmen.

Auf dem Flug nach drüben waren sie in eine dichte Wolkendecke geraten, und Stephen ging ins Cockpit, um mit dem Piloten zu beratschlagen, ob sie umkehren sollten. Kurz bevor sie die französische Küste erreichten, klarte der Himmel jedoch auf, und sie flogen weiter.

Der Junge wurde bei seiner Landung niedergeschossen. Die anderen Männer, die mehr Erfahrung hatten, waren bewegungslos liegen geblieben, als die Deutschen das Feuer eröffneten, aber der junge Kerl war losgerannt, was ihn zu einem leichten Ziel machte. Während sich Stephen auf den kalten, nassen Boden gepresst hatte, konnte er an nichts anderes denken als an die junge Braut ohne ihren Bräutigam.

Allein, genau wie seine eigene Braut heute Nacht, in ihrem Bett am anderen Ende des Hauses.

Er schlug gegen die harte, unnachgiebige Matratze. Das letzte Mal hatten seine Frau und er in jenem Hotel in Hastings ein Bett geteilt, als er so in ihre Wärme und Freude verliebt gewesen war, dass sie beide kein bisschen geschlafen hatten. Selbst jetzt konnte er sich noch an ihren wollüstigen, wunderbaren Körper erinnern, daran, wie sie für ihn getanzt hatte. Doch das war eine andere Zeit gewesen, vor jenem herrlichen sommerlichen Dienstagmorgen des 1. August 1944, als er, ein ignoranter Dummkopf, noch glaubte, man könne die Welt in zwei eigenständige Hälften aufteilen: in die eine, in der man seine wunderschöne Frau liebte, und in die andere, in der man einem Unbekannten das Genick brach.

Einer dieser deutschen Burschen war gerade einmal achtzehn gewesen. Ein Kind zur falschen Zeit am falschen Ort. Danach hatte er die Taschen des Jungen durchsucht und eine Geburtstags-karte gefunden, zusammen mit einer halben Tafel Schokolade, die er sofort in sich hineingestopft hatte.

Er glaubte, das Richtige getan zu haben. Es war Krieg. Der Mann oder der Junge, die Frau, das Mädchen, denen gegenüber man Menschlichkeit zeigte, könnte sich zehn Minuten später um-drehen und abdrücken. Und man selbst wäre die Leiche.

Stephen wuchtete sich vom Bett hoch und lehnte die Stirn gegen die Fensterscheibe. Langsam schlug er, wieder und wie-der, den Kopf gegen das Glas. Verdammter Irrsinn. Er hatte ge-dacht, wenn er den Krieg überlebte, könnte er *leben* – zu seiner Frau heimkehren, mit ihr alt werden. Doch nach dem, was er an jenem Augustmorgen getan hatte, war das unmöglich.

Und so hatte er ganz bewusst Gefahren gesucht, hatte sich freiwillig für jede hochriskante Operation gemeldet, je gefähr-licher, desto besser: Granatenangriffe auf Panzer, Stürmun-gen feindlicher Maschinengewehrnester. Und als der Krieg vorbei war, hatte er dabei geholfen, NS-Kriegsverbrecher in Deutschland aufzuspüren. Doch so waghalsig er sich auch in die Schusslinie begab, keine deutsche Kugel erlöste ihn von seinen Qualen.

Es schien, als wäre die ihm zugedachte Strafe die Unsterblichkeit.

Und nun war er wieder daheim.

An dem Tag, an dem er schließlich zurückkehrte, wartete Alice am Bahnhof von Oakbourne in dem smaragdgrünen Mantel, den er ihr zum letzten Weihnachtsfest vor dem Krieg gekauft hatte. Die offenen Haare fielen ihr weich gelockt über die Schultern – so wie er es immer geliebt hatte.

Als glänzender Stratege hatte er sich gründlich auf ihr Wiedersehen vorbereitet. Er würde sofort seine Absichten deutlich machen und sie nicht einmal berühren. Sie kam auf ihn zugerannt – er hatte gewusst, dass sie das tun würde –, doch als sie ihren Körper an seinen presste und er ihre bloßen Finger an seinem Hals spürte, zögerte er, war sich plötzlich nicht mehr sicher. Aufgrund seiner fehlenden Reaktion völlig perplex, sah sie ihn fragend an und er sammelte sich. Es war alles ganz einfach. Er musste sie nur dort stehen lassen. Was er dann auch tat. Denn genau da wollte er sie haben – so weit entfernt von ihm wie nur möglich.

Sein Kopf schlug heftiger gegen das Fenster. Ich könnte immer so weitermachen, dachte er. Und mich dann durch das Glas hinausstürzen – kein Fallschirm, der den Sturz abbremst – und durch die Luft sausen, um endgültig Frieden zu finden.

Er widerstand der Versuchung und setzte sich zurück aufs Bett.

»Verdammter Irrsinn«, murmelte er und versuchte, sich zu beruhigen.

Viele seiner alten Kollegen betranken sich bis zur Besinnungs-losigkeit, um die Vergangenheit zu vergessen. Benoit hatte da-mit sogar schon lange vor Kriegsende begonnen. Wein, Brandy, Brennspiritus. Benoit wird bald tot sein, dachte er. Und ich viel-leicht auch. Sein Blick fiel auf das glänzende Rasiermesser. Ein schneller Schnitt. Er hatte es oft genug bei anderen getan.

Doch diesen Weg konnte er nicht wählen. Das war die Strafe: lebenslänglich.

Erneut blickte er auf die silberne Klinge. Es würde nur Sekun-denbruchteile dauern.

»Verdammter Irrsinn«, wiederholte er in dem Versuch, sich zu beherrschen. »*Verdammter Irrsinn.*«

Als er das erste Mal mit dem Fallschirm aus einem Flugzeug gesprungen war, hatte er diese beiden Wörter immer und immer wieder vor sich hin gemurmelt. Seltsamerweise hatten sie sein pa-nisches Entsetzen gelindert. Statt Angst zu haben, nie mehr mit Alice schlafen zu können, nie mehr ein Bier im Queen's Head trinken, ein Gedicht schreiben, Cricket spielen zu können – die Liste der Dinge, die er auf diesem Flug verlieren könnte, fühlte sich endlos an –, wurde ihm alles gleichgültig.

»Verdammter Irrsinn«, sagte er, während er ins Nichts fiel.

Doch dann, als sich der Fallschirm auf seinem Rücken mit einem Ruck öffnete, wurde – und das war wirklich erstaunlich – aus »Verdammter Irrsinn« plötzlich »Verdammt grandios«. Über eine mondbeschienene Landschaft zu schweben – egal, ob es jetzt die wellenförmigen Anhöhen Frankreichs waren oder die Hü-gel Italiens –, bescherte ihm einige wenige wohltuende Augen-blicke des Friedens.

Dann berührten seine Füße den Boden. Und er verrichtete seine Arbeit.

Er dachte an das Chaos im Sommer 1945, als Partisanen Ge-rechtigkeit übten und SS-Offiziere an den Galgen baumelten. Er hatte die Augen davor verschlossen – die Rache, die die Männer jetzt nahmen, da sie selbst wieder Macht in Händen hielten, ließ ihn kalt.

Ich hätte eingreifen sollen, dachte er, während er sich wieder aufs Bett legte. Nicht, weil es weder einen Prozess noch Geschworene gegeben hatte, nicht weil es eine Menge guter Argumente dafür gab, dass wir besser waren als das, was wir dort zeigten. Sondern weil für diese Schweine der Tod viel zu gut war. Die sollten so wie ich leben und leiden, im vollen Bewusstsein dessen, was sie getan hatten. Denn ganz gleich, ob er schlief oder wach war, die Erinnerung blieb unauslöschlich, bedrängte ihn bei jedem Knarren des Hauses, haftete an ihm wie der Staub in seinen Haaren und heulte in jenem unversöhnlichen Ostwind.

28

»Das wäre geschafft«, sagte Alice, während sie die letzte Holzkiste verschloss. Zusammen mit Mrs. Green hatte sie das Tafelservice der Familie eingepackt, das einer von Stephens Vorfahren bei Wedgwood in Auftrag gegeben hatte. Es war für einen Ball zur Feier des Sieges bei Waterloo gedacht, jedes Stück handbemalt mit Geißblattzweigen und Rosen, die einen ewigen englischen Sommer suggerierten. Alice hatte es an einen texanischen Ölmagnaten verkauft.

»Ich kann mir das überhaupt nicht im Wilden Westen vorstellen«, erklärte Mrs. Green.

»Ich glaube, es ist da heutzutage gar nicht mehr unbedingt wild, jedenfalls nicht, wenn man dort einen Haufen antikes Porzellan braucht.«

»Ich hoffe«, seufzte Mrs. Green, »Sir Stephen hat nichts dagegen, dass das alles verschwindet.«

Stephen würde sich einen Dreck darum scheren. Sie hatte es ihm nicht einmal erzählt. Seit dem Morgen, an dem er von Scheidung gesprochen hatte, hatten sie kein Wort mehr miteinander gewechselt. Er war in seinem Dachzimmer geblieben und sie in ihrem Garten.

Mrs. Green fuhr fort: »Ach, wenn man bedenkt, wie viele Generationen an dieser Eleganz, an dieser Geschichte ihre Freude gehabt haben, und dann ist alles von einem Augenblick auf den anderen weg. Es ist so ein Jammer.«

Alice versuchte, sich darauf zu konzentrieren, dass sie nach dem Verkauf des Porzellans endlich die Erbschaftssteuern begleichen könnte, die nach dem Tod von Stephens Vater und dann seinem Bruder angefallen waren. Es erwartete doch wohl niemand, dass das Leben wieder so werden würde wie vor dem Krieg? Dass der Boiler ersetzt, das Mobiliar von den mottenzerfressenen Abdecktüchern befreit, das Tafelsilber für vierzig Dinnergäste poliert werden würde?

Als sie jedoch Mrs. Greens wehmütiges Gesicht sah, sagte sie nur: »Das ist eine elende Arbeit. Warum machen Sie nicht Feierabend? Trinken eine Tasse Tee?«

Früher einmal hatte Mrs. Green ein Heer von Bediensteten gehabt, die ihr einen Tee kochten, und jetzt, dachte Alice, hilft sie dabei, die Welt, in die sie hineingeboren worden war, niederzureißen, packt die Artefakte ein, die ins nächste Weltreich geschickt werden, damit amerikanische Millionäre von einem englischen Sommer zehren können, in dem die Sonne niemals untergeht.

Mrs. Green füllte den Kessel. »Möchten Sie auch eine Tasse?«

»Nein, nein«, sagte Alice. »Ich muss an die frische Luft.«

In den letzten Wochen hatte sie in ihrem Garten große Fortschritte gemacht. Arbeit, Arbeit und noch mehr Arbeit! Sie rannte nach oben, um sich einen weiteren Pullover zu holen.

Emma und Gladys, die letzten beiden Dienstmädchen, die in Kürze zusammen gehen und Sekretärinnenkurse belegen würden, unterhielten sich in ihrem Zimmer.

»Aber was meinst du, wie alt sie ist?«, sagte Emma gerade.

»Vierzig? Vielleicht auch älter.«

Alice verlor beinahe die Fassung. Sie war dreißig. War sie tatsächlich so weit über ihre Jahre hinaus gealtert?

»Meine Großmutter bekam meinen Vater mit fünfundvierzig, es ist also nicht unmöglich, aber ...?« Gladys unterbrach sich mitten im Satz, als Alice an der Tür auftauchte.

Emma sprang von ihrem Stuhl an der Frisierkommode auf und fuchtelte mit einem Staubwedel herum. »Lady Rayne, wir dachten, Sie seien mit Mrs. Green beschäftigt.«

Alice ging zu ihrem Kleiderschrank. »Alles in Ordnung?«

»Wir sprachen gerade darüber«, erwiderte Emma, »was für schöne Neuigkeiten es von Mrs. Harris gibt – sie ist in anderen Umständen.«

»Das ist ja wunderbar!«, rief Alice. »Nach allem, was die beiden durchgemacht haben!« Sie erinnerte sich an den Abend, an dem sie einen flüchtigen Blick darauf erhascht hatte, wie Mrs. Harris und ihr Mann gemeinsam den Abwasch erledigten, ganz so, als wäre es das zärtlichste Liebeswerben. »Das freut mich wirklich sehr!«

Sie bemerkte den Blick, den die beiden Mädchen austauschten, das überhebliche Grinsen der Jugend: Was für eine traurige alte Schachtel Sie doch sind, mit Ihrer Freude über das Baby einer anderen, denn in Ihrem einsamen Bett werden Sie genauso wenig Kinder bekommen, wie Sie fliegen lernen werden.

Ich tue den beiden leid, dachte Alice. Aber eines Tages sind sie so alt wie ich jetzt. Dann werden sie wissen, was ich heute weiß: Es gibt immer ein Leben nach dem Tod, eine Auferstehung selbst nach den schlimmsten Zeiten.

»Alice!« Sie hörte ihren Namen – zu ihrem Schrecken war es ihr Mann, der sie rief, und einen übermütigen Augenblick lang fragte sie sich, ob er tatsächlich nach *ihr* verlangte. Ob ein Wunder geschehen sei. Ob auch sie eine Auferstehung erfahren würde.

»Alice!«

Und da stand er auch schon, in ihrem Schlafzimmer, gespenstisch weiß, während von seinem Handgelenk Blut tropfte. Gladys kreischte auf und Alice musste sich beherrschen, um nicht »Was hast du getan?« zu schreien. Stattdessen stürzte sie zu ihm hinüber, ergriff seinen Arm und hob ihn über seinen Kopf.

»Hinsetzen!«, befahl sie und drückte ihn nach unten gegen die Wand. »Gladys! Ein Handtuch! Um das Blut zu stillen! Und Emma, ruf Dr. Downes an. Lauf!«

»Herrgott noch mal, nur keine Panik«, sagte Stephen. »Es ist nur eine oberflächliche Verletzung. Es muss genäht werden, weiter nichts. Niemand stirbt hier.«

Emma hielt inne, sah zwischen den beiden hin und her, wartete auf Anweisungen.

»Beeil dich bitte trotzdem, Emma«, sagte Alice und achtete darauf, nicht preiszugeben, welch extreme Gedanken sie bewegten. Wie nah war er einem Selbstmord gewesen? Sie presste ein Handtuch auf den Schnitt. »Gladys, geh bitte – jetzt – und sag Mrs. Green, was passiert ist, damit sie weiß, wohin sie Dr. Downes bringen muss.«

Dann lächelte sie, spielte die kompetente Dame des Hauses, die sich um einen kleinen häuslichen Unfall kümmern musste. Dabei war sie krank vor Sorge. Welche Gedanken hatten ihn schließlich zu diesem Schritt geführt? Wenn er sich vorsätzlich verletzt hatte, was hatte ihn dann dazu gebracht, die Sache abzubrechen? Würde er es noch einmal tun? »Und Tee! Bring eine Tasse Tee.«

»Allmächtiger!«, murmelte Stephen. »Tee!«

»Das wäre alles, Gladys, danke.«

Alice drückte die Tür zu. In ihrem Kopf flogen Fragen wie Geschosse hin und her.

»Sieh mich nicht so an«, sagte er. »Ich habe ein Glas zerbrochen, es vergessen und dann im Dunkeln danach gegriffen.«

»Im Dunkeln? Es ist Mittag!«

»Die Vorhänge waren zugezogen. Das Glas lag auf der Erde. Ich griff nach dem zersplitterten Rand. So.« Er führte es vor.

Das hielt sie tatsächlich für möglich. Kühl starrte er sie an. »Auf eins kannst du dich verlassen«, sagte er. »Ich werde meine Tage zu Ende leben, egal, wie lange es dauert.«

»Ich weiß nicht, was du damit meinst.«

Er griff nach ihrer Hand. »Ich meine, ich werde mir nicht das Licht ausblasen.«

Er quetschte ihre Knöchel so stark zusammen, dass sie am liebsten aufgeschrien hätte, doch stattdessen bemühte sie sich um einen ruhigen Tonfall und fragte: »Willst du das denn?«

»Glaub mir, wenn ich gewollt hätte, dann hätte ich es nicht vermasselt. Und jetzt schaff diesen Stuhl herbei« – er ließ ihren Arm los – »damit ich den Arm darauflegen kann.«

Sie holte den Stuhl und setzte sich neben ihn auf den Fußboden, sodass sich ihre Körper fast berührten, näher beieinander, als sie es seit seiner Rückkehr je waren. Und während sie zusah, wie sein Blut durch das um sein Gelenk gewickelte Handtuch sickerte, empfand sie sich plötzlich als ganz genauso jämmerlich wie Mrs. Green mit ihrer Hoffnung, das Leben könne einfach wieder »zur Normalität zurückkehren«. Als sie das Porzellan einpackten, hatte sie sich vorgestellt, wie sie später Schneeglöckchenzwiebeln aus dem Wald holen und sie neben dem Tor des ummauerten Gartens einpflanzen würde, damit ihr Weiß im nächsten Winter die Düsternis des Januars durchbrechen konnte.

Doch selbst der Garten ermöglichte ihr nicht die Flucht vor diesem Mann mit dem Blut an den Händen. Sie hatte sich eingeredet, dass die ans Licht tretenden Verbrechen aus dem Krieg »dort drüben« waren. Nicht in ihrem Land, ihrem Zuhause, ihrem Schlafzimmer. Sie hatte sich danach gesehnt, seine Hände auf sich zu spüren, wie sie sie streichelten, sie lebendig werden ließen – sie liebten. Doch jetzt spürte sie lediglich, dass sie es vermochten, ein Messer durch weiches Fleisch zu ziehen, den Abzug einer schweren schwarzen Pistole zu betätigen ...

»Sir Stephen!« Die Frau des Arztes kam hereingeplatzt. »Mein Mann macht gerade seine Hausbesuche. Also bin ich stattdessen gekommen. Wie geht es Ihnen?«

»Es war ein Unfall«, murmelte Stephen mit leerem Blick.

»Das muss genäht werden«, sagte Mrs. Downes, als sie sein Handgelenk untersuchte. »Mit wenigstens vier, vielleicht sogar sechs Stichen.«

Alice entging nichts, während sich in ihrem Kopf eine kühle Klarheit breitmachte. Sie registrierte Mrs. Downes' Zögern, als Stephen ihr sagte, sie könne sich das Beruhigungsmittel sparen und einfach loslegen. Sie bemerkte Mrs. Greens ängstliche Blicke. Sie sah ein schwaches Licht, das sich wie die auflaufende Flut ausbreitete und die verblichenen Rosen des Aubusson-Teppichs überschwemmte. Sie hörte die Rufe der Brachvögel.

In dem Moment wusste sie, dass sie Oakbourne den Rücken kehren musste. Und Stephen. Nicht für immer. Wahrscheinlich. Zumindest noch nicht. Sie würde zu ihrer Schwester nach London fahren und dort ein paar Tage bleiben, um sich ihren nächsten Schritt zu überlegen.

»Lady Rayne!« Mrs. Downes sah sie besorgt an. »Ist mit Ihnen alles in Ordnung? Sie sehen leichenblass aus.«

»Es ist das Blut«, erwiderte sie. »Einfach der Anblick von so viel Blut.«

Dann bat Mrs. Downes um heißes Wasser.

»Ich hole es Ihnen«, sagte Alice. Sie ging hinaus und schloss die Tür hinter sich.

29

In Mr. Frasers Sprechzimmer im St.-Thomas-Krankenhaus starrte George Ivens auf die Umrisse mehrerer X auf den Fensterscheiben, deren Glas mit Klebeband vor Bombendetonationen geschützt worden war. »Es tut mir leid, dass wir nicht mehr für Sie tun können«, erklärte Fraser gerade.

Ivens hielt aus seiner Stimme jede Emotion heraus: »Dr. Downes hat ganz klar gesagt, ich solle keinerlei Erwartungen hegen.«

»Die Amerikaner sind uns da voraus – mithin ist das Beste, was ich Ihnen anbieten kann, Ihre Unterlagen einem Arzt in New York zukommen zu lassen, der außerordentlich gut ist.«

Wie zum Teufel sollte er es sich leisten können, nach New York zu reisen? Er war noch nie irgendwohin gereist, hatte bis zu seinem Aufenthalt in Suffolk noch nicht ein einziges Mal das Meer gesehen. Genau genommen, dachte Ivens und sah zu, wie der Staub im frühen Abendlicht durch die Luft schwebte, hatte er es von der Straße, in der er geboren worden war, noch nie weiter als bis nach Suffolk geschafft, denn während so viele Männer seines Alters die ganze Welt bereist hatten, war er zurückgeblieben. Und obwohl sie unter Androhung des Todes losgezogen waren, hatten sie die Sonne über dem Pazifik untergehen sehen, an Deck gestanden, während sich die Konturen exotischer Inseln aus dem

Dunst schälten, gewundene Pfade erkundet, die nach Hibiskus dufteten, nach Bougainvilleen ... Nein, halt! Er war hier nicht in einem Groschenheftchen für Jungen.

»Sprechen Sie mit Downes darüber«, sagte Fraser. »Und ich schreibe ihm. Ich weiß, dass ihm sehr viel daran liegt, mit dem Stand der Wissenschaft Schritt zu halten. Was schwierig ist, wenn man wie er, nun ja, am Ende der Welt hockt. Ich hoffe«, fuhr Fraser mit einem zweifelnden Unterton fort, »es geht Downes gut?«

Der Arzt machte eine Pause, die Ivens jedoch nicht füllte. Downes, da war sich Ivens sicher, versuchte, den Verlust seiner Ambitionen, seines Beins und seiner ruhigen Hände damit zu kompensieren, dass er sich für den neuen Gesundheitsdienst engagierte und seine Kräfte darauf konzentrierte, gegen den Widerstand seiner Hausarztkollegen anzukämpfen, von denen ein Großteil der Meinung war, dem Staat die Verantwortung für die Gesundheitsfürsorge zu übertragen, würde sich nachteilig auf ihre Autorität und ihre Pensionen auswirken. Und auf ihre Patienten.

»Er war solch ein brillanter Chirurg«, fuhr Fraser fort und erhob sich. »Was für eine Verschwendung.«

Was für eine Verschwendung.

Wie Rauchringe hingen die Worte in der muffigen Luft. Genau das gilt auch für mich, sagte sich Ivens, denn was hätte ich nicht alles tun können, wenn ich nicht krank geworden wäre.

Er war mit einer musikalischen Begabung gesegnet worden und – was für einen Jungen aus seinen Verhältnissen ein noch größerer Segen war – hatte die Gelegenheit bekommen, sie weiterzuentwickeln. Seine Stimme bescherte ihm ein Chor-Stipendium, eine hervorragende Ausbildung, doch mit fünfzehn hatte er das rheumatische Fieber bekommen, das sein Herz in Mitleidenschaft zog.

Seither hatte er sich eingeredet, er habe Gott durch seinen Eintritt in die Kirche besser gedient. Doch hielt Jesus, fragte sich

Ivens immer wieder, sein eigenes Leben eigentlich auch für eine Verschwendung? Dachte er, während er ans Kreuz genagelt wurde: Ich bin gescheitert? Mein Wirken hat schon drei Jahre, nachdem es begann, wieder aufgehört – tot mit dreiunddreißig. Obwohl ich von Glück sagen kann, wenn ich es so lange schaffe, überlegte Ivens, während er den blauen Pfeilen zum Krankenhausausgang folgte.

Aber du findest schon einen Weg da hindurch, ermahnte er sich selbst und stapfte vorbei an Schildern zur Rheumatologie, Orthopädie, Infektionsabteilung, Onkologie, alles Erinnerungen – als ob er sie bräuchte – an den Verrat und die Verwundbarkeit des Körpers. Man lernt, von seinen Enttäuschungen Abstand zu wahren, hofft darauf, irgendeine Art von Akzeptanz zu finden.

Vielleicht ist das der Grund dafür, dass Downes und ich uns verstehen, dachte er, während er in den Fahrstuhl stieg, der ihn ins Erdgeschoss bringen würde. Wir bauen beide unser Leben auf den Bedürfnissen anderer auf, weil wir unsere eigenen nicht befriedigen können – Downes mit seinem Wohlfahrtsstaat, ich mit meiner Kirche. Doch Wellen der Ernüchterung zehrten ihn auf, denn wenn sein Wunsch, den Nächsten zu lieben wie sich selbst, lediglich eine Möglichkeit darstellte, sich an den Problemen der anderen zu laben, dann stimmte es: *Was für eine Verschwendung.*

Der Fahrstuhl setzte mit einem scheppernden Geräusch auf und er begab sich in den Vorhof, über den in der abendlichen Stoßzeit unzählige Menschen strömten. Ivens stand in der Menge und wusste nicht wohin. Die Vorstellung, in Stellas und Marks Wohnung zurückzukehren, bedrückte ihn. Weder wollte er ihre Freundlichkeit, noch hatte er Lust darauf, den Anstand aufzubringen, wohlwollend ihr Glück zu betrachten, während er in seinem auf dem Sofa hergerichteten Bett lag. Er könnte natürlich einen Umweg über seinen alten Pfarrbezirk machen. Dort wäre er sich eines freundlichen Empfangs sicher. Doch das Gespräch mit dem Arzt hatte ihn ermüdet. London ermüdete ihn.

Und seine Zukunft ängstigte ihn. Nicht so sehr der Tod selbst, sondern das langsame, qualvolle Ende, verursacht von seinem versagenden Herzen. Er würde daliegen, von der Gnade anderer abhängig, eine Last. Es sprach eine Menge für die Kugel in den Kopf, dachte er und überlegte, ob er zur Themse gehen sollte, doch dazu hätte er den ehemaligen Nordflügel des Krankenhauses passieren müssen, derzeit ein einziger Trümmerhaufen in einem Krater. Er konnte sich noch an die Nacht erinnern, als dort die Bomben gefallen waren, als ein großer Feuerball den Himmel erleuchtete. Seither war die Stelle abgesperrt, damit die Kinder nicht zwischen all den Glassplittern und dem Mauerwerk spielten, all den Überresten der viktorianischen Epoche, der georgianischen und der Tudorzeit, des finsteren Mittelalters, der Zeit der Römer und einer Zeit lange bevor irgendjemand überhaupt wusste, was es hieß, auf diesem Londoner Ton zu bauen. Drei Stationen waren zerstört worden. Tagelang hatte es gedauert, die Leichen zu bergen, ausgelöschte Leben, jetzt Staub zu Staub.

Staub ... Er räusperte sich. London war überzogen mit dem Zeug. Als er hier gewohnt hatte, war es ihm gar nicht weiter aufgefallen, doch jetzt sah er es mit einem frischen Blick. Seit Jahren war hier nichts mehr gereinigt worden, sodass selbst von den Bomben verschont gebliebene Gebäude dreckig waren. Bisher hatte er sich geistig abgeriegelt gegen die mit rostigem Draht umschlossenen Steinhaufen, die mit Planen abgedeckten Dächer über den früher einmal berühmten Gebäuden, die unerbittliche Trostlosigkeit. Doch heute fühlte er sich wehrlos und ihm war nach Weinen zumute. Um diese armen Menschen, diese wunderschöne Stadt, die sich für immer verändert hatte.

»Mr. Ivens!« Er spürte, wie ihm jemand auf die Schulter tippte, und wandte sich um. Vor ihm stand Alice Rayne. »Dachte ich mir doch, dass Sie es sind!«

»Du meine Güte!«, rief er. Seit jenem Nachmittag in dem Garten hinter den Mauern hatte er sie nicht mehr gesehen. Er befürchtete, dass sie ihm aus dem Weg gegangen sei, aber auf ihrem Gesicht, das verhärmt und müde wirkte, lag das freundlichste Lächeln, das er je gesehen zu haben glaubte. Dann bemerkte er ihren Koffer und ihm kam der Gedanke, dass sie auf dem Weg ins Krankenhaus war.

»Sie sind so blass«, sagte er besorgt. »Sie sind doch nicht krank, oder?«

»Überhaupt nicht! Meine Schwester arbeitet hier und ich habe mir gerade ihren Wohnungsschlüssel geholt. Ich übernachte bei ihr«, erklärte sie. »Aber sie hat plötzlich Bereitschaftsdienst, weshalb ich mir selbst aufschließen muss. Und Sie? Ich hatte gehört, Sie seien nach London gefahren. Aber um Freunde zu besuchen. Ist alles ...?«

»Es ist alles in Ordnung«, unterbrach er sie und kam ihrer Frage zuvor. »Nur eine Vorsorgeuntersuchung.«

Er war sich nicht sicher, was er noch sagen sollte. Er wusste nur, dass er sich ganz genau daran erinnern konnte, wie sich ihr Gesicht zwischen seinen Händen angefühlt hatte, und jetzt wünschte er sich sehnlichst, dass sie nicht gleich zu all ihren Londoner Freunden und schicken Restaurants und modischen Nachtklubs fortstürzte und wo immer sie sonst noch so hinwollte. Das Einzige, was er sich in dem Moment noch vom Leben wünschte, war, dass sie mit ihm redete, als wäre er ein gesunder Mann und nicht diese traurige, kranke Kreatur, deren Arzt gerade mitfühlend gesagt hatte, dass da nichts zu machen sei.

»Sie besuchen also Ihre Schwester«, sagte er lahm und erhob die Stimme, da gerade ein Bus angerollt kam und Abgase und

Passagiere ausstieß. Sie nickte und gab dann eine Antwort, die er nicht verstehen konnte, weil sie von einer Krankenwagensirene übertönt wurde. »Entschuldigung, ich konnte nichts hören.«

»Ach, nichts.«

»Nein, bitte, was denn?«

»Es ist nur ...« Sie hielt erneut inne, und ob es jetzt ihr Zögern war, das ihm Selbstvertrauen gab, oder seine Erkenntnis, dass er nicht mehr lange zu leben hatte und es daher ruhig darauf ankommen lassen konnte, auf alle Fälle nahm er sie am Arm und zog sie aus dem Schatten des Krankenhauses zu einer Bank zwischen Platanenstümpfen.

»So«, sagte er, »bitte reden Sie mit mir.«

Sie setzte sich auf die Kante der Bank, ruhig und aufrecht, doch ihr aufgewühlter Blick schoss hin und her. Dann sagte sie: »Ich bin seit Beginn des Krieges nicht mehr in London gewesen. Ist es nicht erschütternd? Diese Verwüstung. Ich hatte sie mir nicht ganz so schrecklich vorgestellt. Natürlich habe ich die Fotos gesehen, aber es mit eigenen Augen zu erleben ... Mein Taxi fuhr um die St.-Pauls-Kathedrale herum. Diese ganzen alten Gebäude! Einfach weg! Und an der Christ Church Greyfriars kamen wir auch vorbei – nun, an ihren Überresten.«

Er wusste noch, wie die alte Franziskanerkirche – und in derselben Nacht noch sieben weitere Wren-Kirchen – in Flammen aufgegangen war.

»Ich war dort auf einer Hochzeit«, sagte sie, »vor dem Krieg, und fand es himmlisch, wie die Sonne durch die Bogenfenster schien. Und wie vielen Menschen hat ihre Schönheit im Laufe der Jahrhunderte doch Freude oder Trost geschenkt. Samuel Coleridge anscheinend. Und Charles Lamb, Charles Wesley. Mendelssohn ebenfalls.«

Ivens konnte sich nicht zurückhalten. »Als Junge habe ich einige Male dort gesungen«, sagte er. »Und später in Bachs Magnificat – das Tenorsolo.«

»Unglaublich! Aber Sie wissen ja, wie wunderschön ich Ihre Stimme finde.«

Röte überflutete sein Gesicht.

»Und welche Ehre«, sagte sie, »Teil dieser ganzen Geschichte zu sein! Aber jetzt ...« Sie hob die Hände. »Ihre Geschichte und meine sind beide wie ein Kartenhaus in sich zusammengefallen. Ich weiß natürlich, dass es viele Orte gibt, wo noch mehr Schaden angerichtet wurde, aber was ist schon der Unterschied zwischen Einzelnen und Tausenden, wenn unter den Toten jemand ist, den man liebt? Meine Mutter ... Ach, nichts!«

»Nein, bitte! Ihre Mutter?«

»Einmal ist sie mit meiner Schwester und mir hierhergekommen, um uns das ›London der Tudors‹ zu zeigen, wie sie es nannte. Ich quengelte die ganze Zeit herum, dass ich lieber in den Zoo wollte, aber heute wünschte ich, ich hätte aufgepasst, denn jetzt ist es zu spät. Ich weiß, viele Leute finden es gut, wenn die Vergangenheit zerstört wird, und sind ganz versessen darauf, neue Städte und Gesellschaften für uns zu planen und überhaupt alles neu zu gestalten. Aber als ich in dem Taxi saß, wurde mir klar, dass wir enorm viel verloren haben! Und so schnell! Ach, Entschuldigung – ich rede wie ein Wasserfall. Ich bin einfach müde. Ich sollte jetzt wirklich los und Sie Ihres Weges ziehen lassen.« Doch sie rührte sich nicht von der Stelle.

»Nein, nein. Die Freunde, bei denen ich wohne, arbeiten heute Abend.« Verzweifelt suchte er nach tröstenden Worten. Als sie ihren Koffer ergreifen wollte, dachte er, sie würde jeden Moment aufstehen und gehen.

Stattdessen sagte sie jedoch: »Wenn Sie nirgendwo hinmüssen, möchten Sie dann ... vielleicht könnten wir ...«

Sie redeten gleichzeitig los: »Etwas trinken gehen?«

Beide lachten verlegen.

»Sie sind nicht in Eile?«, fragte er.

»Überhaupt nicht.«

Dann würde sie sich also nicht in irgendeinen mondänen gesellschaftlichen Trubel stürzen.

»Gleich um die Ecke ist ein Pub«, schlug er vor.

»Wunderbar! Ich freue mich so, Sie zu sehen!«

30

Der Pub wimmelte nur so von Büroangestellten, Ärzten, die sich an Krankenschwestern heranmachten, und Bauarbeitern von dem Trümmergrundstück um die Ecke, doch in jenem Moment, in dem Alice und Ivens eintrafen, erhob sich ein Pärchen schwankend von einer Sitzecke im hinteren Teil der Räumlichkeiten.

»Setzen Sie sich doch«, sagte Ivens laut über den Lärm hinweg. »Und ich hole die Drinks.«

Alice hätte gern einen Brandy gehabt, wollte aber nicht, dass Ivens so viel Geld ausgab.

»Mögen Sie einen Brandy?«, fragte er.

Es war lange her, dass jemand ihre unausgesprochenen Wünsche erkannt hatte, und das verunsicherte sie. Zehn Minuten zuvor war sie vom Anblick des zerbombten London erschüttert gewesen und jetzt empfand sie Erleichterung, ein freundliches Gesicht zu sehen. Doch Ivens entging nur sehr wenig, und bei ihrer letzten Begegnung, als er sie dabei überrascht hatte, wie sie mit bloßen Händen Brennnesseln ausriss, war es ihr peinlich gewesen, dass sie sich so leicht aus der Reserve hatte locken lassen.

Niemand durfte wissen, wie ernsthaft sie daran dachte, ihren Mann zu verlassen – am allerwenigsten der Pfarrer. Nein, nicht »zu verlassen«, verbesserte sie sich selbst, während sie in der stickigen Wärme den Mantel ablegte. Richtig müsste es heißen: »sich scheiden zu lassen«.

Zu Hause hatte sie den Schein gewahrt, weil sie keine Krise heraufbeschwören wollte. Sie hatte sichergestellt, dass Stephens Schnittverletzung heilte, hatte Mrs. Downes' und Mrs. Greens allzu hellwache Besorgnis abgeblockt, ihre Verabredung mit Mrs. Lubbock eingehalten, um die Vorbereitungen für den Tee nach dem Cricketmatch am folgenden Samstag zu besprechen – und dabei die ganze Zeit überlegt, ob sich im Dorf überhaupt schon jemals jemand hatte scheiden lassen. Sie konnte ja schlecht herumfragen. Die meisten nahmen entweder alles hin und hielten den Mund oder sie liefen einfach davon.

Eins nach dem anderen, sagte sie sich immer wieder. Doch es ging alles so durcheinander, dass sie den Überblick darüber verlor, was als Nächstes anstand, geschweige denn, wohin das Ganze steuerte. Sie würde einen Anwalt einschalten müssen. Sie würde eine Unterkunft finden müssen. Sie würde sich überlegen müssen, wie sie ihren Lebensunterhalt bestreiten konnte. Sie würde ... Die Aufgaben nahmen überhaupt kein Ende und sie wusste einfach nicht, womit sie anfangen sollte. Jedenfalls wohl nicht mit einem Drink mit einem anderen Mann.

Sie sah, wie Ivens um einen Platz an der Theke kämpfte, auf die gerade Gläser für eine Gruppe junger Männer in schlechtsitzenden Entlassungsanzügen geknallt wurden, Männer, die anscheinend mit dem Leben weitermachten und die Vergangenheit hinter sich ließen. Und doch umwehte sie ein Hauch der Verzweiflung, und ihr Lachen klang gezwungen, fast so, als wollten sie damit sagen: Ich werde mich amüsieren! Ich werde es tun! Ich *werde* es tun!

Ich bin also nicht die Einzige, die Theater spielt, dachte sie. Letztes Jahr um diese Zeit trugen diese Männer Khakiuniformen, weiß Gott wo, wahrscheinlich im Fernen Osten. Wenn sie noch in Europa waren, sagte man ihnen, dass sie nach ihrem Kriegseinsatz auf diesem Kontinent nun gegen Japan noch einmal alles geben müssten. Und als das Morden aufgehört hatte, was erwartete sie da zu Hause? Ehefrauen, die ausgeharrt hatten und sich auf sie freuten? Ehefrauen, die sie selbst nicht mehr liebten? Ehefrauen, die Kinder von anderen Männern hatten?

Die Zeitungen waren voll von solchen Geschichten. Noch nie hatte es so viele Scheidungen gegeben – weitere Kriegsopfer. Doch sie persönlich kannte niemanden, der es tatsächlich getan hatte.

Stephen hatte gesagt, er würde ihr die Scheidung »einfach« machen. Was bedeutete, dass er eine Nacht in einem Hotel verbringen und eine Frau finden würde, die ihm Gesellschaft leistete, während sie einen Privatdetektiv anheuern musste, der ihr Bericht erstatten würde. Das war die »einfache« Variante. Die Alternative war es, ihn vor Gericht der Grausamkeit zu bezichtigen. Oder des böswilligen Verlassens. Oder der unheilbaren Geisteskrankheit. Zweifellos war er grausam. Zweifellos hatte er sie emotional verlassen. Hatte er den Verstand verloren? Durchaus möglich. Aber wenn ich bei ihm bleibe, dachte sie, werde ich ebenfalls verrückt.

Als Ivens zurückkam, setzte sie ein Lächeln auf. Bring ihn dazu, von sich zu reden, nahm sie sich vor. Halte es möglichst unbeschwert. Sie begann mit der Frage: »Wie lange sind Sie denn noch in London?«

»Ich nehme morgen den Zug um elf Uhr zehn.«

»Und wo wohnen Sie?«

»Bei Stellas Verlobtem.«

»Stella mit der wunderschönen Stimme?«

»Ja.«

Er nippte an seinem Bier.

»Wohnt er hier in der Nähe?«

»Nein.«

»Wo denn?«

»In Streathem.«

Womit das Gespräch, wenn man es überhaupt als ein solches bezeichnen konnte, zum Erliegen kam. Jetzt war er an der Reihe, sie etwas zu fragen, doch er starrte nur in sein Bier. Sie verstand es nicht. Er hatte sich so gefreut, sie zu sehen, aber seine einsilbigen Antworten waren ausgesprochen unhöflich. Plötzlich sah sie in seinen Augen etwas, was sie für Tränen hielt.

»Mr. Ivens! Was ist denn los?«

»Es ist der Rauch. So viele Zigaretten um einen herum nach der ganzen frischen Luft bei Ihnen in Suffolk.«

Es stimmte schon, die Luft war völlig verräuchert, doch als er heftig zu zwinkern begann, löste sich ihr Vorsatz, das Gespräch seicht zu halten, augenblicklich in Luft auf.

»Das glaube ich Ihnen nicht«, sagte sie. »Irgendetwas stimmt nicht.«

»Nein, nein ... Als ich zurück nach London kam, war ich, genau wie Sie, erschüttert von der ganzen Verwüstung. Aber als ich dann alle Welt wieder in Zivilkleidung sah, dachte ich, bei Gebäuden kann man die Zerstörung wenigstens *sehen*. Bei Menschen kann sie vollkommen verborgen sein.« Er deutete mit dem Kopf in Richtung Theke. »Wer weiß, was die alles verdeckt halten.«

Doch das einzige Geheimnis, das sie interessierte, war seins. Sie konnte einen Schmerz in ihm spüren wie Feuchtigkeit in der Luft. Wenn es einen guten Zeitpunkt zum Fragen gab, dann jetzt.

»Ihre Gesundheit«, hob sie an, »all die Geheimnisse, die wir mit uns herumtragen. Ich habe mich nur gefragt ...«

Er unterbrach sie: »Ich hatte rheumatisches Fieber, was mir wahrscheinlich das Leben rettete, denn es bedeutete, dass ich nicht eingezogen wurde. Mein Krieg war, verglichen mit dem der meisten, ziemlich entspannt.«

»Den Blitzkrieg miterleben zu müssen, war doch wohl kaum entspannend.«

Er zuckte nur mit den Achseln und fragte dann: »Ich nehme an, Sie gehen an Pfingsten zum Cricket?«

»Sie sind genauso wie alle anderen!«, rief sie. »Sie weichen aus, indem Sie das Thema wechseln. Und das auch noch ziemlich plump«, fügte sie hinzu, in dem Versuch, ihn zum Lächeln zu bringen.

Allerdings stellte er umgehend klar, dass er nicht zu Vertraulichkeiten aufgelegt war, denn er fuhr fort: »Wie man hört, eröffnet Ihr Mann das Spiel.«

Stephen war das Letzte, worüber sie sprechen wollte. »Das macht immer jemand aus seiner Familie«, murmelte sie, und dann verfielen beide in Schweigen, das er ein Weilchen später brach, indem er sich nach ihrer Schwester erkundigte. Was war ihr Fachgebiet?

Geburtshilfe.

Hatte sie Familie?

Alice wollte die Frage eigentlich verneinen. Stattdessen sagte sie: »Meine Schwester lebt mit einem verheirateten Mann zusammen, dessen Frau nicht in eine Scheidung einwilligt.«

Sie verstand das als eine Art Prüfung, wusste allerdings nicht genau, was sie herausfinden wollte. Ob er ihre Schwester für »unmoralisch« hielt, was auch immer »Moral« heutzutage bedeutete? Ob er der Ansicht war, dass Liebe per Definition nie verboten sein konnte?

»Man hofft«, erwiderte er, »dass jemand, der einen Menschen wirklich liebt, aber weiß, dass er ihn unglücklich macht, demjenigen seinen Segen gibt und ihn gehen lässt. Das wäre Liebe. Aber das sagt sich natürlich leicht. Wahrscheinlich ist die Frau wütend und hat Angst. Es ist schwer als alleinstehende Frau – insbesondere finanziell, und egal, was die Frauen sich erhofft haben, ich glaube nicht, dass der Krieg daran etwas geändert hat.«

Er hatte recht. Als sie ihre Schwester angerufen hatte, wollte sie ihr von ihren Ideen erzählen, wie man das Geschäft ihres Vaters wieder ankurbeln könnte, aber Catherine hatte sich endlos darüber ausgebreitet, wie ungerecht es war, dass statt ihrer irgendein Mann zum Oberarzt gemacht worden war.

»Meine Schwester«, sagte sie, »wurde gerade bei einer Beförderung zugunsten eines Mannes übergangen, von dem, wie sie sagt, jeder, der ein bisschen Grips hat, weiß, dass er eine Last ist.«

»War er im Krieg?«

»In Dünkirchen. Dann geriet er in Gefangenschaft.«

»Armer Kerl. Wie Dr. Downes.«

»Ja, aber ...«

»Aber das ist Ihrer Schwester gegenüber nicht fair, und seinen Patienten gegenüber auch nicht.«

»Nein.« Die Komplikationen des Lebens wirbelten um sie herum. Vorne bei der Theke spielte jetzt jemand Klavier, und während sie ihren Brandy hin und her schwenkte, drängten sich die Menschen zusammen und schmetterten den Refrain von »We'll Meet Again«. Sie sah, dass Ivens ihr einen kurzen Blick zuwarf. Dann erschauderte er.

»Was ist denn?«, fragte sie.

Er senkte den Kopf und sagte leise: »Ich verabscheue dieses Lied.«

»Ich auch!« Sie ergriff seine Hand.

Und zum ersten Mal, seit sie den Pub betreten hatten, sah er ihr in die Augen und lächelte sie so an wie damals, als sie ihn nach Norwich gefahren hatte. Bereits dort war es ihr aufgefallen: das Funkeln in seinen intelligenten braunen Augen, der Anflug von Verständnis, Verbundenheit.

»Wirklich?«, fragte er.

»Wirklich!« Da an dem Tisch hinter ihnen lautes Gelächter ausbrach und es fast unmöglich machte, einander zu hören, rückte sie dichter an ihn heran. »Ich habe es noch nie offen ausgesprochen. Und es klingt wie ein Sakrileg! Aber all diese falschen Hoffnungen von wegen blauem Himmel, wo doch die Wirklichkeit nur mittelprächtig ist ...«

Er drückte einfach fest ihre Hand, als würde er sie vollkommen verstehen, und im nächsten Augenblick war er auch schon aufgesprungen und zog sie ebenfalls hoch. »Bereiten wir ihnen einen denkwürdigen Abend!«

»Was ...«

»Lady Rayne ...«

»Alice! Bitte!«

»Alice, wir – Sie und ich – werden jetzt singen!«

Sie lachte schallend auf. »Das ist doch absurd. Sie singen! Ich kann das nicht!«

»Mit mir werden Sie singen.« Wieder dieses Lächeln. Und es zeigte Wirkung. Von seiner Hand auf ihrem Kreuz ließ sie sich, zum grölenden Gesang von »Underneath the Arches«, durch den brechend vollen Pub führen, bis sie schließlich eng beieinander am Klavier standen. Dann verlangte jemand lauthals nach »Danny Boy«. Und es ertönte ein kollektives »*Oh Danny boy, the pipes, the pipes ...*«

Ivens sang mit. Zwischen den heiseren, schwermütigen Stimmen stach sein reiner, ungekünstelter Tenor hervor. Die anderen Sänger verstummten. Auch der Klavierspieler hielt inne.

Alice sah, wie sich angespannte blasse Mienen lockerten, wie Hände über Augen wischten. Neben ihn gequetscht war sie sich seines Atems bewusst, seines anschwellenden Brustkorbs, während er dem bekannten Lied jedes Quäntchen Sehnsucht abrang.

»... *And I shall sleep in peace until you come to me.*«

Nach einem Moment der Stille brandete brausender Beifall auf.

»Das«, flüsterte er unter all dem Jubel und Applaus, »war wahrscheinlich zu sentimental für Sie.«

»Nein, nein«, beteuerte sie, bezweifelte allerdings, dass er sie gehört hatte, da er damit beschäftigt war, Glückwünsche und ihm ausgegebene Drinks abzuwehren. Sie sah, wie der Klavierspieler seinen Blick auf sich zog. Und plötzlich änderte sich mit »Daisy, Daisy« die Stimmung, und er schwenkte die Arme, um alle zum Mitsingen zu ermuntern.

»Sie auch«, sagte er zu ihr.

Und so sang sie.

»Sehen Sie«, sagte er nach einem stürmischen Crescendo, bei dem der Klavierspieler, den Fuß auf dem Pedal, in die Tasten schlug, »ich habe Ihnen doch gesagt, dass Sie singen können.«

»Jetzt machen Sie sich aber über mich lustig!«

»Niemals!«

Jemand fragte ihn, ob er »Shenandoah« kenne. Er kannte es. Und wieder sangen alle mit. Und im Anschluss daran »Greensleeves«.

Sie bemerkte, dass Ivens etwas zu dem Klavierspieler sagte, was sie allerdings nicht hören konnte. Doch der Mann zwinkerte Alice zu, erhob sich und machte Ivens Platz.

»Alles in Ordnung?«, fragte er lächelnd und blickte zu ihr hoch.

Sie nickte, erblickte eine Frau in dem schmuddeligen Spiegel neben der Theke, das Gesicht hochrot, die Augen funkelnd. Eine Fremde, dachte sie, und erkannte sich kaum wieder. Quicklebendig. Glücklich.

Die Melodie, die Ivens spielte, war ihr nicht bekannt. Doch es war ein Walzer und an einem Tisch weiter hinten erhob sich ein Paar, um zu tanzen. Sie hatten die Arme umeinander gelegt, ihre Körper verschmolzen perfekt im Takt. Andere folgten, und sie verspürte solch eine Sehnsucht danach mitzutanzen, dass es schon fast körperlich wehtat. Dann leitete Ivens in eine Melodie über, die Alice gut kannte: »Begin the Beguine«. Sie hatte ihm an jenem Nachmittag, als sie bei ihm aufgetaucht war, erzählt, wie sehr sie das Lied mochte, und überlegte jetzt, ob er sich daran erinnert hatte oder ob es nur ein Zufall war.

»Ich wusste gar nicht, dass Sie Klavier spielen«, sagte sie und verfolgte, wie mühelos seine Hände über die Tasten glitten. »Und dann auch noch so schön.«

»Woher auch? Aber ich hörte, dass Sie eine wunderbare Tänzerin sind.« Sie sah ihn schief an. »Sie wissen doch, was die Leute so reden«, sagte er erklärend. Doch noch bevor sie sich weitere Gedanken über das Geschwätz in Oakbourne machen konnte, sang er bereits »Night and Day«.

»So eine Stimme«, meinte eine Frau neben ihr, »bringt sogar Eisberge zum Schmelzen.«

»Er treibt mir Tränen in die Augen!«, sagte eine andere, der die Wimperntusche übers Gesicht lief. »Sie sind ein Glückspilz, dass Sie einen Mann haben, der so singt ...«

Alice wollte schon zu einer Erklärung anheben, doch in einem Anflug von Trotz verkniff sie es sich. Sie war fern von zu Hause, fern vom »Gerede«.

Sie nahm einfach weiterhin die Komplimente für ihn entgegen, und als er allen ein Zeichen zum Mitsingen gab, stimmte auch sie in »Westering Home« und dann in »Bye Bye Blackbird« ein. Weiß der Kuckuck, was sie da herumkrakeelte – es war ihr inzwischen egal. Wenn sie nicht tanzen konnte, würde sie eben singen. Hauptsache, der Abend ging weiter, denn inzwischen fühlte sich dieser absolut mittelmäßige Pub an wie ein Hort der Geborgenheit. Des seligen Vergessenkönnens. Der Freude.

Ehe sie sich's versah, läutete die Glocke, der Wirt nahm die letzten Bestellungen an und Ivens erhob sich vom Klavier.

Die Leute gratulierten ihm und machten sich auf den Weg und der Pub leerte sich.

»Sie waren wunderbar«, sagte sie. Plötzlich war er jedoch distanziert.

»Ach, das war doch nichts Besonderes.« Er wandte sich ab und holte ihren Mantel, als könnte er nicht schnell genug aus dem Pub herauskommen.

Sie versuchte es erneut. »Was für ein Geschenk an die Menschen – sie so fröhlich zu stimmen.«

Doch er nahm bereits ihren Koffer in die Hand, sein Gesicht eine weiße Maske. Der Abend war vorbei.

»Sollen wir?«, sagte er. Und ging voran.

Ein Unwetter war aufgezogen. Es goss in Strömen und die Tropfen sprangen von den Bürgersteigen hoch. In der Ferne hörte sie es donnern.

»Wie kommen Sie denn zu Ihrer Schwester?«, fragte er, während sie im Eingang zum Pub ausharrten.

»Wenn möglich mit dem Taxi.«

Ein Mann, der sich ebenfalls untergestellt hatte, sagte: »Viel Glück! In dem Regen. Wo weder Busse noch Züge fahren.«

Jetzt mischte sich Ivens ein: »Nicht schon wieder ein Streik?«

»Leider doch. Wurde gerade durchgegeben.«

»Es kommt jetzt ständig zu Blitzstreiks«, erklärte Ivens. »Das Beste, was wir tun können, ist, einfach loszugehen, und wenn ein Taxi vorbeikommt, schnappen Sie es sich. Die Chancen, heute Abend eins zu finden, gehen allerdings gegen null, fürchte ich. Ich trage Ihren Koffer.«

»Aber wenn überhaupt keine Verkehrsmittel fahren, wie kommen Sie dann nach Streatham?«

»Zu Fuß.«

»Aber das ist doch meilenweit von hier entfernt. Sie können bei dem Wetter nicht zu Fuß gehen.« Wie zum Beweis erfasste ein Windstoß ihren Hut und er rannte los, um ihn einzufangen. »Lassen Sie ihn!«, rief sie, da er bereits über die Straße wehte. Sie holte Ivens ein und ergriff seinen Arm. »Bei meiner Schwester ist genug Platz. Ich kann Ihnen auf dem Sofa ein Bett machen. Ihr – ihr ...« Sie wusste nicht, wie sie den Mann nennen sollte, mit dem Catherine zusammenlebte. Ihren Liebhaber? Bestimmt nicht! Ach, spielte es überhaupt eine Rolle?

»Die Wohnung ist leer«, sagte sie, »denn sie haben beide Bereitschaftsdienst. Also ist es überhaupt kein Problem, wenn Sie dort übernachten.« Obwohl ihr völlig bewusst war, dass es auch genau umgekehrt ausgelegt werden könnte. Aber jetzt zu Fuß zu gehen, würde ihn ins Grab bringen.

Er zögerte noch. Doch ein vorbeirumpelnder Lastwagen, der sie beide mit dreckigem Wasser vollspritzte, entschied die Sache.

»Wenn Sie sich sicher sind«, sagte er.

Sie war sich sicher.

31

Fast glitt Alice der Schlüssel aus den nassen Händen, als sie die schwere, mit Gravuren verzierte Glastür zu Catherines Wohnblock aufschloss und in die gut beleuchtete Vorhalle eilte. Welch Wärme! Aus den beiden riesigen Heizkörpern strömte eine so heiße Luft, dass sie das Gefühl hatte, mitten im Sommer ein Treibhaus betreten zu haben.

»Was für eine Wohltat!«, sagte sie und stieß die Tür hinter sich zu. »Da draußen herrscht ja eine wahre Weltuntergangsstimmung.«

Während der Regen auf sie niederprasselte, hatten sie kaum ein Wort miteinander gesprochen, waren Pfützen ausgewichen, über Rinnsteine gesprungen. Seine Hosen waren klatschnass, ihre Beine mit Dreckspritzern übersät.

Dann sah sie, wie er die wechselnden Muster des hellpolierten Marmors, die geschwungene Treppe, den Aufzug mit den Türen aus grazil ineinander verflochtenen Messinglilien betrachtete. Leise pfiff er durch die Zähne.

»Meine Schwester arbeitet sehr hart«, sagte sie, plötzlich in der Defensive, da man in Whitechapel sicher nicht solche warmen, noblen Apartmenthäuser finden würde, in denen die mit erhabenen eleganten Tulpen verzierten Heizungskörper zugleich auch Kunstwerke waren.

»Aber gewiss doch«, sagte er, als sie in den Fahrstuhl traten.

Bitte, dachte sie, verunsichert, ob seine Stimme nicht vielleicht doch ein wenig gereizt geklungen hatte, bitte keinen Klassenkampf. Nicht heute Abend.

Während sie ins oberste Geschoss hochfuhren, nahm sie seine fadenscheinige Jacke und die abgewetzten Schuhe wahr. Er sah so schäbig aus. Sie in ihrem Vorkriegsmantel allerdings auch. Eigentlich wollte sie sagen, dass es bei ihr zu Hause so kalt sei, dass sie mit drei Wärmflaschen ins Bett gehe. Doch ein Leidenswettbewerb brächte jetzt überhaupt nichts. Sie würde ihn eindeutig verlieren. Und außerdem, wenn jemand anderem kalt war, hieß das denn gleichzeitig, dass man es selbst nicht warm mögen durfte? Wenn man sich zu einem guten Essen hinsetzte, wurde es dann seines ganzen Geschmacks beraubt, weil andere hungerten? Konnte man denn nie inneren Frieden finden? Nicht einmal für eine Nacht?

Der Aufzug kam sanft zum Stillstand und sie gingen schweigend den Gang entlang zu Catherines Wohnung. Alice schloss auf, worauf beide unsicher stehen blieben. Der Flur hatte

Parkettfußboden, doch weiter hinten erstreckte sich ein teurer blassgrüner Teppich mit dichtem samtigem Flor.

»Über diesen Teppich zu gehen«, sagte Alice mit gezwungener Fröhlichkeit, »fühlt sich ein wenig so an, als stapfte man über die Wurfbahn auf einem Cricketfeld. Ich habe immer Angst, widerrechtlich heiligen Boden zu betreten. Da ziehe ich mir die hier lieber aus.«

Sie streifte ihre durchnässten Schuhe ab. Er band seine Schnürsenkel auf und zog sich die Brogues aus. Sie registrierte die Löcher in den Fersen seiner Strümpfe und sah, dass ihre eigenen Füße schwarz waren, durchnässt von schmutzigem Regenwasser. Sie würden Spuren auf dem Teppich hinterlassen, aber sie konnte sich unmöglich die Strümpfe vor ihm ausziehen. Auch er zögerte und betrachtete den makellos sauberen Teppich und den Zustand ihrer Füße, als im Kamin ein Stück Kohle mit einem dumpfen Geräusch umfiel.

»Ist hier jemand?«, fragte er.

»Der Portier kümmert sich um das Feuer«, sagte sie und überlegte, wie er wohl weitere Anzeichen von Privilegien aufnehmen würde. »Meine Schwester hat ihn zweifellos gebeten, es anzuzünden – eine kleine Aufmerksamkeit, wo es doch in Oakbourne so eiskalt ist.«

»Es ist auf jeden Fall ein Genuss, aber sollen wir die ganze Nacht ausgesetzt auf diesem Stück Holzfußboden verbringen? Oder doch einen Weg über diesen wunderschönen Teppich finden? Meine Füße sind sehr nass, und wie es aussieht, Ihre ebenfalls. Da Ihre aber um einiges kleiner sind, werden sie nicht so große Abdrücke hinterlassen, daher könnten Sie vielleicht über den Teppich springen und ein Handtuch holen.«

»Entschuldigen Sie bitte. Ja, ja natürlich.«

»Alice? Ist alles in Ordnung?«

»Ja!«, sagte sie und ging auf Zehenspitzen zum Badezimmer.

Hinter der Tür zog sie sich die Strümpfe aus und wischte sich die Füße ab, wobei sie sich fragte, wie sie hier eigentlich allein mit ihm gelandet war. Wenn das Unwetter noch eine halbe Stunde gewartet hätte ... Wenn es heute Abend keinen Busstreik gegeben hätte ...

Sie kehrte mit einem schneeweißen Handtuch zurück, dessen Bordüre mit smaragdgrünen Muscheln verziert war, so seidenweich wie Schwanendaunen. Im Vergleich dazu fühlten sich ihre eigenen Handtücher zu Hause wie nasse Lappen an. Sie vermutete, dass Ivens gerade denselben Vergleich anstellte. Ach, und wenn schon. Sie würde schon sehr bald wieder ihre dumpfe Feuchtigkeit genießen dürfen.

»Sehen Sie sich doch bitte einmal meine Füße an«, sagte er. »Die würden dieses perfekte Handtuch ruinieren. Hätten Sie nicht noch ein anderes? Idealerweise ein schwarzes?«

»Bitte machen Sie sich darüber keine Gedanken. Nehmen Sie es einfach. Es tut mir wirklich leid, dass ein Teppich solche Umstände macht.«

»Keine Sorge. Mrs. Turner legt mir immer ein Blatt Zeitungspapier neben die Tür, damit ich meine Schuhe daraufstelle.«

Sie stellte sich seinen Empfang in jenem dunklen Haus vor. Keine herzliche Umarmung. Lediglich eine Ermahnung, den Fußboden nicht schmutzig zu machen. Obwohl es bei ihr kaum anders war. Wenn sie nach Hause kam, fühlte es sich genauso trostlos an.

Sie stand da und beobachtete ihn, erinnerte sich daran, etwas darüber gehört zu haben, dass Pfarrer zu Ostern den Leuten die Füße wuschen. Oder war es umgekehrt? Sie hatte die abschätzige Haltung gegenüber religiösen Ritualen, mit der sie aufgewachsen war, immer in Ordnung gefunden – die Rituale waren irrational, behaftet mit Sentimentalität und Frömmelei. Doch die Demut eines Mannes, der sich niederkniete, um seine Füße abzutrocknen, rührte sie. Für einen flüchtigen Augenblick war sie versucht, die Hand auszustrecken und ihm zu helfen.

In jenem Moment, in dem ihr dieser Gedanke kam, richtete er sich wieder auf und sagte: »Ich glaube, ich kann mich jetzt vorwagen.«

»Entschuldigen Sie bitte! Es tut mir so leid!«

»Alice?« Seine mitfühlende Stimme klang jetzt professionell: Ich bin Ihr Pfarrer. Der Held der Stunde, der einen Londoner Pub unterhalten hatte, war mit den letzten Bestellungen abgetreten. »Was bedrückt Sie denn bloß?«

»Gar nichts!«

»Aber Sie entschuldigen sich die ganze Zeit. Hören Sie mal«, sagte er, »was würden Sie jetzt machen, wenn ich nicht hier wäre?«

»Vermutlich ein Bad nehmen.« Und wieder rechtfertigte sie sich: »Wir haben zu Hause kein fließend warmes Wasser, da muss ich endlos mit Teekesseln hoch- und runterlaufen.«

»Dann nehmen Sie doch eins. Und ich setze mich ans Feuer. Vielleicht kann ich meine Jacke irgendwo zum Trocknen aufhängen.«

Als sie seine Jacke nahm, streifte sie seine Hand. »Ihnen ist ja eiskalt!« Aus seinen Lippen war alle Farbe gewichen. Er fror wie ein nasser Hund. »Wir machen jetzt Folgendes«, sagte sie. »Ich hole Ihnen trockene Kleidung. Der Freund meiner ... äh, David wird sicher nichts dagegen haben. Aber Ihnen – uns – muss unbedingt warm werden, sonst bekommen wir beide eine Lungenentzündung. Ich lasse Ihnen ein Bad einlaufen.«

»Ich dachte, Sie wollten eins nehmen.«

»Ich muss erst einmal auspacken.«

Das war eine Lüge, sie hatte kaum etwas dabei. Doch sie hatte jetzt Angst, er könnte sich erkälten.

Alice ließ Wasser einlaufen, gab ihm ein riesiges Handtuch, das über dem warmen Heizungsrohr gehangen hatte, und deutete auf das unberührte hellblaue Seifenstück, das nach wilden Hyazinthen duftete, sowie auf Gläser mit grünen Badesalzen. Wo um alles in der Welt hatte Catherine die nur ergattert? Geschenke von dankbaren Patienten? »Nehmen Sie sich, was Sie möchten. Ich hole jetzt Kleidung für Sie.«

In der schmalen Tür stießen sie fast zusammen.

»Entschuldigung, Entschuldigung«, sagten sie beide gleichzeitig.

Er trat in den Flur zurück, damit sie in Catherines und Davids Schlafzimmer gehen konnte.

»Die müssten gehen«, meinte sie, als sie ein Hemd und eine Hose für ihn gefunden hatte. »Ich fürchte allerdings, dass sie eventuell etwas klein sind.«

»Sie werden tadellos passen«, sagte er mit undurchdringlicher Miene, während es im Badezimmer hinter ihm dampfte. Was in aller Welt ging ihm durch den Kopf? Genauer gesagt, was ging ihr durch den Kopf? Denn die Frage, die bei ihr an die Oberfläche blubberte, war folgende: Wann habe ich das letzte Mal zusammen mit einem Mann ein Bad genommen?

»Ich lasse Sie jetzt in Ruhe«, sagte sie schnell und zog sich in das schmale Gästeschlafzimmer zurück.

Sie packte ihr gutes, mehrmals neu gesäumtes und an einer Stelle geflicktes Kleid aus, das, obwohl sie so dünn war, noch immer auf sanfte Kurven hindeutete und, wenn man genau hinsah, das Grün ihrer Augen betonte. Sie zögerte, überlegte, ob sie es an diesem Abend tragen sollte. Dann hörte sie das Badewasser spritzen, blendete das Bild aus, das vor ihr aufstieg, hängte das Kleid auf einen Bügel und holte ihre alte Hose und die alte Bluse heraus, bauschig und bequem. Wenig vorteilhaft.

Sie würde Ivens etwas zu essen anbieten müssen, doch Catherine hatte ihr in der Küchenzeile einen Zettel hingelegt und sich dafür entschuldigt, wie wenig da war. Lediglich Dosenfleisch, ein halber Laib Brot und ein Klacks Margarine. Als Gastgeschenk hatte sie Catherine eine Flasche Brandy und ein halbes Dutzend Eier aus Suffolk mitgebracht. Vielleicht könnten wir die essen, dachte sie, und verspürte plötzlich einen Bärenhunger.

»Himmlisch!« Ivens stand hinter ihr und rubbelte sich die Haare trocken. »Vielen, vielen Dank.«

»Keine Ursache.« Er nimmt so viel Raum in Anspruch, dachte sie, denn bei allem Luxus war die Wohnung doch klein, waren die Zimmer kompakt, die Decken niedrig. Sie öffnete den Brandy. »Mögen Sie einen?«

»Ob ich einen mag? Ist das das köstliche Zeug, das Sie mir neulich mitgebracht haben?«

»Ja.«

»Dr. Downes und ich haben ihn ausgesprochen genossen.«

Ich wollte, dass *du* ihn genießt, dachte sie, und nicht, dass du Dr. Downes etwas davon abgibst, der Stephen und mich unbedingt aus Oakbourne Hall raushaben will. Nun, zur Hälfte würde sein Wunsch schon bald in Erfüllung gehen.

»Es stellte sich heraus«, fuhr Ivens fort, »dass wir beide nicht weit voneinander entfernt aufgewachsen sind, da haben wir also etwas gemeinsam. Und wir spielen beide Schach. Ach, das wollte ich schon die ganze Zeit sagen – mir ist zu Ohren gekommen, dass Sie drei Schachpartien simultan spielen können.«

»Wo um alles in der Welt haben Sie das denn gehört?«

»Mrs. Turner hat es erwähnt.«

»Dorftratsch«, murmelte sie. Für den Fall, dass Ivens sie zu einer Partie herausfordern sollte, fügte sie noch an: »Mein Vater bestand darauf, dass ich es erlernte, um allen zu zeigen, dass ich, nur weil ich nicht buchstabieren konnte, noch lange nicht dumm war. Aber inzwischen kann ich Schach nicht mehr

ausstehen, weil ich dabei ständig diesen Leistungsdruck ver-
spüre.« Und damit wechselte sie das Thema: »Leider gibt es
hier kaum etwas zu essen.«

»Ich bin viel lieber am Verhungern als am Erfrieren. Und das
bin ich jetzt ganz sicher nicht mehr. Es ist wunderbar, hier zu
sein.«

»Wirklich?«

»Aber natürlich. Warum sollte es das nicht sein? Alice, bitte!
Was macht Ihnen denn solche Sorgen?«

Dass du mich nicht magst, sagte sie im Stillen, genau wie
Dr. Downes – wegen meines großen Hauses, meines Titels und
allem anderen. Nicht, dass es mich wirklich interessiert, was
Dr. Downes denkt. Aber du?

Sie rückte mit der Sprache heraus: »Ich habe Angst, dass man
mich nicht ausstehen kann, weil ich so viel habe.«

Er warf ihr einen seltsamen Blick zu. »Haben Sie denn wirklich so viel?«

»Natürlich! Sehen Sie sich doch bloß einmal an, was wir hier
trinken!« Wirklich ein ausgezeichneter Brandy, dachte sie. »Bedienen Sie sich«, sagte sie etwas großspurig.

»Danke. Aber warum wärmen Sie sich nicht auf? Sie haben
eine lange Fahrt hinter sich. Bitte tun Sie einfach so, als wäre ich
nicht hier. Ich setze mich an den Kamin und lasse Ihnen Ihre
Ruhe.«

Damit zwängte er sich an ihr vorbei ins Wohnzimmer und sie
schloss sich im Badezimmer ein.

Sie kippte die Badesalze unter das fließende Wasser und zog
sich rasch aus. Als sie den beschlagenen Spiegel abwischte, sah
sie einen schlanken Körper. War er noch immer begehrenswert?
Sie streckte die Arme aus. Von der ganzen Gartenarbeit hatte sie
Muskeln bekommen. Das war ihr noch gar nicht aufgefallen.
Aber wann hatte sie denn auch zum letzten Mal nackt so vor

einem Spiegel gestanden? Wann hatte jemand zum letzten Mal ihren Körper gesehen? Wirklich angesehen?

Alice ließ sich in das heiße Wasser sinken. Dieses Bad war genau das, wonach sie sich gesehnt hatte. Die ganze Woche über hatte sie sich gesagt, dass sie in London abschalten und dann ruhig den Weg in die Zukunft planen könne. Doch mit ihm vor der Tür war es unmöglich, sich zu entspannen. Sie wurde den Gedanken nicht los, dass Ivens gerade genau hier gelegen hatte, und zappelte herum wie ein frisch an Land gezogener Fisch. Die Wohnung war zu aufgeladen von seiner Präsenz. Es ging nicht nur darum, dass er so viel Raum einnahm. Es ging um ... um was eigentlich?

Ich will seine Anerkennung, dachte sie, ich will, dass er mich mag, doch das war kein Grund, sich so überwältigt zu fühlen.

Sie hatte nicht gewollt, dass der Abend zu Ende ging. Und das war er auch nicht. Was wollte sie also? Jetzt?

Dass er eine gute Meinung von ihr hatte? Dass er sich mit ihr unterhielt? Ihr Gesellschaft leistete? Ja! Ja! Aber noch mehr.

Seinen Körper? Seine Liebe? War es das?

Sie schlug sich die Hand vor den Mund, aus lauter Angst, die Wörter sonst herauszuschreien. Konnte es wirklich sein, dass sie seine Liebe wollte?

Sie wägte die Indizien ab, zählte nach, wie oft sie sich tatsächlich begegnet waren. Nicht allzu häufig. Aber häufig genug. Häufig genug, um von ihm etwas geschenkt bekommen zu haben, was sie verloren hatte.

Hoffnung.

An jenem Abend, an dem sie ihn im Moor umherirrend gefunden hatte, stellte sie fest, dass er jemand war, mit dem sie reden konnte. Sie sagte sich, dass er sich für Pflanzen, für den Garten interessierte, aber vielleicht hatte sie auch unbewusst seine Nähe gesucht. Sie war zur Abendandacht gegangen. Hatte ihn nach

Norwich gefahren. War ungeladen bei ihm aufgetaucht und hatte sich riesig gefreut, als er für sie sang – nicht irgendein Lied, sondern, wie ihr schien, mit die romantischste Musik, die sie je gehört hatte.

Wie war es möglich, dass sie es nicht hatte kommen sehen?

Sie hob ihr Handgelenk an die Lippen – es schmeckte nach wilden Hyazinthen – und prüfte dann ihr Gesicht im Spiegel, absolut ungeschminkt. Sie sah genauso aus wie immer. Doch im Inneren war sie es nicht. Was sie jetzt verspürte, war weder Euphorie noch Aufregung. Stattdessen fühlte sie sich seltsam beherrscht.

Aber Ivens? George? Sie hatte seinen Vornamen noch nie in den Mund genommen. Was dachte er von ihr? Er mochte sie, daran gab es überhaupt keinen Zweifel. Wer konnte schon sagen, ob es mehr war? Aber wer konnte heutzutage überhaupt sagen, was irgendjemand wirklich dachte?

Sie machte sich daran, ihre nassen Haare zu entwirren, und blickte erneut in den Spiegel. Wenn er, sagte sie sich, dich wirklich als ein bedauernswertes Gemeindemitglied betrachtet, eine traurige Frau, die in ihrem verkümmerten Leben ein wenig Aufregung sucht, dann ist das in Ordnung. Wirklich in Ordnung.

Sie stellte sich vor, wie er am Kamin saß. Sie hatte geglaubt, immer nur Stephen lieben zu können.

Und jetzt?

Sie wusste es nicht mehr. Sie wusste jedoch genau, dass sie im Begriff war, einen Schritt zu machen, den sie einmal für unmöglich gehalten hatte.

32

Ivens hatte Alice' Verwunderung gespürt, als er sie beide so plötzlich aus dem Pub hinausgeführt hatte. Seine Freude daran, für sie zu singen, war unerträglich geworden. Die Verbindung, die er sich so sehnlich gewünscht hatte, rief ihm lediglich ins Bewusstsein, was er alles zu verlieren drohte. Er war im siebten Himmel gewesen – im Himmel auf Erden –, doch trotz der innigen Wärme dieses Hochgenusses fröstelte es ihn. Schon bald würde er genau wissen, wie es im Himmel war.

Falls es einen gab.

Und ihr habt auch nun Traurigkeit; aber ich will euch wiedersehen. Mit welch herrlichen Worten dieses Versprechen auf ein Leben nach dem Tod gegeben wurde. Der Duktus der Bibel berührte ihn sonst immer im tiefsten Inneren, doch heute Abend schien sie nichts weiter zu sein als große Literatur, der Mythos, den die Menschen ersonnen hatten, um ihre Enttäuschung über diese Welt zu lindern.

Im Zweifelsfall, sagte ein von ihm verehrter Pfarrer immer, beten Sie. Lassen Sie Gott sein Werk verrichten.

Er senkte den Kopf: *O Herr, lass mich leben, jetzt und immerdar, verschone mich jetzt und immerdar, ehe ich von hinnen gehe und nicht mehr gesehen werde.*

Lass mich leben!

»Ich weiß ja nicht, wie es Ihnen geht.« Er fuhr herum und da stand Alice, die Haut rosig, die Wangen gerötet, die Augen strahlend, fragend. »Aber ich bin am Verhungern! Wir könnten uns die Eier zu Gemüte führen, die ich für meine Schwester mitgebracht habe. Mögen Sie *richtige* Rühreier?« Sie lachte und angesichts ihrer Vitalität hatte er das Gefühl, regelrecht zu verblassen. »Blöde Frage!«

Er versuchte zu lächeln. »Das wäre fabelhaft«, murmelte er.

»Gut! Und jetzt reden Sie bitte mit mir, während ich sie zubereite.«

Also schob er sich langsam in die winzige Küche, versuchte, nicht im Weg zu stehen, als sie ihn bat, das Brot zu schneiden. Es war jedoch so wenig Platz, dass sie sich fast berührten. Er sah zu, wie sie eine Pfanne fand, die Eier hineinschlug und sie verrührte. Er fragte sie, ob er das Brot toasten solle – ja, bitte –, also manövrierte er sich um sie herum zum Backrost. Dann sagte sie, sie müsse wegen der Teller an den Schrank, streckte die Arme zu ihm hoch, legte ihm die Hände auf die Schultern und schob ihn sanft zur Seite, und er spürte den Druck ihrer zierlichen Hände, ihre Kraft, fast, als würden sie gleich miteinander tanzen, wie füreinander geschaffen.

Ist es das, was eine Ehe ausmacht?, fragte er sich. Wenn sich beide im Gleichtakt bewegen, wenn ein unsichtbarer Strom sie im Einklang hält?

Er legte die Hand an die Stelle, an der sie ihn leicht angetippt hatte. Er wurde so selten berührt. Einige seiner Gemeindemitglieder in London, die ihn schon seit Jahren kannten, umarmten ihn vielleicht gelegentlich. Oder Freunde, wie etwa Stella, küssten ihn auf die Wange. Ja, voller Zärtlichkeit, schwesterlich, mütterlich.

Keine Zärtlichkeit, die sich so unbeschreiblich erregend anfühlte.

Er schlug die Augen nieder. Sie sagte, sie sollten am Kamin essen, und er zwang sich dazu, sich ganz normal zu verhalten, das zu tun, worum sie ihn bat, ein Tablett zu tragen, die enge Küche zu verlassen und ins Wohnzimmer zurückzugehen. Er wusste nicht, wohin mit sich. Das Zimmer fühlte sich aufgeladen an, voller Möglichkeiten. Sie hatte bereits das Sofa belegt, die nackten Füße unter den Körper gezogen. Neben ihr war Platz für ihn. Er entschied sich für den Sessel.

»Guten Appetit!« Sie lächelte.

Was hätte sein können? Wenn die Umstände andere wären – welch sinnloser, destruktiver Gedankengang. Doch wenn, wenn ... Die Freude, die es ihm bereitete, mit ihr zu reden! Sie brachten einander zum Lachen! Er könnte einfach nur dasitzen, zusammen mit ihr in geselligem Schweigen essen, wohl wissend, dass sie am Ende des Tages in seinem Bett sein würde, ihr wunderbarer anmutiger Körper neben ihm, die ganze Nacht über.

Er gestattete sich einen raschen Blick auf sie, doch sie beobachtete ihn bereits unter ihren zuckenden Lidern hervor, weder verschämt noch kokett, aber unsicher.

»Vorhin haben Sie gefragt, ob ich wirklich so viel hätte«, sagte sie. »Was meinten Sie damit?«

Dass trotz deines großen Hauses und des ganzen Drum und Dran dein Elend spürbar ist, dachte er. Doch er fühlte sich jetzt nicht wohl bei dem Gedanken, etwas derart Intimes zu sagen, und suchte Sicherheit in Gemeinplätzen.

»Nur, dass ich vielen Menschen begegne, die den Krieg überlebt haben. Es wurde ihnen dieses Geschenk des Lebens gegeben, doch sie können es nicht mehr ergreifen. Es ist, als hätte der Krieg ihnen das Recht zu leben genommen.«

Einmal hatte er darüber eine Predigt gehalten. Er war der Meinung, dass das auf sehr viele Menschen zutraf. Aber was war mit dieser Frau, die sich ihm zuneigte, das Kinn in die Hand gestützt, den Blick auf ihn geheftet, als überlegte sie hin und her, was sie preisgeben sollte?

»Auf Stephen trifft das zu«, erwiderte sie, »soweit ich es beurteilen kann. Aber nicht auf mich. Zumindest gebe ich mir

Mühe, es zu verhindern. Im Gegensatz zu Ihnen habe ich keinen Glauben. Ich lasse mir nur alle Möglichkeiten offen.« Sie schenkte ihm ein vorsichtiges Lächeln. »Aber ich glaube an handfeste Dinge, was auch der Grund dafür ist, dass ich in dem Garten arbeite. Worin auch immer die Gräuel der letzten sechs Jahre bestanden, ich glaube – oder versuche zu glauben –, dass der Krieg die guten Dinge nicht zunichtemacht oder zunichtemachen sollte: dass Schneeglöckchen nachts schimmern, dass eine Rose wieder zum Leben erweckt werden kann ... Sie wissen, was ich meine – Sie haben ja schon so einige meiner ›Naturvorträge‹ hören dürfen. Nicht, dass ich meinen Worten immer Taten folgen lasse. Manchmal gewinnt das Elend nach wie vor die Oberhand über mich. Aber trotz allem, was wir durchgemacht haben, ist das Gute doch noch immer wahr, oder etwa nicht?«

»Ja«, sagte er und versuchte, einen Ausdruck distanzierter Sympathie beizubehalten. »Das ist alles wahr.«

»Und selbst eine Heidin wie ich weiß, dass es das erste Wunder Jesu war, Wasser in Wein zu verwandeln. Und zwar guten Wein, stimmt's? Auf einer Hochzeitsfeier?«

Er nickte.

»Heißt das also«, fuhr sie fort, »dass Jesus glaubte, dass es unsere Pflicht sei, glücklich zu sein?«

Wieder nickte er.

»Also müssen wir nicht leiden, weil andere gelitten haben? Sie würden doch den Standpunkt vertreten, dass Jesus das für uns getan hat, nicht wahr? Er hat doch all unser Leid auf sich genommen?«

Erneut konnte er ihr lediglich mit einer Bewegung seines Kopfes zustimmen.

»George?« Sie hatte ihn noch nie bei seinem Vornamen genannt und sprach ihn auf eine Art und Weise aus, die ihm eine Anmut verlieh, an der es ihm seiner Meinung nach mangelte.

»Sollten wir also nicht all die wunderbaren Gaben, die wir haben, auch genießen, George? Seien sie jetzt gottgegeben oder die Folge einer außergewöhnlichen Sternenkonstellation? Und ist das nicht genau eins der Dinge, die der Krieg uns gelehrt haben müsste? Dass wir uns nämlich in jedem Augenblick so viel Freude und Schönheit ins Leben holen sollen, wie wir können? Weil es unser letzter sein könnte?«

Ja! Ja! Doch was bedeutet das für uns?, fragte er sich verzweifelt. Für dich? Für mich? Die wir hier zusammensitzen, nur wenige Zentimeter voneinander entfernt. Unter anderen Umständen hätte er sich zu ihr aufs Sofa gesetzt und mit professioneller Anteilnahme ihre Hand ergriffen. Wenn sie beide nicht hier gewesen wären, fernab von Oakbourne, fernab der Nachbarn, fernab ihres Ehemanns. Wenn sie eine andere Frau wäre. Wenn seine Gefühle nicht so verheerend wären.

Wenn, wenn ... Wenn ich nicht verliebt in dich wäre.

»George?« Wieder diese Stimme. Er wusste, dass er ihre Frage eigentlich beantworten müsste. Sollte er die Gaben Gottes genießen? Doch er wagte nicht, etwas zu sagen. Er bemerkte, dass sie vom Sofa aufstand, registrierte ihren leichten Duft nach Wald.

Jetzt kniete sie zu seinen Füßen.

»Bitte«, sagte sie, »sehen Sie mich an.« Er hielt den Blick auf das Feuer geheftet. »Ich hatte es nicht darauf angelegt, aber – ich glaube, ich könnte mich in Sie verlieben. Und ich glaube, Sie könnten das gleiche Gefühl für mich haben.«

War das jetzt das Wunder? Dass sie das Gleiche fühlte wie er? Dass sie den Mut gehabt hatte, ihm die Wahrheit zu sagen?

»Lady Rayne ...« Sie runzelte die Stirn ob seiner plötzlichen Förmlichkeit – er schuldete ihr deutlich mehr. Er musste genauso ehrlich sein wie sie. Doch wo sollte er anfangen? Ihr sagen, dass er sich auf eine Weise nach ihr sehnte, die sämtliche Regeln seines Berufsstandes brach? Ihr beichten, dass er bald sterben würde?

»Alice, Sie sind verheiratet. Und ich bin Pfarrer, *Ihr* Pfarrer.«

»Das ist wahr. Aber es ist nicht die ganze Wahrheit.«

Er hörte das knisternde Feuer, ihren beschleunigten Atem. Sie rührte sich nicht. Sie saß lediglich zu seinen Füßen und blickte zu ihm auf, als hätten sie alle Zeit der Welt.

Dann legte sie die Finger an den Hals und knöpfte sich einfach die Bluse auf.

Darunter war sie nackt.

Lieber Gott, betete er, hilf mir jetzt.

»George?«

Er kniete nieder, streckte die Hände aus und streifte ihr die Bluse von den Schultern. Dann schloss er sie in die Arme und legte seine Lippen auf die ihren.

Und in jener Nacht, da lebte er.

33

Alice stieg am Bahnhof Liverpool Street in den Zug nach Ipswich. Sie hatte die letzten sechs Tage in London verbracht, hatte sich mit ihrer Schwester unterhalten, war mit ihr spazieren gegangen und von ihr durch Geschäfte geschleppt worden. Sie hatte Catherine von Stephen erzählt, allerdings nichts von ihrer Nacht mit George. Als sie jetzt ihren Koffer ins Gepäcknetz hievte, fühlte sie sich erschöpft, doch was sie wirklich belastete, war der Zettel, den sie am Morgen danach auf dem Nachttisch gefunden hatte:

»Danke, herzallerliebste Alice. Gott segne und behüte Dich.«

Diese acht Worte waren das Letzte, was sie von ihm gehört hatte. Das Einschnappen der Wohnungstür hatte sie geweckt, als es gerade hell wurde, und in seiner Botschaft fand sich alles: seine Dankbarkeit, seine Zärtlichkeit, sein Segen, aber keinerlei Hinweis darauf, welche Gefühle ihn bewegten angesichts dessen, was zwischen ihnen geschehen war.

Während der Zug losruckelte, ließ sie sich auf den schmierigen Sitz fallen. Letzte Woche war er dieselbe Strecke nach Hause gefahren, vorbei an denselben Skeletten ausgebrannter Lagerhäuser, denselben zum Abriss anstehenden Straßen. Doch was, fragte sie sich zum x-ten Mal, ging ihm durch den Kopf?

»Danke, herzallerliebste Alice. Gott segne und behüte Dich.«

Hieß das: Danke für deine Liebe? Danke für einen flüchtigen Augenblick des Vergnügens? Oder war es eine höfliche Abfuhr?

Die ganze Woche über hatte sie die Ereignisse jener Nacht Revue passieren lassen. Denk nach, hatte sie sich gesagt. Sei logisch. Du kennst die Liebe. Du kennst die Kraft der Liebe, die Dinge von Grund auf zu verändern. Und in jener Nacht lernte er sie auch kennen.

Doch ihre Logik führte sie auch zu dem Schluss, dass ihr Verhalten so dreist gewesen war, dass er annehmen musste, sie habe sich ihm einfach nur an den Hals geworfen, weil sie sich weit weg von daheim von der Leine gelassen fühlte.

Oder, die allerschlimmste Einschätzung überhaupt: Sie habe ihn in ihrem verzweifelten Versuch, dem Leben eine herrliche Nacht zu entreißen, lediglich benutzt. Sie habe seine Einsamkeit ausgenutzt und diesem lieben, lieben Mann Kummer zugefügt.

Alice blickte nach draußen auf eine Kirchenruine, leichengraue Betonberge, himmelhohe Kräne. Sie würde ihn beim morgigen Cricketmatch sehen, wo sie vor der Dorfgemeinschaft nachbarliche Höflichkeit heucheln müssten. Das würde sie schaffen und er zweifellos ebenfalls. Aber ich will ihn, dachte sie. Ich will – sie konnte den Satz nicht zu Ende bringen.

Denk nach ... Sei logisch.

Sie wollte, dass er gesund war. Natürlich wollte sie das. Als sie den Kopf auf seine Brust gelegt hatte, konnte sie sein seltsames Herzrasen hören. Es klang, als flatterte ein Zaunkönig in seinem Brustkorb herum. Sie hatte die ungebetene Erinnerung an Stephens gesunden, regelmäßigen Herzschlag ignoriert und hätte ihn gern gefragt, was genau das Problem war. Aber als sie sich nach seiner Gesundheit erkundigte, ging er wortlos darüber hinweg. Und so hatte sie in seinen Armen geschwiegen, aus Angst, irgendetwas könnte ihn veranlassen, sie loszulassen.

Doch im Laufe der Woche hatte sie begonnen, sich Sorgen zu machen, dass er ernstlich krank war, und zwar so sehr, dass sie am Vortag Mrs. Green unter dem Vorwand anrief, ihre Rückfahrtzeit bestätigen zu wollen, und eine gewundene Bemerkung über »Mr. Ivens« fallen ließ. Mrs. Green hatte jedoch lediglich erwähnt, dass sie gehört habe, er sei im Queen's Head gewesen und habe dort »Greensleeves« gesungen. »Angeblich so schön, dass sogar einige erwachsene Männer feuchte Augen bekamen.« Und sie ärgerte sich über ihre unnötige Angst, denn wenn er zum Singen in den Pub gegangen war, konnte es ihm nicht allzu schlecht gehen.

Sie erwog, bei ihm zu Hause anzurufen, doch da sich Mrs. Turner ständig im Flur herumtrieb, hätten sie lediglich als Geistlicher und Gemeindemitglied miteinander reden können. Nicht als Liebespaar.

Liebespaar?

Sie hatte einen Geliebten.

Das war, dachte sie, während sie aufrecht und sittsam dasaß, die behandschuhten Hände im Schoß, ein ganz und gar wunderbares Wort, und sie lächelte so gar nicht sittsam. Plötzlich, als der Zug in eine Kurve rumpelte, sah sie ein Haus, dessen gesamte Vorderfront weggerissen war – im ersten Stock stand noch ein ungemachtes Bett, im Obergeschoss schlug eine dünne Wand im Wind hin und her. Es war ein unheimlicher Anblick, die Wand wirkte wie ein teuflischer Vogel, der über dem Tod und der Verwüstung schwebte, und sie kniff die Augen fest zusammen, damit sie in den sicheren Hafen jener Nacht zurückkehren und sich die lange Linie von Georges Rückgrat ins Gedächtnis rufen konnte, um sich daran zu erinnern, wie sie mit den Fingern in die Vertiefungen an seinen Schulterblättern gefahren war, wie sie in einem Gewirr von Gliedmaßen dagelegen hatten, ohne dass auch nur ein Millimeter Luft zwischen ihnen war.

Doch was ihr Freude bereitete, hätte ihm verzehrende Gewissensqualen bescheren können. Er war ein Geistlicher. Er hatte ein Gebot übertreten. Das wievielte wusste sie nicht. Doch es war Ehebruch begangen worden. Plagte er sich also fürchterlich – in diesem Augenblick –, weil er glaubte, an einer Sünde beteiligt gewesen zu sein?

Sie stand auf, um das Fenster zu schließen, durch das feuchte, rußige Windstöße hereinwehten.

Ach, diese Männer und ihre verdammten Schuldgefühle! Sie war sie leid, denn ließen Schuldgefühle nicht einen fehlenden Glauben an den alles vergebenden Gott erkennen, zu dem er sich bekannte? Er hatte sie geliebt, ja, eine verheiratete Frau. Aber wofür war das Ganze gut, wenn sie der Anblick ihres goldenen Eherings – der ihr, wie bei Midas, zum Fluch wurde – nach Luft ringen ließ? Das Wunder jener Nacht war es gewesen, dass sie zum ersten Mal seit Kriegsende gespürt hatte, wie ihr das Leben zurückgegeben wurde.

Und es würde ein Leben ohne Stephen sein, ohne einen Ehemann, der nicht mit ihr redete, es sei denn, um sie zu quälen, ohne einen Mann, der zur schlimmsten Form von Gewalt fähig war, die er, so befürchtete sie, irgendwann auch an ihr auslassen würde. Ohne einen Ehemann, den sie nicht mehr liebte.

Sie hatte das erreicht, was sie sich vorgenommen hatte, als sie nach London fuhr. Sie hatte einen Handlungsplan entwickelt. Nachdenken und Logik waren dabei von Nutzen gewesen. Sobald sie zu Hause war, würde sie ihm sagen, dass sie die Scheidung wollte. Sie würde den Stein ins Rollen bringen.

Was George anging, so würde sie in Ruhe abwarten. Sie hatte sich bewusst dafür entschieden, ihm nicht zu sagen, dass sie eine Scheidung in Erwägung zog, sodass alles, was geschehen würde, ausschließlich mit ihnen zu tun hätte, unabhängig von rechtlichen Dingen, in deren Gefolge sämtliche Zwänge der Welt dazwischenfunken und alles untergraben und besudeln könnten. Es würde bald genug klar werden, ob er sie noch einmal wiedersehen wollte.

Ich hatte meine wunderbare Nacht, dachte sie, während der Zug in einen Bahnhof einfuhr – in welchen, das wusste sie nicht, da die Stationsschilder noch nicht wieder aufgehängt waren – und sie sich in eine Ecke quetschte, weil das Abteil von einer großen Gruppe belegt wurde, die sich offensichtlich auf einem Picknick-Ausflug befand. *Und egal, was passiert, egal, was die Leute sagen, egal, was du sagst, niemand kann sie mir wegnehmen. Sie gehört mir.*

Sie spürte die plötzliche Freude auf ihrem Gesicht und wandte sich ab von den anderen Passagieren, die sich mit Kindern und Taschen breitmachten. Nicht einmal ihrer Schwester hatte sie davon erzählt, denn sie wollte ihn nicht der Welt preisgeben. Wenn sie ihn geheim hielt, könnte er ein Wunder bleiben, statt zu einem Gesprächsthema zu werden. Oder zu noch Schlimmerem. Zum Gegenstand von derbem Gelächter, belustigten Moralpredigten, sämtlichen denkbaren menschlichen Gehässigkeiten.

Sie richtete ihre Aufmerksamkeit nach draußen, während der Zug wieder Fahrt aufnahm und an Straßen mit langen Warteschlangen vor den Geschäften, trostlosen Hotels und endlosen Reihenhäusern entlangrollte, später dann an grüneren Boulevards mit Gärten, die bis an die Bahntrasse heranreichten, und schließlich ins offene Land fuhr.

Während des Krieges und auch noch nach Stephens Rückkehr hatte sie gewartet und gewartet. Sie war so geduldig gewesen. Aber damit war jetzt Schluss. Sie presste ihre starken Hände gegeneinander. Jetzt würde sie die Regie übernehmen.

34

George Ivens überlegte, ob er einen Springer oder einen Läufer spielen sollte, doch obwohl er die Augen aufs Schachbrett geheftet hatte, waren seine Gedanken bei Alice. Die Standuhr in Dr. Downes' Esszimmer hatte soeben drei geschlagen, was bedeutete, dass sie jeden Augenblick am Bahnhof von Ipswich eintreffen würde: Sie würde in ihrem grauen Mantel aus dem Zug steigen, den Bahnsteig entlanglaufen und über die Holzbrücke zu dem kleinen Nebenstreckenzug gehen, der sie nach Oakbourne bringen würde. Soweit man überhaupt eine andere Menschenseele kennen konnte, war er sich ziemlich sicher, wie sie sich fühlte. Sie hatte ihm Liebe angeboten, und er hatte sie empfangen, und trotzdem war er, während sie schlief, verschwunden und hatte sie neben seinem Zettel in einem leeren Bett aufwachen lassen. Sie würde verletzt und verwirrt sein. Und er fühlte sich des Geschenks, das sie ihm gemacht hatte, unwürdig.

Er zog mit seinem Springer und Downes warf ihm einen Blick zu, eher als Arzt denn als Freund.

»Schach«, sagte er. »Sie sind mit den Gedanken ganz woanders, stimmt's?«

Ivens machte eine wegwerfende Geste.

»Ich weiß«, seufzte Downes, »auch wenn Sie nicht viel von Fraser erwartet haben, ist es mit der Hoffnung immer ein Problem. Es ist schrecklich, wenn ihr der Garaus gemacht wird. Aber er hat mir den Namen des besten Mannes in den Staaten gegeben, und ich werde, falls Ihnen das recht ist, dorthin schreiben. Wenn das vielversprechend aussieht – man weiß ja nie, die Forschung schreitet enorm schnell voran –, gibt es vielleicht Möglichkeiten, Geld für Ihre Überfahrt zu beschaffen.«

Das Letzte, was Ivens brauchte, waren noch mehr unerfüllbare Träume. Der Fall war zweifelsohne hoffnungslos.

»Ich möchte nicht aufgeben«, sagte Downes. »Und Sie wären doch der Erste, der sagen würde, dass wir niemals die Hoffnung aufgeben, niemals verzweifeln sollten.«

Und dass wir das, was wir nicht ändern können, akzeptieren sollten, dachte Ivens, doch in dem Augenblick ließ Downes die Dame fallen, die er gerade gewonnen hatte. Während sie unter den Tisch rollte, sah Ivens Angst über Downes' Gesicht huschen – verschlimmerte sich sein Tremor? Er *muss* mein Retter sein, dachte er, als er sah, wie Downes seine Hand umklammerte.

»Sie sind ein gütiger Mensch«, sagte er und bückte sich, um die Dame aufzuheben.

»Unsinn«, erwiderte Downes. »Ich brauche nur jemanden, mit dem ich Schach spielen kann.«

»Sie wissen doch«, sagte Ivens, »dass Lady Rayne Schach spielt. Früher zumindest.« Ich hab's geschafft, dachte er, ich habe sie in unser Gespräch eingeführt, als wäre sie lediglich eine flüchtige Bekanntschaft. Downes wirkte so interessiert, als hätte er soeben erfahren, dass sie sich für Wandteppiche begeisterte. »Ich könnte mir vorstellen«, fuhr Ivens fort, »dass sie ziemlich gut ist.«

Selbst jetzt konnte er noch ihre Stimme hören: »*Ich könnte mich in Sie verlieben.*«

Das Gestalt gewordene Wort, für den Trost, für die Freude, für den Frieden.

Ganz gleichgültig, gegen welche Anstandsregeln er verstoßen hatte, egal, welche Sünden er begangen hatte, während dieser wenigen Stunden war er erfüllt gewesen von dem erstaunlichen Wunder des Lebens, der Einzigartigkeit dieser Frau, die ihn geliebt hatte, die Pflanzen wieder zum Leben erwecken konnte, einer Frau, wie es noch nie eine gegeben hatte und auch nicht noch einmal geben würde. Mit ihr in seinen Armen war er absolut überzeugt davon gewesen, dass es einen Schöpfer gab, dessen Liebe ihrer beider Existenz erklärte, dass sie ihr Leben nicht irgendeinem Zufall verdankten und immerfort auf einem Planeten herumwirbelten, der in die Vergessenheit stürzte.

»Ich schätze«, sagte Downes, »wir werden die beiden Raynes morgen beim Cricket sehen. Wussten Sie, dass er das Spiel eröffnen wird? Irgend so eine feudale Sache, dass der Gutsherr den ersten Ball schlägt. Keine Angst«, er lächelte, »ich erwarte nicht, dass Sie irgendetwas Unfreundliches über Ihre Schäfchen sagen.« Er erhob sich und klopfte Ivens auf dem Weg zum Fenster freundschaftlich auf die Schulter. »Ich hoffe nur, dass dieses elende Wetter bald aufklart.«

Ivens hatte nicht die Absicht, zum Cricket zu gehen. Er würde irgendetwas vorschützen – Übelkeit, eine seelsorgerische Verpflichtung –, denn er wollte ihr unter keinen Umständen vor den Augen des Dorfes und ihres Ehemanns begegnen.

Ihres Ehemanns.

Obwohl er gegen das siebte Gebot verstoßen hatte, verspürte er keinerlei Schuldgefühle, wohl wissend, dass von seinen anglikanischen Kollegen allenfalls nur sehr wenige einen Ehebruch so unbekümmert sehen würden. Doch er hatte Schuld auf sich geladen. Er hätte Alice die Wahrheit sagen müssen – den tatsächlichen Grund für seinen Krankenhausbesuch.

Ich könnte mich in Sie verlieben. Er hatte diese Liebe nicht abweisen können. Aber wenn sie sich wirklich in ihn verlieben könnte, dann wäre er, eher früher als später, ebenfalls jemand, um den sie trauern würde. Sie war einsam und er würde sie noch einsamer machen. Ach, Alice! Meine Liebste! Es tut mir so leid. Doch Reue war jetzt sinnlos, Schuld ein Luxus, fand er, welcher der irrigen Annahme entsprang, man könne, solange man sich nur selbst genug quält, irgendwie das Unrecht wiedergutmachen, das man jemand anderem zugefügt hat.

»Sie kommen doch, oder?«, fragte Downes.

»Aber ja«, log Ivens.

Noch eine Sünde. Wie leicht sie sich anhäuften.

Aber zu Alice würde er ehrlich sein. Er hatte bereits ein paar Zeilen nach Oakbourne geschickt und sie gebeten, ihn nach dem Cricketmatch in der Kirche zu treffen. Am folgenden Abend würde er ihr dann erklären, dass er sie kürzlich frühmorgens verlassen habe, weil er ihr, wenn er geblieben wäre, bei Licht besehen hätte gestehen müssen, wie krank er war. Nur für diese eine Nacht habe er, unbelastet von der Krankheit, er selbst sein wollen. Kein Gegenstand des Mitleids. Oder ein Problemfall.

Die ganze Woche über hatte er versucht, sich ihre Reaktion vorzustellen. Würde sie – wie er es ewig predigte – sagen, dass es nicht von Belang sei, wie lange man lebte? Und auch nicht, wie lange man liebte. Sondern einfach nur, *dass* man liebte. Dann könnten sie einige Monate zusammen haben. Ein Jahr ... vielleicht zwei, drei ... Es geschahen ja immer wieder Wunder. Wie etwa »Geliebter« genannt zu werden. Gehalten zu werden, als wäre man das kostbarste Geschöpf auf Erden ...

Downes war wieder beim Thema Sir Stephen und dessen erstem Cricketschlag. Und Ivens spürte den abscheulichen Geschmack seines eigenen Neids: Sir Stephen war fit und gesund, kannte nicht die Angst davor, zu einem nutzlosen Invaliden zu werden.

»Statt dieses ständigen Herumdienerns«, sagte Downes gerade, »sollte mal jemand diesem Herrn wirklich die Stirn bieten.«

Das habe ich getan, dachte Ivens und verabschiedete sich von dem Arzt. Ich habe schon bei unserer ersten Begegnung, als dieser Mann mir beim Tee einen Vortrag über das Böse hielt, die Stellung behauptet; habe auch am Ostersonntag dagegengehalten. Und er hat keine Ahnung, wie sehr ich mich zurückgehalten habe. Wie gerne ich ihn zur Rechenschaft ziehen würde für seine Arroganz und Grausamkeit und ...

Entsetzt über den Hass in seinem Herzen, hielt Ivens inne. Und während er durch die graue Schwüle nach Hause ging, konnte er an nichts anderes denken als daran, wie sehr er sich wünschte, das rheumatische Fieber, das sein Leben so eingeschränkt hatte, niemals bekommen zu haben. Wie so viele Menschen wollte er das Unmögliche: dass das, was nie mehr rückgängig gemacht werden konnte, nie geschehen wäre.

35

Während Alice die Auffahrt zu Oakbourne Hall hinaufsauste, hatte sie sich einen Plan zurechtgelegt. Sobald sie durch die Tür getreten war, würde sie Stephen aufsuchen und ihm sagen, dass sie mit einer Scheidung einverstanden sei. Doch bevor sie überhaupt geparkt hatte, kam Mrs. Green herausgestürzt und rief: »Gott sei Dank! Sie sind zurück! Es kam ein Telegramm – heute Morgen, für Sir Stephen. Später dann ein Brief – vom Kriegsministerium. Ich habe den Absender auf dem Umschlag gesehen. Und jetzt hört er nicht mehr auf zu lachen. Aber es ist kein lustiges Lachen.«

Als Alice nach drinnen rannte, hörte sie es bereits: grausige, schlingernde Schreie, ganz so, als hätte er, zum ersten Mal seit seiner Rückkehr, getrunken und wäre jetzt sternhagelvoll. Sie stieß die Salontür auf, und sein Blick huschte so boshaft über sie hinweg, dass sie einen Moment lang überlegte, ob das Ganze womöglich mit George zu tun hatte. Aber woher sollte er davon wissen?

»Stephen! Was ist passiert? Mrs. Green sagte, es sei ein Telegramm gekommen?«

Er nahm einen langen Zug an seiner Zigarette, warf die Kippe dann in den Kamin und durchwühlte die Hosentasche nach mehr Zigaretten. Bei dem Versuch, ein Streichholz anzuzünden, zitterten ihm die Finger. »Es sollte mir *das* hier ankündigen.« Mit dem Fuß deutete er auf einen durchgerissenen Brief.

Sie hob ihn auf. Er war maschinengeschrieben und kam aus dem Rathaus von Engenville, einem Ort in Frankreich, von dem sie noch nie gehört hatte. »*Capitaine Lièvre*«, las sie, »*aussi insaisissable que jamais ...*«

»*Lièvre* heißt doch Hase, oder?«, fragte sie. Er nickte. »Hauptmann Hase«, begann sie und mühte sich ab, den Brief zu übersetzen. »So *insaisissable* wie eh und je ...? Was bedeutet das? Ich verstehe es nicht.«

»Ich auch nicht.« Sie sah ihn verwirrt an. »Ich habe mein Französisch nicht verlernt«, sagte er, »ich verstehe nur nicht, warum wir diese Farce durchmachen müssen.«

Sie ließ ihren Blick zu den Unterschriften hinabgleiten: Jacques Paquet, der Bürgermeister, Jean Benoit und Claude Leclerc. »Wer sind diese Männer?«

»Paquet ist ein Arschloch allererster Güte, Benoit und Leclerc gehören zu den besten Männern, die ich je gekannt habe.«

»Aus dem Krieg?«

Als er gegen den Tisch trat, fuhr sie zusammen. »Natürlich aus dem verdammten Krieg.« Also war er, wie sie vermutet hatte, in Frankreich gewesen. »Das Kriegsministerium hat den Brief in seiner unendlichen Weisheit weitergeleitet.«

»Was wollen sie?«

»Leclerc kommt, offenbar aus Arbeitsgründen, für ein paar Tage nach London und will mich treffen. Das passt mir überhaupt nicht! Aber die Hauptsache ...« Langsam und jedes einzelne Wort betonend fuhr er fort: »Ich soll noch einmal nach Frankreich zurück.«

Als sie »Warum?« fragte, spürte sie die Art von Schock, die einen aus dem Schlaf hochschrecken lässt, als wäre man in einen endlos tiefen Brunnen gestürzt und dann plötzlich ins Bewusstsein zurückgestoßen worden. War dies der Augenblick, wo sie die Wahrheit erfahren würde? Weshalb sollte er noch einmal zurück, welcher Situation sollte er sich stellen?

»Du und ich«, sagte er, »wir sind nie in Engenville gewesen, stimmt's? Schade, wo es doch gar nicht so weit entfernt vom Chateau de Rossignol liegt.«

Im Chateau de Rossignol hatten sie ihre Flitterwochen verbracht. Sie hatten dort nicht aufgehört zu lachen, zu reden, sich zu lieben – all die guten Dinge des Lebens in zwei traumhaft schöne Wochen gepackt. Und ihr ging plötzlich auf, dass sie, egal welche Männer sie noch kennenlernen würde – sei es nun George Ivens oder jemand anders –, nie mehr solche Freude empfinden würde. Es war nicht einfach nur der Verlust der Unschuld. Etwas Größeres war ihr geraubt worden – eine Quelle des Glaubens, das Vertrauen in die Zukunft.

»Dir hätte En-gen-ville gefallen«, sagte Stephen und verzog bei der übertriebenen Betonung der Vokale den Mund zu einer Fratze. »Hübsche Straßen mit Kopfsteinpflaster, eine gotische

Kirche, ein Café mit rot-weiß karierten Tischdecken. Und am Straßenrand wilde Schwertlilien. Du wärst versucht gewesen, die Zwiebeln auszugraben. Sind es übrigens Zwiebeln?«

Zu ihrem Entsetzen hieb er bei dieser Frage so heftig mit der Faust gegen die Wand, dass er sich die Finger hätte brechen können, und brüllte ihren Namen: »Alice?«

»Ja?«

»Bist du dir sicher? Ich glaube nämlich, du liegst falsch.«

Er bebte jetzt, sichtlich von Angst erfüllt. Sie hatte nicht die leiseste Idee wovor. Doch die Angst war real und sie spürte sie ebenfalls. Schnell wich sie zurück und griff nach der Tür.

»Alice!«

Er stürmte auf sie zu, schlug mit den Händen an die Wand über ihren Schultern und kam ihr mit seinem unrasierten Gesicht so nah, dass sie den Rauch in seinem Atem riechen konnte.

»Ich dachte«, sagte er schwer atmend, »sie hießen anders.«

Sie hatte keine Ahnung, welcher Wahnsinn ihn ritt. »Wer denn?«

»Die *Zwiebeln*!« Hatte er den Verstand verloren? Sein Blick wirkte fiebrig. »Von den Schwertlilien! Ich dachte, sie hätten einen anderen Namen.«

»Rhizome?«, fragte sie, erschüttert von der Absurdität dessen, was sie da gesagt hatte.

»Ah ja!« Sein Atem verlangsamte sich und er ließ sich vorsichtig aufs Sofa fallen. »So heißen sie.«

Sie spürte den Schweiß auf ihren Handflächen. Er war durchgedreht, aber er hatte noch nie so viel von seinen Kriegserlebnissen erzählt, und wenn sie jetzt aus dem Zimmer ginge, würde ihr das furchtbare Geheimnis, das er mit sich herumtrug und das zum ersten Mal greifbar erschien, für immer unzugänglich bleiben. Sie verharrte absolut reglos, hatte Angst, irgendetwas zu tun, was ihn provozieren könnte.

Langsam rauchte er seine Zigarette zu Ende, zündete sich eine neue an und sagte: »Diese Schwertlilien! Ich hatte das Gefühl, in ein Van-Gogh-Gemälde geraten zu sein. All das Blau und Lila. Sogar Schwarz. Und das Rathaus von Engenville! Ich kann es direkt vor mir sehen. Napoleon hatte es bauen lassen – vor diesen größenwahnsinnigen Ungetümen gibt es kein Entrinnen. Und bei Sonnenuntergang leuchtete es herrlich aprikosenfarben, erhellte den ganzen Platz so wunderschön, dass auch die SS Gefallen daran fand und an einem Sommerabend von einem Fenster im Obergeschoss aus einen Galgen errichtete und einundzwanzig Männer daran aufknüpfte und den Rest des Ortes zwang zuzusehen, wie sie dort baumelten und langsam, einer nach dem anderen, verendeten.« Er rieb sich heftig die Augen und blinzelte, als versuchte er, den Blick wieder zu fokussieren. »Kannst du dir vorstellen, wie lange das gedauert hat?«

Er zog ungestüm an seiner Zigarette, dann schwang er die Beine aufs Sofa und legte sich auf den Rücken. »Und jetzt wird ein Denkmal für diese Männer und für alle, die in der Résistance tätig waren, errichtet. Du siehst also – eine verdammte Farce! Und bevor du fragst«, sagte er, führte die Hand an die Stirn und drückte mit den Fingern fest gegen seinen Schädel, »es ist eine Farce, weil wir dank des letzten Krieges schon mehr als genug Denkmäler haben. Haben sie irgendetwas verändert, Alice? Alice, antworte mir!«

»Vielleicht ist dieses Denkmal als Trost gedacht«, erwiderte sie schwach. »Wenn man jemanden geliebt hat, der sein Leben gegeben hat ...?«

»Sein Leben gegeben!«, wiederholte er mit einer furchtbar falschen Frömmigkeit. »Ich hatte von dir mehr als Klischees erwartet. Das klingt so edel bei dir.«

»Waren sie das denn nicht?«

»Manche schon. Sicher edler als ich. Aber andere?« Er drückte seine Zigarette aus, und als er versuchte, sich eine neue anzuzünden, fielen ihm die Streichhölzer aus der Hand. Sie bückte sich und hob sie für ihn auf. »Lass das!«, schrie er. »Viele fanden ihre edle Gesinnung nur, weil die Nazis etwas so unglaublich Dämliches taten, dass ich es immer noch nicht verstehe.«

Plötzlich verschwand sein Hohn und er sah sie völlig fassungslos an. »Im Frühjahr 1943 fingen sie an, alle Franzosen zusammenzutreiben, sie nach Deutschland zu verfrachten und in die Rüstungsindustrie und die Zwangsarbeitslager zu stecken, da ihre eigenen Männer diese schwere körperliche Arbeit nicht verrichten konnten, weil sie anderswo genug damit zu tun hatten, uns umzubringen. War dir das klar, Alice? Oder warst du zu sehr mit deinen Gartenbüchern beschäftigt?«

Mit fester Stimme erwiderte sie: »Nein, das war mir nicht klar.«

»Dachte ich mir«, sagte er und hustete nach dem ersten tiefen Lungenzug. »Jedenfalls war es ein verhängnisvoller Fehler der Nazis, denn diese ganzen verdammten edlen Franzosen, die die üblen, üblen Dinge, die direkt vor ihrer Nase geschahen, ignoriert hatten, damit sie ihr unbedeutendes Leben weiterführen konnten, rafften sich, als sie vor die Wahl gestellt wurden, ein Sklave des Dritten Reichs zu werden oder dafür zu kämpfen, ihr Land zurückzubekommen, irgendwie dazu auf – endlich, verdammt noch mal –, für Frankreich zu kämpfen. Und so waren mir, innerhalb von zwei Monaten, plötzlich nicht mehr zwanzig, sondern mehr als zweihundert Mann unterstellt.«

Er stützte den Kopf in beide Hände und stöhnte. »Einige von den Besten wurden allerdings über diesen Schwertlilien gehängt. Und sie wurden nur erwischt, weil ein Bursche seiner Geliebten den Laufpass gegeben hatte und sie ihn aus Rache bei der Gestapo verpfiff, was dazu führte, dass sie das ganze Netz hochnehmen konnten. Schön, nicht?« Mit leerem Blick setzte er sich auf. »Du kannst dir vorstellen, was die Kommunisten mit ihr bei Kriegsende getan haben.«

Das konnte sie in der Tat. »Und *du*?«, zwang sie sich mit trockenem Mund zu fragen. »Warum wollen sie, dass *du* zurückkommst? Bist du in ... Schwierigkeiten?«

»Ich? Der große Capitaine Lièvre?« Ein grauenhaftes Grinsen huschte über sein Gesicht. »Ich bin Ehrengast! Wurde eingeladen, eine Rede zu halten!«

Monatelang hatte sie sich gequält, hatte befürchtet, er hätte Gräueltaten verübt. Aber *er* hatte gar nichts getan! Gott sei Dank!

Erleichterung durchflutete sie, doch er schüttelte den Kopf. »Sie kennen die Wahrheit nicht. Ich bin kein Held, ganz und gar nicht! Und ich werde nicht zurückfahren und mich als solcher feiern lassen. Niemals. *Niemals!*«

In der Eingangshalle läutete das Telefon.

»Das kann warten«, sagte sie, doch er sprang auf, riss ihr den Brief aus den Händen und zerfetzte ihn.

»Lady Rayne?« Mrs. Green stand in der Tür. »Mrs. Lubbock ruft an wegen des morgigen Tees.«

Erneut ertönte Stephens freudloses Gelächter, in voller Lautstärke.

»Ach, Alice!«, brüllte er, vor Lachen bebend. »Bitte erzähl mir nicht, dass du eine Teegesellschaft gibst.«

»Anlässlich des Cricketmatches an Pfingsten. Sie muss sich gedulden.«

»Herrgott noch mal! Wahrscheinlich erwartet man von mir auch noch, dass ich das Spiel eröffne!« Er sprang zum Kamin hinüber und packte den Schürhaken. »Das kannst du vergessen.« Und er schwang die Eisenstange, als wollte er lauter Sechser über die Grenzlinie knallen. »Glaubst du wirklich, dass mich Cricket auch nur die Bohne interessiert?«

Früher war das anders, dachte sie. Doch das war eine aussichtslose Diskussion.

Aber war es nicht egal, ob er dabei war oder nicht? Er warf ein Kissen in die Luft und schlug es mit dem Schürhaken, der die verschlissene Seide aufschlitzte. Schließlich war es bloß ein albernes Cricketspiel.

Nein, das stimmte eben nicht.

Sie sah, wie Stephen mit seinen Scheinschlägen innehielt, mit dem Schürhaken gegen sein Bein tippte und sich dann erschöpft aufs Sofa fallen ließ. Und das machte ihr Mut.

»Du warst ja nicht hier«, sagte sie, »aber während des Krieges sprachen die Leute oft von den wunderbaren Crickettagen beim Big House und darüber, ob es sie wohl je wieder geben würde. Seit Generationen haben sie in dem Pavillon gesessen – als Kinder, mit ihren Eltern und Großeltern.«

Jetzt starrte er sie an.

»Für Männer wie Reynolds, die in den Schützengräben waren«, fuhr sie fort, »und in einem Krieg kämpften, der, so wurde ihnen gesagt, alle Kriege beenden würde, müssen die letzten sechs Jahre der blanke Hohn gewesen sein. Jetzt brauchen sie die Gewissheit, dass sich ihr Opfer gelohnt hat. Deshalb bauen sie dieses Denkmal in Frankreich. Deshalb bedeutet dieses Cricketmatch und auch deine Anwesenheit dort den Leuten sehr viel. Du musst kommen – ihretwegen.«

»Ich muss?«, sagte er. »Erteilst du mir einen Befehl?« Er blickte sie an, sah aber durch sie hindurch, fast so, als spräche er mit einer Fremden. »Ich habe es satt, von verdammten Idioten herumkommandiert zu werden, die von Tuten und Blasen keine Ahnung haben. Und du hast nicht die leiseste Ahnung! Ich war nämlich einmal hier – übrigens an deinem Geburtstag. Ja, Alice, manchmal wurde ich zurückberufen und durfte es dir nicht sagen. Dein Geburtstag war keine Priorität, und da war dieser kleine Emporkömmling von einem Oberst, der sicher und bequem hinter seinem Schreibtisch saß und darauf bestand, dass ich eine bestimmte Aufgabe übernahm. Ich sagte ihm, dass sich die Sache nicht auszahlen würde, dass die Vergeltungsmaßnahmen über alles Dagewesene hinausgehen würden.« Wieder lachte er. »Es gab in der Gegend einen SS-Offizier, der den Sadismus auf eine ganz neue Stufe heben konnte. Und das hat er auch gemacht.«

Dann schleuderte er den Schürhaken auf den Boden und stand mit zwei Schritten wieder vor ihr, legte die Hände auf ihre Schultern.

»Stephen!« Sie hatte Mühe, ruhig zu bleiben, während sich seine Finger in ihre Haut gruben. »Ich bin nicht der Feind!«

Plötzlich liefen ihm Tränen über die Wangen. »Ich wollte dir nicht wehtun! Wirklich nicht! Ganz bestimmt nicht!« Im nächsten Augenblick sprach er Französisch, ganz so, als wäre sie überhaupt nicht anwesend. Was er zu wem sagte, wusste sie nicht. Sie begriff lediglich, dass er in einem Chaos von Angst und Schuld versunken war, und nichts schien jemals mehr einen Sinn zu ergeben.

Sie warf einen Blick zurück auf die geschlossene Tür. Sollte er auf sie losgehen, würde sie es nicht rechtzeitig dorthin schaffen. Dann legte er seinen Mund an ihr Ohr und flüsterte: »Alice, hör mir gut zu. Ich habe furchtbare Dinge getan. Aber ich werde dir nicht wehtun. Oder jemand anderem. Das habe ich zur Genüge getan. Und damit du endlich den Mund hältst, werde ich an deinem verfluchten Match teilnehmen. Aber danach musst du mich in Ruhe lassen.«

36

Als Stephen aufwachte, war er – für einen seligen Augenblick – von innerer Ruhe erfüllt. Er hatte geträumt, er wäre wieder in Frankreich. *Vor* jenem Tag. Er befand sich im Wald, auf
einer Lichtung zwischen den Kiefern, das Sonnenlicht flutete herab, während er mit den exquisitesten Figuren, die er je gesehen
hatte, Schach spielte. Einer der Männer hatte sie mit einem Fe-
dermesser geschnitzt und er wünschte, er könnte sie Alice zeigen:
den König, die Stirn zerfurcht vor Versagensangst; die Dame mit
ihrem faltigen, trauernden Gesicht; die Läufer, die verzückt nach
oben blickten; die Bauern mit einem Lächeln, als wären sie sich
der Liebe völlig gewiss.

Es schien wie Zauberei, unter diesen Umständen etwas derart Schönes erschaffen zu können, doch trotz des Krieges gab es
diese Augenblicke, in denen sich Stephen dabei ertappte, wie er
seine Mitmenschen, seine Kameraden bewunderte. Ihre Tapfer-
keit, ihre Ausdauer, ihren Einfallsreichtum. Denn da waren sie
alle, im Sommer 1944, mehr als dreihundert Mann, und verbargen sich in einem Wald etwa hundert Kilometer südlich von Paris, hungrig und verdreckt, unter den primitivsten Bedingungen,
in ständiger Angst, entdeckt zu werden.

Und doch kam ihm, in diesem schlaftrunkenen Zustand, in
dem er soeben erwacht war, der Gedanke, dass es trotz des Bösen,
das überall lauerte, auch gute Zeiten gegeben hatte. Und nicht
nur beim Schachspiel. Sie hatten behelfsmäßiges Golf und Cricket gespielt und die verschiedenen Schläger selbst hergestellt. Sie
besaßen aus Stämmen und Ästen gehauene Tische und Stühle,

Töpfe, Pfannen und Kochfeuer. Das Essen, das ihnen die örtliche Résistance brachte, war einfach gewesen, aber besser als der Hunger, den einige Männer gelitten hatten; Ersatzkaffee aus gerösteten Gerstenkörnern, Brot und grüne Äpfel, Bohnen mit ein klein wenig Kaninchenfleisch. Gelegentlich Fisch. Und auch einen Arzt hatten sie gehabt – einen Veteranen aus dem Ersten Weltkrieg, der regelmäßig aus einem nahe gelegenen Dorf bei ihnen vorbeikam – sowie einen Friseur, der ihnen jede Woche die Haare schnitt.

Einige Männer, im Zivilleben Lehrer, hielten Vorträge über Geschichte, Literatur oder was immer ihr Fach war. Jemand anders organisierte eine Poker-Schule; alles wurde getan, um die Frustration darüber, in einem Unterschlupf hinter den feindlichen Linien ausharren zu müssen, zu lindern. Es hatte eine Kameradschaft gegeben, und viel von diesem Gemeinschaftsgefühl, erkannte Stephen, war ihm zu verdanken gewesen: sein Führungsstil, seine Entschlusskraft, sein vermeintlicher Glanz und Zauber gaben den Männern das Vertrauen, seinen Befehlen folgen zu können.

Le lièvre – das war sein Deckname.

Der Hase: diese herrliche Kreatur, ewig wachsam und instinktiv wissend, wann sie fliehen muss, wann sie kämpfen muss, wann sie sich verstecken muss – der Mann, den die Résistance jetzt ehren wollte.

Er blickte auf die Uhr. Es war schon fast acht. Er hatte mehr als zehn Stunden geschlafen. Seit Jahren hatte er nicht länger als zwei Stunden hintereinander schlafen können. Was um alles in der Welt hatte ihm diesen Frieden gebracht?

Er griff nach dem Wasserglas und dann entdeckte er, in der leeren Teetasse an seinem Bett, winzige Pulverkörnchen. Plötzlich spürte er den bitteren Nachgeschmack in seinem Mund. Alice hatte ihm ein Schlafmittel verabreicht. Jetzt erinnerte er sich: Nach dieser furchtbaren Szene, als sie heimgekommen war, hatte er das Haus verlassen und war bis zum Einbruch der Dunkelheit spazieren gegangen, und als er zurückkehrte, wartete Alice auf ihn und tat so, als wäre dieser Brief aus Frankreich nie eingetroffen. Sie hatte eine Tasse Tee für ihn zubereitet. Er fand, der Tee schmeckte eigenartig, aber sie behauptete, die Milch habe einen Stich und er hatte ihr geglaubt. Als er wieder auf seinem Zimmer war, hatte er den Tee hinuntergeschüttet und den Schlaf der Unschuldigen geschlafen – das Letzte, was er verdient hatte. Genau deshalb gestattete er sich nicht den Luxus von Betäubungsmitteln: Es konnte nichts reingewaschen, nichts durch eine rosarote Brille betrachtet werden – oder welche Farbe man auch immer benutzte, um die Geschichte umzuschreiben. Denn die Wirklichkeit dieser Robin-Hood-Fantasie von einem Pfadfinderlager im Wald war ein Klima aus Angst und Gewalt gewesen, selbst unter Männern, die angeblich auf derselben Seite standen. Die Poker-Schule hatte nur sechs Tage existiert. Als zu viele Prügeleien unter den Spielern ausgebrochen waren, hatte er sie verboten.

Aber alles wird neu erzählt werden, dachte er, immer im Interesse derer, die damit ihr eigenes Süppchen kochen möchten.

Der ganze verdammte Krieg.

Seine Gedanken schweiften zurück zum Juni 1940, als die Nazis in Paris eintrafen, dieser wunderschönen Stadt, in der seine Mutter geboren war und die er so sehr liebte. Er war zu der Zeit in Dünkirchen und versuchte dort, Männer zurück über den Kanal zu bringen, doch Benoit war Teil des Exodus aus der Hauptstadt gewesen, damals, als die Straßen voller Menschen waren, die verzweifelt, aber vergeblich versuchten, vor der vorrückenden deutschen Armee in die Freiheit zu fliehen. Benoit war mit seiner Frau und zwei kleinen Kindern auf dem Weg nach Süden gewesen, allesamt zu Fuß, und hatte Stephen erzählt, dass sie ständig anhalten mussten, um Bugattis und glänzende Talbot Lagos vorbeizulassen, vollgepackt mit Wäsche, Silber und sogar Champagner. In einem Wagen wurde ein ganzer Sitz von einem goldenen Käfig mit einem Sittich eingenommen, und der Fahrer hupte ständig, um an den Kindern vorbeizukommen, die sich an ihre erschöpften Mütter klammerten, an den gekrümmten alten Frauen mit nichts als dem, was sie am Leibe trugen, an den Männern, die ihr gesamtes Hab und Gut in einer Schubkarre vor sich herschoben, während der Sittich und der Champagner eiligst in Sicherheit gebracht wurden.

Stephen hievte sich aus dem Bett. Die Menschen waren ekelhafte, verabscheuungswürdige Geschöpfe. Und im Verlauf des Krieges offenbarte sich ihr wahres Wesen in seiner ganzen Widerlichkeit.

Er nahm sein Rasiermesser in die Hand und sah in den kleinen Spiegel.

Et tu, Capitaine Lièvre?

37

Der frühmorgendliche Regen war bis zum Nachmittag einem perfekten Cricketwetter gewichen. Jane Downes stand an der Spielfeldgrenze und klatschte, als Sir Stephen und Ross Harris den grasbewachsenen Hang mit dem gerade erst neu getünchten Pavillon herunterkamen.

Den Duft des frisch gemähten Grases einatmend, blickte sie geradeaus, wollte diese Vision des Friedens durch nichts stören lassen: die Männer in den weißen Flanellhosen, die Felder mit der unreifen Gerste in der Ferne, das helle Leuchten der Butterblumen auf einer Weide, auf der braune Kühe mit ihren Kälbern leise muhten.

»Hätten Sie es für möglich gehalten«, sagte eine Stimme neben ihr, »dass wir das jemals wieder machen würden?«

»Mrs. Turner«, rief Jane. Nur selten hatte sie die Vermieterin des Pfarrers auf Dorffesten gesehen. Die Trauer um ihren einzigen Sohn hatte sie veranlasst, sich in ihr Schneckenhaus zurückzuziehen, aber vielleicht begann ja an diesem wunderschönen Tag, an dem Frühling und Sommer, Familie und Freunde zusammentrafen, wirklich alles zu heilen.

»Ich wollte eigentlich gar nicht kommen«, sagte Mrs. Turner, »aber dann bat mich Mr. Ivens, ihn zu vertreten, da er sich nicht besonders wohl fühlt.« Sie tätschelte Janes Arm. »Keine Sorge! Er meint, ein ruhiger Nachmittag bringe ihn sicher wieder auf die Beine. Und außerdem habe ich den Eindruck, er ist kein großer Cricketfan.«

Jane lachte. »Ich weiß, wie sich das anfühlt. Mein Mann liebt dieses Spiel über alles, aber er hat sich immer derart krampfhaft angestrengt, gut zu spielen, dass ich die Matches irgendwann nicht mehr ausstehen konnte, weil ich jedes Mal so nervös war.«

»Mein Sohn hat es auch geliebt. Aber mir war immer ganz schlecht, wenn er der Schlagmann war, insbesondere«, sagte Mrs. Turner und deutete mit dem Kopf auf den Werfer, »wenn er es mit diesem Jungen – na ja, jetzt Mann – zu tun hatte. Er war der beste Werfer in der Gegend und vor dem Krieg war sogar die Rede davon, dass er für die Grafschaft spielen sollte, aber dann, na, Sie wissen ja.«

»Sie wissen ja« – darauf gab es keine Antwort. Alle hatten um ihr Leben gekämpft und dabei etwas von sich selbst verloren. Doch der Krieg war vorbei. Die einzige Schlacht, die jetzt zählte, war ein Cricketmatch zwischen zwei Dörfern, bei dem sich alle an die Regeln hielten und Mr. Reynolds, der ehemalige Leiter des Zwingers, in einer Welt des Fairplay als Schiedsrichter fungierte.

»Und los geht's«, murmelte Jane, als das Spiel begann und der Werfer entschlossen ausschritt, anlief und den Ball in Richtung Sir Stephen warf. Als der Ball über einen halben Meter von den Stäben entfernt landete, war um die ganze Wurfbahn herum so etwas wie ein kollektives Luftholen zu hören. Mr. Reynolds streckte beide Arme weit aus und signalisierte, dass der Ball zu weit am Schlagmann vorbeigeflogen war. Die nächsten beiden Versuche waren sogar noch schlimmer.

»Vielleicht ist er nur nervös«, sagte Mrs. Turner und hielt sich die Hand an die Kehle.

»Hoffentlich«, meinte Jane, die deutlich die steigende Anspannung um sie herum wahrnahm. Der vierte Ball flog so hoch über Stephens Schulter, dass der Wurf ebenfalls nicht zählte.

Jane verstand genug von Cricket, um zu wissen, dass sie gerade mit ansehen musste, wie ein junger Mann eine furchtbare Demütigung erlitt. Der fünfte Ball rutschte ihm aus der Hand und rollte langsam in Richtung Stäbe. Stephen schlug ihn ganz leicht zurück.

Nach dem nächsten Fehlball konnte Jane nicht mehr hinsehen. Man schickt einen Neunzehnjährigen in den Krieg und besitzt dann die Dummheit, davon auszugehen, er würde als derselbe brillante, fröhliche Junge zurückkehren, der er einmal gewesen war. Als sie sich abwandte, sah sie ihren Mann auf sie zuhumpeln.

»Armer Teufel«, sagte sie und deutete mit dem Kopf auf den Werfer.

»Ja, das ist für uns alle eine Qual.«

»Kann er nicht ausgewechselt werden?«, fragte sie.

»Schön wär's. Er muss sechs regelkonforme Würfe absolvieren.«

»Wir könnten also noch den ganzen Nachmittag hier stehen und bekommen einen Fehlball nach dem anderen von ihm zu sehen?«

»Theoretisch ja – der Albtraum eines jeden Werfers. Ach, Jane! Manchmal ist ein gutes Spiel reine Kopfsache. Anscheinend war er vor dem Krieg ein echter Star. Aber dann war er zwei Jahre im Fernen Osten.«

Und das, dachte sie, erklärte alles.

Doch plötzlich warf der Junge auf eine Art und Weise, die nicht ganz so wild anmutete. Sir Stephen machte einen Schritt nach vorn und traf den Ball, der aber nicht wie geplant als Treibschlag am Boden entlang schräg nach vorn zur rechten Seite flog, sondern langsam durch die Luft trudelte, geradewegs zum Werfer zurück und direkt in seine Hände.

Der Gutsherr war ausgeschieden!

Jubelrufe ertönten vom gegnerischen Dorf, als wollte man das Leid des armen Werfers durch die Lautstärke vergessen lassen.

»Da hat er aber Glück gehabt«, flüsterte Jane ihrem Mann zu, während Stephen zum Pavillon zurückging, wo er mit einer Vielzahl von mitfühlenden Bemerkungen begrüßt wurde: »Machen Sie sich nichts draus, Sir ... Wenn ich für jede *Golden Duck*, die ich mir eingefangen habe, eine Guinea im Geldbeutel hätte ... Das passiert uns doch allen mal.«

»Tut mir wirklich leid«, sagte Stephen, als Mr. Lubbock aufs Feld ging, um seinen Platz einzunehmen.

Das Match wurde fortgesetzt. Unter den nächsten sechs Bällen war kein Fehlball. Ross Harris gelang ein brillanter Schlag, Mr. Lubbock erzielte noch einige Punkte und das Spiel entwickelte einen angenehmen Rhythmus.

Dann wandte sich Jonathan besorgt an sie: »Ich hoffe, ich blamiere mich da draußen mit meinen Schlagkünsten nicht bis auf die Knochen.«

Jane gingen lauter Plattitüden durch den Kopf: Du warst ein guter Cricketspieler ... Du hast früher hundert oder mehr Punkte in einem Durchgang erzielt ... Jeder hat mal einen schlechten Tag ... Und schlechter als Sir Stephen kannst du gar nicht sein – Sir Stephen, der sich noch immer entschuldigte: »Das war ein furchtbarer, ganz furchtbarer Schlag. Ich habe den Ball nicht gut getroffen. Was für ein dummer Fehler.«

Plötzlich wurde Jane klar, was er getan hatte.

»Hat er das etwa mit Absicht gemacht?«, wisperte sie Jonathan zu.

»Das frage ich mich auch gerade.«

Stephen überragte die Gruppe von Männern, die eine Generation zuvor noch Angestellte auf seinem Gut gewesen wären. Er stand in ihrer Mitte, hörte aufmerksam zu, machte Witze, lachte. Er hat Ausstrahlung, dachte Jane, er ist eine geborene Führungsfigur. Doch sie sah auch die in sein Gesicht gemeißelte Anspannung, die tief in die Höhlen gesunkenen Augen und erkannte in ihm einen Mann, der nachts offensichtlich nicht schlafen konnte und mit seinen Gedanken selbst in diesem Augenblick, so vermutete sie, ganz woanders war.

Ihr Mann beobachtete ihn ebenfalls und sie konnte nur hoffen, dass er nicht irgendeine Bemerkung wie »*Noblesse oblige*, nicht wahr?« machen würde, oder darüber, dass die feinen Damen und Herren natürlich glaubten, ein paar huldvolle Worte könnten das Unrecht der Ungleichheit wiedergutmachen.

»Wenn er«, sagte sie, »sich absichtlich selbst rausgeworfen hat, dann war es nett von ihm, uns alle von unserem Elend zu erlösen.«

Zu ihrem Erstaunen stimmte Jonathan ihr zu und ihre Stimmung schlug erneut um. Genau so sollte das Leben sein: Männer handeln selbstlos, erkennen wahre Güte, ersparen anderen Schmerzen, statt sie ihnen zuzufügen.

Sie fragte sich, ob Alice Rayne wohl auch die gute Tat ihres Mannes erkannt hatte. Doch Alice war nicht da, half wahrscheinlich beim Tee – was ich auch tun sollte, dachte Jane, aber sie wollte nur ungern nach drinnen gehen, fort aus dem sanften Sonnenschein.

Das Match lief weiter, es wurden Punkte gesammelt. Mr. Lubbock schied aus, weil sein Ball direkt aus der Luft gefangen wurde – er sei von einem »clever angeschnittenen Ball« getäuscht worden, erklärte Jonathan. Ross Harris schlug zwei Sechser hintereinander, dann schied er aus, weil sein Ball ebenfalls direkt gefangen wurde. Genau deshalb waren alle gekommen: der beruhigende, ewig englische Klang von Weidenholz auf Leder, der Ball, der über die Grenzlinie fliegt, das leise Klatschen nach einem guten Schlag, das Gefühl der Verbundenheit, die Aussicht auf Tee.

»Ich sollte wirklich meine Hilfe in der Küche anbieten«, sagte sie zu Jonathan.

»Hast du auch etwas gemacht?«

»Kirschplätzchen ohne Kirschen, die ich zu lange im Ofen gelassen habe, oder möglicherweise auch nicht lange genug. Ach, ich weiß nicht. Jedenfalls sind sie zu weich und auseinandergefallen.«

»Genau wie ich«, sagte er mit einem sanften Lächeln.

Er hatte einen Scherz gemacht! Den ersten, dachte sie, seit er aus diesem verdammten Lager zurückgekehrt war, und sie lachte auf dem Weg in die Küche über das Netteste, was er ihr seit einer Ewigkeit gesagt hatte.

Juliet stand mit dem Hund auf der Treppe zum Pavillon herum. »Mum! Ich habe Mrs. Lubbock sagen hören, dass nicht genügend Erdbeerwindbeutel da sind. Was sind Erdbeerwindbeutel?«

Jane erinnerte sich an goldgelbes Gebäck, prall gefüllt mit Sahne und scharlachroten Früchten.

»Vor dem Krieg, als du noch ganz klein warst, hast du sie mal gegessen«, sagte sie und sah den gedeckten Esstisch ihrer Eltern vor sich, so bunt wie ein Quilt: schneeweiße Meringen neben ebenholzschwarzer Schokoladentorte, ein Turm von Ingwerplätzchen – weder zu weich noch zu hart – neben bittersüßer Zitronencreme in einer weißen Porzellanschüssel, die, wie ihr Vater immer sagte, aussah »wie ein riesiges Gänseblümchen« ...

»Mum! Haben sie mir geschmeckt?«

»Du hast sie über alles geliebt.«

»Und wenn wirklich nicht genügend da sind?«

»Dann kannst du meinen haben.«

Der Ausdruck der Zuneigung, der sich auf Juliets Gesicht breitmachte, verschlug Jane fast den Atem. Doch dann war ihr heiß geliebtes kleines Mädchen auf einmal verschwunden, hüpfte, gefolgt vom Hund, in den Sonnenschein.

»Nimm Rusty an die Leine«, rief sie ihr nach. »Es würde uns niemand verzeihen, wenn er alles auffrisst. Und auf der Weide sind Kälbchen, also lass ihn nicht in ihre Nähe, sonst drehen ihre Mütter durch.«

Sie ging in die Küche, wo mehrere Frauen etwas vorbereiteten, was als Crickettee durchgehen müsste: zwei in sich zusammengefallene Biskuitkuchen, die in der Mitte der enorm großen Teller ganz verloren wirkten, winzige Klackse richtiger Sahne auf Scones, die, wie Mrs. Grainger lang und breit erklärte, mit nur sieben Gramm Fett pro Dutzend aufwarteten; Custard aus Eipulver, der in kleinen Schüsselchen herumwabbelte; Sandwiches, bestrichen mit Margarine, die für Jane immer irgendwie nach einem industriellen Abfallprodukt schmeckte, und belegt mit gräulichem Frühstücksfleisch – was darin war, das wusste Gott allein; mit Apfelstückchen garnierte Brotlaibe, die Mrs. Lubbock – in einem weiteren neuen Kleid – in dünne Scheiben sägte. Jane entdeckte die Erdbeerwindbeutel, die Stars der Veranstaltung. Sie sind so klein, dachte sie, dass eine Amsel sie mit einem Happs verschlingen könnte.

Doch diese ausgezehrten Frauen mühten sich ab, rankten Kapuzinerkresse um steinharte Korinthenkekse ohne Korinthen, legten dunkle samtene Stiefmütterchen auf einen nicht identifizierbaren gedeckten Kuchen. Selbst ihre eigenen Plätzchen sahen nicht allzu schlimm aus mit den Blumen, die wie leuchtend blaue Sterne jedes einzelne jämmerliche Exemplar verzierten.

»Kann ich irgendetwas tun?«, fragte sie.

»Vielen Dank.« Mrs. Lubbock lächelte und hielt in ihrer Sägerei inne. »Aber wir haben hier mehr als genug helfende Hände.«

»Sie haben wirklich Erstaunliches geleistet!« Auf dem Tisch standen Marmeladengläser voller blauer Vergissmeinnicht und korallenrotem Sauerampfer, Rosen mit riesigen Blüten. »Und diese Tischdecke«, sagte Jane und befühlte den dichten, weichen weißen Damast mit dem eingewebten Chrysanthemen-Muster, »wirklich exquisit.«

Mrs. Lubbock schenkte ihr ein für sie ungewöhnlich verlegenes Lächeln. »Das ist die Tischdecke, die meine Mutter für ihr Hochzeitsfrühstück verwendet hat. Und ich für meins. Da dachte ich, heute – na ja, es ist ja ein besonderer Anlass.«

Plötzlich fühlte sich Jane überwältigt von der Leidenschaft, mit der alle Anstrengungen unternommen wurden, dieses karge Festmahl zu einem Bankett zu machen.

»Wahrlich besonders«, echote sie und ließ den Blick über diese Frauen schweifen, von denen manche Ehemänner, Brüder, Söhne und Liebhaber gehabt hatten, die zu Schlamm und Staub geworden waren. Ihr kamen die Tränen, und sie suchte verzweifelt nach ihrem Taschentuch, denn alle hier versuchten zu zeigen, woraus das Leben bestehen kann – nicht nur aus Blut, Schweiß und Tränen, sondern auch aus Charme und Gesellschaft, aus

Bemühen und Freigiebigkeit, ein Leben, in dem man zusammenarbeitet und gemeinsam den Tee einnimmt.

»Das mit meinen Plätzchen tut mir leid«, sagte sie.

»Macht doch nichts«, beruhigte Mrs. Lubbock sie.

»Sie haben sie so schön hergerichtet mit diesen Blumen, was immer das für welche sind.«

»Borretsch. Lady Rayne brachte alle möglichen Blumen vorbei, die man ihr zufolge essen kann – eigentlich schmecken sie sogar ganz gut.«

»Ich muss mich bei ihr bedanken.«

»Ich habe sie nach Hause geschickt«, sagte Mrs. Lubbock und fügte noch mit einem vielsagenden Blick hinzu: »Sie sah nicht allzu gut aus.«

Jane wusste, was dieser Blick bedeutete: Ist sie schwanger? Die arme Alice Rayne, dachte sie, ständig wurde sie vom Dorf einer solchen Prüfung unterzogen. Doch gleichzeitig hob sich ihre Stimmung. Denn wäre ein Baby im Big House nicht ein freudiges Ereignis? Würde es sie nicht alle daran erinnern, dass das Leben weitergeht? Vielleicht erklärte die bevorstehende Vaterschaft Stephen Raynes Anwesenheit hier, die Anstrengungen, die er heute unternahm. Obwohl seine Augen leer waren, ganz so, als spielte er eine alte Rolle aus dem Gedächtnis, war es zumindest ein Anfang.

»Mum!« Eleanor erschien in der Küche. »Gleich ist Dad mit Schlagen dran!«

Jane eilte nach draußen und sah, wie ihr Mann und ihr Sohn, der für ihn rannte, zu ihrem Ende der Wurfbahn gingen. Bitte, betete sie an einen Gott, an den sie nicht glaubte, schenk ihm wenigstens einen klitzekleinen Sieg.

Den ersten Ball schlug er schwach. Aber zumindest war er nicht gleich ausgeschieden. Doch beim nächsten Ball machte er zu ihrer Überraschung mit einem Selbstvertrauen, das sie ihm gar nicht mehr zugetraut hätte, mit seinem gesunden Bein einen Schritt nach vorn, landete einen perfekten Schlag und beförderte den Ball zwischen den Feldspielern hindurch über die Spielfeldgrenze. Es gab großen Applaus. Und dann schlug er noch einen wunderschönen Vierer. Das Klatschen am Spielfeldrand wurde lauter: Ihr Arzt hatte zwar sein Bein an Hitler verloren, aber nicht seine Fertigkeit auf dem Cricketfeld. Jane war über alle Maßen erleichtert. Er spielte gut. Christopher rannte für ihn. Vater und Sohn arbeiteten zusammen. Ach, Gott sei Dank!

Als der Spieldurchgang der Heimmannschaft abgeschlossen war, hatte Jonathan zweiundfünfzig Punkte erzielt, war noch immer nicht ausgeschieden und kehrte zum Pavillon zurück, um Tee und Glückwünsche entgegenzunehmen. Ausnahmsweise einmal hatte er ein breites Lächeln im Gesicht.

Manchmal war das Leben einfach schön. Richtig schön. Sie lachte und plauderte, gab Juliet ihren Erdbeerwindbeutel, ließ sich darüber aus, wie köstlich Borretschblüten waren. Selbst Christoph, der sich zu Hause immer mehr zurückzog, schien sich gut zu unterhalten. Vielleicht machte sie sich unnötige Sorgen um ihn. Und Eleanor, die ihre Prüfungen endlich hinter sich hatte, steckte ihre Nase nicht mehr in ein Biologiebuch. Sie unterhielt sich gerade mit Ross Harris, der ganz eindeutig mit ihr flirtete. Ross, so hatte sie gehört, hatte Arbeit in einer Autofabrik gefunden und ging fort, um sich ein neues Leben in der Nähe von Birmingham aufzubauen.

Ein neues Leben.

Das würden sie jetzt alle haben, sagte sie sich, nachdem sie beim Abwasch geholfen hatte und sich bei dem großen Weißdorn in einem Liegestuhl ausruhte. Eine Gruppe kleiner Mädchen lag im Gras und flocht Vergissmeinnicht- und Gänseblümchenketten. Sie hielt Ausschau nach Juliet, erwartete, irgendwo ihren rotbraunen Haarschopf zu sehen. Sie war nicht da. Wahrscheinlich war sie mit Rusty spazieren gegangen.

Jane schloss die Augen, überließ sich der bleiernen Müdigkeit.

Aus dem Wald rief ein Kuckuck. In dem Kirschbaum beim Pavillon sang ein Rotkehlchen. Ein Hund bellte. Ihre Gedanken wanderten.

Und dann gellte ein Schrei durch den herrlichen, lieblichen Mainachmittag.

38

In jenem Bruchteil einer Sekunde schien es Jane, als würde die Welt stehen bleiben: die Unterhaltungen am Spielfeldrand, der Werfer bei seinem Anlauf, die Jungen, die zwischen Netzen spielten. Niemand rührte sich. Niemand tat etwas.

Dann nahm sie Stephen Rayne wahr, der losgerannt war und sich gerade über den Weidezaun schwang. In dem Moment sah sie es: Auf der Wiese am hinteren Ende des Cricketfelds stürmte die Kuhherde direkt auf ihre geliebte Juliet los, die, Rusty auf dem Arm haltend, wie gelähmt dastand.

Jane zwang ihre Beine, sich in Bewegung zu setzen. Der Hund musste das Vieh erschreckt haben. Doch noch während sie rannte, wusste sie, dass es aussichtslos war. Keine Macht der Welt konnte ihr helfen, es rechtzeitig dorthin zu schaffen. Niemand. Sie würden alle zu spät kommen.

Stephen jedoch hatte noch nicht aufgegeben. Schreiend und mit den Armen fuchtelnd, hatte er sich zwischen Juliet und die wild voranstürmende Herde manövriert. Doch die Kühe waren so sehr getrieben von ihrer Angst um ihre Kälber, dass sie nicht abbremsen konnten und direkt auf ihn zusteuerten; jeden Augenblick würden sie ihn niedertrampeln und ihre Tochter zermalmen, ihre Knochen mit den Hufen zertrümmern und ihr junges Fleisch aufreißen.

Dann hörte Stephen auf zu schreien und zu gestikulieren und drehte dem rasenden Vieh den Rücken zu. Er will abhauen und sich in Sicherheit bringen, dachte sie, seine Haut retten. Doch stattdessen rannte er direkt auf Juliet zu und warf sich über sie, sodass er sie mit seinem Körper abschirmte.

Alles, was Jane verschwommen erkennen konnte, war ein heilloses Durcheinander aus brüllenden, schnaubenden Tieren, und sie rannte so schnell, dass sie ausrutschte. Als sie aufblickte, sah sie, wie Männer mit Cricketschlägern herumfuchtelten, dabei laute Pfiffe ausstießen und so die Kühe und ihre Kälber in eine Ecke trieben, fort von dem unförmigen weißen Haufen in dem aufgewühlten Gras.

Sie hörte einen Ruf: »Mummy!« Und Juliet kam unter Stephen Rayne hervorgekrochen. Noch immer den Hund an sich gepresst, sprang sie auf, die langen kindlichen Gliedmaßen heil, und fiel ihrer Mutter in die Arme.

Weinend und mit erstickter Stimme sagte sie: »Rusty hat sich losgerissen. Ich musste ihn retten. Gib ihm nicht die Schuld daran. Lass nicht zu, dass der Bauer Rusty erschießt. Versprich es mir, Mummy! Versprich es.«

Alles, was du willst, dachte Jane. Sie öffnete den Mund, um zu antworten, brachte jedoch keinen Ton hervor. Dennoch ließ sie, mit der Klarheit, die die Ausschüttung von Adrenalin bewirkt, ihre geübten Hände über Juliets Körper gleiten. Langsam und ungläubig erkannte sie, dass ihre Tochter unverletzt war. Keine gebrochenen Knochen, die Haut unversehrt.

»Mein Schatz!« Jonathan beugte sich nieder.

Juliet umklammerte ihren Vater, der Jane einen verzweifelten, fragenden Blick zuwarf. »Ist bei ihr alles in Ordnung?« Als sie nickte, vergrub er das Gesicht im Nacken seiner Tochter. »Gott sei Dank.«

Dann sah Jane, wie der Arzt in ihm wieder die Oberhand gewann. Während er sich hochrappelte, warf er ihr einen scharfen Blick zu, als wollte er sagen: Wir müssen ihm helfen.

Eine Menschenmenge hatte sich um die Stelle versammelt, wo die beiden gelegen hatten, und Jane rannte los, wappnete sich für das, was sie dort vorfinden mochte.

»Ihr dürft ihn nicht bewegen!«, rief Jonathan, doch Stephen stand bereits selbst langsam auf.

Jane sah Blut auf seiner Wange, die rechte Schulter ragte unter seinem Hemd nach vorn – »ausgekugelt«, stellte ein entfernter Teil ihres Gehirns fest –, das Gesicht war aschfahl.

»Danke, vielen Dank!«, hörte sie ihren Mann rufen.

»Ist bei ihr alles in Ordnung?«

»Dank Ihnen!« Jonathan ergriff Stephens Hand. »Was Sie getan haben, war so ... vielen, vielen Dank. Mir fehlen die Worte.«

Von überallher kamen Fragen. »Aber wie um alles in der Welt ...? Was genau ist passiert?«

»Die vorderen Tiere schwenkten ab«, erwiderte Stephen. »Die Herde hat sich um uns herum geteilt.«

»Ihre Schulter!«, sagte Jonathan.

»Nicht der Rede wert. Aber Ihre Frau«, sagte Stephen und sah Jane an. »Ich glaube, sie steht unter Schock.«

Jane wusste, dass sie zitterte, doch Stephens Besorgnis um sie zwang sie, sich zusammenzureißen. Mit einem heiseren Flüstern sagte sie: »Sie hätten dabei umkommen können.« Er murmelte etwas, was sie nicht hören konnte. »Um ihr Leben zu retten«, fuhr sie fort, »hätten Sie Ihr eigenes gegeben ...«

Sie musste innehalten. Dass er sich möglicherweise für ihr Kind geopfert hätte, verschlug ihr die Sprache. Stephen hatte recht, sie stand unter Schock, denn während sie sich die Szene –

die sie, wie sie in dem Moment bereits wusste, ihr ganzes Leben lang begleiten würde – noch einmal vor Augen führte, erschien ihr dieser ganz in Weiß gekleidete Mann, der sich mit einer Geschwindigkeit bewegt hatte, als wären ihm Flügel gewachsen, wie ein Engel.

Sie hörte Jonathan sagen: »Sie haben sich in solch eine große Gefahr begeben ... Sir ... Ich stehe auf ewig in Ihrer Schuld. Dass Sie überlebt haben ...«

Stephen schnitt ihm das Wort ab: »Ich habe doch gesagt: Sie schwenkten ab. Hören Sie auf, so ein Aufhebens zu machen.«

Doch rundherum wurde er als Held gepriesen: »Welch unglaublicher Mut ... Ein Wunder, dass sie nicht beide umgekommen sind ... Ich dachte, die Kühe würden direkt über die beiden hinwegstürmen ...«

»Ich bin kein Held«, sagte Stephen. »Ganz sicher nicht.«

Jane hörte eine echte Wut in seiner Stimme, und wie aus dem Nichts verspürte sie eine Angst vor dem Mann, den sie soeben noch mit einem Engel verglichen hatte.

»Erlauben Sie mir, Ihnen zu helfen!«, bat Jonathan. »Sir, Ihre Schulter! Die Schmerzen müssen unerträglich sein.«

»Wirklich?«, sagte Stephen mit einem hohlen Lachen.

Merkt hier eigentlich noch irgendjemand, fragte sich Jane, wie seltsam er sich verhält? Dass der Schmerz in seinem Gesicht eher seelischer als körperlicher Natur zu sein scheint? Doch sie konnte sich jetzt keine Sorgen um Stephen Rayne machen. Und als ihr Mann, der unbedingt helfen wollte, ihn wegführte, nahm sie ihre am ganzen Körper zitternde, schluchzende Tochter in die Arme und gab ihr immer wieder das verlogene Versprechen, das so vielen Müttern im Krieg bereits gute Dienste geleistet hatte: dass sie sie vor allem Unheil bewahren würde.

39

Stephen saß in einem Liegestuhl, den Arm in einer Schlinge. Das Match war wieder aufgenommen worden, doch es herrschte eine ausgelassene Partystimmung. Ein unschuldiges Kind gerettet! Ein Held in ihrer Mitte! Das Wohlwollen ihm gegenüber war offenkundig, seine Missachtung des Dorfes vergeben.

»Sir«, sagte Mr. Reynolds und kam herübergehumpelt, »zu Hause habe ich eine Flasche Brandy. Die könnten Sie haben, gegen den Schmerz.«

Mit seinem intakten Arm zog Stephen einen Stuhl für Mr. Reynolds heran, einen Mann, der allen Grund gehabt hätte, einen Groll gegen ihn zu hegen, nachdem er ihn als Leiter des Zwingers abgesetzt hatte. »Das ist wirklich nett von Ihnen«, sagte Stephen, »aber der Quacksalber hat mir Morphium angeboten.«

Er hatte es allerdings nicht angenommen. Das Pochen in seiner Schulter lenkte ihn von der Last des anderen jungen Körpers ab, der sich vor Jahren an ihn geklammert hatte, um in Sicherheit zu sein.

»Das ist allerbester Brandy, Sir. Ihr Vater hat ihn mir geschenkt, als ich aus Ypern zurückkam – für meine Hüfte. Er ist noch ungeöffnet.«

»Aber das war vor dreißig Jahren!«, protestierte Stephen. »Diesen Brandy sollten *Sie* sich schmecken lassen.«

»Es ist tröstlich zu wissen, dass er da ist«, erklärte Mr. Reynolds, »dass, falls es richtig schlimm wird, immer etwas da ist.«

Die Güte des alten Mannes und der Respekt in seiner Stimme überforderten ihn. Hilflos fragte Stephen: »Sind die Schmerzen so schlimm?«

»Nun, ich bin eben kein junger Hüpfer mehr.«

Stephen brachte das passende Lächeln zustande, denn das tun viele, dachte er, aus einem Gebrechen einen Scherz machen. Und vielleicht war Humor die beste Rüstung in dem ganzen Kriegswahnsinn. Allerdings nicht für das, was er getan hatte.

»Man hat mich von den Schiedsrichterpflichten entbunden, da wäre es mir ein Vergnügen, ihn für Sie zu holen«, fuhr Reynolds fort. »Was Sie da gerade getan haben, das war großartig.«

Der Mythos war bereits im Entstehen begriffen, sein Ruf, mutig zu sein und eine gute Portion Glück zu haben, erreichte neue Höhen. Genau das Gleiche war im Krieg geschehen und der Grund, weshalb man ihn in Frankreich zurückhaben wollte. Wir brauchen unsere Helden, dachte er, Männer und Frauen, die unser verzweifeltes Verlangen nach Wundern stillen.

»Das hätte doch jeder getan«, murmelte Stephen.

»Nein, eben nicht.« In der Stimme des alten Mannes lag Nachdruck. »Das wissen Sie ganz genau.«

Natürlich wusste er das. Die meisten Menschen setzten alles daran, nicht zu sterben. Aber die meisten hatten auch nicht das getan, was er getan hatte.

»Ich meine ja nur«, begann er.

Er hielt inne. Was er meinte, war, dass er sein Leben nur riskiert hatte, weil es ihm einerlei war, ob er es verlor, und daran war nichts heroisch.

»Egal«, seufzte Stephen und gab Mr. Reynolds die Hand, um anzudeuten, dass sie, zwei Soldaten, eine Erfahrung geteilt hatten, aber letztendlich nichts wirklich darüber sagen konnten.

Und Mr. Reynolds verstand den Wink und deutete auf das Spielfeld. »Das wird ein spannendes Finale. Sie brauchen sechzehn Punkte aus achtzehn Bällen.«

Und so saßen sie da und sahen dem Spiel zu, als hätten sie nichts anderes im Kopf als Cricket, klatschten, atmeten tief durch, murmelten »Herrlicher Schlag ... wunderschöner Ball«. Dann nahm Ross Harris den letzten Schlagmann aus dem Spiel, das Spiel war vorbei und Oakbourne hatte mit fünf Punkten Vorsprung gewonnen.

Stephen erhob sich, half Reynolds hoch und applaudierte den Spielern, während diese zum Pavillon zurückkehrten.

Erhitzt und redselig infolge der Aufregungen des Tages und eines von den Lubbocks gestifteten Fasses Cider, blieben alle noch dort, wollten nicht, dass der Tag zu Ende ging. Stephen stand auf den Stufen des Pavillons, als wäre er absolut entspannt und sorgenfrei, der Mittelpunkt der Aufmerksamkeit.

Wie es ihm gehe, erkundigte man sich. Solle ihn jemand nach Hause fahren? Gehe es Lady Rayne gut? Sie habe lediglich leichte Kopfschmerzen. Seine Schulter tue schon nicht mehr so weh. Der Arzt habe hervorragende Arbeit geleistet.

Alles würde gut werden, schien er zu sagen, während die Dorfbewohner, genau wie damals seine Männer, um ihn herumschwärmten wie Bienen um ihren Stock. Und er hatte das entsetzliche Gefühl, dass es wieder 1944 und er in jenem Wald zurück war. Denn genau das hatte er damals immer getan: Er hatte die bereits schwächelnde Stimmung hochgehalten, da allein seine Anwesenheit den Leuten ein Gefühl von Sicherheit gab, während er endlos Rundgänge durch das behelfsmäßige Lager machte und so den trügerischen Eindruck erweckte, er könnte ihren Schutz garantieren.

Langsam wurden die Schatten länger und die Menge begann sich zu zerstreuen – die jungen Männer verabredeten sich im Queen's Head, Familien sammelten müde Kinder ein, andere trabten, lachend und plaudernd, zwischen den blütenreichen Hecken den staubigen Weg hinunter.

Schließlich war Stephen allein.

Er setzte sich auf die Treppe des Pavillons. Er hatte überlebt. Einmal mehr. Selbst eine anstürmende Kuhherde, der er sich in den Weg gelegt hatte, konnte ihn nicht umbringen.

Als er sich über das Mädchen geworfen hatte und die donnernden Hufe immer näherkamen, hatte er gedacht, jetzt würde endlich alles ein Ende finden, nicht auf feige Weise, nicht durch die eigene Hand, sondern als eine Art Buße. Er konnte sein Leben aufgeben, indem er ein anderes rettete.

Doch er steckte noch immer hier fest, ein herrlicher Sommerabend lag vor ihm, und wer wusste schon, durch wie viele Sommer er sich noch schlagen musste. Auf keinen Fall wollte er Alice mit ihren Kopfschmerzen, oder was sie sich sonst herbeifantasiert hatte, gegenübertreten. Also ging er in die entgegengesetzte Richtung von Oakbourne Hall, nahm einen selten benutzten Pfad zurück zum Dorf.

Das letzte Mal war er 1939 dort entlanggegangen – es war das erste Kriegsweihnachten gewesen und er war mit seinem Bruder zusammen. Sie hatten sich gestritten. James war überzeugt, dass Frankreich – sein Volk und seine Armee – Deutschland die Stirn bieten würde. Stephen war nicht so zuversichtlich gewesen.

Ich hatte recht, dachte er und befreite sich aus dem Dorngestrüpp, das sich überall am Weg breitgemacht hatte. Die Geschwindigkeit, mit der Frankreich vor den Nazis in die Knie gegangen war, hatte ihn nicht überrascht, und zu seinem Entsetzen liefen ihm plötzlich heiße Tränen die Wangen hinunter. Er konnte sich nicht mehr erinnern, wann er das letzte Mal geweint hatte, doch der Schmerz und der verrückte Tag höhlten seine Selbstbeherrschung aus und er wischte die Tränen fort, denn das Pochen in seiner Schulter war nichts im Vergleich zu den Qualen, die James erlitten haben musste.

Ach, James. Sein törichterweise furchtloser älterer Bruder musste in eine Falle geraten sein. Stephen hatte es immer wieder erlebt: Leute, von denen man dachte, sie seien auf derselben Seite wie man selbst, verpfiffen einen, um sich bei der Gestapo lieb Kind zu machen. Entsetzliche Bilder stürzten auf ihn ein, erschütterten seinen ganzen Körper, sodass er fürchtete, ohnmächtig zu werden.

Er sank zu Boden und legte den Kopf zwischen die Knie. Warum hatte *er* überlebt? Und nicht James oder all die anderen Männer, Frauen und Kinder, die zu jung gestorben waren? Wie etwa diese eine unschuldige Seele, deren Leiche noch heute schwer über seinen Schultern hing?

Könnte er doch nur hier aufgeben. Niemand benutzte diesen Pfad. Er könnte sich in den Staub legen und würde tagelang nicht gefunden werden.

Doch das ist deine Strafe, sagte er sich, es muss weitergehen, du kannst nicht aufhören, und selbst wenn du zu neunundneunzig Prozent gebrochen bist, musst du von diesem einen restlichen Prozent Gebrauch machen. Das war eine Botschaft, die er seinen Männern eingebläut hatte: »Findet diesen Teil von euch, der noch am Leben ist, und greift zum Überleben darauf zurück.« Er würgte ein paar von Downes' Morphiumtabletten hinunter. Geh weiter!, befahl er sich und wuchtete sich wieder auf die Beine. Geh weiter!

Doch der bittere Geschmack der Pillen löste einen Brechreiz aus und machte ihn fürchterlich durstig. Seine Gedanken kehrten zu einem glühend heißen Nachmittag im Krieg zurück, als er derart ausgetrocknet war, dass er fast schon im Delirium schwebte. Er hatte bei einem Pfarrer Halt gemacht und um Wasser gebeten, doch der Mann hetzte einen Hund auf ihn.

Das wird alles vergessen werden, dachte er und schlug die Brennnesseln mit seinem Cricketschläger zur Seite. Wenn *wir* erst die Geschichtsbücher fabrizieren, werden wir alle Helden und unsere Abscheulichkeiten wie weggewischt sein.

Er trat in die Gasse, die zum hinteren Ende des Friedhofs führte. Die Trockenmauer war zusammengefallen und er stieg durch eine Lücke. Niemand lebt ewig, sagte er sich und betrachtete die mit Flechten überzogenen Grabsteine. Eins ist sicher: In fünfzig Jahren liegst du auch in der Abendsonne, inmitten von schimmernden Gänseblümchen und Kamille.

Fünfzig Jahre. Er rechnete: sechshundert Monate. Wie viele Tage? Fünfzig mal dreihundertfünfundsechzig – seine Kopfschmerzen waren zu stark. Er musste sich irgendwo hinsetzen, wo es kühl war, damit die Medikamente wirken konnten. Dort war die Kirche. Er konnte ihren Geruch nach selbstgerechter Scheinheiligkeit nicht ausstehen, aber zumindest wäre es in dem alten Gebäude ruhig.

40

Stephen war davon ausgegangen, dass die Kirche leer sein würde, doch als er den Gang hinunterging, sprang Ivens aus einer Bank in der Nähe des Altars. Auf dem Gesicht des Pfarrers lag eine solche Zärtlichkeit, dass Stephen der Gedanke kam, dies sei die eigentliche Wahrheit des Christentums – hier war reine Liebe zugegen.

Im nächsten Augenblick wurde Ivens' Lächeln jedoch von offener Feindseligkeit abgelöst, und er richtete sich zu voller Größe auf, die Beine gespreizt, die Arme gekreuzt. Das Morphium, dachte Stephen, verzerrt meine Wahrnehmung, und mit einer leichten Handbewegung rief er: »Tut mir leid, Sie zu stören, Reverend.«

»Was wollen Sie?«

»Nichts«, erwiderte Stephen, verblüfft über Ivens' aggressiven Ton. »Ich gehe schon wieder.«

Doch Ivens brüllte: »Warten Sie!« Mit einem halben Dutzend Schritten schloss er zu ihm auf, die Stirn schweißfeucht, der Atem zu schnell.

»Mr. Ivens«, sagte Stephen und überlegte, was um alles in der Welt den Mann derart aus der Fassung gebracht haben konnte, »ist alles in Ordnung?«

»Sind Sie hier, um Dank zu sagen für Ihr Leben?«

»Was?«

»Nach Ihrer großen Heldentat heute – Juliet Downes das Leben zu retten, wofür ich Gott danke. Aber war es wirklich Heldentum?« Die Worte purzelten derart wirr aus ihm heraus, dass Stephen sich fragte, ob der Pfarrer getrunken habe, doch da er so dicht vor ihm stand, konnte er Pfefferminz in seinem Atem riechen, aber nicht den geringsten Hauch von Alkohol. »Sehen Sie«, sagte der Pfarrer, »als ich hörte, dass Sie sich vor eine anstürmende Viehherde geworfen haben, musste ich an einen Mann denken, der während des Blitzkriegs immer als Erster in ein brennendes Haus rannte, um die Kinder zu retten. Was für ein Held, sagten alle, aber in Wahrheit war der Mann krank, und sogar bei lebendigem Leibe verbrannt zu werden, erschien ihm besser als ein langwieriger Tod, als all die grauenhaften Erniedrigungen seiner Krankheit ertragen zu müssen, von denen Sie, Sir Stephen, überhaupt keine Ahnung haben.«

»Ivens! Was zum Teufel ist in Sie gefahren?«

»Ich möchte wissen, warum Sie glauben, das Recht zu haben, anderen Menschen das Leben zur Qual zu machen.«

Hatte der Pfarrer den Verstand verloren? »Ich habe keine Ahnung, wovon Sie reden.«

»Wirklich nicht?« Ivens' Stimme triefte vor Sarkasmus. »Dann erkläre ich es Ihnen gerne: Sie ignorieren sämtliche Verantwortlichkeiten im Big House, gegenüber den Männern und Frauen aus der Umgebung. Gegenüber Ihrer Frau, wie Sie sich über sie mokieren und sie vor anderen demütigen.«

»Meine Frau! Verstehe. Sie hat Ihnen also meinetwegen etwas vorgejammert.«

Als Stephen Ivens' absolut hasserfüllen Blick sah und merkte, dass er immer noch den Cricketschläger umklammert hielt, stellte er ihn außer Reichweite ab und versuchte, ruhig zu bleiben.

»Kein einziges Mal«, erklärte Ivens, »*kein einziges Mal* hat Ihre Frau auch nur ein abfälliges Wort über Sie geäußert. Was Sie eigentlich wissen sollten!«

Das stimmte allerdings. Alice würde nie vor anderen über ihre Probleme klagen.

»Ivens, ich weiß nicht, was heute Abend mit Ihnen los ist. Aber bei allem Respekt, Sie haben nicht die entfernteste Ahnung, was ich durchgemacht habe.«

»Ich habe eine ziemlich gute Vorstellung davon.«

»Den Teufel haben Sie! Haben Sie jemals ein Gewehr in der Hand gehalten? Geschweige denn jemanden getötet? Sie haben den Feind nicht einmal zu Gesicht bekommen, weswegen Sie auch nicht den blassesten Schimmer haben. Die Entscheidungen, vor denen ich stand. Tagein, tagaus. Entscheidungen über Leben und Tod, wohl wissend, dass, wenn ich einen Fehler mache ...«

»*Wenn ich einen Fehler mache*«, unterbrach ihn Ivens. »Verstehe. Der große Sir Stephen kann also keinen Fehler machen. Ist es das? Der Star in der Schule, der Star in Cambridge. Dann das Außenministerium – ein Topposten in Paris. Doch der große Sir Stephen konnte nicht einfach ein brillanter sprachbegabter Diplomat sein. O nein! Und Gedichte haben Sie auch schon veröffentlicht!«

»Das muss ich mir nicht anhören.«

»Aber ich habe recht, stimmt's? Und Sie haben eine schöne, eine wunderschöne Frau geheiratet! Wie viel mehr braucht ein Mann wie Sie, um eine gute Meinung von sich selbst zu haben? Dem Dorfklatsch nach zu urteilen waren Sie auch im Krieg ein ziemlicher Star. Bis Sie dann irgendetwas absolut Unverzeihliches taten. Ja, wieder Dorfklatsch. Früher waren Sie, sagte man mir, äußerst gesellig, äußerst charmant. Jetzt verlassen Sie das Haus nicht mehr. Man muss kein Gedankenleser sein, um sich einen Reim darauf machen zu können.«

Stephen taxierte den Pfarrer. Selbst mit dem rechten Arm in einer Schlinge könnte er dem Mann mit einem einzigen Schlag das Maul stopfen. Er gab sich einen Ruck und wandte sich ab.

»Ich würde gern wissen«, fuhr Ivens fort, »warum selbst Ihre Fehler größer sein müssen als die aller anderen Menschen? Wissen Sie, was ich für Ihre wahre Sünde halte?«

»Meine Sünde? Zum Teufel mit Ihnen, Ivens.« Stephen ging in Richtung Tür.

»Ihre verdammte Arroganz. Und nicht das, was Sie im Krieg getan haben. Wir haben alle gelitten, aber Sie glauben, Sie hätten das Recht, mehr als wir anderen zu leiden.«

Ivens hatte es so eindeutig auf eine Schlägerei angelegt, dass Stephen versucht war anzubeißen und aus all seiner unterdrückten Wut heraus auf jemanden einzudreschen. Er hatte im Krieg so viel davon gesehen, von dem sadistischen Vergnügen daran, der Gewalt nachzugeben, von den als Erlösung empfundenen Orgien des Blutvergießens.

»Bitte«, schrie Ivens, »sagen Sie es mir.«

Sagen Sie es mir?

»Herrgott noch mal, Ivens! Es reicht!«

Doch der Pfarrer war nicht zu stoppen: »Sehen Sie sich als eine Art Osterlamm, das in unser aller Namen geopfert wurde?«

Sag es mir!, schien Ivens zu brüllen.

Sag es mir!
Dites-moi!
Sag es mir!
Sag es mir!

Ivens' Gesicht begann zu verschwimmen. Und wieder sah Stephen jenen feisten, rotwangigen Oberst vor sich, wie er, sicher hinter seinem Schreibtisch in Whitehall, tödliche Befehle erteilte; den adretten jungen Pfarrer, der ihm ein Glas Wasser verweigerte; die schönen, sinnlichen, hinterlistigen Lippen von Benoits verschmähter Mätresse, die der Gestapo den genauen Ort von Stephens Versteck verriet; das Grinsen der SS-Wache, als sie Stephens Mund unter den laufenden Wasserhahn stieß. Dann begannen sämtliche Gesichter miteinander in einen Wasserspeier des Teufels zu verschmelzen, und noch bevor ihm klar wurde, was er vorhatte, ballte er die Faust, schritt den Gang hinunter und schlug Ivens auf die Wange.

Das Krachen, mit dem Ivens gegen die Holzbank und auf den Steinboden fiel, hallte durch die leere Kirche.

Stephen war entsetzt. Zitternd sank er auf die Knie.

Ivens keuchte, den Hals zur Seite gedreht, die Haut weiß, als litte er bereits an Sauerstoffmangel.

»Es tut mir so leid!«

Ivens könnte sterben. Seinetwegen. Seines Naturells wegen. Weil er eine Bestie war. Ein Schlächter.

»Ihr Kopf?«, rief er und richtete Ivens auf, damit er leichter atmen konnte. »Sind Sie mit dem Kopf aufgeschlagen?«

Ivens lag mit auf die Brust gesunkenem Kopf da und gab keine Antwort, während vor Stephens innerem Auge Bilder von aus Schädeln hervorquellenden Gehirnen schwammen. Doch dann kam der Pfarrer anscheinend wieder zu Kräften und bemühte sich fortzukommen, als ertrüge er es nicht, von ihm berührt zu werden.

»Sind Sie mit dem Kopf aufgeschlagen?«, wiederholte Stephen.

»Nein!«, flüsterte Ivens heiser.

»Soll ich den Arzt holen?«

»Nein!« Sich gegen die Seite der Holzbank lehnend, blickte Ivens ihn direkt an. Stephen hatte Angst und Abscheu in seinen Augen erwartet, doch stattdessen sah er lediglich Traurigkeit und Erschöpfung.

»Es tut mir so leid, Reverend. Es tut mir so ...«

Ivens hob die Hand. »Halt!«, sagte er mit einer erstaunlichen Autorität, und Stephen fügte sich. »Ich bin es, der hier im Unrecht ist.«

Stephen konnte den roten Abdruck sehen, wo seine Faust im Gesicht des Pfarrers gelandet war. »Aber ich ...«

»Bitte!« Ivens schenkte ihm das Lächeln eines Geistlichen. »Ich bitte vielmals um Entschuldigung. Ich wusste ganz genau, was ich tat, als ich Sie derart provoziert habe.«

Was Ivens sagte, ergab keinen Sinn. »Wie Sie gestürzt sind«, sagte Stephen. »Ich hätte Sie umbringen können.«

Noch einmal sah Stephen Wut in ihm aufblitzen, dann kam wieder dieses Lächeln. »Ein Sturz ist meine geringste Sorge.« Obwohl Ivens langsam sprach, war sein Verstand so wach wie eh und je. »Sie haben mich einmal gefragt, was mein Geheimnis sei. Nun, eine Entzündung, die *Sie* mit einem heißen Whisky abschütteln könnten, wird mich höchstwahrscheinlich umbringen. Das ist mein Geheimnis – wie krank ich bin. Diesen Winter habe ich Glück gehabt. Aber nächsten Winter? Wer weiß?«

Stephen war ratlos. Er hatte gewusst, dass Ivens nicht gesund war, aber dass er derart krank war ... »Es tut mir so ...«

Ivens schnitt ihm das Wort ab. »Ich beneide Sie. Denn Sie haben überlebt. Warum Sie verschont wurden, weiß Gott allein. Aber Sie wurden verschont. Und ich sehne mich danach, in dieser Welt zu leben, wie Sie es können.«

»Es tut ...«

»Ich möchte nicht Ihr Mitleid, genauso wenig wie Sie meins wollen, schätze ich. Aber heute Nachmittag hätten Sie bereitwillig Ihr Leben gegeben, nicht wahr?«

Stephen hatte das verwirrende Gefühl, dass *er* dem Tod nahe war, nicht der Pfarrer. Plötzlich war ihm ausgesprochen kalt und er wollte einfach nur weg. Und nun ging er – lächerlich, das wusste er, aber er konnte keinen klaren Gedanken fassen – durch die Kirchenbänke und suchte seinen Cricketschläger, den er irgendwo abgestellt hatte.

»Sir Stephen.« Ivens' linkes Auge war jetzt halb zugeschwollen und blutunterlaufen. »Bitte! Setzen Sie sich zu mir.«

Die Verletzung in seinem Gesicht ließ sich nicht leugnen. Stephen setzte sich in die Bank hinter Ivens. Dann senkte Ivens den Kopf im Gebet.

Es herrschte eine vollkommene Stille in der Kirche, fast so, als hielten die steinernen Figuren und geschnitzten Engel den Atem an. Aber kein Frieden. Stephen war nervös. Um ein Haar hätte er Ivens den Kopf eingeschlagen und würde hier als Mörder sitzen. Abermals.

Er konnte ihn unmöglich allein nach Hause gehen lassen, doch Ivens' Gebet schien ewig zu dauern, und er wusste nicht, wie er die Stille unterbrechen sollte. Dann erkannte er im schwindenden Licht die cremeweiße Statue von Noah, die Arme ausgestreckt, gestrandet und voller Sehnsucht.

»Warum«, wagte er sich vor, »wurde Noah auserwählt, die Flut zu überleben? Was war an ihm so besonders?«

Ivens hob den Kopf. »Nichts. Das ist der springende Punkt. Die Guten sterben, die Bösen überleben. Und das Gegenteil trifft ebenfalls zu. Wir sehen darin keine Gerechtigkeit. Das ist eine wunderschöne Statue, nicht? Jemand meinte einmal, sie würde ihm an dieser Kirche am besten gefallen. Und im

Gegensatz zu Ihnen war Noah dankbar für sein Leben. Und ich wäre es auch.«

»Sie wissen nicht, worum Sie mich beneiden. Womit ich lebe.«

»Aber warum kann Ihnen weniger vergeben werden als uns anderen?«

Stephen rang die Hände. Er konnte sehen, wie sich die Muskeln in seinem Zeigefinger anspannten, der sehnig und stark war vom vielen Abdrücken, vom Töten von Männern und Frauen. Und Kindern. Obwohl die Kirche kühl und still war, konnte er fast wieder die Geräusche jenes brütend heißen Vormittags 1944 hören, die laut summenden Insekten, sein Geist und Körper so wach, dass es ihm vorkam, als könnten seine Ohren den Mais wachsen und die Samen aufplatzen hören, kurz vor dem Augenblick, als die Geschütze seinen Frieden für immer zerstörten.

»Wir müssen jetzt gehen«, sagte er scharf.

Worauf Ivens erwiderte: »Sie hätten mich umbringen können. Ich weiß, dass ich Sie provoziert habe. Aber wenn Sie mich jetzt hier zurücklassen, werden Sie sich weiterhin als ein Ungeheuer betrachten.«

»Was ich auch bin.«

»Reden Sie mit mir. Erlauben Sie mir, Ihnen zu helfen.«

Stephen sah Tränen in den Augen des Pfarrers und wollte sich abwenden, doch Ivens hielt seinem Blick stand. Dann übernahm Ivens die Regie, und als er Stephens Hände ergriff, wurde Stephen klar, dass etwas in ihm im Begriff stand, niedergerungen zu werden von der Niederlage, die sich in diesem lädierten Gesicht widerspiegelte.

»Wäre es nicht an der Zeit«, fragte Ivens leise, »dass Sie jemandem erzählen, was passiert ist?«

41

Stephen war derart geübt im Verschleiern, dass er eine schlagfertige Antwort parat hatte: »Ich nehme an, das Haus Gottes ist so gut wie jeder andere Ort, um eine Beichte abzulegen – eines Gottes, an den ich übrigens nicht mehr glauben kann, wenn ich es überhaupt je getan habe. Aber ich kann Ihnen sowieso nichts sagen. Es wurde alles zur Verschlusssache erklärt, streng geheim.«

»Ich bin ein anglikanischer Pfarrer.«

»Dann ist es also in Ordnung – weil man euch Pfarrern ja immer vertrauen kann.«

Ivens ignorierte die Beleidigung und sagte einfach: »Ich höre ständig die Geheimnisse der Leute.«

»Kriegsgeheimnisse? Nur heraus damit!« Er konnte nicht anders. Aggressiv und drohend beugte sich Stephen vor, als wäre er der Vernehmer.

Ivens saß ungerührt da.

»Ich frage mich ...«, begann Stephen, hielt dann aber inne.

Ich frage mich, dachte Stephen, wie lange Sie unter Folter durchhalten würden. Eine Frage, die er sich stets über neue Rekruten stellte.

»Ich frage mich«, begann er erneut und fuhr fort, »was es bringen soll, Ihnen etwas zu erzählen. Ich bitte nicht um Gottes Vergebung.«

»Das ist mir klar«, erwiderte Ivens. »Aber manchmal – leider nicht immer – hilft reden.«

»Ich möchte mir nicht selbst die Absolution erteilen. Ich weiß, was ich getan habe.«

»Es macht Sie trotzdem kaputt. Und die Menschen um Sie herum auch.«

»Falls Sie Alice meinen, ich habe ihr gesagt, sie kann sich von mir scheiden lassen, wenn sie möchte.«

Unsicherheit huschte über Ivens' Gesicht, als wüsste er plötzlich nicht mehr genau, was er sagen sollte. Doch seine Stimme war fest: »Ihre Frau, die Bewohner dieses Dorfes, das ganze Land – wir alle versuchen, mit den Verlusten zurechtzukommen und eine bessere Welt aufzubauen. Wir brauchen Ihre Intelligenz, Ihre Energie.«

»Schöne Worte, Reverend, aber darüber haben Sie mir schon einmal einen Vortrag gehalten.«

»Weil es stimmt.« Ivens seufzte. »Im Ersten Weltkrieg haben wir nicht nur die vielen jungen Männer verloren, sondern auch die Männer, die sie geworden wären. Sie wären jetzt um die fünfzig, sechzig und würden alles Mögliche tun, wären Ingenieure, Lehrer, Krankenhaus- und Fabrikdirektoren. All die Erfahrung und das Wissen, wovon wir hätten profitieren können. Futsch! Ein für allemal. Deswegen sage ich Ihnen noch einmal, dass jemand mit Ihren Talenten die Pflicht hat, seinen Beitrag in dieser Welt zu leisten.«

»Ich habe meine verdammte Pflicht getan.«

Das Mitgefühl kehrte in das Gesicht des Pfarrers zurück. »Dessen bin ich mir sicher.«

»Wie können Sie sich da so sicher sein?«

»Wie gesagt, im Dorf wird darüber geredet, was der Gutsherr zu den Kriegsanstrengungen beigetragen hat.«

»Das glaube ich gern! Und was sagt man so? Dass ich in Whitehall eine ruhige Kugel geschoben, es mir auf meinem Arsch bequem gemacht und andere zur Abschlachtung geschickt habe?«

»Eigentlich dachten die Leute, Sie gehörten zu einem Kommandotrupp.«

Stephen zuckte die Achseln. Seine Sprachkenntnisse legten es nahe, dass man ihn hinter die Front schicken würde.

»Und die Leute dachten«, fuhr Ivens fort, »dass Sie ein ziemlich hohes Tier waren. Dass Sie große Verantwortung trugen – und ich schätze mal, das hat Ihnen gefallen.«

»Wenn Sie mich fragen«, erwiderte Stephen scharf, »ob ich lieber Verantwortung trage, als mir von anderen Idioten sagen zu lassen, was ich tun soll, ja, dann mache ich lieber meine eigenen Fehler, als dass irgend so ein dämlicher Saftsack mich und meine Leute gefährdet.« Wütend starrte er Ivens an. Es war ungerecht von ihm, das wusste er, aber plötzlich wollte er seinen Unmut an diesem Pfarrer auslassen, der in der Kirche saß und Befehle von irgendeiner imaginären gütigen Gottheit empfing, die ewiges Glück versprach.

Ivens erwiderte: »Wenn all diese Männer von einem abhängig sind ...«

»Nicht nur Männer. Frauen.« Stephen biss die Zähne zusammen. »Kinder.«

Jetzt lag Mitleid in Ivens' Blick und das wollte er nicht.

»Und wie war das?«, fragte Ivens leise. »Können Sie mir wenigstens das sagen?«

»Es war die Hölle«, sagte Stephen, als würde das alles erklären.

Er war nervlich ständig am Limit gewesen: War der Unterschlupf, in dem er sich verkrochen hatte, tatsächlich sicher? War dieser Mensch wirklich der, für den er sich ausgab? Manchmal dachte er, er würde vor Anspannung durchdrehen, weil er keinen einzigen Augenblick in seiner Wachsamkeit nachlassen durfte, weil das nicht nur seinen Tod, sondern den – qualvollen, grauenhaft in die Länge gezogenen – Tod von Hunderten bedeuten konnte.

»Aber Sie kamen mit der Hölle zurecht?«, erwiderte Ivens. »Und Sie kamen, glaube ich, sogar außerordentlich gut mit ihr zurecht?«

Er lachte verbittert auf. »O ja! ›Du bist ein Naturtalent‹, sagte man mir. Und das war ich auch. Was nicht einer gewissen Ironie entbehrt. Da gebe ich mir alle Mühe, nicht wie meine Familie zu werden, und dann stellt sich heraus, dass ich letztendlich genauso bin wie sie. Ein verdammt guter Soldat. Wissen Sie«, sagte er und wechselte plötzlich das Thema, »was mit das Beste an meiner Heirat mit Alice war?«

Ivens' Gesicht war ausdruckslos, doch Stephen fuhr fort: »Ich dachte, mit ihr könnte ich anders sein, als es alle Welt erwartete. Nachdem ich sie kennengelernt hatte, schrieb ich meine besten Gedichte. Es ist immer noch sentimentaler Quatsch, aber besser als so manches Gefasel, das ich damals vom Stapel ließ. Doch die Sache ist die: Von meinem Bruder und mir wurde erwartet, dass wir vorgegebene Prinzipien befolgen, uns an die Spielregeln halten. Ihre Familie jedoch – sie war so anders. Und ich dachte, Alice würde mir helfen, einen völlig neuen Weg einzuschlagen, und meinen Kindern ebenfalls – das waren die Zeiten, als ich noch welche wollte.«

Ivens' Gesicht war nach wie vor absolut unergründlich. Nun, Stephen zog Unergründlichkeit dem Mitleid vor.

»Doch Hitler«, fuhr er fort, »beschloss, in Polen einzumarschieren, und schon bald merkte ich, dass ich mir in die eigene Tasche gelogen hatte. Steck mich in ein Kriegsgebiet, dafür bin ich genau der Richtige. Da sind nur wenige besser! Und jetzt gibt es kein Entrinnen mehr.«

»Vor dem, der Sie sind? Oder dem, was Sie getan haben?«

»Vor beidem.«

»Aber da besteht doch ein Unterschied. Außerdem haben Sie vermutlich Befehle befolgt.«

Stephen sah Ivens schief an. »Ja, ich habe Befehle befolgt«, sagte er, die Lippen sarkastisch geschürzt. »Genau das sagen die Nazi-Ungeheuer jetzt in Nürnberg auch gerade. *Ich habe nur Befehle befolgt.*«

»Und Sie haben dafür einen Preis gezahlt? Einen furchtbaren Preis?«, wagte Ivens sich vor. Stephen nickte. »Einen persönlichen Preis?«

»Das ist mir egal.« Stephen zuckte mit den Achseln. »Ich habe es verdient.«

»Als Strafe?«

»Ja.«

»Dafür, dass Sie einen Fehler gemacht haben? Das haben Sie vorhin gesagt.«

»Ja.«

»Und diesen Fehler, den Sie gemacht haben, schleppen Sie für den Rest Ihres Lebens mit sich herum, lassen sich vom Krieg kaputtmachen, finden nie Frieden. Als wir uns das erste Mal begegnet sind, erwähnten Sie die ganzen Kriege, die direkt hier auf diesem Land geführt worden sind. Römer, Wikinger, Protestanten gegen Katholiken, Royalisten gegen Roundheads. Bilden Sie sich ein, Sie sind der Einzige, der je den Fehler gemacht hat, den Sie begangen haben?«

»Die Fehler anderer Leute kümmern mich einen Dreck.«

»Ich sehe ein, dass Sie nicht das Gesetz zum Schutz von Staatsgeheimnissen brechen können. Aber Informationen darüber, was Ihnen widerfahren ist, sind nichts, was dem Feind zum Vorteil gereichen könnte. Nicht jetzt. Und nie wieder.«

Ivens hatte recht, doch die Geheimhaltungspflicht war Stephen in Fleisch und Blut übergegangen.

»Nennen Sie mir keine Namen«, schlug Ivens vor. »Sagen Sie zum Beispiel nicht, es war in Paris. Sagen Sie, es war in einer Großstadt.«

»Es war in keiner Großstadt.«

»Wo war es dann?«

»In einem Wald«, sagte Stephen endlich. »Viel größer als die Wälder hier in der Gegend – rund fünfundzwanzigtausend

Hektar alter Eichen, Buchen, Birken und Kiefern sowie Rot-
wildherden – Damwild, um genau zu sein. Und sogar Wild-
schweine.«

»Und in diesem Wald?«, half Ivens ihm auf die Sprünge.

»Und in diesem Wald war ein Lager und in diesem Lager waren viele Männer ...«

Er hätte auch ein Märchen erzählen können, mit Ungeheuern
und einem tragischen Ende, eine Geschichte, in der über Jahrhunderte hinweg Blut vergossen worden war und in der die verlorenen Leben jetzt den gleichen Stellenwert hatten wie die von
zur Schlachtbank geführter Lämmer.

»Und diese Männer«, sagte Stephen. Doch er konnte nicht
fortfahren. Er nahm das leichte Rasseln in Ivens' Atem wahr, das
Hereinbrechen der Nacht. Diese Männer, dachte er. Nichts, was
er sagte oder tat, konnte der ewigen Geschichte von Männern,
die sich gegenseitig töten, ein Ende bereiten.

Wieder wagte Ivens sich vor: »Es klingt nach einem sehr schönen Wald.«

»Sehr schön«, sagte Stephen, als plötzlich ein lautes Klicken
zu hören war, als würde der Riegel der Kirchentür nach oben gedrückt. Erschrocken sprang er auf und spähte instinktiv in die
Schatten.

»Sir Stephen!«, rief Ivens, brüllte schon fast. »Setzen Sie
sich!«, befahl er. »Ich werde nachsehen, wer da ist. Bitte!«

Ivens rannte den Gang hinunter und verschwand in der Vorhalle. Stephen glaubte, ein Flüstern zu hören. Nach einer Weile
kehrte der Pfarrer zurück, Stephens Eindruck nach mit schlep-
pendem Schritt.

Er ließ sich auf der Bank neben Stephen nieder. »Es war
ein Gemeindemitglied«, erklärte er. »Ich habe versprochen,
ein andermal mit ihr zu reden. Ich bitte Sie also, glauben Sie
mir. Sie sind hier sicher. Nichts, was Sie heute Abend sagen,

kann Ihnen zum Schaden gereichen. Oder irgendjemand anderem.«

Stephen hörte die Wahrheit in Ivens' Worten und in der dumpfen Stille der muffigen Kirche redete er zum ersten Mal.

42

»*Die Klatschmäuler von Oakbourne* hatten recht«, begann Stephen. »Ich gehörte zu einem Kommandotrupp.«

Er war zwar auch in geheimeren Spezialeinheiten im Einsatz gewesen, doch davon brauchte Ivens nichts zu wissen.

»Und ich war in Frankreich, allerdings nicht von Anfang an. Wo genau, ist jetzt egal. Im November 1943 wurde ich jedoch nach London zurückbeordert. Frankreich, sagte man mir, würde das nächste – hoffentlich entscheidende – Schlachtfeld werden. Sie wissen das alles natürlich: D-Day, die Landung in der Normandie, Operation Overlord. Mein Befehl lautete, den *Maquis* zu mobilisieren – die französische Résistance.«

Er konnte sich selbst hören, wie er die Fakten herunterrasselte, als wäre er bei einer Manöverkritik. Und er erinnerte sich, dass er damals dachte: Allzu lange kann mein Glück nicht mehr anhalten ... Diesmal werde ich nicht zurückkehren. Und er hatte den Verdacht gehabt, dass der Major, der ihn instruiert hatte, einen Augenblick Mitleid empfunden hatte, denn in letzter Minute wurde ihm mitgeteilt, er könne achtundvierzig Stunden mit seiner Frau haben. Ein Hotel wurde gebucht, eher eine ziemlich miese Pension im Novemberregen von Hastings, obwohl es sich für sie wie das Ritz an der Riviera angefühlt hatte.

Während jener wenigen gemeinsamen Stunden hatte er Alice ein goldenes Spitzentuch geschenkt. Vor London war er in Florenz gewesen, und die ältere Frau, bei der er untergekommen war, hatte darauf bestanden, es ihm zu geben: »*Grazie, grazie, dallo a una donna che ami.*« Danke, danke, schenken Sie es einer Frau, die Sie lieben.

Er hatte seiner Frau das feine, zarte Spitzentuch um den nackten Körper geschlungen, sie hatte für ihn getanzt, und er hatte Angst gehabt, sie oder irgendetwas derart Schönes nie wiederzusehen.

Auch das brauchte Ivens nicht zu wissen.

»Der *Maquis*«, fuhr er lebhaft fort, »benötigte nicht nur Waffen, sondern auch jemanden, der die ganzen verschiedenen Gruppierungen zusammenbringen konnte. Die Gaullisten und die Kommunisten hassten einander fast so sehr, wie sie *les Boches* hassten. Meine Aufgabe war es, sie davon abzuhalten, ihre Waffen aufeinander zu richten. Und ich habe auch alle bei der Stange halten können, zumindest in dem Maße, dass Sabotagemissionen und Waffenabwürfe weiterhin koordiniert werden konnten.«

Er hielt inne, um Atem zu schöpfen. Er hatte die Gefahren und die Toten auf einen Satz verkürzt. All diese jungen Männer, Opfer ihres Platzes in der Geschichte und der Geografie. Doch dies war jetzt nicht die Zeit, darauf herumzureiten.

»Dann, im April 1944, wurde ich nach London zurückbeordert.«

Die Rückkehr in die Heimat klang bei ihm, als hätte er lediglich in einen Bus steigen müssen. Ganz so leicht war es allerdings nicht. Er wurde von einer Résistance-Gruppe zur nächsten weitergereicht, bis er schließlich die bretonische Küste erreichte. Doch noch während er eilends über den Kanal gebracht wurde, hatte die junge Funkerin, die sein Boot organisiert hatte und die

Verbindungsperson zur Navy war, ihre Arsentablette geschluckt, weil die Gestapo bereits ihre Tür einschlug.

Er hatte von alldem natürlich nichts gewusst, während er im Fond des Dienstwagens saß, der durch die Landschaft von Kent raste. Er verspürte einzig und allein Erleichterung, denn in diesem Augenblick war er in Sicherheit, in England, und vielleicht konnte er Alice sehen.

»In London«, sagte er, »hatte ich drei Tage lang Besprechungen.«

Er war direkt in die Baker Street gebracht worden, wo er in einem verrauchten Büro einer Organisation gesessen hatte, die so geheim war, dass selbst der Großteil des Militärnachrichtendienstes nichts von ihrer Existenz wusste.

»Man sagte mir, Hunderte unserer Jungs seien in Frankreich gestrandet – hauptsächlich Piloten, die auf Bombermissionen abgeschossen worden waren, sich aber der Gefangennahme entziehen konnten. Sie hatten eine Art Fluchtroute, in den Süden Frankreichs und dann über die Pyrenäen nach Spanien. Doch 1944 war damit Schluss, denn wir haben die Eisenbahnlinien im Süden bombardiert, um die Deutschen daran zu hindern, Verstärkung in die Normandie zu schicken. Da steckten unsere Jungs dann fest, vor allem in Paris, aber einige auch in Amsterdam und Brüssel, fanden Unterschlupf bei Sympathisanten und kamen nicht weg.

Inzwischen gingen die Gestapo und die SS gegen die Résistance mit sämtlichen Ungeheuerlichkeiten vor, die sie sich nur ausdenken konnten – und das waren weiß Gott eine Menge –, und rächten sich an jedem unserer Jungs, der ihnen in die Hände fiel. Und wenn Sie in der Résistance sind und erwischt werden, dann helfe Ihnen Gott. Aber er half nicht.«

Bei diesen Worten warf er einen Blick auf Ivens, der absolut ruhig dasaß und die Stichelei überhaupt nicht registriert zu haben schien.

»Die Sache ist die«, sagte Stephen und seufzte, »die Gefahr nahm rasant zu und uns war völlig klar: Sobald die Invasion begonnen hatte, wären die Deutschen nicht mehr zu bremsen. Daher war es meine Aufgabe, diese Männer nach Hause zu bekommen. So schnell wie möglich. Nicht nur wegen des befürchteten Gemetzels, sondern auch, weil viele von ihnen Piloten und Navigatoren waren und wir sie brauchten – ihre Fertigkeiten, ihre Ausbildung.«

Plötzlich packte er Ivens' Hände. »Der Krieg war noch lange nicht vorbei. Darüber müssen Sie sich im Klaren sein. Denn die Leute vergessen leicht, dass wir damals nicht wussten, dass wir gewinnen würden. Wir dachten, der Krieg würde einfach immer weitergehen. Und bis zum Schluss arbeitete Hitler mit Hochdruck an der Atombombe und stellen Sie sich nur vor, er hätte sie zuerst gehabt. Was durchaus möglich gewesen wäre, wenn er nicht die ganzen jüdischen Wissenschaftler aus Deutschland vertrieben hätte.«

Verlegen ließ er Ivens' Hände wieder los.

»Da denke ich dann, dass es vielleicht doch einen Gott gibt. Zumindest einen Gott der Ironie. Wenn künftige Generationen ein Urteil über uns fällen – und das werden sie auf jeden Fall –, dann werden sie dabei vergessen, wie verzweifelt wir waren. Stattdessen werden sie uns nach dem Frieden und der Sicherheit beurteilen, für die wir sterben mussten. Und für die wir töten mussten.«

Er ballte die Hände zu Fäusten und öffnete sie dann wieder.

»Wissen Sie was? Töten kann schlimmer sein als Sterben. Denn wenn ich hätte sterben können, einfach hätte Schluss machen können, dann hätte ich es getan. Aber nein, dieser Gott der Ironie beschloss, mich am Leben zu erhalten. Da bin ich also.«

Plötzlich wandte er sich dem Buntglasfenster zu und schrie den jungen Jesus an, der zu Johannes dem Täufer und seinem Lamm emporblickte: »Schönen Dank auch!«

Dann starrte er wieder auf Ivens. Im Halbdunkel wirkte das Gesicht des Pfarrers ausgesprochen abgekämpft, ganz so, als wiche das Leben bereits aus ihm, und Stephen empfand, zu seiner Überraschung, einen Moment lang Mitleid mit dem jungen Mann vor ihm, dessen Stehkragen ihm viel zu locker um den Hals lag. Ein Mann, der glaubte, eine Wahrheit verkünden zu müssen, den aber die Taten seiner Mitmenschen lächerlich machten, dachte Stephen. Und überflüssig.

»Es tut mir leid«, murmelte er. »Ein Großteil meines Rufes rührte daher, dass ich unter Druck immer sehr ruhig blieb. Aber heute Abend ...« In einer Geste der Hoffnungslosigkeit breitete er die Hände aus.

»Diese Männer«, sagte Ivens ruhig, »wie sollten Sie sie retten?«

»Mein Befehl lautete, ein geheimes Lager zu errichten – einen Unterschlupf –, in einem Wald knapp hundert Kilometer südlich von Paris. Die Résistance würde mir die Männer bringen und die Gegend absichern. Dann sollten wir uns versteckt halten, bis uns die Alliierten befreien würden – einfach darauf warten, gerettet zu werden. *Einfach warten.*« Er verzog das Gesicht. »Einige dieser Männer hatten schon so lange nichts getan, dass sie sich nichts sehnlicher wünschten, als es den Nazis heimzahlen zu können. Ein Bursche war über ein Jahr von einer Familie in Amsterdam versorgt worden. Sie hatten ihr Essen mit ihm geteilt – das, was eben da war. Sie waren fast am Verhungern und er hatte ein großartiges Schachspiel aus Feuerholzsplittern geschnitzt. Er wollte es ihnen als Dank dalassen, aber was mit dieser armen Familie geschah ... Ach, egal. Ich wusste jedenfalls: Männer wie ihn in Schranken zu halten, würde mich genauso viel Mühe kosten, wie sie zu verbergen.«

Plötzlich hob Ivens die Hand und hustete, und ein Keuchen entrang sich seiner wogenden Brust.

»Soll ich lieber aufhören?«, fragte Stephen, während Ivens nach seinem Taschentuch tastete.

»Nein!«

»Sind Sie sicher?«

»Was denken Sie denn? Dass ich selbst zum Zuhören zu krank bin?«

Ja, dachte Stephen. »Natürlich nicht«, sagte er.

Während Ivens' Atem langsam wieder ruhiger wurde, sagte er: »Ich hatte nicht einmal die Gelegenheit, Alice zu treffen. Es war ihr Geburtstag, und ich dachte die ganze Zeit, wie glücklich es sie machen würde, wenn man mir einen Tag schenkte ... Aber die Zeit drängte. Die Meldung kam herein, dass die Gestapo bei einem Bäcker in Paris eine Razzia durchgeführt hatte. Er hatte zwei unserer Piloten versteckt – die Männer konnten fliehen, aber die Familie ... Sie hatten fünf Kinder. Und Leute mit Kindern reden sehr, sehr schnell. Innerhalb von Stunden brach ein ganzes Netzwerk zusammen.«

Er registrierte, dass Ivens sein Gesicht musterte. Er hätte jetzt eine Zigarette gebrauchen können, eine kurze Pause von der Geschichte. Allerdings könnte er sich schwerlich in einer Kirche eine anzünden. Dann fragte ihn der Pfarrer, als spürte er sein Zögern: »Sie sind also zurück nach Frankreich gegangen?«

Stephen nickte. Unmittelbar nach der letzten Besprechung in London fuhr man ihn direkt zum Flugplatz in Biggin Hill, und die nächsten zwei Stunden saß er angeschnallt im Bauch einer Halifax und versuchte, sich auf die anstehende Aufgabe zu konzentrieren, während der Bomber dröhnend über den Kanal nach Frankreich flog.

Er hatte diese Absprünge über Feindgebiet schon unzählige Male gemacht. Nur allzu gut kannte er die Brechreiz erregenden Sturzflüge und Schlenker, wenn der Pilot Suchscheinwerfern und Flaks auswich; die Druckwelle, die einen voll im Gesicht erwischte, wenn die Luke im Boden aufglitt; das Warten auf das grüne Licht. Allerdings wusste er auch noch, dass ihm schlecht war vor Aufregung.

Vielleicht, dachte er in der dunklen, stillen Kirche, erschien es ihm aber auch nur im Nachhinein so. Vielleicht war er gar nicht ängstlicher als sonst gewesen und meinte sich nur deshalb an seine Panik zu erinnern, weil er jetzt genau wusste, zu welch schrecklicher Tat man ihn nach dem Absprung genötigt hatte.

Zu Ivens sagte er lediglich: »Der Flug verlief wie geplant.«

Das Aufblitzen der Taschenlampe des Empfangskomitees, das Signal zum Springen, und er war auf dem Boden, der Fallschirm noch aufgebläht hinter ihm, während ein Mann in schwarzem Pullover und Baskenmütze auf ihn zugerannt kam. Andere waren aus der Dunkelheit aufgetaucht, und zusammen hatten sie nach den Behältern gesucht, die ebenfalls abgeworfen worden waren. Für die Résistance Bren-Maschinengewehre, 303er-Gewehre, Sprengstoff und Granaten; fürs Lager Zelte, Werkzeuge, Grundrationen, um den Laden zum Laufen zu bringen.

Er sah sie jetzt direkt vor sich, wie sie alles auf einen kleinen Lastwagen luden und dann Feldwege hinunterfuhren, an Dörfern und Marktflecken vorbei und tief in den Wald hinein. Seine Sinne waren so geschärft gewesen, dass er sich all diese Einzelheiten ins Gedächtnis zurückrufen konnte, und auch das wilde Hochgefühl und die feste Entschlossenheit, die nur wenige im Laufe ihres Lebens erfahren dürfen. Tatsache ist, dachte er, während er sich zum Altar umblickte, dass der Krieg, und ganz sicher nicht dieses Holzkreuz, meinem Leben einen Sinn gegeben hat.

Er merkte, dass Ivens ihn noch immer scharf musterte. Ivens brauchte nicht von ihm zu hören, dass er sich, als er mit der Bedrohung durch den Tod lebte, trotz all der Schrecken nie lebendiger gefühlt hatte. Und jetzt, in diesem Augenblick, gab es Männer und Frauen im ganzen Land, die genau dasselbe empfanden.

»Selbst das Wetter in Frankreich spielte uns in die Hände«, sagte er, »denn ein heftiger Regen setzte ein, sodass die Straßen leerer waren als gewöhnlich. Wir erreichten den Wald – man hatte schon eine Stelle auserkoren –, schleppten alles hinein und machten uns ans Werk. Zwei Tage später trafen die ersten Männer ein. Am Ende der Woche waren wir bereits dreißig.«

Er sah die Frage in Ivens' Blick.

»Eine Kette von Helfern hatte sie zu uns eskortiert«, erklärte er. »Sie reisten mit gefälschten Papieren – nahmen den Zug von Paris und legten das letzte Stück zu Fuß oder per Fahrrad zurück. Am Tag der alliierten Landung hatte ich rund hundertfünfzig beisammen, die aus allen Landesteilen eingetrudelt waren, oft mit Heugabeln, Hacken und Ähnlichem über der Schulter, damit sie im Notfall auf einen Acker schlüpfen und sich als Landarbeiter ausgeben konnten. Als sie dann zum Wald kamen, mussten sie die Wachen davon überzeugen, dass sie keine Schwindler waren. Anfang August waren wir mehr als dreihundert Männer, die darauf warteten, dass die Alliierten uns erreichten.«

Er zögerte. »Wissen Sie was? Komischerweise habe ich gerade heute Morgen von dem Lager geträumt.«

Ivens lächelte verhalten. »Aber es war ein Traum, kein Albtraum?«

Stephen zuckte die Achseln. »Das Alltagsleben im Lager war kein Albtraum – nicht, wenn man bedenkt, was damals sonst noch los war. Mehr Zelte, Medikamente und Kleidung wurden abgeworfen, und da es Sommer war, ließ sich das Schlafen im Freien aushalten. Und die Männer, die in Holland gewesen waren, bekamen wahrscheinlich so gut zu essen wie schon lange nicht mehr, da der *Maquis* Lebensmittel aus den Dörfern der Umgebung organisierte.«

Wieder hielt er inne. Er hatte das Gefühl, eine Hand würde sich immer fester um seine Kehle legen, und musste die Worte regelrecht herauspressen: »Da war ein junges Mädchen.« Er schluckte schwer. »Agnes.«

So, er hatte ihren Namen genannt.

Dann sagte er so hastig, als wäre seine Geschichte ein Zug, der auf sein Ziel zuraste und nicht angehalten werden konnte: »Agnes war die Tochter einer der Männer aus der Résistance. Sie brachte uns mit einem Pferdewagen frisches Brot und frische Milch. Ich hielt sie für ungefähr zwölf. Allerdings stellte sich heraus, dass sie älter war – fast fünfzehn. Ich nehme an, sie sah noch so kindlich aus, weil sie nicht ordentlich aß. Ein hübsches kleines Ding. Immer fröhlich. Und so unglaublich mutig – denn wenn man sie erwischt hätte ... Kinder!«, fuhr er eilig fort. »Wie sie es lieben, ihren Mut unter Beweis zu stellen. Hitler wusste das natürlich besser als jeder andere. Gib jungen Menschen eine Sache, an die sie glauben können, und du kannst sie dazu bringen, so ziemlich alles zu tun, was du willst. Und sie war aufgeweckt. Sie suchte mich immer und bestand darauf, dass ich Englisch mit ihr sprach. Wenn der Krieg einmal vorbei wäre, wollte sie den Buckingham Palace besuchen, sehen, wo der König wohnte, zum Tower gehen – die Kronjuwelen besichtigen.« Er lächelte. »Eine typische französische Republikanerin.«

In den dunklen Schatten der Kirche konnte er ihr breites zahnlückiges Lächeln vor sich sehen, ihr Geplapper mit dem starken Akzent hören: Captain Hare! Auf Englisch! Bitte! Wie sagt man ...?

»Sie war wahrscheinlich ein wenig in mich verschossen. Für sie war ich ein Held.« Er sah Ivens geradewegs ins Gesicht. »Wissen Sie, ich bekam gestern einen Brief von der Résistance, in dem man mich einlud, nach Frankreich zurückzukehren – um in irgendeiner Form geehrt zu werden.«

Zu seiner Erleichterung kam ihm Ivens nicht mit lobenden Plattitüden über seine Kompetenz im Angesicht des Grauens, sondern beschränkte sich auf ein leichtes Anheben der Augenbrauen.

»Es war so«, fuhr Stephen fort, »dass ich mich stets gefreut habe, sie zu sehen. Es war eine Abwechslung von all dem Übel. Eine Erinnerung an die Unschuld. Allerdings war das, was wir von dieser Unschuldigen verlangten, ungemein gefährlich. Doch was blieb mir anderes übrig? Die Lebensmittel und Medikamente, die sie brachte, waren wichtig für die Moral, und manche Männer waren wirklich äußerst schwach.«

Er hielt inne, weil er genau wusste, was für ein kläglicher Rechtfertigungsversuch das war. »Und ein Kind – wofür ich sie ja hielt – würde eben am wenigsten Argwohn erregen. Doch die Deutschen hatten Wind von uns bekommen. Eines Nachts lagerte eine ihrer Einheiten nur ein paar Hundert Meter von uns entfernt.« Er hatte komplette Stille angeordnet – die Feuer wurden gelöscht, die Männer durften weder essen noch reden noch schlafen. »Diesmal kamen wir noch ungeschoren davon. Am nächsten Morgen zogen die Deutschen ab. Doch je weiter die Alliierten vorrückten, desto größer die Gefahr, die für uns von den sich zurückziehenden Nazis ausging. Also hielt ich persönlich am Waldrand Wache.«

Beim ersten Morgenlicht zog er los, verzweifelt hoffend, dass er nichts sehen würde, keine unerwartete Bewegung, keine Kampfhandlung.

»Dann eines Morgens ...«

Er konnte die Zikaden in seinem Kopf zirpen hören, den wilden Lavendel riechen, die Wärme der trockenen Erde unter sich spüren, als er jenseits der Kiefern flach auf einer grasigen Anhöhe lag.

»Es war der erste August«, sagte er, »und ich dachte, dass die Chancen, die Alliierten Mitte des Monats willkommen heißen zu können, gut stünden. Dass ich es vielleicht tatsächlich schaffen würde, alle nach Hause zu kriegen. Dass es nur eine Frage von Tagen sei, allerhöchstens Wochen. Hybris.« Sein Gesicht verzog sich zu einem finsteren Lächeln. »Manchmal frage ich mich, ob die Griechen nicht recht hatten – es gibt eine Menge Gottheiten, die sich köstlich dabei amüsieren, zu ihrem eigenen Vergnügen mit uns zu spielen. Aber Ihr Gott der Liebe ganz gewiss nicht.«

Ivens ignorierte seine Bemerkung. »Das war am ersten August, sagten Sie?«

»Ja, es war ein Dienstag. Er begann wie jeder andere Tag.«

43

»*Ich war seit einigen Stunden* auf dem Posten«, sagte Stephen, »immer am Waldrand entlang, und hatte nichts Ungewöhnliches bemerkt. Und dann sah ich Agnes in der Ferne – ebenfalls nichts Ungewöhnliches.« Sie war mit Vorräten auf dem Weg ins Lager, lenkte Pferd und Wagen einen Weg an einem frisch geschnittenen Gerstenfeld entlang.

»Sie zu sehen, munterte mich auf«, fuhr er fort. »Und ich dachte an unsere geplante Englischstunde. Sie hatte mir erzählt, sie würde gern, so wie ihr Bruder, Latein lernen, und ich wollte ihr erklären, dass sie bereits rund tausend lateinische Wörter kannte, denn sie waren im Französischen die gleichen – und im Englischen natürlich auch. Das lateinische ›amor‹ zum Beispiel ist das Gleiche auf Französisch, nur noch mit einem ›u‹. Und im Englischen haben wir dieselbe Wurzel ...«

Betont langsam verschränkte Ivens die Arme. Als wenn er damit ausdrücken will, dass er genügend Geduld hat, um sich die ganze Nacht anzuhören, wie ich mich mit linguistischen Spitz-findigkeiten ablenke, dachte Stephen.

Von jenseits der Kirche hörte man das Kreischen einer Schleier-eule, und Stephen hatte das Gefühl, dass er auch jeden Augen-blick losschreien würde – dass er diese Erinnerung nicht noch einmal durchleben konnte, dass er an den Grenzen der Sprache angekommen war, denn eins hatte er an jenem Tag im Jahre 1944 gelernt: Wir alle sind zu absolut allem fähig. Er biss die Zähne zusammen – nein, er würde nicht aufschreien – und verstummte.

»Sie haben den Horizont abgesucht?«, fragte Ivens schließlich. Stephen nickte. »Und?«

Rund anderthalb Kilometer hinter Agnes hatte er eine Staub-wolke zum Himmel steigen sehen, weshalb er das Fernglas ergriff und sie näher heranholte. Langsam rückte sie vor dem blauen Himmel ins Blickfeld.

»Ich sah eine Kolonne deutscher Soldaten«, sagte er. »Einen gepanzerten Wagen. Zwei gepanzerte Wagen. Dann vier. Und alle kamen in unsere Richtung. Rund fünfzig Mann. Sie hatten of-fensichtlich keine Eile, näherten sich uns langsam und bestimmt. Sie wissen doch, wie eine Katze sich an einen Vogel heranpirscht? Genau so, sich ihrer Beute sicher.

Agnes hatte sie ganz eindeutig nicht bemerkt. Sie ging völ-lig selbstvergessen den Weg entlang und führte sie direkt zu uns, zum Wald, zu der Schneise, wo der Pfad zu unserem Lager be-gann.

Der Pfad war praktisch unmöglich zu finden, es sei denn man wusste, wo man suchen musste. Und sie wusste es natürlich. Ich war kein Risiko eingegangen. Nur ein Idiot – ein toter Idiot – hätte die Nazis unterschätzt, weshalb der Zugang wirklich gut getarnt war.«

Er hörte sich dabei zu, wie er erneut Ausflüchte machte. »Je-mand musste geredet haben, oder diese Dreckskerle hatten aus irgendeiner armen Sau herausgepresst, dass sie eine Verbindung zu uns war. Ich habe es nie herausgefunden. Mein erster Impuls war, zurückzurennen und den Männern zu befehlen, sich aus dem Staub zu machen. Das hätte jedoch alles zerstört, wofür wir gearbeitet hatten. Das Lager wäre verloren gewesen und die Männer hätte man so gut wie sicher zur Strecke gebracht. Und außerdem sollten jeden Moment ungefähr fünfzig weitere eintreffen.«

Er hatte sein Fernglas auf die vorrückenden Deutschen gerichtet, und als er die Insignien und Schulterstücke erkannte, hatte er das Gefühl, in einen bodenlosen Abgrund zu stürzen.

»Dieses Pack gehörte zur SS«, sagte er zu Ivens. »Von der Spezies, die nur zehn Tage zuvor ein ganzes Dorf ausgelöscht hatte, weil die Bewohner die Résistance unterstützten. Männer, Frauen, Kinder – alles in allem fast sechshundert Menschen – wurden mit Benzin übergossen und angezündet. Und jetzt hatten sie uns im Visier. Ich konnte da wohl kaum mit der Genfer Konvention hinmarschieren und ihnen erklären, dass das alles unbewaffnete Männer waren, die als Kriegsgefangene behandelt werden sollten. Oder um Gnade für Agnes ersuchen, weil sie nur ein Kind war, und sie beknien, uns bitte nicht kurzerhand zu erschießen. Obwohl eine schnelle Kugel nicht so schlimm wäre wie das, was sie zweifellos tun würden – nämlich jeden Einzelnen von uns foltern, um die Netzwerke der Résistance aufzudecken, mit deren Hilfe wir dorthin gekommen waren.

Ich wusste, dass ich sie vom Lager weglotsen musste. Also rannte ich zu Agnes hinunter.«

Da er dort zahllose Male eintönige, mühselige Geländeerkundungen vorgenommen hatte, erreichte er sie ungesehen. Sie erschrak, als er urplötzlich aus dem Gras auftauchte, freute sich dann aber, dass er es war. Er fasste das Pferd am Zaum und sagte ihr, sie solle weiter geradeaus blicken und nah bei ihm bleiben. Dann gab er dem Pferd einen Stoß, schob es weg von dem Pfad, der in den Wald führte, und wandte sich in eine andere Richtung, in der verzweifelten Hoffnung, dass die Deutschen anbeißen und ihm folgen würden.

»Ich versprach ihr, dass alles gut werden würde. Dass wir sie irreführen und dann das Weite suchen würden. ›Du weißt, dass ich dich nicht im Stich lasse‹, sagte ich zu ihr. ›Vertrau mir.‹ Was sie auch tat.

Ich redete mit ihr, um sie von der Gefahr abzulenken – auf Englisch, ausgerechnet übers Wetter. Und sie war unglaublich, geriet nicht in Panik, drehte sich nicht einmal um. Ich weiß noch, wie sie mich fragte, was das Wort für ›Sturm‹ sei, und wir sprachen über die Ähnlichkeit zwischen *tempête* und *tempest*, während die ganze Zeit über ...

Ich hatte furchtbare Angst, dass die Deutschen wegen der Richtungsänderung misstrauisch werden würden. Aber ich konnte mich nicht umdrehen, damit sie nicht auf die Idee kamen, dass ich sie bemerkt haben könnte.«

Auf Agnes mochte er ruhig wirken, doch sein Herz raste. »Wir mussten ungemein langsam gehen, Agnes, der Pferdewagen und ich. Ich musste mich zwingen, kein schärferes Tempo anzuschlagen.«

Mit jedem Schritt entfernten sie sich weiter von dem verborgenen Zugang in den Wald, und erst als sie ungefähr anderthalb Kilometer weit gegangen waren und einen Hügel umrundet hatten, überprüfte er, ob sie verfolgt wurden. Und das wurden sie. Die Deutschen waren ihnen dicht auf den Fersen.

»Wir hatten sie hereingelegt«, sagte er zu Ivens. »Hatten das Lager gerettet. Jetzt mussten wir uns selbst retten. Ich ließ den Pferdewagen los, griff Agnes bei der Hand und rannte. Zu dem Zeitpunkt waren wir voll in ihrem Blickfeld, doch ich wusste, was ich tat. Ich kannte mich dort hervorragend aus und hatte einen Plan.«

Schon wieder nahm er wahr, wie er sich zu rechtfertigen versuchte – ein Schuljunge, der seinem Lehrer erzählte, was für ein braver Knabe er war, weil er seine Hausarbeiten gemacht hatte. Doch die Bilder, die ihm durch den Kopf schossen, waren obszöne, aus seinen Albträumen herausgeschnittene Szenen: wie sie durch dieses Feld mit Sonnenblumen rannten, wobei deren große, schlaffe Blütengesichter groteske Züge annahmen, über einen Hügel, auf dem sich der Rosmarin in kräftigen, drahtigen Schlingen ausbreitete, durch Stechginsterdickichte mit messerscharfen Dornen, während das Röhren der gepanzerten Wagen und das Bellen ihrer gefürchteten Hunde ständig lauter wurde, weil die SS immer näher rückte.

»Ich wusste, dass einen guten Kilometer vor uns das Gelände in ein kleines bewaldetes Tal abfiel und wir dort lange genug außer Sichtweite wären, um zwischen den Bäumen zu verschwinden und uns in eine neue Richtung davonzumachen. Dort war ein Bach, durch den wir waten konnten, um die Hunde abzuschütteln. Und mit ein bisschen Glück könnten wir uns in den tiefsten Teil des Waldes stehlen und dort verstecken, bis sie die Suche abbrachen. Dann würden wir uns auf den Weg zurück zum Lager machen.

Nun, das war jedenfalls der Plan. Doch Agnes wurde müde und ich musste sie antreiben. Deswegen erzählte ich ihr von meiner Idee, malte ihr alles in groben Zügen aus und sagte ihr, dass wir schon fast dort seien.

Es ist erstaunlich, wie Menschen, denen man nur ein klein wenig Zuversicht schenkt, plötzlich neuen Auftrieb bekommen. Wenn meine Männer schlappmachten, habe ich das auch beobachtet. Einmal musste ich ...«

Er sah Ivens' geduldiges Lächeln.

»Agnes legte, wie von mir erhofft, Tempo zu – eine Soldatin wie aus dem Lehrbuch. Sie rannte sogar voraus und rief › Vite! Vite!‹, als wäre ich derjenige, der uns aufhielt.

Und dann stürzte sie. Sie muss mit dem Fuß in einer Wurzel oder etwas Ähnlichem hängen geblieben sein, denn sie schlug der Länge nach hin. Sie schrie – das erste Mal während dieser ganzen Geschichte – und lag schluchzend da, griff sich an den Knöchel, hatte eindeutig furchtbare Schmerzen. Ich versuchte, sie aufzurichten, doch sie klappte wieder zusammen und ihr rechter Fuß baumelte schlaff herab. Es war klar, dass sie nicht mehr weitergehen konnte. Wir hatten jetzt keinerlei Aussicht darauf, es noch in den Wald zu schaffen.

Sie wollte, dass ich sie zurückließ und mich rettete. Ist solch eine Selbstlosigkeit zu fassen? Obwohl sie entsetzliche Angst hatte. Ich kann sie immer noch ...«

Ich kann sie immer noch hören, dachte er, das Zittern in ihrer Stimme, als das Adrenalin überschoss, ihr Opfer, ihre Worte, unausweichlich, wie ein tropfender Hahn in seiner Erinnerung.

»Sie sagte, ich wisse zu viel. Dass *ich* fliehen müsse. Dass sie schon klarkomme. Obwohl sie das unmöglich geglaubt haben konnte. Sie wusste genau, was die Nazis ihr antun könnten. Aber sie meinte, sie würde eine Geschichte erfinden, dass sie ihren Cousins in einem Nachbardorf Lebensmittel bringen wollte und in Panik geraten sei, als sie merkte, dass sie verfolgt wurde. Und jetzt würde sie Hilfe benötigen, und könnten sie bitte ... Und nein, es sei niemand bei ihr gewesen. Sie müssten sich irren.

Natürlich würden sie das nicht schlucken.

Inmitten des Stechginsters stand eine kleine Hütte, in der die Schäfer im Winter Schutz suchten. Also bückte ich mich und brachte sie dazu, ihre Arme um meinen Hals zu legen. Dann trug ich sie huckepack über eine Wiese, durch einen Bach und in die Hütte. Ich dachte, solange wir mucksmäuschenstill blieben, bestünde die Chance, dass die Deutschen uns nicht sehen und diese verdammten Hunde uns nicht finden würden. Wir würden bis zum Einbruch der Dunkelheit warten, und dann würde ich

Hilfe holen. Aber sie musste absolut regungslos verharren und versuchen, nicht vor Schmerz aufzuschreien. Ich machte es ihr so bequem wie möglich und gab ihr mein Taschentuch zum Draufbeißen, wenn der Schmerz schlimmer wurde. ›Vertrau mir‹, sagte ich. Abermals.

Eine Weile lang geschah nichts. Die Deutschen waren weder zu sehen noch zu hören. Ich dachte schon, dass wir sie irgendwie losgeworden seien. Dass wir es schaffen könnten. Ich habe zu hoffen gewagt.«

Er schloss die Augen. Ihm war, als wäre er durch Zeit und Raum geschleudert worden. Die summenden Fliegen, der Schafskot auf dem Boden, eine die Wand hochhuschende Eidechse und Agnes, die, aschfahl vor Schmerz und Angst, auf ein blaues Taschentuch biss, das Alice ihm geschenkt hatte – all das schien jetzt realer, als hier in der Kirche zu sitzen, in der er getauft worden war. Und so trieb er sich zur Eile an, als könnte er die Wahrheit dadurch ändern, dass er die Fakten so schnell wie möglich herunterrasselte: »Ich spähte um die Hüttentür herum und entdeckte Helme zwischen den Sträuchern. Im nächsten Augenblick schlug eine Kugel neben mir in die Mauer ein. Ich duckte mich, während weitere Schüsse fielen. Sie rückten näher. Ich feuerte zurück. Zwei schnelle Schüsse. Die Antwort war eine ganze Salve. Ich setzte mich hin, lehnte mich gegen die Wand und zählte nach, wie viele Kugeln ich noch hatte: vier in der Trommel und zwei Clips à sechs in der Tasche. Und das war's auch schon. Ich war auf Spähpatrouille gewesen und hatte nicht mit einer Schießerei gerechnet. Das Beste, was ich mir erhoffen konnte, war, ein paar von ihnen mitzunehmen, ehe ... ehe ...

Wieder sagte Agnes zu mir, ich solle mich aus dem Staub machen. Allein würde ich es schaffen.

Aber das hätte ich nie getan. Wirklich. Ich hätte sie nie, niemals allein gelassen. Doch genau in diesem Augenblick kam eine ganze Schützenreihe, aus allen Läufen feuernd, über das offene Gelände gerannt. Ich schoss zurück, einer stürzte, ich schoss noch einmal, und noch einmal. Und sie zogen sich zurück. Aber es war nur eine Frage der Zeit.«

Plötzlich wurde ihm schwindlig, es fühlte sich an, als würde er das Gleichgewicht verlieren. Doch in jener Hütte war er klarer im Kopf gewesen denn je, sein Gehirn arbeitete mit dem ganzen unabdingbaren schrecklichen Pragmatismus eines Soldaten: Lass Agnes nicht in ihre Hände fallen. Oder dich selbst.

Mit so leiser Stimme, dass Ivens sich vorbeugen musste, um ihn hören zu können, fuhr er fort: »Sie wissen, was sie mit ihr getan hätten, wenn sie sie lebend in die Hände bekommen hätten? Sie hätten sie ausgezogen, sie von einem zum anderen geworfen, sie wie eine Stoffpuppe zerfetzt. So war es in Russland gewesen. Frauen, Mädchen – Kinder noch. Doch zuvor wäre sie geschlagen und halb ertränkt worden, bis sie alles, was sie wusste, herausgefunden hatten.«

Er stockte. Doch mehr brauchte Ivens nicht zu wissen. Denn was könnte der Pfarrer oder irgendjemand anders sagen über die Szene, die sich abgespielt hatte, als er in Florenz in einen Zug gestiegen war? Er war gesenkten Kopfes den Seitengang des Wagens entlanggegangen, hatte versucht, so unauffällig wie möglich zu sein, doch als er an einem Abteil vorbeikam, war sein Blick auf etwas absolut Surreales gefallen: auf einen SS-Wachmann, der mit zwei Handpuppen spielte.

Doch die Puppen waren weiße Söckchen, auf die jemand jeweils ein Gesicht gemalt hatte. Die Söckchen gehörten einem Mädchen, das auf dem Boden lag und dessen rosa Rüschenkleid hochgeschoben war. Ihr scharlachrotes Blut klebte auf dem Weiß ihrer Haut. Er hatte gedacht, sie sei tot, hatte es bei Gott gehofft. Doch plötzlich zuckten die Beine des Mädchens. Und er musste weitergehen, vorbei an einem hilflos auf dem Boden liegenden

Kind und den Überresten ihres Lebens, das gezeichnet war von einer Vergewaltigung nach der anderen.

Wie konnte er zulassen, dass dies noch einmal geschah?

»Ob Agnes klar war, was ich vorhatte, weiß ich nicht. Doch sie sagte: ›Wir werden sterben, nicht wahr?‹ Und dabei strahlte sie diese außerordentliche Würde aus, eine Akzeptanz des Unvermeidlichen. Dann erzählte sie mir, dass sie nächste Woche fünfzehn geworden wäre und sterben würde, ohne jemals geküsst worden zu sein.

Und dann weinte sie, nicht hysterisch, einfach nur langsame Tränen, wie eine müde alte Frau am Ende ihres Lebens – eine Frau, die zu viel gesehen hatte. Und so nahm ich sie in den Arm und drückte sie zärtlich an mich – sie war wie ein kleiner Vogel, dermaßen zerbrechlich, ein Nichts an Leib –, drückte sie an meine Brust, und sie blickte so flehentlich zu mir empor, dass ich meine Lippen auf die ihren legte und ihr die Tränen von der Wange küsste. Und ich sagte: ›Es wird alles gut. Vertrau mir.‹ *Vertrau mir?*« Seine Stimme war schmerzerstickt. »Ich sagte ihr, dass sie wunderschön sei und dass sich die Männer, wenn der Krieg erst vorbei wäre, in sie verlieben würden. Und ich denke, sie hat mir tatsächlich geglaubt. Verstehen Sie, ich hatte einen Ruf als Draufgänger, als Glückskind, als jemand, der Wunder aus dem Hut zauberte. Plötzlich lag Hoffnung in ihren Augen. Echte Hoffnung. Als wäre das alles nur ein Albtraum, als könnte man wirklich darauf vertrauen, dass ich dafür sorgen würde, dass für immer und ewig alles gut war. Sie schloss die Augen, auf ihrem Gesicht breitete sich ein leichtes Lächeln aus und ich hielt ihr, so sanft, wie ich konnte, meinen Revolver ins Genick und drückte ab.«

44

Sie war sofort tot und sackte in seinen Armen zusammen, während das Blut aus ihr herausströmte. Jetzt war er an der Reihe. Er legte Agnes auf den Boden und hielt sich die Waffe an die Schläfe – nun musste es schnell gehen.

»Das war das Ende, für das ich vorbereitet worden war. Schon in der Schule. Ich stand da und mir fiel dieses verdammte Gedicht von Kipling ein:

›Wenn du verwundet in den Ebenen Afghanistans zurückgelassen wirst
und die Frauen herauskommen, um deine Überreste zu zerstückeln,
roll dich einfach zu deinem Gewehr, blas dir das Hirn raus
und geh zu deinem Gott wie ein Soldat.‹

Himmel, wie ich das hasse. Aber es bringt es auf den Punkt. Ich wusste, dass ich keine Wahl hatte. Sie hatten mich schon einmal gefangen genommen, weshalb ich mich keinen Illusionen hingab, dass ich letztendlich unter Folter nicht doch zusammenbrechen würde. Und die Deutschen stürmten erneut gegen die Hütte an, sodass ich mir den Befehl gab: ›Tu es.‹ Und mein Finger lag am Abzug.

Plötzlich detonierten Handgranaten – und mit einem Teil meines Gehirns wurde mir klar, dass die Deutschen keine Handgranaten schleudern würden. Sie wollten mich heil und unversehrt. Und dann war die Hölle los. Bren-Maschinengewehre ratterten wie verrückt – es wurde also mit den Maschinengewehren der

Résistance geschossen, nicht, wie zuvor, mit denen der Deutschen –, Männer brüllten ›Tuez les bâtards‹, und dann Geschrei, fürchterliches Geschrei.«

Er legte den Kopf in die Hände und flüsterte: »Die Résistance – von überallher kamen meine Kameraden.«

Ivens zog scharf die Luft ein. »Oh! Ich verstehe! O Gott! Jetzt verstehe ich!«

»Scharenweise«, fuhr Stephen fort, »griffen sie die SS an. Männer, die ich mitausgebildet hatte und die jetzt wacker kämpften. Aber zu spät. Zu spät für Agnes. Hätte ich meine Hand nur im Zaum gehalten, nur ein paar ... Ich versuche herauszufinden, wie viel länger ich hätte warten sollen. Immer wieder gehe ich durch, was genau ich getan habe von dem Augenblick an, wo ich sie ... wo ich sie kaltblütig erschossen, ermordet hatte.«

»Nein! Es war kein Mord.«

»Ach, scheren Sie sich zum Teufel! Ich brauche keine Schönfärberei! Es waren allerhöchstens neunzig Sekunden. Eher nur sechzig. Die den entscheidenden Unterschied gemacht haben. Wären sie nur ein paar Sekunden früher gekommen. Sekunden!«

Die jahrelang aufgestaute französische Wut hatte sich in einer erbitterten Schlacht entladen. Die Deutschen hatten versucht, sich zu verschanzen, doch sie waren zahlen- und waffenmäßig unterlegen, ihre gepanzerten Wagen waren auf diesem Gelände nutzlos, darum sammelten sie ihre Verwundeten ein und flohen. Alles, was er tun konnte, war erschüttert zuzusehen. Erschüttert, dass er am Leben war. Erschüttert, als ihm klar wurde, was er getan hatte.

»Agnes war alles, wofür ich gekämpft hatte. Stattdessen habe ich Gott gespielt! Ich habe jemandem das Leben genommen, wozu ich nicht das geringste Recht hatte.

Oder doch?

Das ist es eben – ich kann nicht mehr zwischen Recht und Unrecht unterscheiden, und ich kann die Verantwortung, dies entscheiden zu müssen, nicht mehr tragen. Ja, im Krieg wollte ich das Sagen haben – da haben Sie recht. Aber jetzt nicht. Nie mehr. Das ganze andere Töten kann ich rechtfertigen, denke ich. Dies jedoch nicht. Und, Reverend, halten Sie mir jetzt keine Predigt über Vergebung, denn danach habe ich alles noch schlimmer gemacht.

Sehen Sie, Benoit – einer der Besten – fand mich und hatte Agnes zuerst gar nicht gesehen. Er redete nur davon, wie sie die SS in die Pfanne gehauen hatten, wie einer ihrer Beobachtungsposten mich ausgemacht und bemerkt hatte, dass ich in der Klemme steckte, weshalb sie so schnell wie möglich alle zusammengetrommelt hatten. Er sagte immer wieder, sie wollten nicht zulassen, dass *les Boches* mich zu fassen bekämen, dass sie mich bräuchten und dass es mir Gott sei Dank gelungen sei, sie bis zu ihrem Eintreffen hinzuhalten.

Dann sah er sie. Er stieß einen entsetzlichen Schrei aus. Brüllte, dass sie noch ein Kind war und dass sie die Deutschen dafür büßen lassen würden. Dann kam einer von den anderen Männern hereingestürzt und begann herumzuschreien, dass er sie aufknüpfen, ihnen die Augen ausstechen und die Eier abschneiden würde.

In diesem Augenblick hätte ich dazwischenfahren und die Wahrheit erzählen sollen. Dass keine deutsche Kugel in ihrem Kopf steckte, sondern eine britische, nämlich meine.

Doch ihr Vater kam auch dazu, und als ich ihn beobachtete, konnte ich nur daran denken, dass ich ihr das Gesicht hätte zudecken sollen – mein Hemd hätte ausziehen sollen, ich weiß nicht –, denn, nun, eine Kugel war durch ihren Kopf gefahren, *meine* Kugel.

Dann kamen weitere Männer in die Hütte, und alle redeten davon, dass sie jeden Scheißnazi, der ihnen zwischen die Finger kam, kaltmachen würden. Doch ihr Vater war fast still, gab nur dieses furchtbare Wimmern von sich, hielt sie zärtlich im Arm, so wie ich es getan hatte, nur dass ihr Kopf jetzt ...

Leclerc, der Führer der Résistance, übernahm das Kommando, und alle Männer um mich herum brüllten, was sie alles mit diesen Schweinen tun würden, wenn sie ihr kleines Mädchen abgeknallt hätten. Dann drehte sich ihr Vater zu mir um und sagte: ›Merci, merci, Capitaine.‹ Er dankte mir – ihrem Scharfrichter – dafür, dass ich bei ihr gewesen war und versucht hatte, sie zu retten. Habe sie leiden müssen? Und ich solle ihm bitte sagen, dass sie nicht gelitten habe.

Ich hatte noch immer kein einziges Wort über die Lippen gebracht. Selbst da hätte ich noch erklären können, dass ich es getan hatte, um sie zu schützen, und dass ich im Begriff gewesen war, mir selbst die Kugel zu geben. Aber ich sagte lediglich, nein, sie habe nicht gelitten, und erzählte ihm, wie unglaublich tapfer sie gewesen sei. Und er meinte, sie habe mich bewundert. Habe ihren Englischunterricht geliebt und zu Hause geübt, weil sie mir imponieren wollte.

Was war nur los mit mir? Nein! Sagen Sie nichts, Reverend. Ich weiß es verdammt gut. Ich hatte eine Menge Zeit, darüber nachzudenken. Und das wird in meinen restlichen Tagen nicht anders sein. Ich sah zu, wie ein Vater seine tote Tochter im Arm hielt, und war zu feige, die Wahrheit zu sagen. Und zu scheinheilig. Meinem ganzen Gehabe nach zu urteilen, wollte ich in Wirklichkeit, schätze ich mal, ein Held sein.«

Mit gespielter Bravour rief er: »Der große, furchtlose Capitaine Lièvre, der mit seinem beispielhaften Verhalten und Mut die Résistance zu ihrer größten Schlacht anspornte. Sie hat der SS Beine gemacht! Ihren Stolz wiederhergestellt. Und anscheinend war alles mein Verdienst. Und jetzt wollen sie mich ehren. Allmächtiger!«

45

Allmächtiger! Die Schrecken, die dieser Krieg über die Menschen gebracht hatte, schienen kein Ende zu nehmen, dachte Ivens. Niemals hätte er sich ein so entsetzliches Dilemma vorstellen können. Zwinge einen Menschen dazu, eine furchtbare Entscheidung zu treffen, und du kannst seinen Charakter – wie stark er auch sein mag – brechen. Und an Stephens charakterlicher Stärke hegte er keinerlei Zweifel. In der Art und Weise, wie er seine Geschichte erzählt hatte, in seinen Gewissensbissen, in seiner Selbstkritik hatte Stärke gelegen, und in der Entscheidung abzudrücken hatte diese Stärke eine schier unglaubliche Dimension bekommen. Aber diese Entscheidung zerstörte jetzt sein Leben, so wie sie dem Leben des armen Mädchens ein Ende gesetzt hatte.

Doch nun musste *er* eine Entscheidung treffen. Hilf mir, betete Ivens, denn im Grunde seines Herzens wusste er, dass das Mitgefühl, das er verspürte, von seinem eigenen Dilemma korrumpiert wurde.

Er blickte zum Altar hinüber, ein Schatten in der zunehmenden Dunkelheit.

»Ich mache das Licht an«, sagte er, um Zeit zu gewinnen, und ging in Richtung Sakristei, wo er stehen blieb und versuchte, seine Gedanken in einem Gebet zu sammeln, damit er von der Gnade Gottes geleitet werden möge.

Er hatte einen von entsetzlichem Kummer gebeugten Menschen gedrängt, beschwatzt und manipuliert, damit er ihm erzählte, was er bisher keiner Seele hatte beichten können. Und jetzt, mahnte sich Ivens selbst, gestehe es ein: Dein sehnlichster Wunsch ist es, ihn loszuwerden. Stephen war nämlich nicht der Einzige, der vor lauter Verantwortung erschöpft war. Heute Abend wünschte sich auch Ivens, er möge von seiner Pflicht zur christlichen Nächstenliebe entbunden sein.

Er legte die Finger an die Lippen. Heute Abend, hatte er gedacht, würde *er* die Beichte ablegen. Vor Alice.

Sie war es gewesen, die die Kirchentür geöffnet hatte, da sie seiner Bitte nachgekommen war, sich nach dem Cricketmatch hier mit ihm zu treffen. Als er das Klicken gehört hatte, mit dem der Riegel nach oben gedrückt wurde, hatte er Stephens Namen so laut gerufen, um sie davon abzuhalten hereinzukommen.

Sie hatte in der Vorhalle gestanden und die Tür offengehalten, fast so, als wollte sie sich die Möglichkeit bewahren, jederzeit davonzulaufen. Als sie jedoch sein lädiertes Gesicht gesehen hatte, befürchtete er einen Schreckensmoment lang, sie würde in die Kirche stürmen. Er hatte ihr die Hände auf die Arme gelegt, um sie zu beruhigen. Stephen sei da, hatte er geflüstert, aber nein, nicht ihretwegen. Er wisse nichts, doch sie müsse jetzt gehen, und er würde sobald wie möglich mit ihr reden.

Hätte er irgendwelche Zweifel an ihren Gefühlen gehegt, wären sie von der Liebe in ihren Augen zerstreut worden. Und dann hatte sie ihn geküsst.

Lieber Gott!, betete er, die Gedanken in seinem Kopf keine Gedanken mehr, sondern ein einziges Schlachtfeld. Ja, Stephen war vielleicht stark. Doch heute Abend wusste Ivens, dass er derjenige war, der das Zepter in der Hand hielt.

Ich könnte ihn vernichten, dachte er.

Zu meinem eigenen Nutzen.

Ich könnte sagen, Gott würde ihm vergeben, so wie Gott uns allen vergibt. Sobald er sein Vertrauen in ihn setzt, würde er einen

Frieden finden, der alles Verständnis übersteigt. Und ich könnte sagen, obwohl eine Scheidung tieftraurig ist, ist es doch gleichzeitig auch ein Segen, dass Männer und Frauen aus solch trostlosen Verbindungen befreit werden können. So würde ich keinen Meineid leisten, nur damit Alice frei wäre – frei, mir eine Freundin zu sein, frei, meine ...

»Reverend!«, erschallte Stephens Stimme aus der Kirche.

Ivens wusste, dass dies eine Prüfung war. In jenen furchtbaren Tagen des »Blitz«, wie sie den Blitzkrieg nannten, hatte er nicht lange gezögert und war in zerbombte, brennende Gebäude gerannt, um ein weinendes Kind zu retten. Genau wie Stephen wusste er, wie es war, schnell sterben zu wollen. Und als Held. Doch jetzt wurde von ihm verlangt, seine Chance auf Glück zu opfern.

»Ich gehe jetzt«, hörte er Stephen sagen.

»Warten Sie!« Ivens schaltete das Licht an. »Bitte!«

Er eilte in die Kirche zurück, setzte sich jedoch in die Bank vor Stephen, wodurch er es vermeiden konnte, ihm in die Augen zu sehen.

»Reverend.« In Stephens Stimme lag eine neue Sanftheit, die ahnen ließ, dass alle Leidenschaft verbraucht war. »Ich weiß, dass Sie es gut meinen, dass Ihnen mein Wohlergehen am Herzen liegt, aber ich glaube nicht an Ihre wunderbare Welt der Liebe und Vergebung. Ich wünschte, ich könnte es. Aber dort draußen lauert das Böse. Und Sie können mich nicht vom Gegenteil überzeugen. Es gibt keinen Heiland, der für unsere Sünden stirbt, niemand, der uns hilft.«

Ivens wandte sich um und betrachtete einige stille Momente lang die Trostlosigkeit in Stephens Gesicht.

»Ich glaube wirklich«, sagte er schließlich, »dass die Gnade Gottes Ihnen helfen kann. Uns allen helfen kann. Und ich ziehe nicht in Zweifel, dass Ihnen – uns allen – vergeben wird. Sogar

Hitler. Ja, auch Himmler, Goebbels, der ganzen Bagage. Ich weiß, das reicht, um Ihnen den Himmel zu verleiden. Aber für mich besteht der zentrale Punkt des Christentums in der Tatsache, dass wir alle versagen. Gott zieht keine Bilanz darüber, wer mehr versagt hat als andere. Sehen Sie, in uns allen gibt es Licht und Schatten.«

Das Gleiche hatte er Alice an jenem Ostersonntag gesagt, als sie ihn zur Kathedrale von Norwich gefahren hatte. In den letzten Tagen hatte er all ihre Begegnungen noch einmal durchlebt, und jetzt schien es, als könnte das Leben keine größere Freude bereithalten, als wieder an ihrer Seite zu sein und zu reden, zu lachen, mit ihr über das zu diskutieren, was ihm am Herzen lag.

»Und ich glaube«, sagte er, »im Gebet würden Sie seine Gnade finden.«

Dann wandte er sich zum Altar. »Aber Sie werden seine Gnade auch – im Überfluss – finden, wenn Sie jetzt nach Hause gehen und Ihrer Frau all das erzählen, was Sie mir erzählt haben. Dort werden Sie Erlösung finden – in Ihrer Ehe.«

So, er hatte seine Wahl getroffen. Grimmig blickte Ivens auf das Kreuz, beinahe, als wollte er fragen: Ist es das, was du willst?

Doch Stephen protestierte: »Ich weiß nicht mehr, wie ich mit meiner Frau reden soll. Oder überhaupt mit irgendjemandem. Ich spreche eine andere Sprache. Und ich, der ich angeblich so sprachbegabt bin, verstehe auch niemanden mehr.«

Vielleicht hat er recht, dachte Ivens. Vielleicht sollten sie sich einfach scheiden lassen und getrennte Wege gehen …

Schnell sagte er: »Obwohl ich nicht glaube, dass irgendjemand einen anderen Menschen wirklich verstehen kann, haben Sie, daran gibt es für mich keinen Zweifel, in Ihrer Frau jemanden, der zuhören, nichts totschweigen und nichts verurteilen wird.«

»Das ist mir bewusst«, erwiderte Stephen. »Sie wird mir sagen, ich hätte es in bester Absicht getan und die Absicht sei es, die zählt, und im Nachhinein würde man immer ... und so weiter und so fort. Glauben Sie, ich würde nicht sämtliche Argumente für meine Absolution kennen? Doch die Kluft zwischen uns ist inzwischen unüberbrückbar. Ich meine, sie sorgt sich um den Zustand des Herrenhauses und der verdammten Gewächshäuser – ob die uns allesamt auf den Kopf fallen, ist mir völlig egal.«

Bevor er an sich halten konnte, rief Ivens: »Aber *ihr* ist es nicht egal!«

Und du bist ihr auch nicht egal, dachte er, und auch nicht, wie Wildpflanzen wachsen, wie man in dieser kaputten Welt leben kann. Und ich, ich bin ihr auch nicht egal.

Stephen spürte Ivens' Wut sehr deutlich, denn er wich zurück und sagte: »Vor dem Krieg wollten Alice und ich beide diese sogenannten normalen Dinge: ein Zuhause, eine Familie. Aber ich will das nicht. Nicht mehr. Ehrlich, wenn ich sage, es sei mir egal, dann ist es auch so.«

Ivens hatte sich nicht getäuscht, als er den Schimmer in Stephens Augen sah, während dieser über seinen Flug nach Frankreich, über das Leben im Wald sprach. Er hatte ihn auch bei anderen gesehen, die einerseits entsetzt waren vom Krieg, sich aber andererseits immer noch danach sehnten, weil sie Angst hatten, dass der Rest ihres Lebens im Vergleich todlangweilig sein würde. Und sinnlos.

Stephen stützte den Ellbogen auf sein Knie und legte die Stirn in die Hand.

Ich habe es versucht, dachte Ivens. Das ist die Wahrheit. Ich könnte jetzt aufgeben, denn ich habe weiß Gott wirklich versucht, ihn dazu zu überreden, zu ihr zurückzukehren, und sein Elend könnte den Menschen in seinem Umfeld nur noch mehr Elend bescheren. Doch eine Stimme in ihm sagte: Ja, das ist die Wahrheit, aber nur ein Teil der Wahrheit.

»Ich glaube«, erklärte er, »die Geschichte unserer Generation handelt davon, wie wir weitermachen, und für manche von uns – und da würde ich Sie mit einbeziehen – wird der Frieden genauso schwer zu ertragen sein, wie es der Krieg war. Die Menschen im ganzen Land fragen sich, ob sie das Richtige getan haben. Wofür war das alles gut? War es das wert? Und«, fuhr Ivens fort, jetzt mit Leidenschaft in der Stimme, »die ganzen Verluste waren es tatsächlich wert, denn das größere Übel wurde besiegt. Vielleicht würden wir jetzt unter den Nazis leben – und hier draußen, wo wir wohnen, mitten im Nirgendwo, wäre die ideale Gegend für ihre Todeslager für Juden und behinderte Kinder und ... Ach, man darf gar nicht daran denken. Aber dank Menschen wie Ihnen müssen wir auch nicht daran denken.

Wer weiß, wie meine Kirche sich verhalten hätte, wenn die Nazis hier einmarschiert wären. Ich bin mir vollkommen bewusst, dass man über einige Beschlüsse, die die Kirche gefasst hat, durchaus diskutieren könnte. Aber Sie haben uns die Entscheidungen erspart, die uns von unserer schlechtesten Seite zeigen könnten.«

»Und von der besten«, sagte Stephen.

Ivens bemerkte Stephens veränderten Tonfall und sagte vorsichtig: »Ich habe Sie vorhin gefragt, ob Sie sich als eine Art Osterlamm sehen, das in unser aller Namen geopfert wurde.«

»Ich glaube nicht an Ihr Credo, dass jemand geopfert wird, um den Rest der Welt zu retten«, erwiderte Stephen.

»Ich schon. Und Sie – und viele andere – wurden geopfert.«

Ivens wandte den Blick von Stephen ab hin zum Altar und sah nicht das hölzerne Kreuz, sondern Alice, wie sie vor ihm kniete und erklärte, es sei unsere Pflicht, glücklich zu sein, da Christus für uns gelitten habe.

Er ließ nicht locker. »Aber das Opfer ist nicht die ganze Geschichte. Es ist sozusagen nur Teil eins. Teil zwei handelt vom Wiederauferstehen und Weitermachen.«

Ivens erhob sich, ging langsam zu Stephen hinüber und setzte sich neben ihn in die Bank.

»Hat Ihr Vater«, fragte er, »jemals mit Ihnen darüber gesprochen, was er im Ersten Weltkrieg gemacht hat?« Stephen stieß ein hohles Lachen aus. »Das hatte ich auch nicht angenommen«, sagte Ivens. »Aber Sie haben es getan. Sie haben mir Ihre Geschichte anvertraut, und jetzt möchte ich Sie bitten, mir noch einmal Vertrauen zu schenken, wenn ich Ihnen sage, dass Sie mit Ihrer Frau reden sollen. Lassen Sie es zu, geliebt zu werden.«

»Sie liebt mich nicht mehr. Und wer kann es ihr verdenken? Inzwischen hat sie Angst vor mir – das merke ich. Ich habe versagt und sie enttäuscht.«

Ivens gestattete sich keine Pause zum Luftholen. »Ist es nicht zu früh, um von Versagen zu reden? Wo Sie noch ein ganzes Leben vor sich haben? Möglicherweise sogar eines mit Kindern.«

»Ich will keine Kinder.«

»Sie aber schon?«

Stephen nickte. »Sehr.«

»Na dann.«

»Ich habe Angst.«

»Vor ihr? Doch sicher nicht? Ich sehe sie vor mir.« Ivens schloss die Augen. »Ich sehe sie vor mir«, wiederholte er, »wie sie Sie mit offenen Armen willkommen heißt.«

»Ich habe Angst vor der Zukunft.«

»Sie haben auch schon früher Angst gehabt.«

»Um mich, ja. Aber wie kann ich ein Kind in diese Welt setzen, in der wir immer besser darin werden, uns gegenseitig zu vernichten?«

»Hätten Sie denn, in Anbetracht des ganzen Gräuels, lieber nicht gelebt?« Ivens zwang sich, Stephens Blick standzuhalten, während er weitersprach: »Ihre Frau hat mir einmal gesagt, sie versuche daran zu glauben, dass der Krieg die guten Dinge nicht zunichtemacht oder zunichtemachen sollte. Sie haben sich selbst einmal als Dichter gesehen, als Diplomaten, als ein Mann der Worte, und haben all das aufgegeben, um Soldat zu sein – was Sie am allerwenigsten wollten. Gott sei Dank haben Sie das getan. Sie haben selbst davon gesprochen, wie nahe Hitler dem Sieg war. Aber er hat nicht gewonnen, und so haben wir noch eine Chance, das zu sein, wozu wir geboren wurden: anständige Menschen. Sie werden hier gebraucht. Sie haben noch einiges zu tun.«

»Schöne Worte«, sagte Stephen abermals, diesmal jedoch sanfter.

»Worte sind das, was Sie verstehen. Wenn ich bete, und ich muss beten«, sagte Ivens sowohl zu sich selbst als auch zu Stephen, »können meine Probleme ohne Worte gelöst werden und ich finde Frieden. Sie jedoch sind ein Dichter. Sie wissen, wie es ist, wenn nichts Sinn ergibt, sich aber alles, wie durch ein Wunder, in einer Art Ordnung zusammenfügt. Sie haben, indem Sie mit mir gesprochen haben, begonnen, nach dieser Ordnung zu suchen. Und jetzt müssen Sie mit Ihrer Frau sprechen.«

Ivens sah, wie Stephen neben ihm mit sich rang. Aber er hörte zu. Und Ivens spürte, wie die Last auf seinen Schultern immer schwerer wurde. Dies war christliche Nächstenliebe und die Bürde war erdrückend.

»Einmal«, sagte er und verbot es sich aufzugeben, »gab mir Ihre Frau freundlicherweise eine Flasche Brandy. Gehen Sie nach Hause und nehmen Sie einen Drink mit ihr.«

»Ich habe mir geschworen, nicht zu trinken, nichts zu tun, um den Schmerz zu betäuben.«

»Ich sage ja nur, trinken Sie ein Glas Brandy zusammen. Nicht: Schütten Sie eine ganze Flasche in sich hinein. Und sagen Sie ihr, dass Sie mit mir gesprochen haben. Fangen Sie damit an.«

Ivens beobachtete, wie Stephen zögerte, und machte sich auf mehr Gegenwehr gefasst. Doch statt Einwände zu erheben, sagte Stephen: »Manchmal frage ich mich, ob ich nach Frankreich zurückkehren und Agnes' Eltern gestehen sollte, dass ich es war, der sie erschossen hat.«

»Warum ihnen noch mehr Kummer bereiten?« Ivens hielt seine Stimme neutral. »Mitunter«, sagte er, »höre ich von Affären, und die Menschen fragen mich, ob sie es ihrem Mann oder ihrer Frau gestehen sollen. Und ich rate ihnen immer, immer davon ab. Erkläre ihnen, dass der Schmerz dann nur noch weiter um sich greift, dass wir manche Qualen im Stillen ertragen müssen. Verzeihen Sie mir, aber ich glaube, dass Sie vor dem Krieg nie in vollem Maße gelebt haben. Denn Sie kannten keine Niederlage, wussten nicht, was es heißt, einen Fehler zu begehen, der nicht wieder in Ordnung zu bringen ist, kannten nicht die seelische Pein, die es bedeutet, jemanden zu verletzen und nicht in der Lage zu sein, es wiedergutzumachen. Viele Menschen«, sagte er, »gehen durchs Leben und versagen. Wieder und wieder. Und jedes Mal müssen wir uns, mit all unserer Scham und unseren Sorgen, erneut aufrappeln, was sich unerträglich anfühlen kann. Doch das macht uns nicht wertlos. Wenn sich Gott auf Heilige verlassen würde«, sagte er mit einem Lächeln auf dem Gesicht, »wären wir ziemlich schlimm dran. Sie und ich, wir haben beide Männer und Frauen gesehen, die von Schuld verzehrt waren, weil sie überlebt hatten oder weil sie irgendetwas getan hatten, die sich dann außerstande sahen, wieder im zivilen Leben zurechtzukommen, und sich in die Nostalgie zurückzogen oder gegen alles und jeden wüteten oder ...«

»Oder sich wie mein Vater gebärdeten«, sagte Stephen, »der seine Familie wie seine Privatarmee führte. Meine arme Mutter. Sie erklärte uns immer, er sei früher so sanft gewesen und wir müssten nachsichtig sein. Ich war es allerdings nicht. Ich konnte ihn nicht ausstehen. Und wie war es«, fragte er zögernd, »bei Ihrem Vater?«

»Er ist 1918 gefallen, am 8. November«, antwortete Ivens.

»Nur wenige Tage vor Kriegsende!«

»Zweiundsiebzig Stunden. Genauer gesagt, eher sechzig.«

»Stunden!«

»Stunden? Minuten? Sekunden? Was macht das schon? Die Tragödie ist immer die gleiche.« Ivens hielt sich die Hände an die Schläfen – eine Geste, in der sich die Sinnlosigkeit spiegelte. »Aber Ihr Vater ließ leider zu, dass der Krieg ihn zu Hause in eine Art Stabsfeldwebel – oder wohl eher General – verwandelte, was Sie alle unglücklich machte. Er hatte eine Wahl. Genau wie Sie jetzt eine haben: aufzugeben und sich im Big House wegzusperren oder zu dem Schluss zu kommen, dass Sie ein Leben zu führen haben.«

Damit lehnte sich Ivens zurück, als könnte er es sich so bequemer machen, doch die Holzbank war hart und unnachgiebig. »Bitte«, sagte er, jetzt flüsternd, »vertrauen Sie mir.«

»Vertrauen Sie mir«, wiederholte Stephen. »Genau das, was ich Agnes gesagt habe.«

»Und es war richtig, dass sie Ihnen vertraute. Aber jetzt müssen Sie Ihrer Frau vertrauen. Sagen Sie ihr zumindest, dass Sie mit mir gesprochen haben. Versprechen Sie mir das? Sagen Sie ihr, dass Sie mir heute Abend in der Kirche begegnet sind.«

Nach einer langen Pause erwiderte Stephen: »Ich verspreche es. Aber ob ich ihr mehr erzählen kann, weiß ich nicht.«

Dann verfiel er wieder in Schweigen und Ivens wünschte jetzt verzweifelt, dass der Mann endlich verschwand und er in Frieden gelassen wurde.

Schließlich ergriff Stephen wieder das Wort: »Und Sie, Reverend? Sie waren so gut, mir zuzuhören. Kann ich irgendetwas tun? Für Sie?«

»Nichts!«

»Aber medizinisch gesehen hat es so viele Fortschritte im Krieg gegeben. Die reinste Ironie, ich weiß. Gibt es denn nichts, was Ihnen helfen könnte?«

»Nein, nichts.«

»Kann ich Sie wenigstens nach Hause begleiten?«

Ivens verstand, weshalb Alice sich in diesen Mann verliebt hatte. Er war zwar von Verzweiflung gezeichnet, besaß aber auch ein gütiges Wesen und außergewöhnlichen Mut.

Dann streckte Stephen einen Arm aus, als wollte er Ivens beim Aufstehen helfen. Und diese freundliche Geste von Alice' Mann war unerträglich.

»Ich muss noch hierbleiben«, sagte Ivens. »Ich habe Ihnen gesagt, was Sie für mich tun können – sich Ihrer Frau anvertrauen. Und jetzt gehen Sie. Möge Gott mit Ihnen sein.«

Mehr konnte Ivens nicht sagen. Er senkte den Kopf, als trauerte er an einem Grab, wollte sein Leid nur noch allein tragen.

Er hörte Stephen den Gang entlanggehen. Dann den Türriegel.

Schließlich sagte er: »Danke für die Kraft, o Herr.«

Doch er hatte sich noch nie so trostlos gefühlt. Er hatte zwar das Richtige getan, war jedoch erfüllt von einem großen, auszehrenden Verlust.

Er fiel auf die Knie.

»Lieber Gott! Bitte! Lass sie glücklich sein!«

46

Der Himmel war noch dunkel, als plötzlich eine Amsel ihr Lied anstimmte. Alice hörte ihr unbewegt zu, während sie, in ihr altes Ölzeug gehüllt, in ihrem Garten umherging. Was sie in der Kirche flüchtig gesehen hatte, entzog sich jedem Erklärungsversuch. Der Mann, den sie hinter dem Rücken ihres Ehemanns treffen wollte, hatte einen Schlag ins Gesicht bekommen. Ohne Frage von Stephen. Doch George hatte sie hinauskomplimentiert.

Nichts davon ergab irgendeinen Sinn. Das Einzige, dessen sie sich sicher sein konnte, war die Tatsache, dass es eine Auseinandersetzung gegeben hatte. Sie spähte in die Schatten, voller Angst, dass Stephen jeden Augenblick auftauchen könnte. Vom See stieg Entengeschnatter auf, und der furchtbare Ruf eines Muntjakhirsches erschallte, woraufhin Alice sofort befürchtete, Stephen habe die Tiere auf seiner Suche nach ihr aufgescheucht. Dann würde er vielleicht von seinen Fäusten Gebrauch machen. Abermals. Diesmal gegen sie.

Doch seine mögliche Anwesenheit war nicht so schrecklich wie seine Abwesenheit. Denn auf dem Kirchenboden breitete sich vielleicht eine Blutlache aus, und George lag verletzt darin. Oder Schlimmeres. Nur eine enorme Willensanstrengung hielt sie davon ab, direkt zu den beiden zurückzulaufen.

Sie musste ruhig bleiben, würde sich einfach hier verstecken, sich bis zum Tagesanbruch von Stephen fernhalten und dann zum Bahnhof gehen, George anrufen, zu ihrer Schwester fahren und Oakbourne verlassen. Diesmal für immer.

Und dann?

Das Einzige, was auf der Hand lag, war die Tatsache, dass sich ihre Welt verändern würde. Doch sobald sie von Stephen geschieden wäre, würde sie ihren Weg finden. Sie besaß immerhin ein Talent. Sie hatte ihrem Vater dabei zugesehen, wie er Rosen für die kleinen Gärten in den neuen Wohnsiedlungen gezüchtet hatte. Und jetzt, da der Krieg vorbei war, konnten die Menschen wieder an Rosen denken. Vielleicht könnte sie wirklich ein eigenes Unternehmen gründen – je mehr sie sich ihre Fähigkeiten vor Augen führte, desto umfangreicher wurden sie. Sie war stark, fachkundig, erfahren.

Plötzlich wurde ihr übel.

Sie zerdrückte einen Zweig Ackerminze zwischen den Fingern und sog die Frische ein. Reiß dich zusammen!, rief sie sich innerlich zur Ordnung. Das ist lediglich die morgendliche Vier-Uhr-Hysterie.

Aber Hysterie hin oder her, eine hartnäckige Frage ließ sich nicht ausblenden: Was, wenn ...

In jener Nacht mit George hatte sie nicht aufgepasst. Stattdessen hatte sie alle Vorsicht fahren lassen, ohne Rücksicht auf die möglichen Konsequenzen. Und wenn nun die Konsequenz wäre, dass ...

Sie legte die Hände auf ihren Bauch. Sie konnte es unmöglich schon wissen. Aber was, wenn das Warten nur die Bestätigung brachte, dass sie schwanger war? Dass sie ein Kind von George erwartete? Wie konnte sie dann überhaupt mit ihrer Gartenarbeit für ihren Lebensunterhalt sorgen? Sie stellte sich vor, wie sie einen Säugling in einer Schubkarre herumfuhr, wie sie Obstbäume beschnitt, während ihre gekrümmten Schultern von einer Babytrage nach unten gezogen wurden, im einsamen Bemühen, ein Neugeborenes großzuziehen, einen ...

Sie konnte sich kaum dazu überwinden, das Wort auch nur zu denken. Doch das wäre ihr Baby – ein Bastard.

Und so würde man es auch nennen.

Es sei denn, George würde sie heiraten.

Doch sie hatte keine Ahnung, ob sie ihn überhaupt heiraten wollte. Oder er sie. Wenn er eine Geschiedene heiratete – denn das wäre sie –, würde das nicht bedeuten, dass er kein Pfarrer mehr sein könnte? Seinen Beruf aufzugeben, würde ihn zugrunde richten! Das konnte sie ihm nicht antun. Aber wenn sie schwanger wäre, müsste sie handeln. Und zwar bald. Der Krieg mochte es mit sich gebracht haben, dass sich die Gesellschaft und ihre Einstellungen veränderten. Aber nicht so schnell. Dieses Kind wäre einer feindlichen Welt ausgeliefert und sie wäre nicht in der Lage, es vor der Schande zu schützen, in einem Dorf, dessen sogenannte gutnachbarliche Atmosphäre vergiftet wäre von vielsagenden Blicken und feixenden Mienen.

Sie starrte auf die Erde, das Vogelgezwitscher schallte jetzt über die Gartenmauern hinaus, wobei der Gesang der Amsel hervorstach, die hohen Töne so süß wie die Fliederblüten, die in dem leichten Wind zu Boden segelten.

Doch dann flackerte ein Hoffnungsfunke in ihr auf.

Was, wenn?

Was, wenn sie tatsächlich ein Kind bekam?

Selbst wenn sie es allein großziehen müsste, wäre das denn wirklich so schlimm? Ein neues Leben würde sich entfalten und sie hätte etwas zum Lieben. Ach! Etwas zum Lieben! Sie konnte sich dieses Baby mit Georges dunklen Augen vorstellen, seinem verschmitzten Lächeln, seinem liebevollen Blick. Natürlich würde es nicht einfach werden. Aber sie hatte eine Schwester, die eine wunderbare Tante wäre. Eine Schwester, die Ärztin war, was Einsparungen bei den Arztrechnungen bedeuten würde. Sie könnte irgendwo hinziehen, wo niemand sie kannte, und sich als Witwe ausgeben. Davon gab es ja jetzt weiß Gott genug. Niemand müsste die Wahrheit erfahren.

Sie trat ans Gartentor und blickte zum Himmel empor, der so weit war, dass sie fast spüren konnte, wie sich die Erde drehte. Der Tag brach an, ein silbriges Licht legte sich über den Garten, glitzerte verheißungsvoll.

Was, wenn das Leben nicht immer nur schlimmer wurde? Was, wenn sie noch einmal glücklich sein könnte?

Es war möglich.

Der Krieg war vorbei. Ja, es gab Flüchtlinge, Zerstörung, Gefangene, Hunger, unsägliches Leid ... Könnte sie doch nur frei von alldem sein und in Frieden leben, sich die neue Welt, die sich ihr nun eröffnete, zu eigen machen: Stephen verlassen, die Scheidung, einen Neuanfang, was immer er brachte.

Sie blickte über den Rasen mit seinen taufeucht glänzenden Gänseblümchen und den im frühmorgendlichen Sonnenschein funkelnden See, während die Landschaft ringsum grünte – fruchtbare Felder, verspielte Lämmer, Verheißungen.

Ich schaffe das, sagte sie sich. Ein Baby gab es vielleicht nur in ihrer Fantasie, doch ein neues Leben war ihr nicht zu verwehren. Sie würde der Zukunft ins Auge blicken, mutig und unerschrocken. Sie würde wieder Freude finden.

Leicht benommen von ihren Zukunftsträumen, schloss sie das Gartentor mit dem Gefühl, alte Sorgen hinter sich zu lassen.

»Alice!«

Sie hörte Stephens Stimme.

»Alice!«

Dann sah sie ihn, er bog um die hintere Ecke des Gartens und kam direkt auf sie zugerannt.

47

»*Alice! Ich habe überall* nach dir gesucht.«

Sie war wie vor den Kopf geschlagen. Er trug noch immer seine weiße Cricketkleidung, die übersät war mit Schlamm- und Grasflecken. Und Blutflecken. Einen Arm trug er in einer Schlinge. »Was zum Teufel hast du gemacht?«, rief sie.

Mit George?, schrie sie innerlich. Ach! Sie hätte zu ihm eilen sollen! Statt ihn in der Kirche zurückzulassen. Sie hatte Stephen schon töten sehen. Alice wusste genau, wozu er fähig war. Sie wandte sich um und rannte los. Doch Stephen war schneller.

Er packte ihren Arm. »Alice, warte!«

»Lass mich los!«, schrie sie und versuchte, sich ihm zu entwinden. Sie musste George finden. Doch Stephen hielt sie zu fest gepackt.

»Alice! Bitte!«

»Lass mich!«

»Entschuldigung«, murmelte Stephen, ließ sie los, blieb aber viel zu nahe bei ihr stehen. Sie drückte sich gegen die Gartenmauer. Es fühlte sich an, als legte sich ein Gurt immer fester um ihre Rippen. Doch plötzlich zwinkerte Stephen immer schneller, und ihr kam der Gedanke, dass es ihm vielleicht genauso ging wie ihr und er Angst hatte.

»Ich muss dir etwas erzählen«, sagte er.

»Was denn?«, fauchte sie. Sie wollte nur eins wissen: Wie hatte er George verletzt? Warum hatte er Blut auf seiner Kleidung?

»Was ich getan habe – in Frankreich.«

Sie sah ihn fassungslos an. Das war das Gespräch, das sie so lange verzweifelt gesucht hatte. Und jetzt stand er wie aus heiterem Himmel hier vor ihr und konnte die Worte nicht schnell genug herausbringen.

Warum jetzt?, wollte sie fragen, doch er erklärte es bereits: »Ich habe mit dem Pfarrer gesprochen. Ich habe es ihm erzählt. Und ich weiß, was du jetzt denkst. Dass ich nie etwas Gutes über ihn zu sagen hatte. Aber ich habe mich geirrt. In ihm. In so vielem. Und er meinte, ich hätte es dir schon längst erzählen sollen.«

»*Er* hat dir gesagt, dass du es mir erzählen sollst?«

»Ja, obwohl ich ihm erklärt habe, dass ich so viel an dir ausgelassen habe. Wie du all das ausgehalten hast, weiß ich nicht. Aber ich muss es dir erzählen. Jetzt. *Jetzt!*«, schrie er. »Kannst du das nicht verstehen? Wenn ich jetzt nicht rede, tue ich es vielleicht nie. Ach, setzen wir uns doch. Bitte!« Er hielt das Gartentor auf und bedeutete ihr hineinzugehen. Doch sie rührte sich nicht. »Alice! Ein Teil von mir möchte nicht darüber reden. Niemals! Ich kann es nicht ertragen, dorthin zurückzukehren. Es Ivens zu erzählen, war die Hölle, aber wenn ...«

»Aber warum hast du ihm dein Herz ausgeschüttet? So lange hast du geschwiegen, dich abgekapselt und kein Wort gesagt. Weder zu mir noch zu irgendjemand anders. Und warst grausam ... und ...« Hilflos hob sie die geöffneten Hände.

»Gestern – das war ein seltsamer, sehr seltsamer Tag. Irgendwie landete ich in der Kirche und Mr. Ivens, so viel ist mir jetzt klar, ist ein guter Mensch. Ich verstehe, warum du ihn magst. Und ich schätze, alleine von Berufs wegen ist er ziemlich gut darin, den Leuten Beichten zu entlocken. Ich habe etwas Furchtbares getan. Ich habe ihn geschlagen. Aber es geht ihm gut! Guck nicht so! Ich verspreche dir, es geht ihm ...«

»Du hättest ihn umbringen können!« Finster starrte sie ihn an. Sollte er sie doch ebenfalls schlagen. Dann wäre alles vorbei und sie könnte ihn für immer verlassen. Denn ihr wurde klar, dass es zu spät war für seine Beichte. Sie hatte dafür keine Kraft mehr.

»Ich mache keine Ausflüchte«, sagte er, »obwohl Ivens es mir vorgeworfen hat, nachdem er mich absichtlich provoziert hatte.«

»Das würde er nie tun.«

Er seufzte. »Habe ich dich jemals angelogen?«

»Woher soll ich das wissen?«

Er lehnte sich gegen die Mauer, stützte sich ab. »Ivens«, sagte er, »meinte, er würde mich beneiden. Um *dich* beneiden. Und er bestand darauf, dass ich dir alles erzähle – das war ihm wirklich wichtig. Er meinte, dass *du* der Mensch seist, an den ich mich um Hilfe wenden sollte, dass ich in meiner Ehe Erlösung finden würde. ›Erlösung‹«, wiederholte er, »das war genau sein Wort.«

Natürlich würde George das sagen, dachte sie. Er ist anglikanischer Pfarrer. Er hat sich dazu gezwungen, das zu tun, was er für »anständig« hält. Er kann Stephen nicht sagen, dass seine Ehe am Ende ist. Aber ich kann es.

Mach schnell, ermahnte sie sich. »Stephen, du hast recht, wir müssen reden.«

Sie sah die Erleichterung in seinem Gesicht. »Danke«, sagte er.

»Nein, ich bin diejenige, die reden muss.«

Doch er hörte sie nicht. Er war bereits wieder in den Garten zurückgegangen und prüfte die morschen Holzlatten einer alten Bank, ehe er sich vorsichtig hinsetzte. »Hier sind wir sicher«, sagte er mit einem schwachen Lächeln.

Nimm das Heft in die Hand, ermahnte sie sich. Das Netteste, was man tun kann, ist, die Sache schnell zu beenden.

»Stephen«, begann sie.

Doch er ergriff ihre Hand, ließ sie sofort wieder los, als er merkte, dass sie zurückschreckte, und sagte: »Ich weiß, das muss ein Schock für dich sein. Vielleicht willst du es ja gar nicht mehr wissen. Oder es ist dir einfach egal. Ich würde es dir nicht verdenken.«

Er sah sie mit einer Verzweiflung an, die sie noch nie an ihm gesehen hatte. Dann legte er sich die Hand vor den Mund und seine Nervosität erinnerte sie an ein Foto von ihm als kleiner Junge. Er stand auf dem Sprungbrett eines neuen Freibads, das sein Vater gerade eröffnet hatte, und die Lokalpresse war dort, um Fotos zu machen. Da Stephens älterer Bruder James im Internat war, hatte man den siebenjährigen Stephen auserwählt, den Einweihungssprung zu übernehmen. Inständig hatte er seinen Vater gebeten, ihn zu verschonen. James war der weitaus bessere Turmspringer und liebte die Gefahr. Stephen dagegen verabscheute so etwas. Er hatte dort gestanden, spindeldürr und bibbernd vor Angst und Kälte, doch sein Vater bestand darauf, dass er sprang. Also hatte er sich gezwungen, über den Rand zu treten.

»Alice? Ich flehe dich an. Ich schaffe das nicht alleine.« Instinktiv sträubte sich alles in ihr und rief: Wenn du ihm jetzt zuhörst, wird es dir unmöglich sein, ihn zu verlassen. Sein Leben wurde gerade in ihre Hände gelegt und diese Verantwortung wollte sie nicht tragen. Nicht mehr. Sie suchte verzweifelt nach einem Ausweg, in der trügerischen Hoffnung, es könnte tatsächlich einen geben.

Lass mich in Frieden!

Vor ihr summte eine große goldene Biene über die Heckenkirsche hinweg und ließ sich in eine purpurrote Mohnblume plumpsen. Ein Pfauenauge flatterte über die violetten Trompetenblüten wilder Winden. Ein Rotkehlchen hüpfte zwischen den Vergissmeinnicht entlang des Weges umher, und ihre Vorstellung, eine Zukunft in einer neuen Welt zu schmieden, kam ihr schon jetzt wie kindischer Unsinn vor. Denn es gab kein Entrinnen vor diesem Krieg. Wenn sie ihren Mann verließ, was würde dann mit ihm geschehen? Und noch während sie sich diese Frage stellte, wusste sie, dass sie sich bereits entschieden hatte.

Sie senkte den Kopf, während er ihr von dem Lager im Wald erzählte, von Agnes, von der SS. Er erzählte ihr, was passiert wäre, wenn sie Agnes lebendig gefasst hätten, und vor welcher Wahl er gestanden hatte. Er erzählte ihr alles, und als er schließlich schilderte, wie er versucht hatte zu sterben, indem er sich zum Ende des Krieges bei der Jagd auf Nazis absichtlich in Gefahr gebracht hatte, hockte statt der menschenverachtenden Bestie, die sie in den letzten neun Monaten gekannt hatte, ein schluchzender Mann neben ihr.

Sie saß schweigend da, erschüttert von der Geschichte, die er so lange verheimlicht hatte.

In diesem Garten hatte sie einmal zu George gesagt: Was hat unsere Generation getan, um zwei derartige Kriege zu verdienen?

Nichts! Sie hätte vor Wut schreien können. Sie hatten nicht mehr und nicht weniger getan als alle anderen auch. Doch das Leben hatte ihnen allen einen grausamen Streich gespielt, und Alice hatte das irrationale Gefühl, sie hätte Stephen beschützen müssen, sie hätte alles tun müssen, um ihm diesen Schmerz zu ersparen.

Doch jetzt musste sie einen Weg finden, ihn in Friedenszeiten zu schützen.

Aber wie? Sie konnte es in ihrem eigenen Körper spüren: wie Stephen sich gestählt und allen Mut zusammengenommen hatte, um dieses unschuldige Leben auslöschen zu können; wie ihm, kurz bevor er abdrückte, so entsetzlich und unerträglich schwindlig geworden war; wie erschüttert er gewesen war, als er die Schüsse aus den Gewehren der Résistance hörte; wie ihm seine Trauer über das, was er nicht hätte tun müssen, das Herz zerriss.

George hatte nach diesem fürchterlichen Geständnis gebetet, so vermutete sie. Doch sie glaubte an keinen Gott, der helfen könnte. Und Stephen auch nicht.

George hatte zu Stephen gesagt, er würde in seiner Ehe »Erlösung« finden. Angesichts ihres Mitgefühls für die geschundene Seele ihres Mannes schien es, als rückten die Mauern des Gartens immer näher. George hatte recht. Die Liebe war Stephens einzige Hoffnung. Doch ihre Liebe war durch den Krieg verdorben. Die Liebe, von der sie einst geglaubt hatte, sie würde das Leben himmlisch machen, zermürbte sie jetzt, ihre einstigen Verzückungen hatten sich in Bürde und Pflicht verwandelt. Als George Stephen gedrängt hatte, mit ihr zu reden, wusste er ganz genau, was er tat: Er machte damit klar, dass jetzt zwischen ihnen nichts mehr sein konnte und falls jemals etwas gewesen war, dann war es vorbei. Es musste so sein.

Sie legte Stephen die Hand auf den Rücken und streichelte ihn, als wäre er ein untröstliches Kind. Ihr fehlten die Worte. Das Einzige, was sie der neben ihr zusammengesunkenen Gestalt zumurmeln konnte, war dies: »Es tut mir so leid, dass du derjenige sein musstest, der an diesem Ort, zu dieser Zeit, vor diese Wahl gestellt wurde.«

»Warum *nicht* ich?«

»Wenn ich Agnes' Mutter wäre, dann wäre ich erleichtert, dass du derjenige warst, der da war, um sie zu beschützen. Jemand mit deinem Mut, jemand, der tapfer genug war, das zu tun, was du getan hast, nämlich das Richtige.«

Unsicher blickte er sie an.

»Gib mich nicht auf. Bitte, Alice. Ich würde es verstehen, wenn du Schluss machen wolltest. Aber gib uns ein Jahr, um es noch einmal zu versuchen. Ich habe dem Pfarrer gesagt, ich hätte versagt und dich enttäuscht, und er meinte, es sei zu früh, um von Versagen zu reden, dass wir noch Zeit, noch ein ganzes Leben vor uns hätten. Er sagte, er könne sich vorstellen, dass wir Kinder bekämen. Dir würde das gefallen, nicht wahr? Wir müssen ja keine schnelle Entscheidung treffen. Aber früher waren wir einmal glücklich miteinander, stimmt's? Sehr glücklich.«

»Ja ... früher.«

»Ich kann Agnes nicht zurückholen. Ich kann dem Bösen kein Ende bereiten. Aber ich kann aufhören, zu dir böse zu sein. Ich kann den Krieg hinter mir lassen und vergessen.«

Er würde nie vergessen können, da war sie sich sicher. Zum allerersten Mal erfasste sie voll und ganz die harte Realität, in der sie lebten. Sie mochten den Krieg gewonnen haben. Aber nicht den Frieden. Welche Absichten sie auch immer gehegt hatten, der Krieg war ebenso ein Teil von ihnen wie die Luft, die sie atmeten.

Ihre Aufgabe war es jetzt, sich um einen verwundeten Soldaten zu kümmern. Doch sie wusste, was sie zuerst tun musste. »Ich bin für dich da«, sagte sie, »aber ich möchte gern Mr. Ivens aufsuchen. Um mich zu vergewissern, dass es ihm gut geht.«

»Ich begleite dich. Ich muss mich für eine Menge entschuldigen. Nicht nur dafür, dass ich ihn geschlagen habe. Ich weiß, dass ich alles andere als zuvorkommend war, als er uns besuchte. Und dabei war er die ganze Zeit so krank.«

»*So krank?*«

»Er meinte, er könne von Glück sagen, wenn er es durch den nächsten Winter schafft.«

Mit einer Kraftanstrengung, die sie so viel Energie kostete, als wuchtete sie einen Granitblock, stand sie auf. *Nächsten Winter?* Deswegen war er also im Krankenhaus gewesen.

Wie hatte sie nur so blind sein können?

Dieser wunderbare Mann, ihr Liebhaber, der so voller Leben war, lag im Sterben.

»Wahrscheinlich wollte er dich nicht beunruhigen«, sagte Stephen. »Ich vermute, er ist ein stolzer Mann.«

Warum hatte er es ihr bloß nicht gesagt? Sie musste ihm helfen. Etwas für ihn tun. »Ich muss ihn treffen.«

»Ich komme mit«, wiederholte Stephen. »Wir könnten die Dinge wieder gemeinsam tun.«

»Nein, nein ...«

Das Lächeln, das auf ihrem Gesicht erschien, verbarg die Angst, die sie packte, als sie ruhig sagte: »Wir können beide gehen, aber später. Das war jetzt eine Menge und ich muss es erst einmal verdauen. Ich bin da für dich. Darauf kannst du dich verlassen. Aber jetzt muss ich nachdenken – allein.«

Und damit eilte sie aus dem Garten, bemühte sich jedoch, nicht loszurennen.

Wie sie zu Ivens nach Hause gelangt war, wusste sie nicht genau.

»Lady Rayne!« Mrs. Turner öffnete die Tür, als hätte sie sie erwartet. »Mr. Ivens sagte, Sie würden vielleicht vorbeikommen. Er ist nach London gefahren. Er hat eine Nachricht hinterlassen, in der steht, dass ein paar Freunde in eine Notlage geraten seien. Er hat den Hilfsprediger in Milton gebeten, beim heutigen Pfingstgottesdienst einzuspringen, und den Frühzug genommen. Ich habe ihn nicht einmal das Haus verlassen hören. In seiner Nachricht bat er mich jedoch, Ihnen dies hier auszuhändigen.«

Alice betrachtete den dünnen braunen Umschlag wie ein Telegramm, das sicher schlechte Nachrichten überbrachte.

Sie ging den Vorgartenweg zurück, dann die schmale, zerfurchte Straße entlang, an der hier und da heruntergekommene Cottages standen, vorbei an der Wiese, an der man den Grundstein für die neue Siedlung gelegt hatte, und als sie in die Abgeschiedenheit des Waldes gelangt war, riss sie den Umschlag auf:

Liebste Alice,

ich kann Dich nicht wiedersehen – ich weiß, dass Du das verstehen wirst. Ich werde darum bitten, wieder nach London zurückversetzt zu werden.
Gott segne und behüte Dich.

48

Während er unter einem wolkenlosen Himmel am Bahnhof von Oakbourne auf Leclerc wartete, seinen alten Kameraden aus der Résistance, zeigte Stephen die nur allzu bekannten Symptome von Nervosität. Doch diese Kurzatmigkeit und das Pulsieren in den Schläfen waren absurd. Der Bahnhofsvorsteher in seiner schwarzen Uniform, der ihm höflich zunickte, war der Sohn eines Mannes, der auf dem Anwesen gearbeitet hatte, kein Angehöriger der Gestapo.

Alles, was ich tun muss, sagte Stephen sich und schritt auf dem Bahnsteig auf und ab, ist, für die nächsten vierundzwanzig Stunden die Fassade zu wahren, das heißt *Le Lièvre* zu sein, der Mann, als den Leclerc ihn gekannt hatte.

Er zündete sich eine weitere Zigarette an und blickte über das Bahngleis hinweg auf eine beschauliche, idyllische Szene, die einem zeitlosen Gemälde von Constable hätte entstammen können. Eine Lerche stieg auf. Flöge sie den direkten Weg, wären es knapp fünfhundert Kilometer bis Paris und dann noch einmal hundert weiter nach Süden bis zu dem Wald. Würden sich Leclerc und er darüber unterhalten? Über die alten Zeiten?

Während des Krieges hatte es eine unausgesprochene Abmachung gegeben: Was geschehen war, war geschehen. Es durfte keinen Blick zurück geben. Doch der Frieden hatte die Menschen verändert. Und was, fragte sich Stephen, mochte der Frieden mit Leclerc gemacht haben? Hatte er ihn in einen zweiten de Gaulle verwandelt, der mit den glorreichen französischen Siegen prahlte? Dann möge uns Gott beistehen, murmelte er und zog heftig an seiner Zigarette.

Das letzte Mal hatte er Leclerc im Mai 1945 gesehen, als sie noch nicht einmal ihre wahren Namen kannten. Sie hatten in Montmartre gesessen, auf die Niederlage der Nazis angestoßen und sich versprochen, in Verbindung zu bleiben, woran allerdings keiner der beiden auch nur eine Sekunde lang geglaubt hatte.

»Wirklich großartig!«, murmelte er, als wäre es bloß eine verrückte Wendung der Geschichte, dass ein Mann, der ihm dabei zugesehen hatte, wie er einem jungen deutschen Wachposten die Kehle durchgeschnitten hatte, ihn jetzt besuchen und seine Frau kennenlernen würde. Er hatte noch nie eine richtige Mahlzeit mit Leclerc eingenommen und gerade erst erfahren, womit er seinen Lebensunterhalt verdiente. Er restaurierte Kunst, mit Schwerpunkt auf dem Mittelalter – nichts passte weniger zu einem Mann mit Leclercs strategischem Verstand und seiner Fähigkeit, die Menschen davon zu überzeugen, ihr Leben zu riskieren. Und zu töten.

Noch vor einer Woche hätte er Leclerc abgewimmelt, eine Ausrede erfunden. Aber wenn er Alice gegenüber sein Wort halten und ein Stück »Normalität« anstreben wollte, konnte er sich nicht länger verstecken.

Doch er fühlte sich elend. Und, da war er sich ziemlich sicher, seine Frau ebenfalls.

Alice litt ganz offensichtlich. Seit er sich ihr anvertraut hatte, war sie so mitfühlend, wie er es vorhergesagt hatte. Aber freundlich war sie immer gewesen. Selbst, wenn er bewusst unfreundlich zu ihr gewesen war, das musste er zugeben. Doch die drängende Leidenschaft, mit der sie ihn früher angesehen hatte, so, als wollte sie ihn fast schon hypnotisch dazu bringen, sie so zu lieben wie einst, war verschwunden. Unter all ihrer Höflichkeit und Sorge legte die Anspannung in ihren Augen nahe, dass die Quelle der Liebe versiegt war.

Als er seine Zigarette zu Ende geraucht hatte, nahm er in der stillen, heißen Luft den Duft von Bärlauch wahr, der in Mulden am Bahndamm wuchs, und scheinbar aus dem Nichts tauchte die Erinnerung daran auf, wie er mit seinem Bruder zu Beginn der Sommerferien nach Hause gekommen war und seine Mutter auf dem Bahnsteig gesehen hatte, mit ausgestreckten Armen, überglücklich schon bei seinem bloßen Anblick.

All diese Liebe!

Alles verschwunden.

Er zündete sich eine neue Zigarette an, damit er ihren Rauch einatmen konnte statt des allzu erinnerungsträchtigen Bärlauchs. Er wollte nicht mehr, dass sich – gute oder böse – Bilder aus der Vergangenheit in sein Bewusstsein schlichen, und schlenderte zum anderen Ende des Bahnsteigs, wo Fingerhüte von Bienen umschwärmt wurden und aus dem hohen Gras und den Kamillenblüten ein emsiges Insektensummen aufstieg. Dann hörte er den Zug pfeifen und die Schranken an den Bahnübergängen herunterrasseln. In der Ferne waren Rauchschwaden zu erkennen, die immer näher kamen. Er ist nur einen Tag und eine Nacht hier, sagte er sich. Nimm es, wie es kommt, von Stunde zu Stunde, so wie früher.

Als der Zug einfuhr, sammelte er seine Kräfte. Die Türen schwangen auf, und heraus kamen Bauern, die in ihren Tweedjacken und -mänteln vor Hitze fast umkamen, Mütter, die rotgesichtige Kinder und Picknickkörbe umklammert hielten, Wanderer mit Rucksäcken, die an ihren Hemden klebten. Dann Leclerc, kaum wiederzuerkennen in seinem makellosen, teuer geschneiderten Anzug.

Stephen zwang sich dazu, auf ihn zuzugehen. »*C'est si bon de te voir!*«, sagte er. »Wie schön, dich zu sehen!«

Leclerc ergriff Stephens ausgestreckte Hand, dann musterte er ihn kritisch. »Du hast dich verändert! Früher warst du ein viel besserer Lügner. Du willst mich doch überhaupt nicht sehen!«

Ein Blick, und sein alter Freund Leclerc wusste genau, was er dachte. Stephen lachte schallend auf.

Leclerc deutete mit dem Kopf auf Stephens Schlinge. »Was ist passiert? Den Krieg hast du mit kaum einem Kratzer überstanden, und jetzt so was!«

»Ich bin gestürzt – nicht der Rede wert. Aber jetzt komm!«, sagte Stephen und griff nach Leclercs Koffer. »Ich nehme den.«

»Warte«, sagte Leclerc und stand wie angewurzelt da, für seine Verhältnisse ungewöhnlich unsicher.

»Was ist denn?«

»Ich hatte gehofft«, begann Leclerc, dann verstummte er. Und Stephen wurde klar, was Leclerc hatte sagen wollen: »Ich hatte gehofft, es würde mir guttun, dich zu treffen – und dir vielleicht auch. Es würde uns helfen, mit ...«

»Mit den unerträglichen Erinnerungen fertigzuwerden«, murmelte Stephen.

»Genau. Manche alten Soldaten mögen Treffen mit ihresgleichen, das weiß ich. Mein Vater empfand sie als Trost.«

»Meiner auch«, sagte Stephen.

»Ich bin aber nicht mein Vater, und je näher der Zug dem Bahnhof kam, desto intensiver dachte ich daran, wie wir in einem eurer schmuddeligen Pubs sitzen und trinken und aus der Vergangenheit großartige Abenteuergeschichten machen würden, wo doch die Wahrheit ... Die Wahrheit, Capitaine Lièvre, ist unaussprechlich. Ich habe dich getroffen – das reicht. Und du merkst – ich kann nicht lügen und behaupten, dass du gut aussiehst. Aber ... Aber mir ist klar, dass es nichts gibt, worüber ich mit dir reden möchte. Kannst du das verstehen? Ja, natürlich kannst du das. Es tut mir leid, aber ich will einfach nur direkt nach London zurückfahren. Verzeih mir.«

»Da gibt es nichts zu verzeihen«, erwiderte Stephen, dessen Enttäuschung sich jedoch unverhältnismäßig groß anfühlte. Leclerc äußerte Gefühle, die er selbst noch fünf Minuten zuvor gehabt hatte, doch jetzt wurde ihm plötzlich klar, dass dieser Mann, mit dem er einst so eng zusammengearbeitet hatte, ihm vertrauter war als die Menschen auf dem Anwesen, die er sein ganzes Leben lang gekannt hatte. Vertrauter als seine Frau.

Stephen seufzte. »Der nächste Zug nach London fährt erst in ein paar Stunden. Gehen wir also, statt hier zu warten, und setzen uns ans Meer.«

Ohne ein weiteres Wort zu verlieren, fuhr Stephen, mit einer Hand am Steuer, durch den strahlend schönen Nachmittag, bis er einen Pfad erreichte, der sich durch die Salzmarsch bis hin zur Küste wand. Sie stiegen aus dem Wagen und gingen los, hintereinander.

Dann drehte sich Stephen zu Leclerc um: »Wir müssen nicht darüber reden, also – über nichts. Aber genieß doch die Aussicht. Meine Frau liebt diese Gegend. Die ganzen Brachvögel und all die anderen kleinen Vögel.« Er deutete auf einen über ein Gerstenfeld fliegenden Schwarm. »Frag mich nicht, wie sie heißen. Ich kann mir die Namen nicht merken, sie allerdings schon. Und auch die Namen von Blumen. Das sind anscheinend Strandastern. Dort ist Queller und in Ufernähe großer gelber Mohn.«

Leclerc blieb stehen und atmete tief ein. »Riecht nach Anis.«

Stephen nickte. »Das ist Fenchel. Wenn die Vögel ihn mit den Flügeln streifen, verbreiten sie den Duft in der Luft – zumindest hat mir das meine Frau so erklärt.«

Auf Leclercs Gesicht erschien der Anflug eines Lächelns und Stephen ging auf dem Pfad voran und stieg dann durch die Dünen hinauf.

Das Wasser hatte sich weit zurückgezogen, doch in der Ferne schimmerte blau das Meer. Aber vor ihnen, auf dem weiten Sand, lagen alte Stacheldrahtrollen herum.

»Früher dachte ich immer, diese Gegend wäre zeitlos«, sagte Stephen. »Aber jetzt leben wir hier ganz unverkennbar im zwanzigsten Jahrhundert.«

»Kommst du immer noch mit deiner Frau her?«

»Im Moment nicht.«

Und das, dachte Stephen, sagte alles. Er registrierte, dass Leclerc ihn taxierte, fast so, als überlegte er, ob er eine Frage stellen sollte, doch nach ein paar Augenblicken ließ er sich in den Sand sinken, legte sich auf den Rücken und schloss die Augen.

Es war erstaunlich warm, wahrscheinlich über fünfundzwanzig Grad, und Stephen dachte: Wir könnten uns einfach still von der Sonne bestrahlen lassen, bis ich ihn zum Bahnhof zurückfahre. Dann bin ich für immer aus seinem Leben verschwunden und er aus meinem. Doch diese Vorstellung machte ihn auf einmal furchtbar traurig, und er blickte nur aufs Meer hinaus, bis er sich nach einer plötzlichen Lachsalve umdrehte und eine Gruppe etwa fünfzehn oder sechzehn Jahre alter Jugendlicher aus den Dünen laufen sah.

Junge Menschen im Sommer, dachte Stephen, während die Teenager sich gegenseitig anrempelten. Eins der Mädchen nahm einem Jungen seine Kappe weg und warf sie in die Luft. Er schnappte sie sich wieder und beide fielen, nach Luft japsend vor Lachen, übereinander.

»Ich habe das Gefühl, ich könnte ihr Großvater sein«, sagte Leclerc und stützte sich auf einen Ellbogen.

»Geht mir genauso. Irgendwie komisch, junge Männer in normaler Kleidung zu sehen statt in Khakiuniformen.«

Eins der Mädchen wandte sich auf langen, schlanken Beinen um und erregte Stephens Aufmerksamkeit. Sie lächelte kess, ließ ihr kastanienbraunes Haar schwingen und schlenderte mit einem leicht wiegenden Gang weiter.

Leclerc lachte matt auf und blickte dann auf die Uhr, anscheinend erpicht darauf, bald aufzubrechen. Doch der Zug nach London fuhr erst in einer guten Stunde.

Stephen zog sich auf sicheres Terrain zurück. »Deine Arbeit?«, wagte er sich vor. »Kannst du mir sagen, was du tust?«

»Ich glaube nicht, dass ich irgendwelche Geheimnisse verrate, wenn ich dir sage, dass ich gestern im Lambeth Palace war und eine Handschrift des Markus-Evangeliums aus dem zwölften Jahrhundert begutachtet habe.«

»Das ist ja wunderbar! Oder? Auf mich wirken diese Bilderhandschriften immer wie visuelle Gebete.«

Leclerc zuckte mit den Achseln und zündete sich eine Zigarette an. »Sie sind auf jeden Fall eine Zuflucht.« Dann seufzte er. »Bist du seit deiner Rückkehr in London gewesen?«

»Ich habe die Stadt natürlich aus dem Zug heraus gesehen, aber ...« Stephen fuhr mit dem Finger über die scharfen Spitzen des Strandhafers. »Aber dieser – dieser Strand – weiter bin ich noch nicht gekommen, seit ich wieder zu Hause bin.«

»Was immer einen vor der Klapsmühle bewahrt«, murmelte Leclerc.

Leclerc hatte einmal das Gleiche über Benoit gesagt, einen Mann, dem Stephen sein Leben verdankte. Wenn Benoit ihn nicht aus diesem stinkenden Gefängnis gerettet hätte, als er schon halb tot war, wer weiß, was er dann alles verraten hätte, sobald sie seinen Kopf noch einmal unter den laufenden Wasserhahn gedrückt hätten. Und diese selbstlose Seele soff sich jetzt zu Tode.

Stephen zwang sich zu der Frage: »Weißt du, wie es Benoit geht?«

»So wie immer, nach dem, was ich zuletzt gehört habe. Hier, nimm dir eine von denen«, sagte Leclerc und hielt ihm eine Packung Gitanes hin, als wollte er damit sagen, er habe keine Lust, über Benoit zu reden. »Die sind besser als das furchtbare Zeug, das ihr Engländer pafft.«

Sie zündeten sich jeder eine an, und Stephen atmete den dunklen Tabak ein, der selbst dort, an diesem ostenglischen Strand, so charakteristisch war, dass er sofort wieder die Angst und das Adrenalin aus jenem französischen Wald schmeckte.

»Ich hatte nicht damit gerechnet«, fuhr Leclerc fort, »dass London so verwüstet ist. Ich glaubte nicht, dass der Krieg mich noch erschüttern könnte. Die gute Nachricht ist jedoch, dass er mehr Arbeit für mich bedeutet hat.« Mit ironischer, gespielter Freude schlug er sich auf den Schenkel. »Die ganze Kunst geht vor die Hunde, ist dem Verfall preisgegeben. Hält mich mehr als flüssig. Und beschäftigt, sage ich mal. Vertreibt mir die Zeit.« Dann senkte er plötzlich die Stimme: »Ich vermisse den Krieg. Die Kameradschaft. Die Art, wie wir miteinander ausgekommen sind. Jetzt fühlt sich Frankreich an, als stünde es am Rand eines Bürgerkriegs. Franzose gegen Franzose. Da ist solch ein Gift und ich hasse das so sehr, dass ich mich vielleicht absetze.«

Überrascht sah Stephen ihn an.

»Mir wurde gerade eine Stelle in Amerika angeboten, an einem neuen Museum in Texas, wo sie diese ganzen alten Bibeln aufgekauft haben, und da brauchen sie jemanden – mich –, der sicherstellt, dass sie noch ein paar Jahrhunderte halten. Allerdings weiß ich nicht, ob ich es aushalte, dabei zuzusehen, wie die

Yankees die Scheißdeutschen unterstützen. Spucken Millionen von Dollar aus, nachdem wir unser Leben riskiert haben, unseren Verstand, alles, um sie zu besiegen. Aber zum Teufel mit alldem. Ich denke, ich mache es. Wenn Gelder verteilt werden, dann sehe ich nicht ein, warum ich nicht genau das gleiche Anrecht darauf haben soll wie irgendein *Boche*.«

»Das kann ich dir nicht verdenken. Ich habe allerdings überhaupt kein Problem mit den Yankees. Seien wir doch ehrlich, ohne sie wären die Nazis jetzt hier. Wir wären tot, die Jugendlichen da drüben Zwangsarbeiter. Und außerdem schmeißen sie den Deutschen nur Geld nach, weil sie jetzt die Russen nicht ausstehen können.«

»Weißt du, wen ich am wenigsten ausstehen kann?«

Stephen starrte geradeaus. Wenn er die Augen halb schloss, konnte er den Stacheldraht nicht sehen, lediglich das dunstige Zusammentreffen von See und Luft am Horizont, Kinder, die in den Wellen planschten, die Sonne, die das Wasser in Silberströme verwandelte. »Nein«, sagte er, »wen kannst du am wenigsten ausstehen?«

»Meine eigenen Leute. Sieh dir nur dieses Schwein Paquet an – jetzt ist er Bürgermeister!«

»Wenn jemand wusste, wie das Spiel gespielt wurde, dann er.«

»Jetzt ist er immer der Erste, der jeden, bei dem es auch nur den geringsten Hinweis auf Kollaboration gibt, denunziert. Aber denk bloß mal daran, auf was für Geschäfte *er* sich damals eingelassen hat!« Wütend wandte Leclerc sich Stephen zu. »Erinnerst du dich noch an diesen Schmied? Seine Tochter hatte mit einem deutschen Soldaten angebandelt. Ein dummes, dummes Mädchen. Aber sie war erst sechzehn. Und der Junge nicht viel älter – beide noch Kinder. Und was hat man später mit ihr gemacht ... Paquet hat das alles abgesegnet. Mein Gott! Sie sollte ihr Leben leben können wie diese jungen Leute da. Stattdessen ...

Paquet ist es auch, der ein Riesentrara um dieses Denkmal macht. Obwohl alle mit dabei sind – und Steinkreuze für die großen französischen Befreiungshelden aufstellen.«

»Manche waren tatsächlich Helden.«

»Nicht genug.«

»Du warst einer«, sagte Stephen. »Auch du hättest wie so viele andere auf Tauchstation gehen können.«

»Hätte ich Frau und Kinder gehabt, hätte ich es vielleicht auch getan.«

Stephen war sich bewusst, dass er wie Alice klang, als er sagte: »Hör auf, dich selbst zu bestrafen.«

Leclerc sah ihm in die Augen. »Kannst du mir versichern, dass du das nicht auch tust? Was ist mit Agnes?«

Einen Augenblick lang zuckte Stephen nicht einmal mit der Wimper.

Agnes.

Ein ersticktes Stöhnen erschütterte seinen Körper. Dann zwang er sich, wie in einem Akt der Befreiung, zu sagen: »*Ich* habe sie getötet, Leclerc. Nicht die Nazis. *Ich.*«

Ivens' Gott hatte ihm vielleicht Absolution erteilt – und Alice ebenfalls –, doch was wirklich zählte, war das Urteil jener Männer, die in der Schäferhütte, in der er abgedrückt hatte, bei ihm gewesen waren. Die Seite an Seite mit ihm gekämpft hatten. Die gestorben wären, um ihn zu beschützen.

Er spürte Leclercs Hand auf der Schulter, während ihn die Scham darüber, jene Männer angelogen zu haben, überwältigte.

Er merkte, dass Leclercs Griff fester wurde. Er konnte jetzt nicht mehr fortrennen. Und Stephen machte sich, wie erstarrt, auf Vergeltung gefasst.

Doch Leclerc sah ihn voller Mitgefühl an.

Erneut zwang sich Stephen dazu, es klar und deutlich auszusprechen: »Ich habe Agnes erschossen.«

Auf Leclercs Gesicht machte sich Fassungslosigkeit breit und irgendwann sagte er dann schließlich: »Ich weiß. Mein armer Freund, ich habe es immer gewusst. Wir alle haben es gewusst. Das war dir doch wohl klar?«

Ihm wurde schwarz vor Augen. »Nein – woher denn?« Er rappelte sich auf. »Ihr habt nie etwas gesagt!«

»Natürlich nicht. Du weißt doch, wie es war! Manche Dinge sind zu schrecklich ...«

»Aber ich ...« Jeden einzelnen Augenblick hatte er sich seither mit Vorwürfen wegen seiner Lügen und Fehler gemartert. »Aber woher ...?«

Leclerc hatte sich erhoben, nahm ihn am Arm und führte ihn weg von all den Picknickenden und Badenden, die sich umwandten, um zu sehen, was es mit den erhobenen Stimmen auf sich hatte.

»Psst!«, machte Leclerc.

»Woher ... Woher hast du es gewusst?«

»Die Wunden in ihrem Gesicht«, sagte Leclerc schnell und mit gedämpfter Stimme. »Das war eindeutig ein aufgesetzter Schuss gewesen. Und du! Du warst so ... Du warst nicht du selbst! Normalerweise hättest du das Heft in die Hand genommen, aber du saßt zusammengesunken auf dem Boden. Und dein Revolver lag einfach da. Ich hob ihn auf und sah, dass nur noch eine Kugel in der Trommel war, und dein Gesichtsausdruck sprach Bände. Sie war für dich selbst bestimmt.«

»Aber ihre Eltern? Wie können sie mir je vergeben?«

»Sie zünden bei jeder Messe eine Kerze für dich an. Sie wissen, dass du dein Bestes für sie getan hast.« Stephen ließ sich auf den Sand zurückfallen. »Mein lieber Lièvre«, fuhr Leclerc fort und kniete sich neben ihn hin, »sie wissen, was diese Dreckskerle ihr angetan hätten und dass du den Mut gehabt hast zu handeln.«

»Ich hatte aber nicht den Mut zuzugeben, was ich getan hatte.«

»Weil manche Dinge zu schrecklich sind, um sie in Worte zu fassen. Und keiner, der über dich richtet, hat eine Vorstellung davon, wie es war, in deiner Haut zu stecken. Hör zu! Du bist ein *echter* Held. Davon brauchen wir weiß Gott einige. Und nicht Leute wie Paquet und diese anderen Arschlöcher, die sich in einem von ihnen selbst erfundenen Mythos suhlen.«

»Vielleicht ...« Stephen zögerte. »Vielleicht müssen wir alle neue Wege finden, mit uns selbst zu leben.«

»Natürlich müssen wir das, insbesondere angesichts der Lügenmärchen, die in den amtlichen Unterlagen stehen werden.«

»Aber Agnes wird auf diesem Denkmal doch sicher gedacht?«

»Selbstverständlich. Aber dir ist klar, an welchem Tag diese Zeremonie stattfindet? Am 25. August. Dem Tag der Befreiung von Paris durch den großen de Gaulle, der uns alle glauben machen will, dass er es im Alleingang getan hat. Und wenn man dann noch bedenkt, dass er dafür gesorgt hat, dass sich die Leute von der Résistance hinter ihm eingereiht haben, während er in seiner verdammten Siegesparade die Champs-Élysées hinunterstolzierte.«

»Scheiß auf de Gaulle, Paquet, die ganze Bagage«, sagte Stephen. »Aber Agnes zählt. Ihre Eltern zählen.« Und ihm kamen Alice' Worte wieder in den Sinn, als er sagte: »Sie müssen glauben, dass sich ihr Opfer gelohnt hat. Und du auch, Leclerc, dein Opfer.«

»Mein Opfer? Ich werde verschwinden und von den Yankees ein Vermögen bekommen!«

»Du weißt, was ich meine. Die Opferung dessen, was wir einmal waren.«

Leclerc zündete sich eine neue Zigarette an. Ich habe zu viel gesagt, erkannte Stephen, als Leclerc aufstand, sich den Sand vom

Anzug klopfte und murmelte: »Wenn ich den Zug schaffen soll, müssen wir jetzt los.«

Sie kehrten zum Wagen zurück, fuhren wieder schweigend zum Bahnhof, und dort angelangt, sagte Leclerc: »Warte nicht. Fahr nach Hause.«

»Ich möchte mich verabschieden«, sagte Stephen. »Und dir danken. Dass du gekommen bist. Dass du mich verstanden hast.« Aus der Verantwortung war er damit allerdings nicht. »Das hilft mir«, und damit ergriff er noch einmal Leclercs Hand.

Leclerc seufzte. »Es freut mich, dass es kein Fehler war herzukommen. Bitte deine Frau in meinem Namen vielmals um Entschuldigung, dass ich nicht geblieben bin.«

»Natürlich.«

»Ich freue mich, dass du eine Frau hast – eine Frau, die noch da war für dich.«

Alice würde zu Hause sein, doch ob sie ihn dort noch haben wollte, war ihm absolut unklar.

»Lebe wohl, mein Freund«, sagte Leclerc, als der Zug in den Bahnhof einfuhr. »Adieu.«

Nicht *au revoir*, dachte Stephen.

Dann war Leclerc fort und Stephen fühlte sich mutterseelenallein. Er war auch vorher allein gewesen, hatte den Schmerz jedoch bereitwillig als Bestrafung angenommen. Jetzt, dachte er, vermisse ich meinen Freund. Und ich trauere um ihn. Und um meine Frau.

Und er hatte Angst.

Er hatte Angst um Alice und vor dem Kompromiss, den sie in ihrer Ehe eingehen müssten. Er hatte Angst, er könnte sie nicht mehr glücklich machen und sie würde den Rest ihres Lebens so tun, als wäre es anders. Er hatte Angst, sich des Überlebens nicht würdig zu erweisen. Und am meisten hatte er Angst, noch tiefer in der Mattigkeit zu versinken, die entstehen kann, wenn man dem Tod ins Auge geblickt hat.

Dann fiel ihm ein, dass er etwas zu erledigen hatte. Etwas Wichtiges, an das er schon früher hätte denken sollen. Aber er würde es noch am selben Tag tun. Er kehrte zum Wagen zurück, ließ den Motor an und fuhr langsam los.

49

Während all der Jahre hinter Stacheldraht hatte sich Dr. Downes nach genau solch einem englischen Frühsommerabend gesehnt. Als er mit seinen Hausbesuchen fertig war und heimfuhr, schien ihm der Anblick eines Mannes, der seinen Rasen mähte, einer Frau, die eine herrliche violette Malve hochband, von Kindern, die Himmel und Hölle spielten, ja selbst von Enten, die einen Bürgersteig entlangwatschelten, nur eins sagen zu wollen: Dies ist der Frieden, dies ist die Schönheit, für die du in den Krieg gezogen bist. Aus dem Queen's Head drang Gelächter, und er war versucht, auf ein Pint einzukehren, aber nein, er wollte seine Familie sehen.

»Hallo!«, rief er fröhlich, während er die Haustür aufschloss und in den herrlich kühlen Flur trat. »Ich bin zurück!«

Doch niemand antwortete und so ging er in die Küche, wo seine Frau, das Kinn auf die Hand gestützt, vor einem Korb ungeschälter Erbsen saß.

»Ach, hallo«, sagte sie, »ich habe dich gar nicht kommen hören. Wie geht's?«

»Bin froh, wieder zu Hause zu sein«, erwiderte er und drückte ihr einen Kuss auf den Scheitel. »Was gibt's denn heute Abend?«

»Ich habe mich beim Fischhändler in die Schlange gestellt.«

Er warf einen Blick in die Speisekammer auf ein nicht identifizierbares totes Ding, das auf einer emaillierten Servierplatte lag, und wollte gerade sagen: »Daher kommt also der Ausdruck ›Das stinkt zum Himmel‹«, aber dann besann er sich eines Besseren und ging auf die Treppe zu, um sich oben umzuziehen. Doch Jane attackierte die Erbsen inzwischen aus einer unartikulierten Frustration heraus und er fragte sie, was los sei.

»Nichts.«

»Komm schon, Jane. Irgendetwas ist doch.«

»Ich weiß nicht ... es hat mit Christopher zu tun.«

Er seufzte. »Was hat er denn jetzt wieder angestellt?«

»Nichts!«

»Es kann nicht nichts sein. Sonst wärst du doch nicht so bedrückt. Was hat er denn gesagt?«

»*Nichts!* Das ist es ja.«

»Er ist gerade erst sechzehn geworden! Da wird er wohl kaum angerannt kommen, seiner Mutter einen Kuss geben und ihr erzählen, was er den ganzen Tag gemacht hat. Ich rede mal mit ihm.«

»Nein! Bitte nicht.«

»Weil du denkst, ich würde alles nur noch schlimmer machen?« Ihr Gesichtsausdruck verriet ihm, dass sie genau das vermutete. »Na gut«, blaffte er. »Ganz wie du willst.«

Er stapfte nach oben, ließ sich aufs Bett fallen und schnallte sein Bein ab. Bei der Gluthitze war es ihm ungeheuer lästig gewesen und seine Haut war wund gescheuert. Er zog sich Shorts an und schob das Bein unters Bett. Mit einer Krücke herumzupoltern, wäre bequemer, als sich dieses Monstrum wieder anzuschnallen.

Aus dem Schlafzimmerfenster sah er Juliet mit Rusty im Garten spielen. Sie blickte hoch und winkte, freute sich, ihn zu sehen.

Er würde sich ein kaltes Getränk holen und sich dann draußen hinsetzen und mit ihr plaudern.

Als er zur Treppe humpelte, kam er an Christophers Zimmer vorbei. Ein plötzlicher Impuls ließ ihn umkehren. Er war durchaus in der Lage, mit seinem eigenen Sohn zu sprechen, ohne den Dritten Weltkrieg auszulösen.

Also öffnete er Christophers Tür.

»Raus hier!«, schrie Christopher, wirbelte herum, schnappte sich sein Hemd vom Bett und bedeckte sich damit. »Raus!«

In seinem Berufsleben hatte Downes alle möglichen Arten von Verletzungen zu Gesicht bekommen. Doch nichts hatte ihn auf das vorbereitet, was er jetzt sah. Denn dies waren die Wunden seines eigenen Sohnes.

»Christopher! Ach, mein lieber, lieber ...« Instinktiv streckte er die Arme aus und vergaß dabei, dass er sich auf die Krücke stützte, die klappernd zu Boden fiel.

»Raus hier!«, schrie Christopher erneut und zog sich in eine Ecke zurück. »Raus!«

Downes rührte sich nicht. »Jane!«, rief er kraftlos. Doch Christophers Geschrei hatte sie bereits dazu veranlasst, die Treppe hinaufzustürzen.

»Was ist denn?«

»Christopher«, sagte er in dem mitfühlenden Tonfall, den er bei verängstigten Patienten anschlug. »Dreh dich um, zeig es deiner Mutter.«

Christopher sank auf seinen Schreibtischstuhl und beugte sich langsam nach vorn, als hätte er erkannt, dass er keine andere Wahl hatte. Seine schmalen, unbedeckten Schulterblätter, die wie Engelsflügel hervorstanden, waren übersät von Zigarettenverbrennungen. Eine war höchstens ein paar Stunden alt, andere hatten Blasen gebildet, manche vernarbten bereits.

Jane stieß einen qualvollen Schrei aus, dann schlang sie die Arme um ihn.

»Lass mich in Ruhe!«, schrie Christopher und schob sie weg.

»Wer hat das getan?«, fragte Jane. »Bitte, mein Schatz! Waren das Jungs aus deiner Schule?«

»Wenn ja«, brüllte Downes, »schlage ich sie grün und blau!«

»Dad! Wie verblendet bist du eigentlich?«

»Ich kann ...«

»Was, Dad? Mir zeigen, wie man sie krankenhausreif prügelt?« Ja, dachte Downes. »Du verstehst es nicht, stimmt's? Ich bin nicht wie du, der ständig kämpft. Ich bin Pazifist.«

»Du *erlaubst* diesen Ungeheuern also, das mit dir zu machen?«

»Bist du verrückt? Natürlich *erlaube* ich es ihnen nicht. Aber ich kann nicht so schnell rennen wie sie. Sie holen mich ein.« Downes musste sich an der Wand abstützen, denn er sah es glasklar vor sich: wie sein geliebter Bücherwurm von einem Sohn rannte und rannte, bis diese Sadisten ihn einholten. »Ich setze mich nicht zur Wehr«, fuhr Christopher fort. »Und wenn der nächste Krieg kommt – und er kommt ganz bestimmt –, werde ich den Wehrdienst aus Gewissensgründen verweigern und dann können sie mich ins Gefängnis stecken.«

»Das werden sie nicht wagen«, erwiderte Jane grimmig.

»Weil du sie davon abhältst, stimmt's, Mum?«

»Wie lange geht das schon so?«, fragte Downes.

Christopher schwieg. Doch die Anzahl der Narben machte deutlich, dass es schon seit Monaten so ging.

»Bitte, mein Schatz«, sagte Jane. »Wer macht das?« Christopher jedoch sah einfach weg. »Sind es Jack Ledbury und Tom Mayhew?« Er schwieg noch immer. »Die sind es, stimmt's?« Downes erkannte, dass sein Sohn mit den Tränen kämpfte.

Er hatte noch nie von diesen Jungen gehört. Doch er würde sie finden und ihnen zeigen, was Brutalität wirklich bedeutete.

»Warum hast du uns das nicht gesagt?«, wollte Jane wissen.

»Weil Dad dann bloß in die Schule marschieren und herumbrüllen und alles noch schlimmer machen würde.« Christopher funkelte seinen Vater wütend an. »Warum hast du in der Schule erzählt, dass du als Kriegsgefangener Griechisch gelernt hast?«

»Was?«

»Mr. Clarke hat einmal im Unterricht gesagt, du hättest ihm erzählt, dass das Rote Kreuz Griechisch-Lehrbücher verteilt hat und du Herodot gelesen hast.«

»Ich bin ihm vor einer Ewigkeit in der Stadt begegnet – wir haben lediglich ein bisschen Konversation gemacht.« Dann sah Downes das Entsetzen in Janes Gesicht.

»Hat das etwas mit Dad zu tun?«, fragte sie.

Christopher senkte nur den Kopf.

»Kann mir mal jemand sagen, was hier los ist?«, schrie Downes, dem bewusst war, dass er jetzt brüllte, genau, wie Christopher es vorhergesagt hatte.

»Diese beiden Jungs«, erklärte Jane, »haben ihre Väter im Krieg verloren. Und sie haben den Eindruck – der völlig falsch ist, das weiß ich und Christopher weiß es auch –, dass Kriegsgefangene wie du es in den deutschen Lagern angenehm hatten.«

Downes war sprachlos. Kein einziges Mal hatte er darüber gesprochen, dass er in einem Stalag nach dem anderen eingekerkert gewesen und in stinkenden, rammelvollen Viehtransportern durch ganz Deutschland gekarrt worden war; dass er im Januar 1945 durch einen Schneesturm zu seinem letzten Lager marschieren musste, Stalag 357 in Fallingbostel, einem von Krankheiten verseuchten, überfüllten Drecksloch. Er hatte ihnen absichtlich nichts davon erzählt. Nicht nur, weil er vergessen wollte. Sondern weil es unmöglich richtig sein konnte, sie damit zu belasten, mit der Angst, der Erniedrigung, dem Dreck, der Brutalität, dem Hunger ... Er könnte die Liste fortführen. Immer weiter fortführen. Was er aber nicht tat.

Wenn sich die Kinder am Abend über den Fisch beschwerten, was sie zweifellos tun würden, dann würde er es sich verkneifen, eine Bemerkung zu machen wie etwa: »Ich habe Männer gesehen, die Ratten gegessen haben. Und nur mal so nebenbei, ich habe einmal einen Hund verspeist. Keine Sorge, Rusty! Hunde schmecken abscheulich.«

Er hatte beschlossen, nicht zurück-, sondern vorauszublicken. Obwohl er weiterhin nachts aufwachte und Männer schreien hörte, während er gebrochene Gliedmaßen ohne Betäubung richtete. Obwohl er sich, egal wie sehr er seine Haut auch schrubbte, immer noch daran erinnerte, wie schlimm sein Körper von Läusen befallen war. Obwohl er nie das WC benutzen konnte, ohne daran zu denken, was für ein Luxus es war, Toilettenpapier zu haben. Natürlich sollten sie das alles nicht wissen! Doch das Griechisch hatte ihm einen Ausweg geboten, ihn davon abgehalten, den Verstand zu verlieren. Genau wie den jungen Altphilologen, dem er das Bein gerettet hatte, nur um ihm die Möglichkeit zu geben, zum Stacheldraht zu rennen. Ein weiterer Junge, der nicht schnell genug rennen konnte.

»Ach, Christopher!«, murmelte er. »Das tut mir so leid.«

Was ihm durch die lange Gefangenschaft geholfen hatte, war ein Traum: Wenn der Krieg erst einmal vorbei war, würde alles wieder ins Lot kommen. Doch dem war nicht so. Und sein eigener Sohn war der Beweis dafür. Der Wahnsinn, den er glaubte, hinter sich lassen zu können, residierte direkt hier bei ihm zu Hause. Und alles, was er für jene verlorenen Jahre vorzuweisen hatte, waren sein zitternder, nutzloser Körper und sein Zorn – ein Zorn, der ihn nur noch stärker isolierte von der Familie, die er liebte.

Während er erneut von Wut gepackt wurde, spürte er, dass sein Nervensystem so außer Kontrolle geraten war, dass er kurz davorstand, auszurutschen und zu Boden zu stürzen, doch Christopher sprang auf und nahm ihn beim Arm.

»Dad! Diese Kerle sind Idioten. Wenn es nicht das Griechisch gewesen wäre, hätten sie irgendeinen anderen Grund gefunden, mir an den Karren zu fahren, denn ich bin tausendmal schlauer als die, und sie werden ihr ganzes Leben in diesem gottverlassenen Nest verbringen. Bitte, Dad! O Gott! Nicht weinen!«

Downes merkte, dass ihm Tränen über die Wangen liefen – dieser Zusammenbruch war entsetzlich. Er sollte seinen Sohn trösten, nicht umgekehrt. Doch Christopher war es, der jetzt aufrecht dastand und mit einem Selbstvertrauen sprach, das Downes so noch nicht bei ihm erlebt hatte: »Die Schule ist lediglich eine Belastungsprobe – so sehe ich das zumindest. Ich werde das durchstehen. Genau wie du damals. Ich bin stark. Wie du.«

Plötzlich ging die Tür auf und Eleanor stand vor ihnen.

»Was ist denn los? Habt ihr die Klingel nicht gehört? Sir Stephen möchte mit dir sprechen, Dad.«

»Ich kann ihn jetzt nicht empfangen«, sagte Downes und wischte sich über die Augen.

»Du kannst das«, sagte Jane sanft.

»Aber ich muss ...« Er deutete auf Christophers Rücken.

»Ich kümmere mich um ihn.«

»Dad«, sagte Christopher, »geh und sieh nach, was Sir Stephen will. Ich komme schon zurecht. Wirklich. Ich bin stärker als diese Dreckskerle in der Schule.«

»Aber das hört jetzt auf«, sagte Downes. »Ich gebe dir mein Wort, ich werde auf keinen Fall zulassen, dass sie dir das noch ein einziges Mal antun. Auf gar keinen Fall.«

Zum ersten Mal seit seiner Heimkehr nahm er wahr, dass sein Sohn ihn voller Mitgefühl ansah. Wenn nicht sogar Liebe. Als Christopher ihm die Krücke reichte, sagte er ohne seinen üblichen Sarkasmus: »Ja, Dad, natürlich, auf gar keinen Fall. Aber du musst *mich* diese Angelegenheit allein regeln lassen.«

50

Downes wankte die Treppe hinunter, gab Stephen die Hand, bat ihn in sein Sprechzimmer und fragte, was er all seine Patienten zur Begrüßung fragte: »Was kann ich für Sie tun?« Aber die einzige Frage, die ihn beschäftigte, war die, was er für seinen Sohn tun konnte.

»Ich werde mich kurz fassen«, sagte Stephen knapp. »Es geht um den Pfarrer. Ich weiß, Sie dürfen mit mir nicht über andere Patienten sprechen, aber er hat mir von seinen Herzproblemen erzählt, und mir kam der Gedanke, dass der Krieg vielleicht neue medizinische Behandlungsmethoden hervorgebracht hat. Denn falls dem so sein sollte und es eine Frage des Geldes ist, würde ich gerne helfen.«

Downes versuchte sich zu konzentrieren. »Haben Sie das Mr. Ivens gegenüber erwähnt?«, fragte er.

»Ich hielt es für falsch, ihm Hoffnungen zu machen, wenn man doch nichts tun kann. Deshalb bin ich zunächst zu Ihnen gekommen.«

Downes hörte Schritte im Zimmer über ihm. Jane behandelte Christophers Brandwunden mit Aloe vera.

»Dr. Downes? Soll ich vielleicht ein anderes Mal wiederkommen?«

»Nein, nein ...«

Menschen wie Ivens zu helfen, war eine Aufgabe, für die er ausgebildet worden war. Er konnte sich zumindest um seine Patienten kümmern, auch wenn er es nicht geschafft hatte, seinen Sohn vor den Tyrannen dieser Welt zu beschützen.

»Ich habe mich mit dem Fall von Mr. Ivens beschäftigt«, sagte er. »Ihnen ist klar, dass es dabei um größere Summen gehen könnte?«

»Ich habe Geld – nun ja, es ist nicht sofort verfügbar. Aber ich könnte etwas Land verkaufen.«

Niemals hätte Downes einen solchen Gesprächsverlauf für möglich gehalten. Er hatte den Verfall des Oakbourne-Anwesens als lehrreiches Beispiel für eine wohlverdiente Bestrafung der privilegierten Reichen begrüßt. Doch jetzt schämte er sich ein weiteres Mal für seine Vorurteile.

»Die Forschung«, murmelte er, »steckt noch in den Kinderschuhen. Und sie findet fast ausschließlich in Amerika statt. Er müsste also dorthin reisen.«

»Ist sie aussichtsreich genug, um mit ihm darüber zu sprechen?«

»Ja. Aber machen Sie ihm nicht zu viel Hoffnung.«

»Was ist dann die beste Strategie?«, fragte Stephen. »Sprechen Sie zuerst mit ihm? Und wenn er Interesse zeigt, das Ganze weiterzuverfolgen, machen wir an diesem Punkt weiter?«

Downes hatte das Gefühl, wieder vor einem Offizier zu stehen, der ihm Befehle erteilte – sie waren nicht sofort offensichtlich, aber dennoch Befehle.

»Ja«, sagte er.

Stephen beugte sich über den Schreibtisch und gab ihm die Hand. »Danke! Das bedeutet mir sehr viel. Ich werde Ihre Zeit nicht länger in Anspruch nehmen. Nur eine Sache noch: Neulich erwähnten Sie, dass Ihr Sohn die Klassiker mag. Und da habe ich mich gefragt, ob ihm das hier wohl gefallen würde.« Er griff in seine Tasche und reichte Downes ein kleines, in Leder gebundenes Buch: Σφῆκες – *Die Wespen* – von Aristophanes.

»Danke«, murmelte Downes. »Normalerweise würde ich ihn bitten, sich selbst zu bedanken, aber er ist ...« Damit beschäftigt, die Brandwunden behandeln zu lassen, die man ihm mit Zigaretten zugefügt hat, ergänzte er in Gedanken. Er biss sich auf die Lippe, presste das Buch fest an sich und fixierte ein Loch im Teppich, unfähig, den Satz zu beenden.

»Ich habe es sehr gerne gelesen«, sagte Stephen. »Vielleicht ist es ja auch etwas für Sie. Ich besitze auch eine englische Übersetzung, zumindest glaube ich das. Wir haben ja so viele Bücher verkauft.« Er ging in Richtung Tür, und Downes humpelte um seinen Schreibtisch herum, um sie für ihn zu öffnen. Dann lächelte Stephen, als sei ihm just in diesem Moment etwas eingefallen. »Aber Sie brauchen ja gar keine Übersetzung! Ivens hat mir erzählt, dass Sie in den Lagern Altgriechisch gelernt haben. Was für eine außergewöhnliche Leistung!«

Das Buch entglitt Downes' Händen. Plötzlich fühlte sich sein gesundes Bein an wie Wasser und er befürchtete vornüberzufallen. »Schon wieder dieses verdammte Griechisch!«, schrie er. »Warum reden alle ständig davon? Dieses Lager war die reinste Hölle, fünf Jahre, in denen alles verrottet ist – mein Leben, mein Verstand, mein Können – nicht irgendein müßiger ...«

»Dr. Downes!« Stephen hatte ihn am Arm gepackt, um ihn am Fallen zu hindern. »Wenn Sie glauben, ich hätte etwas Derartiges andeuten wollen, tut mir das sehr leid. Ich weiß, wie schrecklich diese Lager sein konnten«, sagte er und half dem Arzt zurück auf seinen Stuhl. »Ich habe einmal einen Mann getroffen, der fliehen konnte ...«

Wieder erhob Downes die Stimme. »Ach ja? Diese Männer, die fliehen konnten – sie gelten als Helden, aber ich hasse sie, weil sie nicht an die Folgen dachten ... Daran, dass die Wachen es an uns ausließen, den Schwächeren, die nicht genug Kraft oder Verstand hatten, um zu fliehen. Ich weiß, im Vergleich zu den japanischen Lagern war es angenehm, aber manchmal ...«

»Sagen die Leute so etwas? Dass Sie es angenehm hatten?«

»Nicht zu mir, nein, zumindest sagen sie es mir nicht ins Gesicht.«

»Zu wem dann?«

»Zu meinem Sohn. Es gibt ein paar Schlägertypen an seiner Schule, die ... die ...« Downes brachte es nicht über sich, die ganze schreckliche Wahrheit auszusprechen. »Sie tun ihm weh. Und zwar meinetwegen. Ich würde sie am liebsten umbringen, aber er wehrt sich nicht, weil er nicht so werden will wie ich, sagt er – er will nicht immer nur kämpfen.« In Downes' Gesicht war Selbstironie abzulesen. »Das Komische daran ist, dass ich den gesamten Krieg über niemanden getötet habe. Zumindest nicht mit Absicht.«

»Sie wurden in Dünkirchen gefangen genommen, nicht wahr?«, fragte Stephen. Als Downes nickte, fuhr er fort: »Ich war auch dort. Mit der British Expeditionary Force. Und ich habe verwundete Männer zurückgelassen – in einer Hotelküche, die man zu einem provisorischen Krankenhaus umfunktioniert hatte.«

»Mein Operationssaal war ein Casino«, sagte Downes und rechnete fest mit einer Bemerkung darüber, wie passend dies war, schließlich sei doch alles nur ein verdammtes Glücksspiel. Doch stattdessen betrachtete ihn sein Gegenüber so aufmerksam, wie er selbst einen neuen Patienten betrachtete, wenn er eine Diagnose zu stellen versuchte.

Dann sagte Stephen leise: »Ich habe gehört, dass einige Ärzte und Sanitäter die Chance, nach Hause zu kommen, nicht genutzt haben und freiwillig geblieben sind. Auch wenn das bedeuten konnte, in Gefangenschaft zu geraten – im besten Fall.«

Downes rutschte unbehaglich auf seinem Stuhl herum. Er hörte, wie Juliet draußen im Garten nach Rusty rief und seine Frau und Christopher im Obergeschoss umhergingen, doch es fühlte sich an, als lägen Welten zwischen ihm und seiner Familie.

Er ließ seine Fingergelenke knacken. In diesem Casino hatte er mit bloßen Händen operieren müssen, mit ungewaschenen Händen, wenn es kein Wasser mehr gab, mit Instrumenten, die mit dem Blut des vorherigen Verwundeten befleckt waren. Er hatte Arterien abgebunden und Eingeweide wieder zusammengeflickt, Stunde um Stunde, ohne Pause. Er hatte Benzedrin genommen, um durchzuhalten, und sich den grotesken Bündeln aus Wolle und Schienen und Verbänden zugewandt, die einmal quicklebendige junge Männer gewesen waren, hatte Gliedmaßen in einen Eimer gelegt, gebrauchte Spritzen und leere Ampullen mit Betäubungsmitteln in die Ecke geworfen und war vor Erschöpfung und unter dem ohrenbetäubenden Getöse der deutschen Bombardierung kaum in der Lage gewesen zu denken.

Er holte tief Luft. Das offen stehende Fenster war umrankt von blassrosa Rosen, deren lieblicher Duft in der reinen Luft ihn noch am Morgen schier überwältigt hatte. Jetzt roch er nur verbranntes Fleisch und Urin und Wolldecken, die mit dem Blut toter Männer getränkt waren. Er spürte, dass seine Augen feucht wurden. Um Stephen nicht merken zu lassen, dass er den Tränen nahe war, griff er nach seinem Stift und begann zu kritzeln, doch der elende Stift funktionierte nicht. »Ich hatte mal einen wunderschönen Füllfederhalter«, platzte es aus ihm heraus. »Meine Mutter hat ihn mir gekauft, als ich zum Medizinstudium zugelassen wurde, und ich hatte ihn immer bei mir.« Er klopfte an seine Hemdtasche. »Selbst in Dünkirchen. Doch als ich in Gefangenschaft geriet, hat irgendein stinkender deutscher Scheißkerl ihn mir geklaut.«

»Dr. Downes?« Stephen sah ihn aus blutunterlaufenen Augen an, doch sein Blick war ruhig. »Waren Sie einer der Ärzte, die dieses Opfer gebracht haben? Haben Sie sich bewusst dafür entschieden zurückzubleiben?«

Downes schwieg eine ganze Weile. Dann nahm er die Zigarette, die Stephen ihm anbot, und sagte knapp: »Ich musste bleiben.«

Er atmete langsam aus und beobachtete, wie der Rauch in der Abendsonne, die durch das Fenster hereinfiel, Formen bildete. Eine häusliche Szenerie, in schönes Licht getaucht. Ein englischer Vermeer, direkt vor seinen Augen, doch alles, was er sah, war Guernica.

Es war früh am Morgen gewesen und er hatte sich gerade einem jungen Gefreiten zugewandt, der immer wieder das Bewusstsein verlor. Er hatte schon begonnen, dem Jungen die Uniformjacke aufzuschneiden, als der befehlshabende Offizier erschien. Die Deutschen seien nur noch zwei Stunden entfernt, deshalb müssten sie so schnell wie möglich abziehen. Allerdings müssten für je hundert Verwundete ein Arzt und zehn Sanitäter bleiben. »Ich bitte um Freiwillige«, hatte der Kommandeur gesagt.

Downes hatte den Befehl gehört, aber weitergearbeitet. Als er dem jungen Gefreiten das Hemd auszog, sah er, dass die rechte Schulter nahezu weggesprengt worden war und der Arm nur noch von ein paar Fetzen Haut und Muskelgewebe zusammengehalten wurde. Er versuchte gerade einzuschätzen, was er tun konnte, falls das überhaupt noch möglich war, als das glatte Gesicht des Jungen in stummen Tränen zerfloss.

Es war eine Entweder-oder-Entscheidung gewesen: entweder dem Jungen Morphium spritzen und in Richtung Strand aufbrechen, in der Hoffnung, es bis nach Hause zu schaffen, oder zurückbleiben und zu verhindern versuchen, dass der Junge starb.

»Ich musste bleiben«, sagte er noch einmal. »Ich war ein erfahrener Chirurg. Wenn ich mich freiwillig meldete, hatten wenigstens ein paar mehr Männer noch eine Chance.« Er sah Stephen an und nahm einen Anflug von – ja, von was wahr? Bewunderung? Mitleid? Was auch immer es war, er wollte es nicht.

Mit plötzlicher Vehemenz fuhr er fort: »Oder vielleicht wollte ich auch nicht für einen Feigling gehalten werden. Von anderen.

Von mir selbst. Ich weiß es nicht mehr. Aber es schien mir die richtige Entscheidung zu sein. *Damals.*«

Er klopfte mit dem Stift auf seinem Schreibtisch herum. Jane würde ihm nie verzeihen, wenn sie die Wahrheit erfuhr. »Bloß keine Heldentaten«, hatte sie gefleht, als er nach Frankreich aufgebrochen war.

»In den Lagern habe ich mir nie die Frage gestellt, ob ich die richtige Entscheidung getroffen hatte. Aber jetzt – jetzt, da ich zu Hause bin ... Von dem Moment an, als ich wieder englischen Boden betrat, kamen mir die Zweifel. Wussten Sie, dass man Kriegsgefangene nach der Rückkehr mit Formularen für Entschädigungsanträge förmlich zugeschüttet hat?« Als Stephen den Kopf schüttelte, fuhr er fort: »Ich wusste nicht, wofür ich eine Entschädigung beantragen sollte. Für fünf Jahre meines Lebens? Für mein Bein? Jedenfalls gab ich auf diesem Formular – ich sehe es noch vor mir, es hatte die Nummer WO1784 – meinen Füllfederhalter an. Und der verdammte Beamte fragte mich nach der Quittung! Als hätten die Nazis mir eine Quittung überreicht!« Er raufte sich die Haare. »Da verlor ich die Beherrschung, griff nach meiner Krücke und holte aus. Wäre ich nicht so schwach gewesen, hätte ich ihn wahrscheinlich umgebracht.«

Stephens Gesichtsausdruck blieb unverändert.

»Wie auch immer, sie nahmen mich fest und steckten mich in eine Zelle. Aber es ging drunter und drüber damals, und der Bursche, das immerhin muss ich ihm lassen, zog die Anzeige zurück, und sie ließen mich gehen.«

Er blickte auf die Zigarette hinab, die er ruhig zu halten versuchte. Sie war fast heruntergebrannt und er drückte sie in den Aschenbecher, wieder und immer wieder, bis sie zerfiel.

»Auch davon weiß meine Familie nichts«, sagte er. »Obwohl es sie kaum überraschen würde, dass ich durchgedreht bin. Aber wissen Sie, wofür ich wirklich entschädigt werden möchte? Für den Verlust meiner Geduld. Ob Sie es glauben oder nicht, früher galt ich als sehr geduldig. Das sind die besten Ärzte. Man muss der Fels in der Brandung sein. Und das war ich. Während der ganzen Zeit im Lager bin ich ruhig geblieben, immer war ich derjenige, der die Jungs beruhigt hat, wenn alles zu viel wurde – die Lethargie, die Demütigung, nichts tun zu können, kapitulieren zu müssen. Dann war da noch das, was die Leute zu Hause über uns dachten. Einer der Jungs bekam einen Brief mit der Frage, wie das deutsche Bier schmeckt. Ein anderer wurde von seiner Freundin gewarnt, sich nur ja nicht mit den einheimischen Mädchen einzulassen. Großer Gott! Das waren junge Männer, aber sie waren so hungrig und erschöpft, dass sie sich nicht einmal dann aus ihren Kojen erhoben hätten, wenn Rita Hayworth an ihnen vorbeigelaufen wäre.«

Er schleuderte den Stift in den Papierkorb. »Und die Ironie an der ganzen Geschichte: Für einige dieser Jungen war ich eher ein Vater als für meinen eigenen Sohn.«

Downes verstummte. Er wünschte sich verzweifelt, eine Rechtfertigung für sein Handeln zu finden, doch sich selbst dabei zuzuhören, wie er ohne Punkt und Komma herumblökte und dabei den letzten Rest Würde verlor, erfüllte ihn mit Scham.

Dann sagte Stephen: »Wir sind jetzt ein Land voller Geheimnisse. Und wir alle wollen einfach nur vergessen.«

»Nein! So defätistisch dürfen wir nicht sein. Ich habe durchgehalten, weil ich daran dachte, was ich tun würde, wenn ich jemals dort rauskäme. Mein Sohn beklagt sich, dass ich ständig nur kämpfe. Aber ich muss doch etwas tun, um Armut, Krankheit und Ungerechtigkeit zu stoppen ...«

Ihm war bewusst, dass Stephen ihm auf die Hände blickte, die jetzt so stark zitterten, dass er die eine mit der anderen festhalten musste.

»Sie kämpfen«, sagte Stephen. »Im Moment kämpfen wir beide – für Ivens. Aber Ihr Sohn? Was ist mit ihm?«

»Er will selbst mit den Jungen fertigwerden, die ihn drangsalieren.«

»Wird er es Ihnen sagen, wenn ihm das nicht gelingt?«

»Das ist es ja, was mich beunruhigt – dass er alles mit sich selbst ausmacht.«

Stephen lächelte. »Der Apfel fällt nicht weit vom Stamm.«

51

Stephen war kaum gegangen, da stürmte Jane in Downes' Sprechzimmer.

»Warum hast du Sir Stephen so angeschrien?«

Ihr Zorn überraschte ihn.

»Ich hätte das nicht tun sollen, aber ...«

»Aber was? Der Mann, der deiner Tochter das Leben gerettet hat, hat dich in deiner edlen Empfindsamkeit beleidigt? Christopher hat recht! Schreien ist deine Antwort auf alles. Du verschwendest nie auch nur einen Gedanken daran, welche Wirkung du auf *uns* hast. Und weil dein Sohn annehmen musste, dass du schreiend zur Schule rennst, hatte er niemanden, der ihm helfen konnte, sich gegen diese brutalen Flegel zu wehren, diese ... diese ...«

Nie zuvor in den zwanzig Jahren ihrer Ehe hatte sie die Beherrschung verloren. Doch jetzt weinte sie und versuchte verzweifelt, dabei keinen Laut von sich zu geben. Ihr ganzer Körper bebte. Er humpelte um seinen Schreibtisch herum und legte den Arm um sie.

»Jane, mein ...«

»Lass mich los!« Die Abscheu in ihrem Gesicht sagte alles. Sie hasste ihn. »Ich dachte immer, du wärst der netteste und sanfteste Mann, den ich je kennengelernt habe. Aber jetzt ... Ich bin es leid, mir ständig Sorgen zu machen, dass irgendetwas wieder einen deiner Wutanfälle auslösen könnte.«

Tränen liefen über ihr Gesicht und die einzig wahre Antwort darauf schienen weitere Tränen zu sein. Auch ihre Verletzungen waren Wunden, die er nicht heilen konnte. Im vollen Bewusstsein der Unzulänglichkeit dieser Geste reichte er ihr sein Taschentuch.

Einen Moment lang dachte er, sie würde selbst das ablehnen, doch sie murmelte: »Danke.«

Er sah zu, wie sie ihre Tränen trocknete und das Taschentuch faltete, wieder und wieder, und als sie es nicht mehr kleiner falten konnte, sah sie zu ihm auf, und in ihrem Blick lag eine Kälte, die er noch nie zuvor an ihr erlebt hatte.

»Bitte, Jane, verlass mich nicht! Ich kann dich nicht noch einmal verlieren. Das ertrage ich nicht.«

»Ich werde dich nicht verlassen.«

Aber du würdest es tun, wenn die Kinder nicht wären, dachte er.

Er versuchte sich an einer Erklärung. »Sir Stephen hatte nichts dagegen, dass ich wütend war. Ehrlich! Er hat es verstanden.«

»Was hat er verstanden? Was gibt dir das Recht, ständig herumzuschreien?«

»Nichts. Aber ...«

»Aber was? Habt ihr über den Krieg gesprochen? Zwei Veteranen unter sich? Denn falls es so war, musst du mir schon sagen, was er ›verstanden‹ hat, wenn wir auch nur die geringste Chance haben wollen, irgendetwas von dem wiederzufinden, was uns einmal verbunden hat.«

»In Dünkirchen ...« Seine Stimme erstarb. »Ich habe Angst, dass du mich ... noch mehr hassen wirst.«

»Rede mit mir, Jonathan, oder ich schwöre, ich ...«

»Er hat mich gefragt, ob ich mich freiwillig zum Bleiben gemeldet hätte«, platzte es aus ihm heraus.

»Freiwillig?«

»Ja.« Er holte tief Luft. »Und genau das habe ich getan. Ich entschied mich zu bleiben. Bei meinen Männern. Meinen Patienten. Sie brauchten mich.«

Zu seinem Entsetzen stellte er fest, dass er schon wieder wütend wurde. Genau deshalb sollte die Büchse der Pandora lieber geschlossen bleiben. Zu viel Schmerz wurde frei, und wenn er erneut die Kontrolle verlor, wären die Folgen für seine Ehe katastrophal. Er umklammerte die Armlehnen seines Stuhls, denn er wollte nicht – *er wollte absolut nicht* – herausschreien, dass sie das unmöglich verstehen konnte. Er biss die Zähne zusammen und wartete.

Doch anstatt sich in einen Wutausbruch hineinzusteigern, starrte seine Frau wie abwesend zu Boden, und ihr Gesichtsausdruck verriet nichts. Im Zimmer war es ganz still. Eine Welt aus verborgenen Gedanken stand zwischen ihnen. Dann schlug die Uhr auf dem Kaminsims sieben und holte sie zurück in die Gegenwart.

»Du bist«, sagte sie, »nicht der Einzige, der etwas zu gestehen hat. Ich werde dir jetzt etwas erzählen, doch wenn du es je wieder erwähnst, es im Streit gegen mich verwendest oder mit den Kindern darüber sprichst, werde ich dich verlassen, das schwöre ich.«

»Ach, Jane!«

»Hör mir einfach zu.« Sie ließ die Hände in den Schoß sinken. Dann strich eine Hand über die andere, wieder und wieder. Oft erwachte er in den frühen Morgenstunden und sah sie am Fenster stehen und dieselbe Handbewegung machen. Doch er hatte nie zu fragen gewagt, was sie bedrückte. »Damals, im Sommer 1940«, begann sie, »als wir nicht wussten, ob du überhaupt noch am Leben warst, rieten mir alle – von der Regierung bis zu meiner Mutter –, London zu verlassen, bevor der Blitzkrieg begann. Heute sagst du mir ständig, ich solle aufhören, mir Sorgen zu machen, aber in jenem Herbst habe ich mir nicht genug Sorgen gemacht. Selbst als die Bombenangriffe begannen, redete ich mir noch ein, dass es uns in London gut gehen würde. Du hast mich nie gefragt, warum ich nicht einfach in einen Zug gesprungen bin, um uns alle nach Oakbourne und in Sicherheit zu bringen. Du weißt doch, dass ich nach deiner Abreise eine Arbeitsstelle im Krankenhaus bekommen habe?«

Er nickte. Eine ihrer Freundinnen war Oberschwester und hatte sie gebeten, sie beim Anleiten neuer Pflegekräfte zu unterstützen.

»Ich habe die Stelle bekommen, weil sie dort nicht nur jemanden mit medizinischen Kenntnissen wollten. Sie wollten ein gutes Vorbild, jemanden, der weiß, wie man verängstigten, kranken Menschen ein Gefühl von Sicherheit vermittelt.«

»Die Patienten haben immer ausdrücklich nach dir verlangt ...«

»Aber was war mit der Sicherheit meiner Kinder?«, unterbrach sie ihn. »Diese Frage hat für mich nicht die geringste Rolle gespielt.«

»Nein!«

»Sieh dir die Fakten an, Jonathan.« Ihre Stimme hatte sich verändert. Eine eisige Ruhe lag jetzt darin. »Sie wären fast getötet worden. Aufgrund meiner Entscheidung. Die Luftschutzwarte haben gesagt, es sei ein ›Wunder‹, dass wir überlebt hätten. Aber zu welchem Preis? Wenn ich Eleanor in Sicherheit gebracht hätte, müsste sie vielleicht heute nicht alles so verzweifelt zu kontrollieren versuchen. Und Christopher würde vielleicht ...« Sie verstummte und Downes wünschte fast, sie würde wieder zu schluchzen beginnen, alles war ihm recht, nur nicht diese langsame, bewusste Selbstquälerei.

»Es herrschte Krieg!«, rief er. »Wir standen vor furchtbaren Entscheidungen. Denk an das Gute, was du getan hast, die Leben, die du gerettet hast, indem du geblieben bist!«

»Dieser noble Altruismus mag für dich gegolten haben.« Sie sah ihn an und in ihrem Blick lag jetzt tatsächlich Freundlichkeit. »Ich wusste immer, dass du es nicht über dich bringst, jemanden, dem du helfen könntest, im Stich zu lassen. Aber ich bin *meinetwegen* geblieben. Siehst du den Unterschied nicht? Ich habe diese Arbeit geliebt. Ich bin aus Eitelkeit geblieben! Aus Egoismus! Um mich selbst zu verwirklichen! Ich habe meine Bedürfnisse über die meiner Kinder gestellt und das Ergebnis war ...«

»Jane, hör auf! Hör bitte auf mit dieser Selbstzerstörung.«

Doch sie sprach einfach weiter. »Die Wahrheit ist – und noch mal: Ich werde dir nie verzeihen, wenn du das den Kindern erzählst –, dass ich es so viel einfacher finde, Krankenschwester zu sein, als Mutter zu sein. Ich liebe meine Kinder. Natürlich liebe ich sie! Aber manchmal ist diese Plackerei ... Ach, es ist mehr als das. Es ist die ständige Angst, ihnen nicht gerecht zu werden, während ich im Krankenhaus – umgeben von klugen Menschen, die mich respektierten – sicher war, wirklich gute Arbeit zu leisten.«

Etwas, das purer Verzweiflung nahekam, verzerrte ihre Züge. Er war ratlos. Auch wenn sie ihm keine Vorwürfe mehr machte, diese gequälte Selbstzerfleischung war entsetzlich.

Vor vielen Jahren, bevor die Kinder gekommen waren, hatten sie einander helfen und einen Weg, eine Perspektive finden können, wenn einer von ihnen mit einem hoffnungslosen Fall konfrontiert gewesen war. Aber jetzt? Sie strahlte eine uncharakteristische Zerbrechlichkeit aus und da war dieses feine Netz aus

Fältchen um Mund und Augen, das er jetzt zum ersten Mal bemerkte. Ich habe nicht hingesehen, stellte er beschämt fest.

Ihr Blick richtete sich wie Hilfe suchend auf ihn, und sehr vorsichtig, aus Angst, die Signale falsch zu deuten, sagte er:»Kann es sein, dass du auch deshalb so gern im Krankenhaus gearbeitet hast, weil die Menschen dort – anders als zu Hause – taten, was du sagtest?«

Zu seiner Erleichterung sah er, dass sie nun kaum merklich lächelte. Er fuhr fort:»Wenn ich hier meine Visite mache, erzählen mir die Leute, wie großartig du dich während des Krieges verhalten hast und dass du ausgeholfen hast, wenn Dr. Hughes verhindert war. Oft denke ich sogar, dass sie immer noch lieber zu dir kämen als zu mir.«

Sie zuckte mit den Schultern, doch sie schien wieder ein wenig mehr sie selbst zu sein.»Du hättest Hughes gehasst«, sagte sie. »Ich habe mir eingeredet, dass er zu krank war, um seine Arbeit zu machen, aber in Wahrheit ging es ihm immer gut genug, um nach den sogenannten alten Familien zu sehen. Also habe ich ...«

»Also hast du ihn ersetzt! Ich liebe dich, Jane!«

Als hätte er nichts gesagt, entfaltete sie das Taschentuch wieder und faltete es dann neu zusammen.

»Das also ist mein Geheimnis«, sagte sie, »der wahre Grund, warum ich geblieben bin. Wie du siehst, verstehe ich durchaus, weshalb du dich freiwillig gemeldet hast.«

»Ach, Jane! Ich wäre doch ebenfalls in London geblieben. Ich weiß, dass ich geblieben wäre. Warum hast du nichts gesagt? Ich hätte dich vielleicht davon abhalten können, dich so zu quälen.«

»Wie bitte?« Erneut wandte sie sich gegen ihn. »Du erzählst mir doch auch nichts. Alles, was ich über die Kriegsgefangenenlager weiß, weiß ich aus den Briefen, die du mir geschickt hast – fünf armselige Zettel voller Unsinn über Cricket und Schach.

Wie furchtbar die Realität war, kann ich nur vermuten, aber sie hat dich zu einem ...«

Zu einem Unmenschen gemacht, vervollständigte Downes ihren Satz in Gedanken.

»Ich weiß, dass ich mich wie ein Unmensch benehme«, sagte er. Dann setzte er so behutsam wie möglich hinzu: »Aber du hast dich auch verändert.«

Sie widersprach nicht. Sie saß einfach nur da und sah furchtbar traurig aus und er wünschte sich vergeblich, ihr die verlorenen Jahre zurückgeben zu können. »Warum«, fragte sie, »erzählst du mir nicht die Wahrheit über diese fünf Jahre?«

»Ich kann nicht. Ich kann es einfach nicht.«

»Aber einige Ärzte ...«

»... sind der Meinung, es wäre am besten, offen darüber zu sprechen«, unterbrach er sie, weil er sich durch ihre Berufung auf die medizinische Wissenschaft in die Enge getrieben fühlte. »Aber ich glaube das nicht.« Er fürchtete, dass sie weiter in ihn dringen und ihr Bleiben an die Bedingung knüpfen könnte, dass er mit ihr über das, was er erlebt hatte, sprach. »Der Gedanke, dass du – oder, noch schlimmer, die Kinder – davon wüssten, ist unerträglich für mich. Bitte«, flehte er, »frag mich nicht noch einmal danach. Ich liebe dich, Jane – das ist alles, was du wissen musst.«

Sie drehte den Ehering an ihrem Finger. »Wie du willst«, sagte sie schließlich und seufzte. Sie griff nach der Komödie von Aristophanes. »Wenigstens hast du dein brillantes Gehirn beschäftigt.«

»Mit den Griechen habe ich mich nicht nur beschäftigt, um meinen Verstand zu benutzen. Ich hatte über ihre dauernden Kriege gelesen. Du hast mir meine Frau weggenommen, also habe ich das Recht, dir deine wegzunehmen; du hast meinen Sohn getötet, also werde ich deinen töten ... Der endlose Kreislauf der

Rache. Die Griechen vermittelten mir einen Einblick in eine Welt, in der die Menschen ebenfalls in endlosen Kriegen töteten und getötet wurden. Aber das Wunder ist, dass sie inmitten all der Barbarei und des Schmerzes – der sich nicht wesentlich von unserem Schmerz unterscheidet – eine absolut außergewöhnliche Zivilisation aufgebaut haben. Solch eine Schönheit!« Er nahm wahr, dass sie seine Hand ergriffen hatte. »In dieser Hölle war das, was diese Griechen mir gaben, das wertvollste Geschenk überhaupt. Sie gaben mir Hoffnung.«

52

Alice stand am Fenster der Bibliothek von Oakbourne Hall und beobachtete nervös, wie der Regen gegen das Rautenglas prasselte und die Konturen des Gartens und der lang gezogenen gekiesten Auffahrt in den immer dunkler werdenden Grautönen verschwimmen ließ.

»Man sollte nicht glauben, dass wir Mittsommer haben«, sagte Stephen und fachte das Feuer an, bis die Flammen loderten. »Ich wünschte fast, es wäre Winter, dann könnten wir die Vorhänge schließen und müssten nicht den ganzen Abend in diesen Regen hinaussehen.«

»Ja«, stimmte sie ihm zu, doch das war eine Lüge.

Sie fand den Regen, der den Boden durchtränkte, auf seltsame Weise beruhigend, ganz so, als würde er auch in ihren Geist einsickern, denn den festen Boden, auf dem sie einst gestanden hatte, gab es nicht mehr, und ihr alter Grundsatz, stets wahrhaftig zu sein, erwies sich in den komplizierten Verwicklungen ihres gegenwärtigen Lebens als unbrauchbar.

Sie betrachtete Stephen und nahm die Sorge in seiner niedergeschlagenen Miene wahr. Es wäre eine freundliche Geste, ihn jetzt in den Arm zu nehmen, wenn schon nicht liebevoll, so doch zumindest beruhigend. Stattdessen wandte sie sich wieder dem Regen zu, als könnte sie in den sich auflösenden Formen neue Antworten finden. Und das schnell. Denn für diesen Abend hatte Stephen den Mann, der ihr Geliebter gewesen war, zu einem »Abschiedsumtrunk« eingeladen.

Jeden Augenblick konnte George Ivens, gemeinsam mit der Familie Downes, in Oakbourne Hall eintreffen. Und nach diesem Abend würde sie ihn nicht mehr wiedersehen, denn schon am nächsten Morgen würde er über London nach Liverpool aufbrechen und von dort aus nach Amerika reisen. Stephen und Dr. Downes hatten alles arrangiert: die Überfahrt nach New York, seine Unterkunft, die Termine bei den Herzspezialisten.

Sie war nicht mehr mit ihm allein gewesen, seit sie in der Kirchenvorhalle jene hastigen Worte gewechselt hatten. Und nun würde er, dank der Großzügigkeit ihres Mannes, den Atlantik überqueren. Eine Entfernung von fast fünftausend Kilometern ...

»Ich dachte, ich mache die letzte Flasche Brandy auf«, sagte Stephen, als bäte er um ihre Zustimmung. »Es ist schließlich ein besonderer Anlass.«

»Wunderbar«, murmelte sie.

Was sie sagen würde, wenn sie sich gegenüberstanden, wusste sie nicht. Und auch nicht, wie sie sich von ihm verabschieden sollte. Die Botschaft, die er bei Mrs. Turner hinterlassen hatte, sagte bereits alles: *Ich kann Dich nicht wiedersehen – ich weiß, dass Du das verstehen wirst.*

Und sie hatte es verstanden. Aber sie konnte keinen Trost finden. Denn er war sehr krank. Und er würde sterben.

»Du bist ja plötzlich ganz blass«, sagte Stephen. »Ist alles in Ordnung?«

»Natürlich!«, sagte sie und lächelte, und im nächsten Moment kündigte das Flackern von Scheinwerfern in der nassen Dämmerung am Ende der Auffahrt die Ankunft der Downes an.

»Du bleibst hier im Trockenen«, sagte Stephen, »ich empfange sie.«

Mit steinerner Miene verfolgte sie, wie ihr Ehemann hinausrannte und seinen Regenschirm schützend über den Mann hielt, mit dem sie geschlafen hatte. Sekunden später hörte sie Schritte und Gelächter und er betrat den Raum gemeinsam mit den Downes', und sie nahm Mäntel entgegen, bedankte sich überschwänglich bei allen dafür, dass sie bei diesem grausigen Wetter gekommen waren, erkundigte sich bei Eleanor nach ihren Prüfungen und erzählte Juliet, dass sich eine streunende Katze in der Küche niedergelassen hatte, um dort ihre Jungen zu bekommen.

Dann stand George vor ihr, und sie sagte etwas Unsinniges, wie dass sie hoffe, er sei fertig mit dem Packen, und er lächelte, ganz so, als sei sie nur eins seiner vielen Schäfchen.

Und es war geschafft.

Sie waren sich wiederbegegnet und hatten miteinander gesprochen. Stephen schenkte den Brandy ein und erzählte Christopher, dass er ein paar Bücher gefunden habe, die ihm gefallen könnten, er solle sich einfach bedienen. Sie sagte zu Juliet und Eleanor, dass sie sich gerne im Haus umsehen könnten, aber auf der Hintertreppe vorsichtig sein sollten, denn die Stufen hätten sich gelockert. Dann unterhielt sie sich mit Dr. Downes und seiner Frau über den Anbau von Tomaten – ein Thema, das für viele sterbenslangweilig war, und sie war überzeugt, dass die anderen das auch so empfanden.

George wärmte sich auf Stephens Aufforderung hin am Kaminfeuer und hörte Stephen und Christopher zu, die gerade über einen französischen Roman sprachen. Er sah ungewöhnlich gesund aus. Sein Teint wirkte, als hätte er Sonne abbekommen, nicht so aschfahl wie sonst, und der bronzene Schimmer stand ihm gut. Außerdem hatte er sich die Haare schneiden lassen. Sie ertappte sich bei dem Gedanken, dass sie seine vollen dunklen Locken, die sie um ihren Finger gewickelt hatte, vermisste, und als sie ihn aus dem Augenwinkel beobachtete, erschien ihr der Fünf-Meter-Abstand zwischen ihnen so aufgeladen mit unausgesprochenen Gefühlen, dass sie befürchtete, etwas könnte in Stücke springen.

»Alice!« Stephen reichte ihr einen schweren, mit Brandy gefüllten Kristallschwenker.

»Wunderbar«, sagte sie, während sich ihr der Magen schon allein von dem Geruch umdrehte. Am Morgen war ihr wieder übel gewesen.

»Köstlich«, sagte Jane Downes. »Ich kann mich gar nicht erinnern, wann ich das letzte Mal Brandy getrunken habe.«

Alice wusste genau, wann sie zuletzt Brandy getrunken hatte – als sie die Nacht mit George verbracht hatte. Doch sie hörte sich selbst sagen: »Ich auch nicht.«

Noch eine Lüge.

Das Gespräch wandte sich jetzt anderen Themen zu. Der Doktor und seine Frau schalteten sich in die Unterhaltung zwischen Stephen und ihrem Sohn ein. Alice hatte gesehen, dass Mrs. Downes ihrem Mann diskret den Arm gereicht hatte; nun registrierte sie, dass die beiden einen kurzen, stolzerfüllten Blick tauschten, als Christopher Stephen berichtete, dass er *Die drei Musketiere* auf Französisch las. Sie wirken nicht wie ein Paar, das fünf Jahre lang getrennt gewesen war, dachte Alice. Aber wer konnte schon in die Menschen hineinsehen?

George stand da und blickte hinaus in den Regen, sie sah sein Gesicht im Profil. Ob auch er etwas verbarg, war nicht zu erkennen.

Sie legte noch ein paar Holzscheite nach und gab Christopher einen weiteren Drink.

Der Abend nahm seinen Lauf. Bald würden sich die Gäste verabschieden. Es würde zu Ende sein.

Doch dann kam George zu ihr, kam so nah, dass niemand außer ihr seinen flehenden Gesichtsausdruck sehen konnte, und es war völlig klar, was er auf dem Herzen hatte: Er wollte mit ihr sprechen, allein.

Er sagte so deutlich, dass jeder es hören konnte: »Sir Stephen hat einmal ein geheimes Versteck für katholische Priester auf der Flucht erwähnt, und ich habe mich gefragt, ob ich es mir vielleicht mal ansehen könnte. Ich bin neugierig und womöglich bekomme ich ja nie wieder die Gelegenheit dazu.«

»Natürlich!« Sie sah Stephen an und lächelte. »Ich begleite Mr. Ivens in die Spülküche, damit er sich die Kaminattrappe ansehen kann«, sagte sie. Und bevor jemand den Wunsch äußern konnte, sich ihnen anzuschließen, verließen sie eilig den Raum.

Draußen in der Eingangshalle sagte George hastig: »Alice! Ich wollte gern einen Augenblick mit dir allein sein. Ich ... Hier können wir nicht reden. Gehen wir dahin, wo wir uns dieses schreckliche Etwas ansehen sollen.«

Sie rannte förmlich durch die Halle und in die Spülküche, die feucht war und auch so roch. Die Regale waren leer, von der Decke blätterte die Farbe ab und aus dem Wasserhahn tropfte es in ein fleckiges, gesprungenes Waschbecken.

Dies war ihre Chance, ihm zu gestehen, was sie verheimlichte.

»Bitte«, sagte er eindringlich, ging um einen wackeligen Tisch herum und stand ihr so gegenüber. Die Botschaft war klar: Er war hier, um zu reden. Mehr nicht. »Bitte sag mir, wie es dir geht.«

Sein Blick hielt den ihren fest. Sie musste sich entscheiden. Und zwar schnell. Denn sie hatte keinen Zweifel mehr daran, dass sie sein Kind unter dem Herzen trug. In den zurückliegenden vier Wochen, während aus ihrem Verdacht, dass sie schwanger sein könnte, eine unbestreitbare Tatsache geworden war, hatte sie sich mit der Frage gequält, ob sie ehrlich sein, ob sie ihm Hoffnung auf ein neues Leben geben sollte, indem sie es aussprach: »Du wirst Vater.«

Er würde überglücklich sein. Aber was käme dann? Sobald all die praktischen Fragen zu klären waren? Ihm die Wahrheit mitzuteilen, würde ihn vor ein schreckliches Dilemma stellen. Und das wäre grausam und käme der Bitte gleich, zu bleiben und auf seine Chance auf Heilung zu verzichten.

Und das würde seinen sicheren Tod bedeuten.

»Alice, sprich mit mir.«

»Bedauerst du ...? Das mit uns? Diese Nacht?«, fragte sie. »Glaubst du, dass ich dich verführt und dann fallen gelassen habe?«

»Aber nein! Ach, Alice, ich habe mich so oft gefragt, was unter anderen Umständen vielleicht möglich gewesen wäre. Aber es ist nicht möglich. Du hast jetzt ein neues Leben. Das haben wir alle. Du, ich, dein Mann.«

Dein Mann. Er betonte die beiden Worte, wie um zu sagen: Das ist immer noch dein Platz, deine Rolle.

»Aber«, fuhr er mit sanfterer Stimme fort, »ich weiß, wie unglücklich du bist. Schon seit langer Zeit.«

»Es geht mir gut«, sagte sie und wandte den Blick ab.

»Du versuchst immer den Eindruck zu erwecken, dass alles in Ordnung ist. Und dann wechselst du das Thema.« Er zeigte auf ein riesiges Spinnennetz. »Und jetzt wirst du jeden

Augenblick anfangen, mir den Lebenszyklus von Spinnen zu erklären.« Als sie zu lächeln versuchte, fuhr er fort: »Und dann fragst du, wie es *mir* geht.«

»Aber ich will es doch wissen!«, erwiderte sie, denn was sie außerdem nachts wachgehalten hatte, war die Vorstellung, dass er in einem fremden Land, ohne Freunde, ohne jemanden, der ihn liebte und in den Arm nahm, krank, einsam und verängstigt in seinem Bett liegen würde. »Alles, was ich weiß«, sagte sie, »ist, dass du nach New York fährst. Und das ist so weit weg. Aber wenn du nicht fährst ...«

»... wenn ich nicht fahre, habe ich sicher nicht mehr viel Zeit zu leben«, beendete er ihren Satz.

»Aber du siehst so gut aus«, sagte sie, und ihr kam der verrückte Gedanke, dass der Mann, mit dem sie geschlafen hatte, womöglich gar nicht so krank war, wie alle sagten.

»Ich bin sehr krank«, sagte er, als hätte er ihre Gedanken gelesen, und sie wünschte sich nichts mehr, als um den Tisch herumzugehen und ihn in die Arme zu schließen. Doch er wich einen Schritt zurück.

»Hast du Angst?«, fragte sie ihn. Denn sie hatte große Angst. Um ihn.

»Davor, ein Invalide zu sein – ja. Davor, langsam dahinzusiechen. Und ich mache mir sehr große Sorgen, dass du genau das auch tun wirst, auf deine Weise, dass du einfach ausharrst in einem ewigen Winter, stoisch das Beste daraus machst, lebendig tot, dass du die Tage, die Jahrzehnte an dir vorbeiziehen lässt, eins nach dem anderen, und dich immer weiter in dich zurückziehst.«

Er holte tief Luft und ihr kam der Gedanke, dass er sich stundenlang auf diese Rede vorbereitet hatte. »Du hast jetzt eine zweite Chance bekommen«, fuhr er fort. »So wie ich. So wie Sir Stephen. Was in Frankreich geschehen ist – ich sage nicht, dass er damit fertiggeworden ist oder je damit fertigwerden wird. Aber er beginnt wieder Anteil zu nehmen. Er versucht, diese Gleichgültigkeit sich selbst und der Welt gegenüber hinter sich zu lassen. Die Mühe und das Geld, die er aufwendet, um mir zu helfen – dahinter steht doch ein Mann, der hofft, seinem Leben wieder einen Sinn geben zu können.«

Für den Bruchteil einer Sekunde zögerte er, als versetzte es ihm einen Stich, dass er ausgerechnet von ihrem Mann Hilfe annahm, dann beeilte er sich hinzuzufügen: »Ich bin euch beiden unglaublich dankbar. Und dein Mann scheint auch Christopher unter seine Fittiche genommen zu haben. Wenn Menschen zu retten seine Bewältigungsstrategie ist, dann ist es eine ziemlich gute Strategie. Der Doktor ist genauso, er ist wild entschlossen, die ganze Welt zu retten, Gott steh ihm bei. Er und dein Mann scheinen gerade Freundschaft zu schließen – eine denkbar ungewöhnliche Verbindung. Aber tatsächlich könnten sie sehr gut miteinander auskommen. Jeder mit seinem Anliegen. Jeder mit seinen Geheimnissen, die er zu vergessen versucht. Und du, Alice, bist mein Geheimnis.«

Er trat einen Schritt auf sie zu und einen Moment lang dachte sie, er würde sie umarmen. Stattdessen sagte er: »*Dein Mann* – du hast ihn einmal geliebt. Und ich kann mir nicht vorstellen, dass du ihn nicht mit Leib und Seele geliebt hast.« Er hob die Arme, als flehte er sie an. »Begreifst du denn nicht? Wenn jemand auferstehen kann, dann bist du es. Gott hat dir diese Stärke gegeben, und wenn du mir nicht glaubst, dann schau dir nur deinen Garten an. Er wird wunderschön werden ...« Er verstummte plötzlich. Sie hörte Stimmen, die näher kamen. »Rasch«, sagte er, »bevor die anderen kommen. Er wird wunderschön werden, weil *du* ihn wieder zum Leben erweckt hast. Und das Gleiche kannst du für deinen Mann tun.«

Die Tür der Spülküche öffnete sich und Jane Downes lächelte sie an. Hinter ihr kam Stephen mit Dr. Downes und Christopher herein.

George war die Röte ins Gesicht gestiegen, doch Alice sagte mit einer Stimme, deren Ruhe sie selbst erstaunte: »Ich habe gerade erklärt, dass man im 16. Jahrhundert die Backsteine des Kamins geschwärzt hat, um ihn authentisch aussehen zu lassen.«

»Das stimmt«, sagte Stephen, »und so hat sich der arme Teufel dann versteckt.«

Er kniete sich in die Kaminöffnung, um den Mechanismus zum Öffnen des Priesterlochs zu demonstrieren. Alice lächelte angestrengt. Sie hatte den Eindruck, dass die Frau des Doktors sie beobachtete. Paranoia, redete sie sich ein. Sie kann nichts gehört haben. Plötzlich kam Juliet hereingestürmt und bettelte um eines der Kätzchen, und Jane Downes' Gesicht drückte nur noch aus, dass, obwohl eine Katze das Letzte war, was sie sich wünschte, sie ihrer Tochter diese Bitte nicht abschlagen konnte.

Dann hörte Alice, wie der Doktor zu Stephen sagte, es müsse schwer gewesen sein, zurückzukehren und sein Zuhause so zerstört vorzufinden. Und Stephen sagte, er wünschte, die Kanadier hätten das verdammte Priesterloch gesprengt, weil die Vorstellung einfach schrecklich sei, dass Menschen sich auf diese Weise verstecken mussten, halb erstickt und verhungert, und darum beteten, dass sie nicht entdeckt würden, nicht nur im England der Tudor-Zeit, sondern in jedem Jahrhundert und in jedem Land.

George erwiderte, das Wunder sei, dass dieses Haus trotz aller Angst und Schrecken über Hunderte von Jahren auch Freude und Hoffnung gesehen habe und dass die Menschen immer wieder aufgestanden seien. Jane Downes berührte Alice am Arm, um ihr zu signalisieren, dass George sich an sie gewandt hatte.

»Ich sagte gerade, Lady Rayne, dass Sie mir einmal von den Schneeglöckchen hier erzählt haben, die es Jahr für Jahr schaffen, egal wie hart und gefroren der Boden ist, durchzubrechen und neu aufzuleben, nicht wahr?«

»Ja, das schaffen sie«, murmelte sie.

»Und auf eine so schöne Weise«, fügte er hinzu und sah ihr in die Augen. Dann sagte er lachend: »Genug gepredigt! Wenn Sie meine Gedanken zum Thema Auferstehung noch immer nicht kennen, habe ich versagt. Und nun muss ich gehen!«

Alle gingen wieder nach oben und holten ihre Mäntel und Stephen bot an, einen Karton für das Kätzchen zu suchen, doch Juliet wollte es lieber im Arm halten. George gab ihr kurz die Hand und sie und Stephen standen an der Haustür und winkten allen zum Abschied.

Und dann war er fort.

»Was für ein stürmischer Abend«, sagte Stephen. »Komm, wir gehen wieder hinein. Du erkältest dich sonst noch.«

Doch Alice blieb noch einen Moment stehen, ließ sich von der feuchten Dunkelheit einhüllen und blickte den immer kleiner werdenden Rücklichtern des Wagens hinterher. Ihr wurde bewusst, dass sie für den Rest ihres Lebens würde lügen müssen. Niemand durfte je erfahren, wessen Kind sie erwartete. Es wäre ein Akt entsetzlicher Grausamkeit, dem gebrochenen Mann, der ihr Ehemann war, noch mehr Schmerz zuzufügen. Er musste glauben, dass er der Vater dieses Kindes war.

Sie war stark genug, um mit diesem Geheimnis zu leben. Doch George irrte sich, wenn er ihre Stärke für gottgegeben hielt. Sie war aus der Not geboren. Aus der Zeit, aus den Umständen. Sie musste unwillkürlich an das Grauen denken, das sie als Kind nachts empfunden hatte, weil sie kein Licht hatte machen dürfen. »Du musst lernen, mit der Dunkelheit zurecht-zukommen«, hatte ihr Vater gesagt. Und ich habe es schließlich gelernt, dachte sie. Aber sie hatte sich so gefürchtet. Sie legte eine Hand auf ihren Bauch, wie um ihrem Kind zu verspre-chen, dass sie niemals das Licht ausschalten würde. Niemals! Sie würde ihr Kind immer vor der Angst bewahren.

Aber Stephen? Mit seinen unerträglichen Erinnerungen? Wieder und wieder hatte sie seine Qualen im Geiste nach-erlebt. Bei der Gartenarbeit fand sie sich unvermittelt in Frank-reich wieder und schoss einem Kind eine Kugel in den Kopf. Mitten in der Nacht erwachte sie – mit einer Leiche in den Ar-men und Agnes' Blut an ihren Händen. Und in der leuchtenden Dunkelheit dieser Juninacht konnte sie die Tränen nicht länger zurückhalten. Sie krümmte sich vor Mitgefühl, litt mit George, der allein in die Dunkelheit ging, mit Agnes, mit allen, die von diesem schrecklichen Krieg heimgesucht worden waren. Aber am meisten weinte sie um die sanfte Menschenseele, die sie geheiratet hatte.

Ihre Tränenflut schien nicht versiegen zu wollen. Sie hatte so wenig Kontrolle darüber wie über den Regen. Doch trotz ihres Schluchzens konnte sie hören, wie das strömende Wasser den Garten mit Leben erfüllte, wie der Regen peitschte und trom-melte und auf die hungrige Erde einhämmerte, und während ein Element das andere umarmte, erkannte sie, welches Schauspiel vor ihren Augen aufgeführt wurde.

Blätter entfalteten sich, Knospen schwollen, Staubgefäße wuchsen, Blumen legten ihre Köpfe schamlos in den Nacken. Ihr Garten trug Früchte und dieser Lebenstrieb ließ sich durch nichts aufhalten. Durch den Schleier ihrer Tränen hindurch sah sie plötzlich klar. Ihr Schmerz – sie konnte ihn nicht leugnen und ihm, so befürchtete sie, auch nicht entrinnen – konnte etwas Schöpferisches sein, die wilde Agonie der Geburt. Nicht der Tod.

Sie ging hinaus in den Garten, reckte die Arme in die Luft, blickte zum Himmel empor und ließ den Regen über ihr tränenverschmiertes Gesicht strömen. Dann trat sie über die Schwelle, ging zurück in das alte Haus.

Sie wusste genau, was sie zu tun hatte.

Stephen war in der Bibliothek und wärmte sich die Hände am Feuer. »Alice! Du bist ja ganz nass! Soll ich dir Platz machen? Damit du dich aufwärmen kannst?«

Sie schüttelte den Kopf. »Du weißt, wie sehr ich dieses raue Wetter liebe.«

»Ja, das weiß ich. Aber bist du auch sicher, dass es dir gut geht?«

»Ganz sicher«, sagte sie und begann, die Gläser einzusammeln.

»Komm, ich helfe dir.« Er nahm ihr das Tablett ab und trug es hinunter in die Küche.

Schweigend füllte sie den Kessel und stellte ihn auf den Herd.

»Wie lange funktioniert der Boiler schon nicht mehr?«, fragte er.

»Als die Kanadier hier waren, funktionierte er noch. Die hatten ein Genie von einem Klempner. Aber jetzt ist das alte Ding hinüber.«

»Wie alles in diesem Haus. Komm, ich spüle«, sagte er, als das Wasser heiß geworden war. »Du trocknest ab. Deine Hände sehen aus ...«

»Als ob sie auch schon hinüber wären?«

»Aber nein!«

»Stephen«, sagte sie sanft, »ich habe nur einen Scherz gemacht.«

Und als fiele ihm nichts ein, was er noch hätte sagen können, spülte er schweigend die Gläser, und sie trocknete ab und wartete.

Erst als er fertig war, ergriff er wieder das Wort. »Alice, ich habe Angst.« Er hielt inne und ließ die Hände unbeholfen ins lauwarme Spülwasser hängen. »Ich habe Angst davor, dass ich jeden Schwung verliere, wenn ich mich nicht ständig beschäftige, und dass ich dann einfach aufgebe. Für immer. George zu helfen – dabei geht es genauso sehr um mich wie um ihn. Aber er ist fort, Gott steh ihm bei. Also brauche ich etwas anderes, das mich ablenkt. Und es gibt so viel zu tun – wenn ich will. Der Doktor hat mich gebeten, ihm bei einigen seiner Projekte zu helfen, und dann ist da noch dieses Haus und die Entscheidung, was wir damit machen sollen und wovon wir leben wollen. Aber ich bin so müde. Und die Wahrheit ist, dass ein Teil von mir einfach nur schlafen will. Schlafen und schlafen. Aber diesem Wunsch kann ich nicht nachgeben. Und ich weiß, dass du Ideen hast. Was das Haus betrifft. Was wir tun könnten. Nur habe ich dir nie zugehört. Aber jetzt ... Vielleicht können wir darüber reden?«

Seine Stimme erstarb und sie sah ihn an. Er hatte die Augen niedergeschlagen. Als sie seine Hilflosigkeit wahrnahm, ergriff sie seine Hände und rieb sie, eine nach der anderen, sehr langsam trocken.

»Stephen, es wird alles gut. Das verspreche ich dir.«

Sein Gesicht verzerrte sich. »Wie kannst du so etwas versprechen?«

»Wie könnte es uns beiden in einer so wunderbaren Nacht nicht gut gehen?«

Sie konnte sehen, dass er zögerte, fast so, als wäre er unsicher, was sie ihm damit sagen wollte. »Nur du«, erwiderte er, »kannst all diesen Regen lieben.«

»Glaub mir. Es ist eine wunderbare Nacht!«

Dann nahm sie seine Hände und führte ihn aus der Küche, durch die Eingangshalle und die herrschaftliche Treppe hinauf.

Oben angekommen zog sie ihn an sich, und statt zur hinteren Treppe, die in sein Dachzimmer hinaufführte, ging er mit ihr den Flur entlang zu ihrem Schlafzimmer.

Sie nahm seinen noch immer gesenkten Kopf in beide Hände und küsste ihn. Und dann legte sie mit einer Gebärde, die ihr einst so vertraut gewesen war, die Arme um den Hals ihres Mannes und schmiegte ihren Körper an seinen.

EPILOG

Der Krönungstag: 2. Juni 1953

Rot-weiß-blaue Fahnen flatterten in der steifen Brise. Kinder, die sich als Könige und Königinnen verkleidet hatten, spielten Fangen auf den Terrassen von Oakbourne Hall. Ein mit silber- und goldfarbenen Milchflaschendeckeln verzierter Reichsapfel, der gerade auch als Fußball diente, landete vor Jane Downes' Füßen, und sie kickte den Ball zurück zu den in der Abenddämmerung spielenden Jungen.

Einige Stunden zuvor war die junge Königin gekrönt worden, und sobald es dunkel genug war, würde es ein Feuerwerk auf dem Rasen geben – das »große Finale«, wie das gedruckte Programm verkündete. Jane trat einen Schritt zurück, um ein kleines Mädchen in einem purpurroten Papierumhang vorbeirennen zu lassen, und wünschte sich, dieser Tag würde nie zu Ende gehen.

Sie war ergriffen gewesen von der Krönung und auch ein wenig verlegen, weil die Bedeutung der Salbung mit heiligem Öl sie derart faszinierte; beeindruckt von den Zutaten der Currymayonnaise für das Coronation Chicken und erschüttert darüber, dass Benjamin Britten die besondere Hymne, mit der man ihn beauftragt hatte, nicht fertiggestellt hatte, weil er an Grippe erkrankt war. Als sie den Fehler begangen hatte, ihrem Mann zu berichten, dass das Krönungsgewand mit Tudor-Rosen, Kleeblättern, Disteln, Lauch, Silberbaumgewächsen und Ahornblättern bestickt war, hatte er sie unterbrochen: »Sie hätten lieber dich als Berichterstatterin engagieren sollen, nicht Richard Dimbleby.« Und dann hatte er etwas von »Kostümkarneval« und »Massenhysterie« gemurmelt.

Am Morgen hatte sie mit Jonathan und den Kindern die gesamte Zeremonie oben im Big House verfolgt. Die Raynes hatten eigens zu diesem Anlass einen Fernseher gekauft und alle, die keinen besaßen – also fast das gesamte Dorf –, eingeladen. Bis um zehn Uhr waren etwa hundert Leute in der Bibliothek versammelt, und sie verrenkte sich über vier Stunden lang den Hals und ließ sich von den flimmernden Schwarz-Weiß-Bildern fesseln.

Sie hatte genau zu wissen geglaubt, was sie erwartete, doch die abschließende Prozession durch London erschütterte sie tief. Der Anblick der frisch gekrönten Königin, die Westminster Abbey mit dem gut aussehenden Prinzen an ihrer Seite in einer goldenen Kutsche verließ, war schier überwältigend. Diesen Höhepunkt einer jahrhundertealten Geschichte mitzuerleben und zu wissen, welchem Schicksal sie alle in der jüngsten Geschichte nur knapp entronnen waren, war einfach zu viel.

Doch der Sieg hatte einen hohen Preis gefordert. Und so viel Hoffnung und Freude in den Gesichtern der vielen Tausend Menschen zu sehen, die die Londoner Straßen säumten und so vieles ertragen und verloren hatten, brach ihr beinahe das Herz.

Vor acht Jahren hatten sie ihren Sieg in Europa und den Sieg über Japan gefeiert. Doch die Wahrheit lautete, dass diese Siege im Alltag so weit entfernt schienen wie der Horizont. Jahre der Entbehrung waren gefolgt, in denen sie gelernt hatten, das ewige Schlangestehen zu akzeptieren und auf so vieles zu verzichten.

Sie hatte gehofft, dass niemand es merken würde, wenn sie das Zimmer eilig verließ, aber Jonathan war ihr gefolgt und hatte mit ungewohnter Rührung in der Stimme gesagt: »Es ist alles gut, meine Liebe. Es ist alles gut.«

Und genau so war es. Es *war* alles gut. Es hatte des Märchens von der Krönung einer Prinzessin bedurft, damit sie es glauben konnte: Die endlos scheinende Katastrophe des Krieges war vorbei, und die Erkenntnis, dass ihre Kinder und Kindeskinder vielleicht nicht würden erleben müssen, was sie erlebt hatte, erfüllte sie mit überwältigender Erleichterung und Dankbarkeit. Sie ließ ihren Blick über den Rasen in Richtung See schweifen und sah ihren Mann mit Sir Stephen plaudern, der seinen sechsjährigen Sohn James auf den Schultern trug. Diese Dorfgemeinschaft ist mein Zuhause, dachte sie. Unser Zuhause. Und dafür war der Krieg verantwortlich.

Hätte es den »Blitz« nicht gegeben, wäre sie jetzt nicht hier. Ihr altes Haus in London war nur noch ein zerbombter Trümmerhaufen – allerdings hatte sie gehört, dass sämtliche Häuser der Straße abgerissen und durch einen Wohnblock ersetzt werden sollten.

Zu dieser Dorfgemeinschaft gehörte jetzt auch ihr Mann.

Vor ein paar Stunden hatte sie mit vielen anderen im Festzelt Schutz vor dem Regen gefunden, sich das »Unterhaltungsprogramm der Kinder« angesehen und im Stillen gefleht: Mögen all diese unbeschwerten, eifrigen, mit so heiterem Vertrauen singenden Kinder ihr Leben in Frieden und Wohlstand verbringen.

Wieder füllten sich ihre Augen mit Tränen, denn dieser Tag gab ihr das Gefühl, dass das Land zusammenwuchs. Vielleicht sogar die Welt. Sie dachte an George Ivens, der in der Bronx in New York lebte und als Kaplan und Chorleiter an einer Schule für Kriegswaisen arbeitete. Dort war es jetzt Nachmittag, Zeit für das von Ivens vorbereitete Krönungskonzert, das mit vier britischen Volksliedern beginnen sollte – »Westering Home«, »Danny Boy«, »Suo Gân« und »Greensleeves«. – Letzteres wollte er selbst vortragen.

Ivens sang noch immer, lebte noch immer. Noch vor ein paar Jahren hätte sie es nicht für möglich gehalten, dass er 1953 auf einer Bühne stehen würde, es sei denn, ein Wunder würde geschehen.

Sie hatte seinen letzten Brief an Jonathan in der Tasche, um ihn Alice Rayne zu zeigen, die oft nach ihm fragte.

Und wir beenden das Konzert mit »Land of Hope and Glory«, hatte er geschrieben. *Sträuben Sie sich nicht, Jonathan. Ich weiß, dass der gesellschaftliche Wandel Ihnen nicht schnell genug geht. Aber wenn ich von all der guten Arbeit höre, die Sie in Oakbourne Hall leisten, glaube ich, dass darin Hoffnung und Ehre,* Hope and Glory, *liegen – in der Freundlichkeit von Menschen wie Ihnen.*

»Guten Abend«, unterbrach ein Mann ihren Gedankengang und marschierte an ihr vorbei, als wäre er noch in der Armee. Dass er überhaupt etwas gesagt hatte, war allerdings ein kleines Wunder. Er hatte zu den Truppen gehört, die Bergen-Belsen befreiten, und sich bis vor Kurzem in tiefes Schweigen gehüllt. Seit Weihnachten wohnte er in Oakbourne Hall, und ihr Mann hatte einen Weg gefunden, ihn zum Sprechen zu bewegen.

»Guten Abend, Jack«, antwortete sie, aber er war schon ein Stück weitergegangen, den Blick nach vorn gerichtet, das Kinn erhoben.

Im Laufe der letzten paar Jahre hatten die Raynes mehr als zwanzig Kriegsveteranen in ihr Haus aufgenommen. Einige litten an einer offensichtlichen Behinderung oder Erkrankung, andere rangen mit Seelenqualen.

Begonnen hatte es mit Leclerc, einem Franzosen und alten Freund von Stephen – aus dem Krieg, wie Jane annahm, auch wenn er genau wie ihr Mann und Stephen nie darüber sprach. Er litt an Krebs im Endstadium, und da er keine eigene Familie hatte, hatten Stephen und Alice ihm ein Zuhause gegeben.

Jane half mit, ihn zu pflegen. Sie freundete sich mit seinem trockenen Humor an und war dankbar für die Zeit, die er ihrem Sohn widmete. Dass Christopher in Cambridge einen Studienplatz für moderne Sprachen bekommen hatte, war Leclerc und Stephen zu verdanken. Kurz darauf traf ein weiterer »Freund« von Stephen aus Frankreich ein. Und nach und nach hatte es sich herumgesprochen. Zurzeit wohnten acht Männer im Big House, und Ende der Woche würde ein weiterer hinzukommen – ein ehemaliger Kriegsgefangener der Japaner aus einem Lager in Birma, der es seither an keiner Arbeitsstelle länger ausgehalten hatte.

»Wenn einigen dieser armen Teufel nicht bald geholfen wird, wird sich die Gosse füllen, und die Gefängnisse werden überquellen«, pflegte Jonathan zu sagen. Er hatte recht. Doch Jonathan selbst profitierte genauso wie die Männer, denen er half. Er konnte zwar nicht länger als Hausarzt praktizieren – ihm dabei zuzusehen, wie er eine Tasse Tee hielt und versuchte, nichts zu verschütten, war kaum erträglich –, aber für seine Weiterbildung in Psychiatrie waren ruhige Hände nicht erforderlich gewesen. Mit den traumatisierten Seelen, die ihm anvertraut wurden, wusste er einfühlsam und geschickt umzugehen. Immer mehr Männer wurden an ihn überwiesen.

Sie wünschte, sie wüsste, was er tatsächlich tat, um diese Männer zum Reden zu bringen, denn wenn er mit ihr sprach, ging es um nichts Persönlicheres als um die Frage, was es zum Abendessen geben würde. In den vergangenen zwölf Monaten waren diverse Bücher mit Kriegserinnerungen erschienen; Zeit und Abstand ermöglichten es manchem, zuvor Geheimgehaltenes zu offenbaren. Ihr Mann gehörte nicht dazu. Als sie erwähnte, dass sie ein Buch von einem Mann gekauft hatte, der aus Colditz geflohen war, fuhr er sie an, das sei das Letzte, was er je lesen würde, und wie immer fügte er hinzu, es gehe darum, die Vergangenheit zu vergessen und sich auf die Zukunft zu konzentrieren.

Also tat er genau das.

Er und Stephen diskutierten endlos über Oakbourne Hall: wie sie ihre Arbeit ausweiten könnten, wie sie das Personal finanzieren und das baufällige Gebäude vor dem Einsturz bewahren konnten. »Unser Motto sollte ›Mit Ach und Krach und viel Glück‹ lauten«, sagte Jonathan, der sich immer wieder darüber beklagte, dass sie nicht mehr staatliche Unterstützung erhielten. Stephen entgegnete dann, dass er sich nicht von Beamten vorschreiben lassen wolle, was er zu tun habe, und sammelte weiter Geld, wo immer sich eine Gelegenheit dazu bot.

Jetzt gingen die beiden langsam – mit Rücksicht auf Jonathans Bein – zurück zum Haus, damit sie das Feuerwerk sehen konnten; es war eine Spende der Lubbocks, die sich dem Gewinn aus ihrer stetig wachsenden Rinderfarm verdankte. Stephen strahlte seit einiger Zeit eine Energie aus, die manchmal ein wenig zu fieberhaft wirkte, wie sie insgeheim dachte. Doch zum Glück war er nicht länger von dieser tiefen Verzweiflung erfüllt, die regelrecht bedrohlich auf sie gewirkt hatte, als sie einige Jahre zuvor zum Big House geeilt war, um die Schnittwunde an seinem Handgelenk zu nähen. (Sie fragte sich bis heute, ob es sich vielleicht um einen absichtlich zugefügten Schnitt gehandelt hatte.)

Doch kurz darauf hatte sich etwas in ihm verändert. Alice' Schwangerschaft, so nahm sie an, hatte ihm neuen Mut gegeben. Stephen und sein Sohn waren unzertrennlich, das war im ganzen Dorf bekannt, und Stephen hatte einmal gesagt, er danke Gott, dass sich die Zeiten geändert hätten, weil er seinen Sohn im kommenden Jahr nicht ins Internat schicken würde, so wie es ihm im Alter von zarten sieben Jahren widerfahren war.

Während Stephen wieder ins Leben zurückfand, erwachte auch das Big House zu neuem Leben. An diesem Abend standen seine Türen und Fenster – wenngleich aus morschem Holz und mit abblätternder Farbe – weit offen. Die Räume waren hell erleuchtet, überall entdeckte man vertraute Gesichter, und die Luft war erfüllt von einem zuckrigen Duft, weil die Kinder nach dem Tee Zuckerwatte bekommen hatten. Jane stand unter der neu gepflanzten Eiche, sog den süßen Duft ein, lauschte auf das Rascheln der Blätter, das Lachen der Kinder und den ersten Ruf des Waldkäuzchens. Plötzlich sagte eine Stimme neben ihr: »Meine Güte! Der Himmel hat all seine Schleusen geöffnet! Hat ja viel gebracht, die Krönung wegen des guten Wetters im Juni stattfinden zu lassen!«

Jane drehte sich um. Mrs. Lubbock stand neben ihr, lächelnd und strahlend wie immer, so als seien die Widrigkeiten eines englischen Sommers an diesem Tag zu begrüßen, statt zu beklagen.

Der Sohn der Lubbocks hatte Juliet einen Heiratsantrag gemacht. Jonathan und sie sagten zwar immer wieder, dass sie mit ihren siebzehn Jahren noch viel zu jung zum Heiraten sei, dennoch konnte Jane sich ihre Tochter als glückliche und zufriedene Bauersfrau vorstellen, die mit einer Schürze bekleidet in einer warmen Küche stand und das eine oder andere rosige Baby im Arm hielt. Juliet war weitaus mehr im Einklang mit der gesellschaftlichen Entwicklung als Eleanor, die gerade ihre Zulassung als Ärztin erworben hatte und, wie Jonathan befürchtete, ein Leben lang gegen das kämpfen würde, was er als das Netzwerk der alten Männer und chauvinistischen Idioten bezeichnete.

Jane stimmte ihm zu, doch ein Teil von ihr beneidete Eleanor auch um diesen Kampf. Ich hätte auch Ärztin werden können, dachte sie manchmal. Aber sie hatte jetzt eine andere Mission, eine Lebensaufgabe: Sie pflegte die Kranken in Oakbourne Hall und versuchte Regierungsbehörden, Wohlfahrtsverbände und alle, die bereit waren, ihr zuzuhören, von der Wichtigkeit einer Behandlung für traumatisierte Soldaten zu überzeugen.

Sie sah, dass Alice Rayne sich zu Stephen und Jonathan gesellt hatte und Stephens Hand nahm. Während sie über den Rasen schlenderten, blieben Stephen und Jonathan immer wieder stehen, um mit ihren Nachbarn zu plaudern. Alice sagte nicht viel. Stephen war für seine Jovialität bekannt, Alice hingegen konnte gelegentlich so reserviert wirken, als habe sie ein Stück Selbstvertrauen verloren. Dennoch hatte sie die heutigen Feierlichkeiten organisiert. Sie war auch die treibende Kraft hinter der Anlage der Apfelplantagen in Oakbourne gewesen, und in den letzten Jahren hatte der Cider, den sie produzierten, den Raynes so viel Geld eingebracht, dass das Haus im nächsten Monat eine Zentralheizung bekommen würde.

»Wir können nicht erwarten, dass diese Männer der Hölle entkommen, in der sie gefangen sind, wenn sie hier frieren müssen«, hatte Alice einmal zu ihr gesagt. »Nur ein Heiliger ist über Kälte und Hunger erhaben.«

Alice war ihr sehr ans Herz gewachsen. Jane hatte zu viele Menschen kennengelernt, die ihr Mitleid immer und überall herausposaunten, und hinter Alice' Schweigsamkeit verbargen sich unermüdliche Tüchtigkeit und ein gesunder Menschenverstand. Sie kletterte auf Leitern, um Zimmerdecken zu streichen, bezog Betten und fuhr bei jedem Wetter mit dem Rad zu den Plantagen hinaus, um ihre Apfelbäume zu inspizieren. Ihre größte Leistung war jedoch der ummauerte Garten, der die süßen Tomaten, die herrlich knackigen Gurken und Blattsalate für das heutige Festessen geliefert hatte. Seine Rosen und Pfingstrosen, am Morgen geschnitten, schmückten die Tische. Doch nicht nur die Schönheit und Fruchtbarkeit des Gartens waren ein Wunder.

Vor ein paar Jahren hatte Alice Jonathan gegenüber die Vermutung geäußert, dass die Männer, die er betreute, Trost in der Gartenarbeit finden könnten, dass diejenigen, deren Körper robust waren, während ihre Seelen zu kämpfen hatten, ihren erschöpften Geist beruhigen könnten, indem sie den Boden bearbeiteten und die Erde in ihren Händen spürten. Sie hatte diese Idee mit so viel Überzeugung vorgebracht, dass Jane sich gefragt hatte, ob sie nicht vielleicht über ihre eigenen Bedürfnisse sprach.

Jonathan hatte ihr zugehört. Und dann gehandelt. Seitdem kümmerten sich viele seiner Patienten um das Obst, die Blumen und das Gemüse, und einige, wenn auch leider nicht alle, fanden darin wirklich Trost.

Jetzt kam Alice über den Rasen auf sie zu, ein breites Lächeln im Gesicht. »Ich glaube, wir können uns auf etwas Besonderes freuen«, sagte sie. »So, wie es aussieht, haben die Lubbocks ungefähr eine Tonne Feuerwerkskörper zur Verfügung. James hat noch nie so ein Feuerwerk erlebt«, setzte sie hinzu und hauchte ihrem Sohn, der noch immer auf den Schultern seines Vaters saß, einen Kuss zu, als Stephen und Jonathan sich zu ihnen gesellten.

»Was für ein wundervoller Tag!«, sagte Stephen.

»Ja, nicht wahr?«, antwortete Jonathan und lächelte.

»Ganz wundervoll«, stimmte Jane zu. Und wirklich wundervoll war, dachte sie, dass die Bemerkungen der beiden Männer weder ironisch noch zynisch klangen, sondern von Herzen kamen. »Genau wie dein Gesang«, ergänzte sie und sah James an, der die Darbietungen der Schulkinder mit dem Lied »Greensleeves« bereichert hatte. »Das war sehr schön!«

Die Töne der vertrauten Melodie waren in der warmen, stickigen Luft emporgestiegen und hatten Jane staunen lassen. Aus dem Mund dieses kleinen Jungen war ein außergewöhnlich reiner, klarer Gesang gekommen.

Alas my love, you do me wrong
To cast me off discourteously
And I have loved you oh so long
Delighting in your company.

»Dabei fällt mir ein«, fuhr Jane fort, »dass ich George Ivens' letzten Brief bei mir habe. Sie können ihn lesen, wenn Sie wollen. Anscheinend singt auch er heute ›Greensleeves‹ bei einem Konzert.«

Stephen lachte. »Überall auf der Welt singen die Menschen heute, um das neue elisabethanische Zeitalter zu begrüßen! Sogar die Amerikaner! Aber du warst wirklich großartig, mein Junge«, sagte er und konnte seinen Stolz nicht verbergen.

»Seine Stimme«, flüsterte Jane Alice zu. »Was für eine Gabe!« Sie erntete ein flüchtiges, höfliches Lächeln.

»Von wem ...«, begann sie. Von wem, wollte sie eigentlich fragen, hat James nur diese schöne Stimme? Doch sie beendete den Satz nicht.

James hatte den Kopf an den seines Vaters gelegt und plötzlich sah sie seinen dunklen Lockenschopf, Stephens blondes Haar und die ebenso blonde Alice in einem neuen Licht.

Und völlig unvermittelt stieg die Erinnerung an einen Abend kurz vor Ivens' Abreise nach Amerika in ihr auf. Alice und Ivens hatten die Bibliothek verlassen, um sich das Priesterloch anzusehen, und Jane erinnerte sich, dass sie die Tür zur Spülküche geöffnet und sich über die merkwürdig aufgeladene Atmosphäre im Raum gewundert hatte. Sie hatte es auf Ivens' Befürchtung zurückgeführt, dass sich die ihm bevorstehende strapaziöse Reise letztlich als Fehlschlag erweisen könnte. Doch jetzt ... Am liebsten hätte sie die Schlussfolgerung, die sie gerade zog, einfach beiseitegeschoben.

Sie sah Alice an, die wieder mit jenem distanzierten Gesichtsausdruck in die Ferne blickte, für den sie bekannt war – und nicht immer gemocht wurde.

Es geht mich nichts an, dachte Jane. Aber ... Die Ärmste! Ein solches Geheimnis mit sich herumzutragen!

Und doch ...

Sie sah, wie Stephen den Arm um die Taille seiner Frau legte und Alice ihren Kopf an seine Schulter lehnte.

Und doch war aus diesem Geheimnis etwas Gutes entstanden.

Alice und Stephen hatten ihr geliebtes Kind. Sie hatten eine Art Frieden gefunden.

Und das habe ich auch, dachte sie. Und auch mein Mann, meine Kinder. Jedenfalls für den Moment.

»Mummy!«, rief James. »Wann beginnt das Feuerwerk?«

Alle Erwachsenen sahen auf und sagten wie aus einem Mund: »Bald!«

In jenen schrecklichen Jahren hatte die nahende Nacht herzzerreißende Angst und Verderben gebracht, das grausame Heulen der Sirenen, kurz bevor sich der Himmel mit Feuer und Tod gefüllt hatte. Doch an diesem Abend blickten sie alle voller Hoffnung nach oben. Der Himmel färbte sich indigoblau und am Horizont breiteten sich flaumige flamingorote Wolken wie eine Daunendecke über die Krümmung der Erde.

Plötzlich explodierte etwas über ihr.

Smaragdgrüne und türkisfarbene Sterne füllten den Himmel. Silberne Funken regneten auf sie herab. Die Gesichter der Menschen um sie herum – ihre Familie, ihre Freunde, ihre Nachbarn, die Menschen, die sie liebte – leuchteten. Ein gelber Blitz zerbarst in einer goldenen Fontäne und der Nachthimmel erstrahlte in schillernden Farben, als gelte es, aller inneren und äußeren Dunkelheit zu trotzen.

DANKSAGUNG

Jede Schriftstellerin und jeder Schriftsteller hat eine besondere Inspirationsquelle. Meine Inspirationsquelle ist die häufig übersehene Schriftstellerin und Journalistin Winifred Holtby, die vor Beginn des Zweiten Weltkriegs wirkte. Ich stieß ganz zufällig auf sie, als ich bei meinen Eltern zu Besuch war und nach Lesestoff suchte. Dabei fiel mir ein Buch mit einem schlichten grünen Einband in die Hände – ohne Klappentext oder sonstige Hinweise auf den Inhalt, nur mit dem Namen der Autorin und dem Titel: *South Riding (Nehmt – und zahlt dafür. Roman einer englischen Grafschaft)*. Es erschien 1936 und ist heute eine unzeitgemäße Lektüre – sehr lang und bedächtig, ein Buch, das Zeit braucht, um seine Kraft zu entfalten. Doch für mich ist es ein Meisterwerk. Dass mir zunächst viele der Romanfiguren wenig sympathisch waren, ich aber am Ende ein unglaubliches Mitgefühl mit all diesen unvollkommenen Menschen empfand, gefiel mir besonders. Wenn es darum geht, eine Generation zu schildern, deren Leben schon bald durch einen weiteren Weltkrieg auf den Kopf gestellt werden sollte, gibt es für mich keine fähigere Schriftstellerin als Holtby. Sie hat mich sehr beeinflusst.

Neben ihr gibt es noch einige andere Autorinnen und Autoren, auf die ich mich gestützt und von denen ich gelernt habe. Mollie Panter-Downes' für den *New Yorker* geschriebene *Letters from London* vermitteln einen einzigartigen Einblick in das Alltagsleben der Londoner während der Kriegsjahre, ebenso wie ihr meisterhafter Roman *One Fine Day*. Für ihre Geschichten über Familien, die nach Jahren der Trennung um ihre Wiedervereinigung kämpfen, bin ich Barry Turner und Tony Rennell *(When Daddy Came Home)* sowie Alan Allport *(Demobbed)* zu Dank verpflichtet; Maureen Wallers Buch *London 1945* und Lara Feigels *The Love-charm*

413

of Bombs halfen mir zu verstehen, wie der Krieg London und die Londoner verändert hat. Danken möchte ich auch John Nichol und Tony Rennell, die in ihrem Buch *Medic* das Arztdasein in der Hölle von Dünkirchen schildern, sowie Andrew Roberts für *Leadership in War* und seinen Essay über Charles de Gaulle. Über die Zusammenarbeit mit der französischen Résistance gibt es viele, ausnahmslos herzzerreißende Geschichten. In meinen Augen besonders herausragend sind *Moondrop to Gascony* von Anne-Marie Walters, *The Secret War of Hélène de Champlain, Hugh Dormer's Diaries* und *The White Rabbit* von Bruce Marshall. John Martin Robinsons *Felling the Ancient Oaks* und W. M. Roberts' *Lost Country Houses of Suffolk* verdanke ich mein Wissen über den Niedergang der großen Landgüter in Großbritannien.

Danken möchte ich außerdem dem Team von Manilla Press, insbesondere Margaret Stead und Sophie Orme, die sich ohne Zögern und mit Leidenschaft für *Der erste Frühling danach* eingesetzt haben, und nicht zuletzt meiner Agentin Clare Alexander, die mich ermutigte und beruhigte und mir stets zur Seite stand.

Liebe LeserInnen,

Danke, dass Sie *Der erste Frühling danach* entdeckt und gelesen haben.

Die Inspiration für diese Geschichte verdanke ich zu einem großen Teil meinem Wohnort an der Küste von Suffolk. Ich gehe gern dort spazieren, vor allem im Winter oder ganz früh am Morgen, wenn einem kaum je eine Menschenseele begegnet. Als Teenager bin ich in den Sommerferien in den Romanen von Thomas Hardy und den Brontë-Schwestern versunken und diese Sehnsucht nach wilden, weiten Landschaften hat mich nie mehr verlassen. In der Morgendämmerung, wenn die strengen Konturen der Felder sichtbar werden und der Mond noch still am blassen Himmel steht, mache ich mich über einsame Pfade auf den Weg zum Fluss. Ich liebe das Rauschen des Windes im Schilf und die hoch am Himmel kreisenden Bussarde. Und obwohl ich schon seit vielen Jahren hier spazieren gehe, ist es jedes Mal eine neue Erfahrung: der Fluss, der manchmal wild ist und anschwillt wie flüssiges Zinn und manchmal glatt wie ein Spiegel den weiten Himmel über East Anglia reflektiert. Doch immer, ganz unabhängig vom Wetter, bewegt sie mich, diese schöne, karge Landschaft, macht mich traurig, gibt mir Mut und befeuert meine Fantasie.

Die Spuren des Zweiten Weltkriegs sind hier allgegenwärtig. Entlang der Flussufermauer stößt man auf verlassene Unterstände, in den Wäldern auf verfallene Nissenhütten. Ganz in der Nähe stand ein Haus, in dem eine ganze Familie ihr Leben verlor, als ein deutsches Flugzeug auf dem Rückflug über die Nordsee seine Bombenlast abwarf. Mein eigenes Haus ist ein umgebautes Nebengebäude des – inzwischen abgerissenen – »Big House«, in dem die Army damals einquartiert war. Und ich frage mich, wie sich die Menschen nach dem Krieg von dieser furchtbaren Zeit erholt haben.

Heute würden wir wohl von einer posttraumatischen Belastungsstörung sprechen. Doch 1946, in dem Jahr, in dem der Roman spielt, gab es keine Instanz, an die man sich hätte wenden können, wenn man Hilfe brauchte. Das Land lag am Boden und war bankrott. Und doch musste man zurechtkommen und versuchen, sein kaputtes Leben und seine zerrütteten Beziehungen wiederaufzubauen.

Dennoch ist dies ein hoffnungsvoller Roman, denn obwohl die Gefühle der Menschen damals im Verborgenen blieben, lässt sich hier Inspiration finden. Die Geschichte meiner von ihren Kriegsnarben gezeichneten Figuren ist eine Geschichte über Menschen, die das Schlimmste gesehen haben, zu dem die menschliche Natur fähig ist, und dennoch einen Weg finden, wieder zu leben. Und wieder zu lieben. In der Auferstehung des ummauerten Gartens werden die Anfänge einer Auferstehung beschädigter Seelen und einer beschädigten Gesellschaft sichtbar.

Wenn Sie an einer Diskussion über meine Bücher interessiert sind, rezensieren Sie *Der erste Frühling danach* doch auf den Seiten von Amazon, GoodReads oder jeder anderen Online-Buchhandlung, auf Ihrem eigenen Blog oder an anderer Stelle in den sozialen Medien oder sprechen Sie mit Freunden, Familie oder Ihrer Lesegruppe darüber! Ein solcher Austausch hilft anderen LeserInnen und mich freut es immer zu erfahren, wie die Menschen meine Bücher erleben.

Nochmals vielen Dank, dass Sie mein Buch gelesen haben.

Alles Gute für Sie!

Sarah